Sur l'auteur

Jean d'Aillon, né en 1948, vit à Aix-en-Provence. Docteur d'État en sciences économiques, il a fait une grande partie de sa carrière à l'université en tant qu'enseignant en histoire économique et en macro-économie, puis dans l'administration des Finances, avant de démissionner en 2007 pour se consacrer à l'écriture. Il a reçu en 2011 le grand prix littéraire de Provence pour l'ensemble de son œuvre.

JEAN D'AILLON

LES COLLÈGES FANTÔMES

Une conspiration contre M. de Richelieu
(CHRONIQUES DU COLLÈGE DE CLERMONT)

Les enquêtes de Louis Fronsac

10/18

PRESSES DE LA CITÉ

ISBN 978-2-264-08576-4
Dépôt légal : octobre 2025

LES PERSONNAGES

Père Philippe Amyot, jésuite, directeur de conscience au collège de Clermont

Nicolas Bailleul, lieutenant civil

Jacques Baloufeau, baron de Saint-Angel

Colas de Béthune, capitaine des gardes d'Alexandre de Vendôme

Bernardo Bianchi, spadassin sicilien

Philippe Boutier, parrain de Louis Fronsac, conseiller au Grand Châtelet

Guillaume Bouvier, ancien soldat, gardien chez M. Fronsac

Jacques Bouvier, frère de Guillaume, ancien soldat, gardien chez M. Fronsac

Père Nicolas Caussin, jésuite et professeur au collège de Clermont

Père Louis Cellot, jésuite, préfet des études au collège de Clermont

Louis Charreton, beau-père de Pierre Fronsac et grand-père de Louis

Charles Chazelles, fils d'un receveur des gabelles, pensionnaire au collège de Clermont

Jean Clary, fils de médecin, pensionnaire au collège de Clermont

Père Coton, Provincial de France, ancien recteur du collège de Clermont

Sébastien Cramoisy, libraire à Paris

Guillaume d'Espoisses, fils d'un conseiller au parlement de Dijon, pensionnaire au collège de Clermont

Jean Filefac, docteur en théologie, curé de Saint-Jean-en-Grève et sous-doyen de l'Université

Père Jean Filleau, recteur du collège de Clermont

Pierre Fronsac, notaire

Louis Fronsac, fils de Pierre Fronsac, pensionnaire au collège de Clermont

Père Galliffet, préfet de chambre au collège de Clermont

Charles Girardin, marchand de vin

Paul de Gondi, abbé de Buzay, pensionnaire au collège de Clermont

Jacques Hérisson, se dit fils de clavellier, pensionnaire au collège de Clermont

Adrien de Houdetot, élève de troisième au collège de Clermont

Jacques La Chesnay, pensionnaire boursier au collège de Clermont

Robert La Chesnay, voleur, surnommé le Liron, frère de Jacques La Chesnay

Père Georges La Tour, jésuite

Philippe de Lauzières, maître des comptes au service d'Alexandre de Vendôme

Thémines de Lauzières, élève de troisième au collège de Clermont

François Le Clerc du Tremblay, alias le père Joseph, alias Tenebroso Cavernoso, éminence grise de Richelieu

Jehan Le Pontonnier, fils de boucher, pensionnaire au collège de Clermont

Raoul Levilain, exempt du commissaire Paumier
Jean-Baptiste d'Ornano, colonel général des Corses
Père César Pallu, jésuite, procureur des pensionnaires du collège de Clermont
Siméon Paumier, commissaire du quartier Maubert
Barnabé Perregaux, lieutenant de Colas de Béthune
Père Denis Petau, jésuite, professeur d'Écritures saintes au collège de Clermont
Père Porée, maître de grammaire latine au collège de Clermont
Père Jean de Riennes, maître de mathématiques au collège de Clermont
Adhémar de Rouville, élève de troisième au collège de Clermont, chef de la confrérie du Quart
Cesare Alessandro Scaglia di Verrua, abbé, ambassadeur du duc de Savoie
Nicolas Sillery, abbé, élève de troisième au collège de Clermont, membre de la confrérie du Quart
Père Jacques Sirmond, jésuite, bibliothécaire au collège de Clermont
Henri de Talleyrand, comte de Chalais
Jean Tarin, recteur de l'Université de Paris
Gaston de Tilly, ami de Louis Fronsac, pensionnaire au collège de Clermont
César de Vendôme, gouverneur de Bretagne
Alexandre de Vendôme, Grand Prieur de France

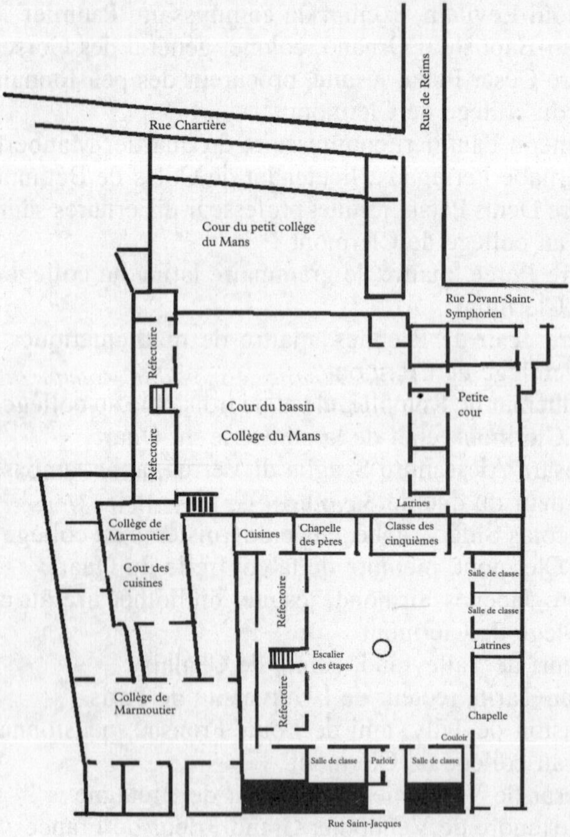

Ce plan simplifié du rez-de-chaussée du collège de Clermont, du collège du Mans et du collège de Marmoutier repose sur d'autres, plus tardifs, et a été modifié à partir des descriptions de M. Dupont-Ferrier concernant les années 1620-1630[1].

1. Gustave Dupont-Ferrier, *Du collège de Clermont au lycée Louis-le-Grand*, éditions de Boccard, 1925.

Voilà la plus effroyable conspiration dont jamais les histoires aient fait mention.

Armand du Plessis,
cardinal de Richelieu (*Mémoires*)

LE COMPLOT DU GRAND PRIEUR

1

Le mardi 22 juillet 1625,
jour de la Sainte-Marie-Madeleine

Peut-être était-ce à cause du jour de fête de leur sainte patronne, mais les drôlesses n'avaient jamais été aussi nombreuses ce soir-là devant l'abreuvoir Macon, bien qu'il fût près de minuit et que, depuis le quatorzième siècle, leur présence ait été interdite en ce lieu après dix heures du soir sous peine de vingt sols d'amende.

Quelques bourgeois venus s'encanailler étaient également présents, faisant du tapage par des rires et des chants. Ce n'était pas le cas de Charles Girardin, qui restait dans l'ombre d'une porte cochère afin qu'on ne le vît pas. Il était rongé d'impatience et d'inquiétude, comme à chaque fois.

Girardin était vendeur de vin et garde juré de ce corps, c'est-à-dire chargé d'en faire observer les règlements. Il alimentait en tonneaux et barriques la plupart des cabarets de la rue Saint-Jacques et surtout les collèges. Diable, chaque homme buvant deux pintes de vin par jour, il fallait en faire entrer des futailles dans Paris !

Mais les affaires étaient dures, surtout à cause des impôts, car à Paris le vin était la marchandise la plus taxée. L'imagination des surintendants des Finances à ce sujet se montrait sans limites et le vin était soumis à toutes sortes de contributions.

Ainsi des droits de vente étaient-ils prélevés quand le grossiste vendait au tavernier, et des droits d'entrée quand les barriques pénétraient dans la capitale.

Les premiers – le droit de gros – représentaient le vingtième, soit un sol par livre, ils s'ajoutaient donc au huitième propre à la vente en cabaret, qui atteignait sept livres par muid.

Quant aux taxes d'entrée, elles étaient nombreuses, variables selon le mode de transport, et pouvaient atteindre jusqu'à dix-sept livres par muid, sans compter le gros d'entrée assis sur les vins que les marchands faisaient venir pour la revente. Sachant qu'un muid de vin de trois cents pintes de Paris[1] se vendait soixante-cinq livres, grande était pour les marchands de vin la tentation de frauder. Mais ce n'était pas si facile, car les contrôles étaient nombreux et tatillons. Plusieurs offices s'en chargeaient, comme les commissaires au gros ou les commissaires aux caves, ces derniers étant chargés des vérifications, et en particulier de la visite des celliers des marchands, sans compter la police du Châtelet et celle du bureau de Ville[2] pour les voituriers sur eau.

Pour survivre, et s'enrichir quand même un peu, corruption et tromperie étaient donc nécessaires. Chaque

1. Une pinte de Paris équivaut environ à un litre.

2. Le Grand Châtelet était chargé de la police des approvisionnements, de l'ordre public et de la justice de première instance, et le bureau de Ville s'occupait de la police municipale.

marchand de vin utilisait sa méthode. La plus courante, mais non dénuée de risques, était de graisser la patte des contrôleurs. Une autre consistait à s'entendre avec un noble, un bourgeois ou une communauté religieuse, des catégories exemptées de droits à payer quand il s'agissait du vin de leur vigne réservé à leur usage personnel. Cependant il ne pouvait s'agir que de faibles quantités.

Girardin pratiquait une autre recette : il faisait venir de temps en temps une barque contenant quatre à six futailles d'un demi-muid qui accostait la nuit au-delà du port Saint-Bernard, sur une portion de la rive toujours encombrée de bois. Deux ou trois gueux qu'il avait engagés, et à qui il confiait sa charrette et ses mules, récupéraient sa marchandise et la lui portaient à l'abreuvoir Macon. Là, avec le garçon qui lui servait d'apprenti, il transportait les futailles dans un cellier que personne ne connaissait, à l'abri donc des contrôleurs.

Évidemment, il restait la possibilité que ces miséreux le volent, mais en réalité ce risque était des plus réduits car maître Girardin ne payait ses besogneux qu'à la livraison et, s'ils avaient imaginé ne pas venir, ils n'auraient su que faire de leur marchandise.

C'était donc une entreprise où Girardin était toujours gagnant. Au pire, les gueux seraient pris et condamnés au pilori, mais, ne le connaissant pas, ils ne pouvaient le dénoncer. Dans une telle malaventure, le marchand perdrait seulement sa charrette et ses mules. Un dommage important, certes, mais un négociant ne doit-il pas prendre des risques ?

Voilà pourquoi, ce soir-là, Girardin se trouvait à l'abreuvoir Macon. Il attendait son chariot qui, si tout se passait bien, arriverait depuis la rue Saint-Victor et la rue Galande, plein de futailles de bon vin. Il conduirait ensuite le véhicule à l'endroit où il entreposait ses barils entrés en fraude. En effet, il aurait été impossible de les ranger dans son propre cellier de la rue Saint-Étienne-des-Grès, où les visites des commissaires aux vins ou des contrôleurs étaient fréquentes. Dans les jours à venir, en revendant ces futailles discrètement, il ferait un bénéfice de soixante livres au détriment des taxes.

L'attente se prolongeait, inexplicable, et les paltonières sans clients commençaient à se disperser. Maintenant, Girardin songeait avec un brin d'inquiétude aux deux drôles qu'il avait engagés. Et s'ils ne revenaient pas ? La perte de la cargaison, de sa charrette et de ses mules lui coûterait quelque trois cents livres. Certes, il vivait dans l'aisance, avec une maison de deux étages à porte cochère, cour, remise et cave, qu'il avait payée quinze mille livres, une vigne et une maison à Montmartre qui en valaient presque autant, et un mobilier de qualité qui dépassait certainement les dix mille écus. Mais une perte de trois cents livres, ce ne serait pas rien car il ne possédait quasiment pas de liquidités pour ses dépenses courantes, sans compter qu'il devrait racheter un chariot et des mules. Afin de faire face, il serait peut-être contraint de revendre quelques pièces de son argenterie ou alors le siège qu'il avait acheté, trois ans plus tôt, pour assister à la messe à l'église des Jacobins.

Minuit sonna. Pourquoi n'arrivaient-ils pas ?

Il eut une pensée pour son apprenti, mort d'une fièvre quarte au printemps. Un garçon de confiance, dont il regrettait surtout l'habileté à déplacer de lourdes barriques. Il fallait qu'il engage un ou deux gaillards au plus vite, car impossible de transporter seul des tonneaux pleins. Pourquoi ne pas garder les deux gueux qu'il avait envoyés au port ? Évidemment, le moine défroqué lui avait fait l'effet d'être un frappart[1] et son compère n'était qu'un maraud, mais, dans son métier, des coquins de cette espèce pouvaient se révéler utiles, tant qu'ils restaient loyaux et discrets.

— Maître Girardin, chuchota dans la nuit une voix à l'accent italien.

Le marchand sortit de l'ombre, reconnaissant celui qui s'appelait Bernardo Bianchi.

— Mon chariot ? murmura-t-il avec angoisse.

— Frère Jacques vient d'être tué, mon maître, il faut filer ! expliqua la voix frémissante. Les archers sont sur mes traces. La police est partout dans le quartier !

— Par là ! ordonna Girardin en indiquant la rue de la Harpe.

En même temps, il se félicitait de sa prudence. Au début de son trafic, il attendait son chariot place Maubert, mais il s'était rendu compte que si la barque était surprise par les archers les forces de l'ordre arriveraient immédiatement par la rue Saint-Victor et le quai de la Tournelle, et qu'il n'aurait alors aucun moyen pour fuir. À l'abreuvoir Macon, loin du lieu du débarquement, il avait toujours le loisir de s'éclipser.

Dans la rue obscure, il se pressa en suivant le revers afin d'éviter les boues et les déjections amassées au milieu de la voie, Bianchi sur ses talons. Girardin brûlait d'envie d'en savoir plus, mais il était dangereux de parler par ici, où on pouvait les entendre. En même temps, il songeait à la fâcheuse perte qu'il venait de faire. Heureusement que la police n'avait aucune

1. Moine débauché.

raison de le soupçonner. Il tourna vers la place de la Sorbonne, s'engagea dans une traverse et fila par la rue des Cordiers, qui débouchait dans la rue Saint-Jacques. On n'y voyait goutte, mais il connaissait ce chemin par cœur. Il s'arrêta ensuite au pied du mur du couvent des Jacobins, où personne ne pouvait l'entendre.

— Raconte ! souffla-t-il.

— On attendait à l'endroit convenu, monsieur. Votre charrette était bien dissimulée derrière les tas de grumes et je suis resté à monter la garde. Il n'y avait personne de louche, je vous le jure. J'ai vu la barque accoster et frère Jacques a donné le mot aux mariniers. Ils lui passaient la corde afin de tirer l'embarcation quand a surgi une meute d'archers, de sergents et d'exempts nous ordonnant de nous rendre. Les bateliers ont tenté de reprendre le fleuve mais des coups de mousquet ont éclaté. L'un des nautes est tombé, frère Jacques a été touché. J'ai filé sans demander mon reste.

Comment les gens du Châtelet pouvaient-ils savoir ? s'interrogea le marchand de vin. Surveillaient-ils l'endroit depuis des jours ? Bien possible. Il savait que Raoul Levilain, l'exempt du commissaire Paumier – l'un des quatre commissaires au Châtelet du quartier –, posait beaucoup de questions dans les cabarets et avait réalisé plusieurs perquisitions. Il se disait que le lieutenant civil, Nicolas Bailleul, avait exigé que cessent les fraudes sur le vin.

— Es-tu certain que ton ami est mort ?

— J'en sais rien, monsieur, mais la balle de mousquet qui l'a pris l'a fait tomber dans la rivière et le courant l'a emporté.

Visage crispé, Girardin souhaita de tout cœur le trépas du défroqué. Même si frère Jacques ne savait quasiment rien sur lui, sa mort garantirait son silence. Il tentait de se remémorer ce qu'il lui avait dit quand le gueux poursuivit, d'un ton suppliant :

— Je ne sais où aller, monsieur. Les Trois-Entonnoirs sont fermés, à cette heure. Puis-je loger chez vous ? Une écurie fera mon affaire. Si je passe la nuit dehors, je serai dépouillé, ou pire.

Le marchand de vin hésita, mais il allait avoir besoin de quelqu'un, alors pourquoi pas ce Bianchi ?

— Entendu, reste avec moi, mais si tu me trahis je te ferai pendre. Je suis bourgeois de Paris et garde juré des marchands de vin, alors fais attention à toi !

Il savait la menace vaine, car faire arrêter le maraud serait se condamner lui-même, mais cet Italien n'était qu'une coquefredouille et il avalait certainement tout ce qu'on lui disait.

— Je vous serai fidèle, monsieur. Je le jure sur les Saints Évangiles !

— Entendu.

Girardin traversa la rue Saint-Jacques, passa devant le collège de Clermont et s'engagea dans la rue Saint-Étienne-des-Grès. Sa demeure était la dernière, à l'angle de la rue des Sept-Voyers, la maison à l'enseigne de la treille.

Avec une clef, il ouvrit la poterne à côté de la porte cochère, traversa la cour et grimpa les marches du perron. Il fit jouer une autre clef et pénétra, suivi de Bianchi, dans un vestibule d'où partait un escalier. François, son valet de chambre, avait allumé une chandelle comme il le lui avait demandé quand il l'avait prévenu de son retour au milieu de la nuit. Quatre domestiques s'occupaient de sa maison : un concierge, François, un valet et une cuisinière. À ce personnel s'ajoutait Raoul, le secrétaire qui tenait les registres de vente et d'achat du vin. Ils devaient tous ronfler au second étage.

Avec ce qu'il gagnait, Girardin aurait pu disposer de plus de servantaille, ne serait-ce que pour l'aider à la vente du vin. Mais il s'y refusait, connaissant le proverbe : « Autant de domestiques, autant d'ennemis. » Avec la vie qu'il menait, il ne voulait que des fidèles autour de lui et il se contentait de ceux qui avaient su faire preuve de loyauté envers lui.

Il gagna sa chambre, éclairée également par une bougie presque consumée posée sur un coffre.

— La porte au fond, c'est un bouge avec une couchette, dit-il à Bianchi quand ils furent entrés. Installe-toi. Demain, on avisera.

L'Italien s'exécuta. L'endroit était tout petit et il pouvait à peine bouger. À part le grabat très étroit, il y avait une huche et une chaise à retrait. Il ôta ses bottes trouées, détacha la ceinture supportant son couteau et s'allongea en espérant que la vie de misère qu'il menait depuis des mois allait enfin se terminer.

De son côté, Girardin se déshabilla, mit son bonnet et passa sa chemise de nuit en se demandant s'il avait eu raison de faire confiance à ce gueux dont il ignorait tout.

La semaine précédente, tandis qu'il portait un tonnelet aux Trois-Entonnoirs, un cabaret louche de la rue de la Bûcherie qui lui achetait de la piquette sans s'interroger sur sa provenance, il avait questionné le tavernier afin de savoir s'il pouvait lui proposer deux portefaix de confiance. Il venait de recevoir un message l'informant de l'arrivée de ses futailles et n'avait encore trouvé personne pour l'aider.

L'autre avait ricané après avoir craché sur la paille souillée qui couvrait le sol de sa taverne. Dans ce quartier, on ne pouvait faire confiance à personne ! Il lui avait quand même parlé de Bianchi et de frère Jacques, qu'il connaissait depuis des mois. Un temps, ces deux-là avaient eu de l'argent, Bianchi portait même un pourpoint à la mode et une rapière, qu'il avait revendue après ses revers de fortune. Ils faisaient bande avec un nommé La Louvière qui, depuis, avait disparu. À la connaissance du cabaretier, ils n'avaient pas eu maille à partir avec la justice, mais il n'aurait pas aimé les rencontrer la nuit, au coin d'une rue.

« … ils cherchent un maître qui les logera et les nourrira, avait-il conclu. Pour un quart d'écu, ils iront en enfer si vous le leur demandez. »

Le tavernier n'ignorait pas que Girardin s'autorisait quelques libertés avec la loi et les taxes.

Le marchand de vin avait donc offert à boire aux deux gueusards et leur avait proposé une pistole pour une besogne facile : attendre une barque et récupérer les tonneaux qu'elle transportait, puis les porter dans une charrette et le rejoindre. Tout ça de nuit.

Pour s'assurer de leur fidélité, il leur avait fait miroiter qu'il pourrait les garder. Ils avaient accepté, tant ils souffraient de leur misère.

Avant de se coucher, Girardin décida quand même de quelques précautions. Il prit une clef dans un coffret et alla verrouiller la porte du bouge. Puis il tira une épée d'une huche et la déposa près de lui. De fait, s'il avait connu la vérité sur Bianchi, nul doute qu'il ne l'aurait jamais fait entrer chez lui.

2

Bernardo Bianchi avait fui la Sicile où beaucoup voulaient se venger de ses infamies. Il avait maraudé et tué le long du chemin le conduisant en France en passant par les vallées alpines. C'est dans ces montagnes qu'il avait rencontré La Louvière, un ancien sergent chassé de l'armée du maréchal d'Estrées. Ayant l'âme aussi noire l'un que l'autre, ils avaient gagné Paris pour y vivre de rapines. À Lyon, les deux comparses s'étaient acoquinés avec frère Jacques, un moine défroqué. La Louvière et Bianchi avaient tant de crimes à se reprocher qu'ils avaient trouvé commode d'avoir avec eux un prêtre pour leur donner l'absolution après chaque méfait. Les trois truands ne s'étaient plus quittés et avaient commencé par dépouiller les bourgeois de passage aux alentours du Petit-Pont. Ils avaient ensuite été engagés par un espion anglais pour enlever un jésuite, mais, l'affaire ayant échoué, ils avaient été chargés de se saisir de deux élèves du collège de Clermont : Louis Fronsac et Gaston de Tilly, que l'espion anglais voulait interroger[1].

Cette entreprise avait également raté et La Louvière y avait trouvé la mort. Sans ressources et sans maître,

1. Voir *Les Ferrets de la reine*, du même auteur.

les deux truands survivants avaient recommencé leurs rapinages, jusqu'au jour où ils avaient failli être pris par les archers du chevalier du guet. Depuis, étant recherchés et craignant la roue, ils survivaient en faisant les gagne-deniers sur les rives du port de la Bûcherie, logeant dans les combles emplis de vermine des Trois-Entonnoirs, un des plus sordides cabarets de la rue de la Bûcherie.

Le lendemain, Girardin libéra son nouveau serviteur et le présenta à ses domestiques durant la collation du matin, dans la salle basse de la maison. Le marchand de vin expliqua à ses gens avoir bénéficié de l'aide de Bernardo Bianchi alors qu'on venait de lui voler ses mules et son chariot. Hélas, ce brave portefaix n'avait pas retrouvé son bien, mais il avait quand même décidé de l'engager comme garçon compagnon pour le remercier. Il logerait dans le grenier et l'accompagnerait durant les transports de vin. Maître Girardin chargea ensuite son portier de lui acheter un autre chariot et deux robustes mules dans une écurie du faubourg Saint-Jacques.

Après la repue, durant laquelle Bianchi resta muet sous les regards désapprobateurs des gens de la maison qui l'avaient déjà jugé comme un malfaisant, le marchand de vin lui donna quelques pièces pour qu'il aille aux étuves se décrasser et s'acheter chez un fripier de quoi se vêtir proprement.

Girardin passa ensuite le reste de la matinée en compagnie de son secrétaire. Avec la chaleur écrasante de ce mois de juillet, et étant seul marchand de vin en gros dans le quartier Saint-Jacques, il avait beaucoup de commandes à honorer, certaines licites, d'autres moins. Ainsi le tavernier de l'Écu de France, rue de la Huchette, lui demandait-il deux tonneaux d'un demi-muid de vin « commun et familier ». Cela voulait dire une piquette non déclarée avec laquelle le cabaretier emplirait ses fûts déjà entamés, ce qui lui éviterait de mettre un bouquet à la porte[1].

Le négociant calcula qu'il ne manquerait pas de marchandise, même après la perte de cette nuit, puisqu'il disposait dans son second cellier, que personne ne connaissait, de quatorze pièces : trois venant de Champagne, quatre de Mâcon, deux d'Auxerre, le reste étant du clairet des alentours de Paris et de la vinasse. Il pourrait donc livrer l'Écu de France dimanche.

Le lendemain, avec son nouveau chariot et accompagné de Bernardo Bianchi, Girardin se rendit au port au vin, en bas de la rue des Barres, dans l'Outre-Grand-Pont[2]. Là, il acheta deux futailles d'un demi-muid de vin de Loire, puis il alla à l'Hôtel de Ville où, dans des solles[3], quelques marchands entreposaient des tonneaux difficiles à vendre. Il obtint deux demi-queues de chablis à un prix intéressant, même si les vins entreposés dans ces magasins ne pouvaient être cédés à des marchands de gros. Mais des arrangements étaient toujours possibles, surtout quand, comme Girardin, on était garde juré.

Durant ces opérations, Bianchi s'était comporté en parfait serviteur. Soulignée d'une casaque de drap sombre, sa vêture s'accordait avec celle de son maître :

1. Ce bouquet qui annonçait qu'un tonneau était mis en perce entraînait à coup sûr le passage d'un receveur chargé d'encaisser les taxes.
2. La rive droite.
3. Des magasins ou des celliers.

pourpoint de velours noir doublé de serge et haut-de-chausses en drap d'Espagne, avec un chapeau de castor, noir également.

C'est en revenant dans le quartier de l'Université que le négociant lui expliqua :

— Je vais céder deux de ces tonneaux en chemin et on déposera les autres dans ma cave. Ensuite, on fera quelques livraisons.

Bianchi hocha la tête sans poser de questions.

Le vendredi et le samedi, Girardin poursuivit ses activités d'achat et de revente et fut deux fois contrôlé par des commissaires au vin. Mais il n'avait rien à se reprocher et tout se passa bien.

C'est le dimanche après la messe qu'il prit Bianchi à part :

— Je loue un autre cellier, on va aller y prendre deux barriques que je dois porter rue de la Huchette. Va atteler une mule au chariot.

— Une seule ?

— Oui, cela suffira.

Bianchi ne demanda pas pourquoi ces livraisons se faisaient un dimanche car il avait deviné qu'elles n'étaient pas avouables.

Quand le chariot fut prêt, Girardin monta sur le siège et guida ses mules dans la rue Saint-Étienne-des-Grès en direction de la rue Saint-Jacques, mais il tourna à droite avant le collège des Cholets, dans la rue Devant-Saint-Symphorien[1], laquelle tenait son nom de la chapelle qui s'y dressait. Il arrêta le chariot devant le porche du grand collège du Mans.

Mitoyen de l'hôtel des évêques du Mans, cet établissement avait été créé cent ans plus tôt par le cardinal

1. Qui s'est appelée plus tard rue des Cholets.

Philippe de Luxembourg, évêque de cette ville, pour que douze écoliers pauvres de son diocèse puissent aller étudier à l'Université de Paris. Son successeur, Louis, cardinal de Bourbon, avait complété l'œuvre du fondateur en abandonnant l'hôtel des évêques afin de recevoir plus de boursiers. Il y avait donc deux bâtiments attenants : le grand collège – le plus ancien – et le petit collège, dans l'ancien hôtel des évêques. L'ensemble, organisé autour de plusieurs cours, représentait trente-six chambres pour loger boursiers, régents et pensionnaires, une dizaine de salles de classe, un réfectoire et une cuisine.

Mais les revenus du collège diminuaient d'année en année et les derniers boursiers étaient désormais rassemblés uniquement dans le petit collège qu'on appelait Le Mans vieux. Quant au grand collège, ou Mans neuf, il était désormais abandonné et, par besoin d'argent, Charles de Beaumanoir, l'actuel évêque, avait autorisé le principal à en louer une partie. C'est donc là que le marchand de vin entreposait les futailles qu'il faisait entrer en fraude dans Paris. Personne ne connaissait ce cellier, et aucun contrôleur n'aurait pu le dénicher.

— Prends la brouette, ordonna le marchand à son valet en se rendant à la porte du grand collège.

Les deux établissements communiquaient mais disposaient chacun d'une entrée.

Ayant pénétré, il conduisit Bianchi à la salle qu'il louait. La porte n'avait pas de fermeture, mais le principal l'avait assuré qu'il était seul à disposer de la clef du collège et que le passage entre les établissements était, pour l'heure, condamné. Donc, personne ne pouvait s'introduire dans Le Mans neuf.

Les deux hommes sélectionnèrent un tonneau, que l'Italien apporta au chariot, puis ils renouvelèrent l'opération.

La rue Devant-Saint-Symphorien était toujours déserte le dimanche. La chapelle était fermée l'après-midi et la voie ne desservait que des collèges : celui du Mans, le collège Sainte-Barbe, le collège de Reims et le collège de Coqueret. Quasiment personne n'y passerait avant la fin de la journée.

Cependant, à l'angle des rues Devant-Saint-Symphorien et Saint-Étienne-des-Grès, se dressait un établissement ayant deux fenêtres avec vue sur la porte du collège. Il s'agissait de l'ancien hôtel abbatial du Mont-Saint-Michel.

En 1568, Sixte V ayant laissé Charles IX taxer des biens d'Église, l'hôtel avait été vendu aux enchères et acheté par le collège de Montaigu pour deux mille deux cent soixante livres, puis loti en maisons d'habitation du côté de la rue Saint-Étienne-des-Grès.

Girardin s'apprêtait à monter sur le siège de son chariot afin de se rendre à l'Écu de France (le cabaret était fermé le dimanche, mais le tavernier avait été prévenu et l'attendait) quand un homme apparut et le héla.

— Je crois que nous sommes voisins, monsieur ! lança jovialement le nouveau venu.

Girardin le dévisagea d'un air incertain. Il avait aperçu cet individu à plusieurs reprises dans la rue, mais ne s'était jamais intéressé à lui.

L'inconnu était grand, corpulent, rubicond, avec un visage aux lèvres épaisses et aux yeux rieurs. En pourpoint écarlate à parements gris et boutons dorés, bas de soie et haut-de-chausses en drap de Hollande, il affirmait une évidente prospérité, impression renforcée par son chapeau de castor emplumé et sa chevelure bouclée au fer. La rapière à sa taille affirmait son état de gentilhomme.

— Jacques Baloufeau, baron de Saint-Angel ! se présenta jovialement le nouveau venu.

— Girardin, maître marchand de vin en gros et garde des marchandises, je suis honoré de vous connaître, monsieur le baron.

— J'habite cette partie de l'hôtel de Saint-Michel, expliqua l'autre en désignant sa maison, et je vous ai aperçus de ma fenêtre que je laisse ouverte, avec cette chaleur ! Alors je me suis dit : Jacques, c'est le moment d'aller saluer mon cher voisin !

Il éclata d'un rire truculent.

— Donc, vous travaillez même le jour du Seigneur ! ajouta-t-il d'un ton admiratif mais dans lequel perçait un brin de curiosité.

— Une livraison urgente à faire, répondit le marchand, qui souhaitait abréger la discussion et s'en aller.

— Pour ma part, je n'ai pas le souci de me faire porter du vin par un marchand, car je reçois celui de mes vignes ! fit Baloufeau, essuyant son front dégoulinant de sueur avec un mouchoir brodé sorti d'une manchette.

— J'ai aussi quelques vignes, mais insuffisantes pour alimenter le quartier en vin… plaisanta Girardin.

— Je peux vous le confier, puisque nous sommes voisins, pour ma part j'en reçois beaucoup trop, je ne sais plus que faire de ma production !

Alors, il s'approcha du marchand et lui proposa, un ton plus bas :

— Ça ne vous intéresserait pas de m'en racheter ? Vous savez que, comme gentilhomme, je suis exempté de droit d'entrée. Je vous ferai un bon prix.

Girardin comprit immédiatement que l'arrivée de ce baron n'était pas fortuite. Il l'avait certainement déjà vu apporter ou enlever des tonneaux, et avait deviné que ce cellier n'avait rien d'officiel. Les bourgeois de Paris, les communautés religieuses et les gentilshommes étaient exemptés de droits pour les vins de leur cru, ce qui donnait lieu à un fructueux trafic. Une partie des tonneaux qu'ils faisaient entrer ainsi était revendue directement aux cabarets. Girardin avait aussi fraudé de cette façon, mais la pratique ne pouvait concerner que de petites quantités et, comme plusieurs personnes intervenaient, les risques de dénonciation étaient importants. Cependant, avec la perte qu'il avait subie, tout était bon à prendre.

— Pourquoi pas ? Quelle capacité avez-vous en trop ?

— Je reçois six muids par mois pour ma maison, et je n'en utilise que trois.

Girardin glissa un regard de biais vers Bianchi, qui attendait, comme indifférent. Son nouveau valet en savait déjà beaucoup, mais il était inutile qu'il en apprenne plus.

— Voulez-vous venir souper demain chez moi ? Ma maison est à l'enseigne de la Treille, on en parlera après le repas.

— Entendu ! s'exclama le baron en lui tendant une pogne amicale.

Girardin la serra et monta sur le siège. L'Italien l'imita et la mule se mit lentement en route.

Le baron resta sur place tant que la voiture n'eut pas tourné. Il souriait.

Fils d'un avocat au parlement de Bordeaux, Jacques Baloufeau se faisait passer pour gentilhomme grâce à des lettres de noblesse achetées à un faussaire talentueux, lettres complétées par une généalogie plus vraie que nature faisant remonter son lignage à un chevalier de Charles le Mauvais. Le génie de Baloufeau avait été de ne pas se faire seulement passer pour le baron de Saint-Angel mais aussi pour le baron de Sainte-Foy, le marquis de Sauveterre ou encore le vicomte de Saint-Palais. Par ailleurs, ayant suivi des études de droit afin de devenir avocat, il connaissait bien les procédures devant la plupart des tribunaux. Pourvu d'un aplomb et d'une audace sans limites, beau parleur et beau garçon, il avait contracté de nombreux mariages, disparaissant ensuite à chaque fois avec la dot. Poursuivi dans plusieurs villes pour diverses escroqueries, il avait même été exposé au pilori coiffé du chapeau vert de l'infamie, aussi avait-il abandonné les opérations frauduleuses pour se lancer dans la dénonciation de conspirations imaginaires conçues par son esprit fécond. D'une inspiration extravagante, il avait ainsi obtenu deux cents écus en dénonçant une prétendue conjuration contre le roi de France fomentée par le roi d'Espagne et dirigée par un Génois. Comme on lui demandait des preuves avant de lui donner une plus forte récompense, il avait affirmé avec aplomb que le maître de l'intrigue se trouvait à Bruxelles. Il s'y était donc rendu avec les gens du roi, mais, une fois sur place, avait filé vers Londres, ce qui lui avait permis de dénoncer là-bas une autre conspiration contre le roi d'Angleterre en échange de deux mille livres.

Afin d'éviter les poursuites, l'intrigant baron s'était ensuite rendu en Espagne où, contre trois mille livres, il avait fourni les fausses preuves d'un complot contre le roi catholique.

Rentré en France enrichi, Baloufeau s'était finalement installé dans un appartement de l'hôtel Saint-Michel où il menait une vie discrète car, dans l'ombre, il préparait une nouvelle intrigue. Cette fois, il frauderait sur les vins.

Maître Girardin avait soigné son invité avec un souper à quatre services présenté dans une vaisselle d'argent. Ils n'étaient que tous les deux autour de la table, mais des valets étaient présents dans la salle, aussi n'avaient-ils abordé que des anecdotes sur la vie parisienne. Baloufeau s'était également étendu sur ses nombreux voyages en Europe, une existence qui avait fortement impressionné le commerçant en vin, qui n'avait jamais quitté Paris.

Après quoi ils se retirèrent dans la chambre du maître de maison, à l'abri d'oreilles indiscrètes, et Girardin servit lui-même des liqueurs avant de commencer :

— Donc vous pourriez me céder trois muids par mois…

— Peut-être plus… suggéra énigmatiquement le baron.

— Ah !

— Votre valet est-il de confiance ?

— Bernardo ?

— Oui.

— Je ne l'ai que depuis une semaine, mais je crois qu'il restera fidèle tant qu'il sera payé.

— C'est une fripouille, je préfère vous prévenir car je sais reconnaître ce genre d'individu.

— Ah ? s'inquiéta Girardin.

— Si vous me le prêtez, je saurai l'utiliser à bon escient et vous proposer plus de vin.

— Combien ?

— Au moins cinquante muids par mois, laissa tomber Baloufeau à voix basse.

Girardin écarquilla les yeux et fit rapidement le calcul. Avec le bénéfice de la vente et la fraude sur les droits, le gain pouvait atteindre mille cinq cents livres par mois ! En partageant avec le baron, il lui en resterait facilement sept cents, soit huit mille livres par an ! Une fortune.

— Possible, fit-il en se passant une main sur le visage pour cacher son émoi.

— Mais pouvez-vous acheter ce vin, le faire entreposer discrètement et le vendre ?

— Certainement ! Je connais suffisamment de vignobles cherchant à écouler leur production et j'ai toute la place nécessaire pour le conserver, dans le collège du Mans. Quant aux clients, ils ne manqueront pas ! Les cabaretiers préféreront toujours ne pas payer d'impôts ! Mais vous, comment ferez-vous ?

— Je ferai entrer votre Bernardo dans Paris chaque fois par une porte différente. En prenant en compte le temps des voyages, il doit pouvoir livrer ma cinquantaine de muids chaque mois…

— Impossible ! Il devra faire état de votre qualité et montrer vos papiers. Or les commissaires au vin tiennent parfaitement leurs registres, ils découvriront tout de suite la tricherie !

Baloufeau afficha l'expression ironique de celui qui a tout prévu :

— Il fera état de documents différents, car, en vérité, je possède d'autres noms et je dispose de plusieurs adresses.

Girardin resta interloqué. Ce gentilhomme était-il un fripon ? Était-il d'ailleurs gentilhomme, ou seulement un filou et un imposteur ?

— Avez-vous déjà fait ça ? demanda-t-il.

L'autre opina avec un sourire complice.

— Quand commençons-nous ? s'enquit-il suavement.

3

Le dimanche 28 septembre 1625,
dans l'après-midi

— Soutenez mieux le canon avec votre main gauche en tendant le bras, monsieur, et serrez bien la crosse avec la main droite, pour que le recul ne vous fasse pas mal. Quand vous serez prêt, appuyez sur la queue.

Immobile comme une statue, le garçon arrêta de respirer et tira doucement vers lui la languette métallique libérant le ressort du rouet. La pièce ronde tourna en un éclair, provoquant une gerbe d'étincelles au contact de la pyrite serrée dans le chien. Le pulvérin contenu dans le bassinet s'enflamma et alluma la poudre dans le canon.

Le coup partit dans un grand fracas, dégageant d'épaisses volutes de fumée. Toujours aussi impassible qu'un vétéran, le gamin vit l'oiseau de bois trembler.

— Vous l'avez touché, monsieur ! cria, admiratif, Guillaume Bouvier.

— C'est bien, Louis ! approuva son grand-père en insistant sur le mot « bien » et en prenant son petit-fils par le cou.

Jacques Bouvier échangea un regard de satisfaction avec M. Fronsac, qui hocha simplement la tête. Le notaire n'approuvait guère que son fils apprenne à tirer au pistolet, pas plus qu'il n'avait applaudi, l'année précédente, quand il avait reçu des leçons d'escrime. Diable, Louis serait notaire, comme lui, et un notaire ne se battait pas comme un gentilhomme ! Cependant, l'avis de son beau-père, Louis Charreton, le père de son épouse, comptait. À l'âge de vingt ans, jeune greffier à la Chambre des comptes durant la guerre contre la Ligue, M. Charreton s'était distingué contre la dictature des Seize et du duc de Mayenne, d'abord dans les escouades secrètes de Nicolas Potier de Blancmesnil, l'un des plus fidèles partisans du roi Henri le Grand à Paris, puis au service de MM. de Bellegarde et Hauteville, des favoris de feu Sa Majesté[1]. Pierre Fronsac gratifia donc son beau-père d'un demi-sourire.

Même s'il avait vendu sa charge de procureur à la Chambre des comptes, Louis Charreton avait gardé l'allure d'un aventurier. À cinquante ans passés, il n'avait que peu de cheveux gris et se tenait toujours bien droit. Ce dimanche, il était sanglé dans un pourpoint capitonné couleur feuille morte qui lui donnait l'air farouche d'un spadassin. Impression renforcée par sa barbe en pointe, ses moustaches en crocs, son chapeau de feutre gris à plumet et ses bottes à revers. S'il ne portait plus l'épée, chacun le savait bon bretteur car il s'entraînait en salle d'armes.

M. Fronsac était son contraire. Toujours vêtu de noir avec un chapeau à haute calotte, le notaire était d'un tempérament craintif, perpétuellement inquiet. Ces traits de caractère étant cependant compensés par une

1. Voir *La Bête des Saints-Innocents*, du même auteur.

grande capacité d'observation et un esprit raisonneur et perspicace. En regardant son fils, il songeait d'ailleurs que Louis avait reçu les meilleures parts de son grand-père et de lui-même : la prudence, la réflexion, mais en même temps l'audace et le courage. Sans compter la bonté, qui lui venait de sa mère.

Fier de son tir, le regard pétillant, le garçon considéra successivement son père, son grand-père et les deux frères Bouvier. C'était la première fois qu'il tirait au pistolet. L'arme appartenait à M. Charreton. Un engin lourd, au long canon et à la crosse arrondie en bois de noyer, qui expédiait de grosses balles de plomb avec une belle précision, si on ne bougeait pas en faisant feu, et si le rouet allumait bien le pulvérin.

— Puis-je recommencer, grand-père ? demanda-t-il, les yeux brillants.

— Bien sûr ! Tu as fait un bon tir, mais tu étais à quinze pieds. Il faut que tu sois aussi précis trois fois plus loin. Pour cela, seul compte l'entraînement (les frères Bouvier approuvèrent de plusieurs hochements de tête), cependant tu as le sang-froid nécessaire pour devenir un très bon tireur. Qu'en pensez-vous, Guillaume ?

— Certainement, monsieur. Le petit monsieur sera un fin tireur, comme il est déjà bon duelliste !

— Je ne serai jamais bon duelliste, Guillaume, protesta le garçon d'une voix douce. Je ne me sens pas sûr de moi avec une épée, mais le tir me plaît. Puis-je recharger le pistolet ?

Louis avait treize ans. Ce n'était plus un enfant, mais pas encore un damoiseau. D'une belle taille pour son âge, mais pourvu d'une charpente efflanquée, il avait le teint mat et la chevelure très courte. Diable, la rentrée était dans quatre jours au collège de Clermont, et les pères jésuites ne transigeaient pas sur la longueur des cheveux.

Guillaume Bouvier lui tendit la baguette servant à nettoyer le canon ainsi que la sacoche contenant la flasque de poudre, le flacon de pulvérin, les balles de plomb et la clef nécessaire pour remonter le ressort du rouet[1].

Guillaume, la quarantaine, affichait des traits rudes et burinés sous une barbe des plus épaisses. Coiffé d'un feutre à bord plat, vêtu d'une casaque en peau de buffle mettant en valeur ses larges épaules et d'un haut-de-chausses brun et bouffant, il avait fière allure. Si on ajoutait l'écharpe cramoisie de son ancien régiment en travers du torse, ses hautes bottes à revers (dont l'une contenait un couteau), un large baudrier râpé avec une rapière à l'espagnole et une main-gauche – des armes interdites aux domestiques, mais tolérées pour les gardes du corps d'un notaire –, on devine à quel point il impressionnait le jeune Louis Fronsac.

Son frère Jacques lui ressemblait comme deux gouttes d'eau, sinon que son pourpoint était en grosse toile rembourrée et qu'il n'avait pas de barbe mais une longue moustache.

Devenus orphelins quand la ferme de leurs parents avait été ravagée par des troupes espagnoles, les Bouvier avaient rejoint une bande de reîtres et combattu en Allemagne avant de s'engager dans le régiment de Picardie nouvellement créé, en 1603, par M. de Sully.

1. Le mécanisme du rouet, inventé par Léonard de Vinci, consiste en une roue tendue par un ressort que l'on remonte avec une clef. En libérant le ressort, la roue métallique frotte sur une pyrite serrée dans un chien et provoque des étincelles qui allument du pulvérin déposé dans un bassinet, lequel met le feu à la poudre et fait partir la balle. Le rouet sera remplacé par le pistolet à silex vers le milieu du dix-septième siècle.

Ils y avaient servi vingt ans comme piquiers, puis comme arquebusiers.

Mariés et revenus à la vie civile, ils avaient été engagés par M. Fronsac après l'attaque de l'étude par une bande de truands. Une agression qui aurait mal fini sans le courage de M. Charreton. Depuis, bien nourris et bien logés, les deux anciens soldats nettoyaient la cour et l'écurie de l'étude, gardant quand même la nostalgie du temps où, même s'ils risquaient leur vie, ils connaissaient la volupté des massacres et des pillages.

C'était après la messe que Louis avait appris qu'il allait avoir une leçon de tir. Ils revenaient en famille de l'église Saint-Merry, où ils se rendaient pour les offices divins depuis que la chapelle de Braque, la petite église du couvent de la Merci située en face de la porte de l'hôtel de Clisson, était en travaux[1], quand son grand-père lui avait dit :

« Louis, ton père a été content de ton travail durant cet été. Tu as été sérieux et tu as étudié des affaires qui te seront utiles comme notaire. Avant ton retour au collège de Clermont, mercredi, Pierre est d'accord pour que je t'apprenne à tirer au pistolet. Peut-être un jour en auras-tu besoin.

— C'est… vrai ? » avait balbutié Louis.

C'est que l'été avait été studieux pour le garçon, qui avait travaillé avec les commis de l'étude et accompagné à plusieurs reprises Philippe Boutier, son parrain, au Grand Châtelet, où il était conseiller. Cependant, durant ses rares temps de loisir, et avec l'autorisation de M. Fronsac, les frères Bouvier lui montraient

1. La nouvelle église sera terminée en 1631.

comment fonctionnait un mousquet à mèche. De plus, M. Charreton s'était souvent joint à eux, apportant le pistolet à rouet qu'il avait acheté depuis l'attaque de l'étude par la bande des Manteaux noirs. Les frères Bouvier n'en possédaient pas, ce genre d'arme étant trop cher pour eux, mais ils en connaissaient bien le mécanisme et ils avaient montré à Louis comment le démonter et le charger. Seulement, le garçon n'avait encore jamais tiré.

« Je vais m'entraîner dans la cour ?

— Non, cela effraierait les voisins. Après dîner[1], nous irons sur la butte du Temple, le long des fossés jaunes. Il n'y a personne sur les anciens bastions, sinon quelques meuniers et des duellistes. »

Ces « fossés jaunes » tiraient leur nom de la couleur du sol dans lequel ils avaient été creusés. Il s'agissait des fortifications qui remplaçaient l'ancienne enceinte de Charles V, incapable de résister à l'artillerie. Les travaux avaient été initiés par Charles IX, puis abandonnés, et repris depuis peu par Louis XIII. On avait creusé un fossé et un égout, extérieur à l'enceinte, et la terre avait servi à ériger un talus complété par de grands bastions.

La partie des fortifications sise derrière la Villeneuve du Temple s'appelait la butte du Temple, ou encore la Butte aux Moulins, à cause de ces constructions, dont beaucoup étaient désormais à l'abandon.

Ce 28 septembre ressemblait à l'été, avec un ciel sans nuages et une douce chaleur. Ils avaient gagné le

1. Le « dîner » de l'époque correspond à notre déjeuner, notre dîner actuel s'intitulant alors « souper ».

futur champ d'exercice après la repue, en remontant la rue du Temple. Louis marchait en tête, se retournant sans cesse pour faire presser les frères Bouvier et son père. Mais ce dernier bavardait avec M. Charreton. Tous deux évoquaient les nouveaux hôtels que l'on construisait dans leur quartier devenu un vaste chantier.

Arrivé à l'octroi de la porte du Temple, Guillaume avait désigné le chemin qui montait au talus. Le fils du notaire l'avait gravi en courant, puis avait cherché un endroit favorable. C'est lui qui avait trouvé la souche, près d'un moulin abandonné.

Louis rechargeait son arme avec application. Ayant serré la balle de plomb dans l'étoupe, il l'enfonça au fond du canon, dans lequel il avait mis la charge de poudre, puis il tassa l'ensemble doucement, avec la baguette, sous la surveillance de M. Charreton, qui s'assurait que l'arme était préparée correctement. En vérité une vérification inutile car, tout l'été, le jeune Fronsac avait appris à manipuler le pistolet et il possédait maintenant l'expérience d'un vieux mercenaire.

Pendant ce temps, Guillaume s'était rendu à la cible posée sur une souche d'arbre. Il s'agissait d'un oiseau peint en rouge qu'il avait taillé dans un morceau de bois. Au régiment de Picardie, on jouait au jeu du papegai, qui consistait à tirer à l'arquebuse sur ces cibles en forme d'oiseaux.

Il examina la pièce de bois et la remit en place avant de revenir en expliquant que la balle avait ébréché la queue de la sculpture. Déjà, Louis trépignait, prêt à recommencer. Son grand-père le fit reculer de dix pas et tout le monde se plaça derrière lui.

Le garçon installa la clef et lui fit faire un tour complet afin de tendre le ressort de la roue. Ensuite, retenant sa respiration, il visa longuement en tenant l'arme à deux mains. Le coup partit, mais l'oiseau ne bougea pas.

Or, avant que la déception n'apparaisse sur le visage du fils de M. Fronsac, un second coup de feu éclata et la sculpture de bois sauta à quelques pas. Stupéfait, Louis tourna la tête. Son grand-père était le tireur ! Dans la fumée qui l'entourait, le garçon distingua ce qu'il avait utilisé : non un long pistolet comme celui qu'il tenait, mais une arme courte dont la poignée en ivoire ciselé faisait presque un angle droit avec le canon et se terminait par une boule.

— Qu'est-ce que c'est, grand-père ?

— Un puffer ! répondit Charreton en riant. Un pistolet de cavalerie. Tu vois, le pommeau est sphérique afin de le sortir aisément de sa fonte.

Les frères Bouvier en demeuraient ébahis.

— Voilà une arme peu courante, monsieur. Je n'en avais pas vu souvent, déclara enfin Guillaume.

— Celle-ci est d'autant plus précieuse qu'elle a appartenu à la duchesse de Montpensier. C'est mon ami Olivier Hauteville qui la lui avait prise et qui me l'a offerte. Je ne l'avais quasiment plus utilisée depuis le retour de notre bon Henri à Paris. Je l'ai ressortie aujourd'hui pour te la montrer, Louis, et je suis désolé d'avoir touché avant toi le papegai. Mais tu vas y arriver.

Il tendit le puffer à son petit-fils, qui le manipula avec admiration.

— Comment la duchesse de Montpensier pouvait-elle avoir un pistolet de cavalerie ? s'enquit M. Fronsac, qui détestait les explications incohérentes ou incomplètes.

— Le puffer était une arme de cavalier, mais comme sa taille est plus petite que celle d'un pistolet, beaucoup de gens à la Cour le portaient à la ceinture, voire dans les poches d'un manteau ou même sous une robe ! Catherine de Montpensier gardait le sien dans sa chambre. Elle l'avait fait fabriquer par un armurier italien.

Louis leva le chien sculpté en forme de tête de loup et fit basculer le couvre-bassinet. La platine à rouet, très plate, était poinçonnée et le canon court formait six pans. Toute la monture était incrustée de plaques d'os gravées de motifs floraux et géométriques.

— C'est une arme très précise, et sa qualité explique que j'aie touché sans peine le papegai, ajouta M. Charreton comme pour s'excuser.

Les frères Bouvier échangèrent un sourire entendu. Ils savaient que ce n'était pas vrai. Si M. Charreton avait atteint la cible, c'était tout simplement parce qu'il était un adroit tireur. Ils s'en touchèrent deux mots à mi-voix en se dirigeant vers l'oiseau de bois pour le remettre sur sa souche.

— Pourrai-je tirer avec, grand-père ?

— Tu pourras, mais seulement quand tu auras atteint le papegai avec ton pistolet !

Immédiatement, Louis alla chercher le matériel que Guillaume avait déposé sur une grosse pierre et entreprit de nettoyer son arme et de la recharger. Pendant ce temps, les deux frères examinaient à leur tour le puffer et M. Fronsac discutait avec son beau-père.

— J'ignorais également que tu possédais cet engin, Louis !

— Tu sais que j'ai une huche pleine de souvenirs de la Ligue. Je l'ai ressortie aujourd'hui car j'ai pensé que ça amuserait ton fils de connaître le pistolet de la duchesse. Et il était facile de le dissimuler sous mon pourpoint.

— Quand je pense que tu as connu la sœur du duc de Guise !…

— Je n'en tire aucune gloire, c'était une méchante femme.

Louis avait terminé et fit signe qu'il était prêt. Chacun se plaça derrière lui, il tendit le bras, tenant l'arme à deux mains, visa et fit feu.

Le papegai bondit à quelques toises !

— Magnifique !

Ce cri d'éloge ne provenait d'aucun des spectateurs, aussi se retournèrent-ils tous. Cependant, au son de la voix, Louis avait déjà deviné qui arrivait. En découvrant son ami, dont l'allure était reconnaissable entre mille, il se précipita vers lui en criant :

— Gaston !

Le garçon qui débouchait sur le talus était moins grand que le jeune Fronsac, mais autrement charpenté. Trapu, large d'épaules, il paraissait plus que ses treize ans, peut-être à cause de son visage carré, déjà celui d'un adulte, avec quelques poils roux au menton.

Les deux amis s'étreignirent longuement, puis Gaston saisit le pistolet que Louis n'avait pas lâché.

— Si je m'attendais à ce que tu tires si bien ! déclara-t-il sans dissimuler son envie.

— Et pourquoi pas ? Un notaire ne devrait-il pas savoir utiliser des armes ? Mais dis-nous plutôt comment tu nous as trouvés. Nous pensions que tu arriverais ce soir.

MM. Fronsac et Charreton s'étaient aussi avancés pour accoler paternellement le nouveau venu.

Gaston de Tilly était le fils d'un lieutenant des maréchaux de Normandie mort dans un accident de voiture avec son épouse, les chevaux du véhicule s'étant emballés[1].

Les Tilly étaient de vieille noblesse, puisque celle-ci remontait aux croisades. Mais ils étaient aussi d'une grande pauvreté. Sans fortune, les deux tuteurs de Gaston, le prieur de l'abbaye de Coulombs et son oncle Hercule, avaient décidé qu'il serait prêtre et l'avaient envoyé comme pensionnaire au collège de Clermont. Mais l'héritier des Tilly était plus porté sur l'action que sur la prière, et s'il avait accepté la tonsure durant l'année scolaire, ses cheveux flamboyants avaient bien repoussé en un été !

Louis et Gaston s'étaient connus au collège, où ils étaient compagnons de chambrée. Ensemble, ils avaient déjoué, au péril de leur vie, un infâme complot visant la reine[2]. Ces dangers avaient soudé leur amitié.

— Tu ne vas pas pouvoir rentrer à Clermont avec ta tignasse, affirma Louis en riant tandis qu'ils rejoignaient les frères Bouvier.

— Ma femme vous taillera les cheveux comme un moine, monsieur ! plaisanta Jacques, ce qui lui attira une grimace facétieuse de Gaston.

— Si vous saviez comme je suis heureux de me retrouver avec vous, dit-il alors, une larme à l'œil. Vous êtes ma vraie famille !

1. Voir *La Malédiction de la Galigaï*, du même auteur.
2. Voir *Les Ferrets de la reine*, *op. cit.*

M. Charreton, ému, le prit par l'épaule et le serra contre lui.

— Mais tu es comme notre fils ! assura-t-il.

Gaston se tourna vers M. Fronsac.

— Je devais en effet arriver ce soir, mon oncle Hercule avait prévu de se faire prêter une deuxième mule et, en partant avant le lever du soleil, on serait arrivés à la nuit. Mais un gentilhomme de ses amis a fait halte à Tilly, hier soir. Il se rendait à Paris et possédait un robuste roussin. Il a proposé de m'emmener, avec mon sac. On a chevauché au trot pendant dix heures et il m'a laissé rue Sainte-Avoye. J'ai filé rue des Quatre-Fils, où Mme Fronsac m'a dit où vous étiez. J'ai laissé mon sac et me voici !

— Mais as-tu mangé, mon garçon ? demanda le notaire.

— Un peu de soupe, en route, monsieur, mais Mme Fronsac m'a donné du pain et du fromage que j'ai avalés en chemin… répondit le rouquin en devenant aussi rouge que sa chevelure.

— Grand-père, Gaston a sûrement envie de tirer au pistolet, intervint Louis.

— Entendu, on va voir s'il est plus adroit que toi !

— Je ne sais pas très bien tirer, monsieur, s'excusa Gaston, gêné. Je me défends mieux une épée à la main.

Il n'ajouta pas que son oncle n'était pas assez fortuné pour gaspiller quelques écus dans l'achat de poudre et de balles. De plus, celui-ci ne possédait qu'un vieux mousquet à mèche.

Louis lui montra comment utiliser le pistolet et le lui donna. Écoutant les conseils, Gaston se mit en position de tir, tandis que Guillaume replaçait l'oiseau maintenant bien amoché.

Le silence se fit, le jeune Tilly fit feu… et rata. Il grimaça de dépit.

— À mon tour ! cria Louis. Grand père, puis-je utiliser le puffer ?

Après une hésitation, M. Charreton lui tendit l'arme.

— Tu ne vas utiliser que ta main droite, Louis, donc ce sera plus difficile pour viser.

Sous le regard attentif de Gaston, à qui M. Charreton racontait l'histoire du pistolet de la duchesse de Montpensier, Louis chargea le canon. Puis il tira à son tour, rata la cible.

— Égalité ! s'égosilla le jeune Tilly.

— Revanche ! clama Louis en sautant, très excité par leur duel.

M. Fronsac avait rarement vu son fils aussi animé. La séance de tir se poursuivit durant encore une heure, mais Gaston n'atteignit jamais la cible. Louis l'effleura en utilisant le puffer et M. Charreton l'atteignit une nouvelle fois. Quant aux frères Bouvier, M. Charreton leur proposa de montrer leur savoir-faire et tous deux atteignirent le papegai sans peine. Sollicité pour utiliser lui aussi l'une des armes, M. Fronsac déclina, déclarant en riant qu'il lui suffisait de savoir que tous les hommes de la maisonnée étaient aussi adroits. Une remarque à double sens qui fit sourire son beau-père.

À cinq heures, ils rentrèrent allègrement, Louis et Gaston jacassant et plaisantant sur leur prochain retour à Clermont, les deux frères faisant des commentaires sur les qualités respectives des garçons, et MM. Fronsac et Charreton échangeant seulement quelques paroles, mais toutes empreintes de la béatitude qu'ils éprouvaient à avoir un fils et un petit-fils comme Louis, et un second garçon, tout aussi généreux et hardi.

Tandis qu'ils passaient devant la Villeneuve du Temple, ils n'eurent pas un regard pour la vieille seigneurie fortifiée. Comment auraient-ils pu imaginer que derrière cette haute enceinte se trouvait en cet instant même un homme qui donnerait bientôt l'ordre d'assassiner ces deux enfants ?

4

Fondé en 1118 par Hugues de Payns, l'ordre des Pauvres Chevaliers du Christ et du Temple de Salomon s'était donné pour mission d'assurer la protection des pèlerins se rendant à Jérusalem. Ensuite le Temple, comme on le nommait, avait essaimé dans toute la Chrétienté en créant des commanderies. À Paris, il avait d'abord possédé une maison forte dans le Monceau-Saint-Gervais, jusqu'à ce que le roi Louis VII lui donne, vers 1140, un vaste domaine marécageux au nord de la ville. Le Temple y avait édifié une petite cité fortifiée avec un donjon, la Villeneuve, et quand le fils de Louis VII, Philippe Auguste, avait fait ériger une enceinte autour de sa capitale, la Villeneuve s'était retrouvée à l'extérieur des murs.

Au fil des années, la richesse et la puissance des templiers s'étaient affirmées et Philippe le Bel n'hésitait pas à utiliser la Villeneuve pour y déposer son trésor ou s'y réfugier en cas de danger, la jugeant plus sûre que le Louvre. Mais le roi de France avait pour dessein de s'approprier les biens et les richesses du Temple. Après qu'eurent circulé des rumeurs accusant les templiers de renier le Christ et d'être sodomites, il avait secrètement transmis à ses baillis un ordre d'arrestation de tous les membres de l'ordre dans le royaume. L'opération s'était déroulée le 13 octobre 1307. Interrogés sous la torture avant d'être remis aux inquisiteurs dominicains, les chevaliers du Temple avaient été condamnés au bûcher. Puis l'ordre avait été aboli par l'Église en 1312 et ses biens transmis à celui des hospitaliers[1].

À Paris, depuis trois cents ans, la Villeneuve appartenait donc aux hospitaliers de Malte. Leur maître, le Grand Prieur de France, logeait dans l'hôtel prieural, un bâtiment inconfortable et étriqué, à l'ombre du grand donjon. Depuis cinquante ans, la charge de Grand Prieur était promise aux bâtards royaux : Henri d'Angoulême, fils naturel d'Henri II, l'avait obtenue en 1567. Charles de Valois, fils naturel de Charles IX, lui avait succédé, et maintenant c'était Alexandre de Vendôme, le deuxième fils d'Henri IV de France et de Gabrielle d'Estrées. On l'appelait le Chevalier de Vendôme.

Enfants de celle que le jeune Louis XIII appelait « la putain », les Vendôme étaient des bâtards légitimés avec toutefois un léger doute sur leur royale paternité. Ainsi, César, duc de Vendôme, était né durant le mariage de Gabrielle avec M. de Liancourt, un homme prétendument impuissant – selon le jugement de leur divorce –, mais qui avait déjà donné naissance à quatorze enfants ! Quant à Alexandre, on murmurait qu'il était le rejeton de M. de Bellegarde, amant assidu de la belle Gabrielle et qui passait avant le roi dans la landie, comme le rapporta perfidement Tallemant des Réaux.

1. Voir *La Quête de Robert de l'Aigle* et *Le Secret de l'enclos du Temple*, du même auteur.

De fait, les deux frères auraient pu être de pères différents tant ils se ressemblaient peu. Avec ses gros yeux et son air fat et bouffi, César n'avait rien de son présumé père, le bon roi Henri, contrairement à un Alexandre au regard vif et un nez bourbonien. Mais c'était surtout par leur caractère qu'ils différaient : César avait un esprit médiocre et fourbe : « Un vilain homme, honteux dans ses goûts et lâche dans sa conduite à la guerre ou à la Cour », dira de lui Loménie de Brienne. À l'inverse, Alexandre était jugé habile et aimable, mais malheureusement inconstant. Cependant, même aussi dissemblables, ils s'aimaient et, surtout, affirmaient la même prétention : ils étaient plus âgés que le roi de France – le premier de sept ans et le second de trois – et si leur mère, à qui Henri IV avait promis le mariage, n'était pas morte, peut-être empoisonnée par les opposants à cette union, l'un d'eux serait à présent sur le trône.

Durant la minorité de Louis XIII, l'aîné des Vendôme s'était persuadé que son demi-frère Louis, d'une santé fragile, disparaîtrait rapidement. Sous le gouvernement de Concini[1], il avait rejoint ceux qu'on appelait les Malcontents, des grands seigneurs s'opposant à la régente Marie de Médicis et à son favori italien. Pour cette raison, il avait été arrêté en 1614 et enfermé au Louvre, d'où il s'était évadé. Riche, car sa mère Gabrielle d'Estrées avait beaucoup reçu du roi Henri, il avait levé des troupes en Bretagne et finalement obtenu le gouvernorat de cette province, tandis que son frère Alexandre, géné-

1. Concino Concini, aventurier italien, amant de la reine Marie de Médicis. Il était devenu maréchal d'Ancre et premier des ministres du Conseil royal. Louis XIII le fera assassiner.

ral des galères à quatorze ans, accédait à la charge de Grand Prieur.

Enfants, les deux bâtards avaient vécu des relations différentes avec le roi. Louis XIII disait d'eux qu'ils étaient d'une race de chiens, mais c'était surtout envers César qu'il professait une profonde antipathie car ce dernier, le préféré de son père, était considéré comme le dauphin en titre. En revanche, le jeune Louis appréciait Alexandre pour son caractère doux et accommodant. Cependant, au retour d'une brève campagne conduite contre les Turcs et durant laquelle il avait été traité comme un roi, le cadet des Vendôme était revenu changé. Prétentieux, il ne cachait plus ses ambitions à devenir un jour le maître de la France. Armand du Plessis de Richelieu, alors évêque de Luçon, l'avait jugé « d'un esprit dangereux ».

Après la révolte des Malcontents, et les gratifications reçues pour rester fidèles au roi, les Vendôme s'étaient montrés loyaux. Alexandre s'était installé au Temple et son frère s'affichait à la Cour. C'est alors que la reine mère Marie de Médicis, enfermée à Blois par son propre fils, s'était évadée. Elle avait appelé auprès d'elle tous les factieux qui avaient à se plaindre de la politique conduite par Luynes, le favori de Louis XIII depuis qu'il avait fait mousqueter Concino Concini.

Conseillée par M. de Richelieu, la Médicis avait rassemblé près d'elle le comte de Soissons, le duc de Longueville et les frères Vendôme, qui jugeaient venu le moment de se défaire de Luynes, d'entrer au Conseil royal et, peut-être, de déposséder le roi de son trône.

Seulement Louis XIII n'était pas le faible monarque qu'imaginaient les conjurés. Contre l'avis de Luynes, il avait levé une armée et écrasé les rebelles aux Ponts-de-Cé.

Quand il avait vu César de Vendôme prendre le commandement des opérations militaires, Richelieu s'était placé en retrait, tant il avait été affligé par le désordre de l'armée rebelle et les mensonges de leurs chefs. Il jugeait l'aîné des Vendôme incapable d'un grand dessein et les faits lui avaient donné raison puisque César avait été le premier à battre en retraite. « Il a beaucoup d'esprit mais si peu de cœur[1] que la fertilité de l'un ne peut suppléer au défaut de l'autre », devait-il dire plus tard. On ne pouvait affirmer plus clairement que le duc de Vendôme était un imbécile et un poltron.

Le futur cardinal de Richelieu avait commencé sa carrière à la Cour comme Grand Aumônier auprès de la jeune reine, puis avait succédé à Villeroy en tant que ministre des Affaires étrangères dans le gouvernement du maréchal d'Ancre[2]. Créature de l'Italien, il avait bien failli perdre sa tête, ou au moins connaître la Bastille, après l'assassinat du favori, mais Louis XIII avait préféré le bannir. Le roi l'avait pourtant rappelé au début de la révolte de sa mère, afin qu'il la ramène à la raison. Mais à cause de l'influence néfaste des Vendôme, qui croyaient toujours que leur jeune frère n'était qu'un enfant soumis, le prélat n'y était pas parvenu. Or l'évêque de Luçon avait perçu tout le contraire d'un faible chez Louis XIII : sous le jeune homme qui bégayait à la moindre émotion, il avait deviné un monarque intransigeant et orgueilleux. Il avait déjà décidé que ce serait près de lui qu'il ferait

1. Au sens de « courage ».
2. Concino Concini.

carrière, aussi s'était-il tenu à l'écart de la rébellion, tout en restant le conseiller de Marie de Médicis, qui pourtant ne l'écoutait guère.

La paix d'Angers avait scellé la fin de la sédition et apporté le pardon aux conjurés, mais pas le chapeau de cardinal à Richelieu, qui restait détesté de Luynes et du roi. En revanche, la rupture était consommée entre M. de Luçon et les Vendôme, que le prélat jugeait peureux, brouillons et inconstants. Et qui, surtout, ne l'avaient pas soutenu pour obtenir la pourpre cardinalice.

Durant les cinq années qui avaient suivi la défaite des Ponts-de-Cé, les deux frères s'étaient montrés soumis et obéissants, César se comportant même en valeureux chef de guerre durant les désordres protestants provoqués par le duc de Rohan et son frère Soubise. Certes, le prince de Condé l'avait accusé de double jeu et d'agir en allié secret des rebelles, mais il s'agissait de médisance, car le prince reprochait surtout au bâtard royal de ne pas massacrer ses prisonniers. Une attitude qui ne s'expliquait nullement par la miséricorde mais par les bénéfices qu'apportaient les religionnaires à la richesse du royaume : « Gardons-nous de ruiner ces huguenots, car ce sont eux qui font subsister les princes et les grands », disait le duc de Vendôme.

C'est après la mort de Luynes que Marie de Médicis avait enfin obtenu que son protégé, M. de Luçon, coiffe le chapeau rouge et entre au Conseil. Un bien mauvais calcul de la part de la reine mère, car l'un des desseins du cardinal était d'affaiblir l'Espagne, donc de conduire une politique inverse de celle que Marie de Médicis préconisait.

Ce n'était pas le seul désaccord entre elle et Richelieu, car si tous deux visaient à détruire la puissance protestante Armand du Plessis voulait aussi abaisser la haute noblesse, qui provoquait une anarchie perpétuelle et ruinait le royaume. Pour avoir été dans les rangs des Grands, Richelieu savait ce qu'ils valaient et il avait demandé au souverain que plus aucune charge d'importance ne revienne aux princes et qu'ils restent écartés du Conseil.

Alexandre ne vivait pas dans l'hôtel prieural du Temple, trop inconfortable, et logeait habituellement au château de Vincennes. Il n'assistait d'ailleurs quasiment jamais aux chapitres de l'ordre de Malte. S'il se trouvait dans la Villeneuve, ce dimanche 28 septembre, c'est parce que lui et son frère recevaient discrètement deux visiteurs de marque. Comme il s'agissait de religieux, personne ne pourrait s'étonner de leur présence dans l'enclos du Temple, où logeaient de nombreux hommes d'Église.

Les quatre hommes avaient dîné dans le grand salon et Alexandre avait veillé à ce que le repas soit somptueux. Il pouvait se le permettre puisque sa charge lui rapportait quarante mille livres par an et que sa fortune était considérable. Ensuite, ils s'étaient rendus dans la chambre d'apparat, où des valets avaient servi des liqueurs et des confitures avant de se retirer. Comme ils avaient déjà parlé à table de toutes ces choses sans importance que l'on dit dans les rencontres en ville, ils pouvaient maintenant aborder le sujet pour lequel ils s'étaient réunis.

Alexandre et son frère César avaient pris place sur des fauteuils tapissés à accoudoirs. Le Grand Prieur était habillé de soie blanche, une vêture qu'il goûtait fort, tandis que le duc portait un pourpoint de taffetas couleur feuille morte avec un grand col en fraise. Les deux visiteurs étaient installés sur une large banquette aux épais coussins. En soutane de soie brodée, le premier était chaussé de bottes éperonnées à larges revers. Il était vaguement tonsuré, une épaisse couronne de cheveux raides sortait de son bonnet carré. Ses mains étaient larges et noueuses et Alexandre avait observé qu'il les serrait fréquemment comme pour écraser quelque invisible nuisible. Quant à son visage basané, il était surtout remarquable par sa barbe de couleur jais taillée en pointe et ses longues moustaches relevées en crocs. Sanglé dans une casaque de cuir, une rapière au flanc, il aurait pu passer pour un capitaine de compagnie. C'était pourtant un prêtre. Profès des quatre vœux[1], il avait un rang éminent dans la Société de Jésus tout en étant le bras droit de l'*espía mayor* qui dirigeait l'espionnage d'outre-Pyrénées. Il se nommait Diego Antonio Mendoza, s'exprimait parfaitement en français et était le neveu de ce Mendoza, ambassadeur d'Espagne sous la Ligue, qui avait soutenu le duc de Guise[2].

Son voisin sur la banquette ne lui ressemblait guère, avec un visage rond, au regard profond et réfléchi, encadré d'une épaisse chevelure bouclée. Il portait un élégant pourpoint couleur cuivre avec un col carré, blanc et brodé, et des manchettes assorties. Ses mains étaient fines, soignées et couvertes de bagues. Ambassadeur du duc de Savoie Charles-Emmanuel, il se nommait Cesare Alessandro Scaglia di Verrua et, même s'il n'arborait pas de soutane, il était abbé. À la Cour, où il passait pour un courtisan souple et

1. Le plus haut rang chez les jésuites.
2. Voir *La Bête des Saints-Innocents*, *op. cit.*

conciliant, on le jugeait frivole et insignifiant. Or il n'était ni l'un ni l'autre. C'était un homme brutal, habile, tortueux, qui connaissait toutes les perversions de l'entourage du roi et celles, plus interlopes, des bas-fonds de Paris. C'était aussi un politique qui détestait les champs de bataille et préférait agir dans l'ombre pour éviter la guerre.

Ces quatre-là s'étaient déjà rencontrés à la fin du mois de mai, lors du mariage de la sœur du roi. Déjà à ce moment ils éprouvaient des craintes quant à l'ascendant que Richelieu prenait désormais sur le roi. Mendoza particulièrement, depuis que Luçon lui avait sèchement rétorqué, après qu'il se fut plaint de la nouvelle politique du royaume envers l'Espagne : « Le roi de France a changé de conseil et le ministère de maxime, monsieur. » L'Espagnol avait fait semblant de supporter l'avanie car il manigançait alors une opération qui aurait dû mettre à bas l'alliance anglaise chère à Richelieu : le mariage entre la sœur de Louis XIII et le roi d'Angleterre. En effet, l'ambassadeur d'Angleterre avait remis des ferrets de diamant à Anne d'Autriche comme un cadeau venant de son futur beau-frère, des bijoux qu'elle aurait dû porter au bal du mariage. Or ceux-ci étaient faux et la supercherie aurait dû être révélée devant toute la Cour, humiliant ainsi le roi anglais, qui devait passer pour un pingre et un faussaire[1].

Seulement Anne n'avait pas porté les ferrets. Pire, elle les avait offerts à Buckingham. Avait-elle eu vent de la cabale ? Mendoza en était certain, et il était même persuadé que c'était un jésuite du collège de Clermont qui l'avait trahi.

1. Voir *Les Ferrets de la reine*, *op. cit.*

Il avait donc ourdi une autre brigue qui, cette fois, viserait à faire chasser Richelieu de la Cour, mais aussi à punir ceux qui l'avaient trahi. Seulement, c'était un plan si vaste qu'il ne pouvait le conduire seul. Il en avait parlé avec Alessandro Scaglia, qu'il connaissait depuis longtemps et dont il n'ignorait rien des activités secrètes. Ce dernier avait accepté, bien que la Savoie soit loin d'être une alliée de l'Espagne, mais les deux pays partageaient un adversaire commun : Richelieu. Mendoza avait aussi sondé les deux frères Vendôme, car, après le départ du cardinal, celui qui le remplacerait devait être quelqu'un soutenant une politique pro-espagnole. Alexandre de Vendôme, prieur d'un ordre religieux, ferait parfaitement l'affaire. Les quatre hommes avaient alors prévu de se retrouver à l'automne, quand Mendoza aurait suffisamment avancé dans son intrigue.

Si le jésuite espagnol avait tout intérêt à voir changer la politique de la France, et si les frères Vendôme tenaient au départ du cardinal, qui se répandait en perfidies sur leur compte et les écartait des charges lucratives, quel était l'intérêt de l'abbé Scaglia à se joindre à la cabale ? Après tout, Victor Amédée de Savoie, son maître, n'était pas un ennemi de la France. Bien au contraire puisqu'il avait épousé Christine de France, la deuxième fille d'Henri IV. Mais le comportement du cardinal dans l'affaire de la Valteline avait complètement modifié ses sentiments vis-à-vis de son beau-frère.

La Valteline était une vallée d'une grande importance stratégique car elle permettait le passage entre le duché de Milan, aux mains des Habsbourg d'Espagne, et le Tyrol appartenant aux Habsbourg d'Autriche. C'était aussi le moyen le plus rapide pour les Espagnols d'Italie de gagner les Pays-Bas, qui leur appartenaient.

En 1620, les protestants de la vallée s'étaient soulevés contre les Grisons, favorables aux Autrichiens. Il s'en était suivi un massacre des leurs, puis une occupation de la vallée par les troupes espagnoles et autrichiennes, qui avaient interdit le culte protestant. La France s'était alliée au duc de Savoie et à la République de Venise pour contrer l'influence espagnole. Puis, à son arrivée au gouvernement, Richelieu avait décidé d'intervenir militairement dans la Valteline et d'imposer la solution française en envoyant une armée commandée par le maréchal d'Estrées, frère de l'ancienne maîtresse d'Henri IV. Désormais, il s'apprêtait à conserver la vallée en négociant seul avec les Habsbourg, négligeant son allié, le duc Amédée de Savoie. Ce dernier, blessé par cette désinvolture, avait donc décidé d'écarter un ministre si peu reconnaissant. Et les choses pressaient car Scaglia savait que le lendemain lundi se tiendrait un conseil à Fontainebleau sur la poursuite de la guerre en Valteline, et qu'à coup sûr Richelieu imposerait sa volonté au roi.

5

— La confiance est fragile, entre votre monarque et le cardinal de Richelieu, commença Mendoza d'une voix posée. J'ai plusieurs fois parlé au roi et il n'a rien oublié des années Concini, quand il était à la merci du bougre italien. Souvenez-vous qu'à la mort du maréchal d'Ancre, dont le cardinal était la créature, le roi lui avait déclaré : « Eh bien, monsieur de Luçon, me voilà délivré de votre tyrannie ! » Si votre roi avait été plus vindicatif, ou s'il s'était comporté comme mon propre monarque, votre ministre aurait connu le fer du bourreau.

— Je dois reconnaître que rien ne m'aurait fait plus plaisir, observa César de Vendôme avec un sourire haineux.

— Même des années plus tard, Louis XIII ne voulait pas de ce malfaisant ambitieux. Je me souviens qu'il m'avait dit un jour, en le voyant passer dans une galerie du Louvre : « Voilà un homme qui voudrait bien être de mon Conseil, mais je ne puis m'y résoudre après tout ce qu'il a fait contre moi », renchérit Scaglia.

Les frères Vendôme approuvèrent d'un hochement de tête satisfait.

— Il reste encore beaucoup de défiance chez le roi, poursuivit Mendoza, aussi, qu'il découvre quelque fait prouvant que Richelieu le trahit, et il le chassera ignominieusement.

— Je partage votre analyse, intervint le Grand Prieur, mais je ne sous-estime pas l'habileté de ce maudit Richelieu. Il s'est trompé de cheval avec Concini, il ne commettra pas cette faute une deuxième fois.

César acquiesça.

— C'est certain, il faudra donc aider un petit peu dame chance, conclut l'abbé avec gourmandise.

— J'attends impatiemment vos propositions, monsieur l'ambassadeur ! fit César de Vendôme. Nous nous sommes mis d'accord au mois de mai sur la nécessité d'écarter cet ambitieux, mais je dois vous avouer que mon frère et moi, sans nouvelles de vous, pensions que vous aviez renoncé…

— Je reconnais que j'aurais dû vous parler plus tôt, mais j'étais à Rome et les préparatifs de notre affaire ont été plus longs que je ne l'avais prévu, répondit suavement Mendoza.

— Nous sommes tout ouïe, annonça Alexandre, fort impatient.

— Imaginez que l'on trouve chez Richelieu un document d'une extrême gravité, prouvant qu'il joue un double jeu… commença Mendoza en se frottant les mains.

— Le roi lui retirera dans l'instant sa confiance, affirma Alexandre, attentif.

— Mais quel document ? Et pourquoi serait-il chez lui ? s'enquit César.

— Je vais répondre à vos questions, dit le jésuite espagnol en levant une main. Il s'agira d'un livre. Un ouvrage censuré, condamné, qui aura été brûlé en place de Grève par la main du bourreau, et dont la possession par le ministre soulèvera l'indignation de tous les corps de votre État, du Parlement, des officiers, de l'Église, de l'Université, de la noblesse et même du tiers…

Mendoza s'était enflammé à ces mots, et les deux frères Vendôme étaient suspendus à ses lèvres.

— Il faut un immense scandale, une indignation telle que le cardinal de Richelieu n'ait ni le temps ni les moyens de se disculper. Tout va reposer sur la défiance envers notre ordre… Oui, cette éternelle méfiance que les parlementaires et la bourgeoisie éprouvent envers nous, tout en envoyant leurs enfants dans nos écoles (là, le jésuite ne parvint pas à retenir une moue aigrie), cette prévention, nous allons l'utiliser à notre profit afin de faire chuter notre ennemi. Ainsi, notre ordre sera insoupçonnable, puisqu'il sera le premier touché par le scandale.

— Vous parlez par énigme, père Mendoza, dit César, qui paraissait complètement perdu.

— Il s'agit de raviver quelques blessures, certainement douloureuses pour vous, mais qui vous protégeront également car personne n'imaginera que vous puissiez approuver des déclarations favorables aux meurtres des rois. Durant la Sainte Ligue, les jésuites auraient, dit-on, car je n'en ai pas trouvé de preuves écrites, soutenu le droit de tuer les tyrans. Jean Chastel, qui tenta de meurtrir votre père, était un ancien élève de leur Compagnie, et, vous le savez, on avait trouvé dans la chambre du bibliothécaire du collège de Clermont un papier de sa main justifiant l'assassinat des princes hérétiques. Chastel fut tiré par quatre chevaux, le bibliothécaire pendu, et après cet attentat mes frères furent chassés de France pendant neuf ans.

Les visages des Vendôme s'étaient fermés tant le souvenir de la mort de leur père était encore douloureux.

— Beaucoup sont toujours opposés à leur présence, intervint Alexandre.

— Certainement. Or le cardinal estime et protège notre Société. Je devrais lui en être reconnaissant, et en vérité je le suis, car cette déférence sera la cause de sa ruine.

Les deux frères restaient pendus aux lèvres de l'Espagnol, mais leurs mines médusées signifiaient clairement qu'ils n'y comprenaient mot.

— Notre confrérie professe la primauté papale sur les souverains, et même si notre général Aquaviva a interdit d'écrire sur le tyrannicide, il trouve toujours bon de rappeler en prêche que le pape a le devoir de punir les princes sacrilèges et de les priver de leur trône. Un de mes frères romains, Antoine Santarelli, vient de terminer, à ma demande, un livre où il affirme de façon absolue la puissance de Rome sur les rois, le droit du Saint-Père à l'excommunication des souverains et surtout son pouvoir à affranchir les sujets d'un royaume de leur fidélité envers leur monarque. De telles déclarations écrites vont cependant à l'encontre de la doctrine officielle du pape, qui recherche la conciliation avec la France et l'Angleterre, aussi Santarelli n'obtiendra-t-il pas l'imprimatur de notre Compagnie ni celle du Saint-Office.

« Enfin… ne devrait pas l'obtenir, car des amis à moi, suffisamment haut placés, pourraient être négligents. L'abbé Scaglia connaît déjà les grandes lignes de mon dessein. Il l'approuve et est prêt à m'aider à le réaliser. C'est maintenant à vous de prendre une décision, après ce que je vous ai révélé. Si vous souhaitez vous retirer, j'arrêterai tout et ce livre ne sera jamais imprimé…

— Continuez ! décida froidement Alexandre, après un regard à son frère, qui paraissait plus hésitant.

Mendoza échangea un sourire satisfait avec l'abbé.

— Le livre de Santarelli sera donc imprimé, dit-il. J'en ferai mettre quelques-uns dans la malle que maître Sébastien Cramoisy reçoit de Rome chaque mois. Seulement, avant qu'il n'ait eu le temps d'en vérifier le contenu en tant que libraire juré de l'Université, un de mes fidèles en fera parvenir un exemplaire à un membre de la Sorbonne. L'ouvrage sera donc lu par les docteurs de l'Église, et, devant les extravagances qu'il contiendra, tous les exemplaires seront saisis, l'indignation sera universelle et le livre condamné. Croyez-moi, on ne parlera plus que de ça à Paris.

— Mais les jésuites seront accusés et vous mettrez votre ordre en péril, observa César de Vendôme. De plus, en quoi cela fera-t-il du tort à Richelieu ?

— Tout d'abord, il sera rappelé par des libelles que Richelieu a toujours défendu notre confrérie. Bien sûr, ce sera insuffisant pour le mettre vraiment en difficulté, mais en même temps, par votre intermédiaire, le roi sera avisé que son Premier ministre possède justement ce livre terrible dans sa bibliothèque, avec même un hommage de Santarelli sur la première page.

— Comment Richelieu aurait-il cet ouvrage ? demanda César.

— Je m'en occuperai dès que je recevrai l'exemplaire annoté par Santarelli lui-même, intervint Scaglia, les yeux pétillants de malice. Je connais quelqu'un qui le placera dans sa bibliothèque. Un homme fort adroit.

Habituellement, il pénètre chez les gens pour prendre ce qu'ils possèdent, cette fois ce sera pour déposer…

Alexandre échangea un regard entendu avec son frère. Si tout se passait comme Mendoza l'avait prévu, à coup sûr Richelieu serait balayé comme une brindille dans la tempête.

— Voilà un plan démoniaque, et que j'approuve totalement, reconnut César, mais vous n'avez pas répondu quant au tort que vous ferez à votre confrérie.

Un brin d'étonnement perçait dans sa voix.

— Aux échecs, il faut parfois sacrifier un pion, et le Provincial de France a joué double jeu dans une autre affaire qu'il a fait échouer, répliqua énigmatiquement l'Espagnol, il en paiera donc le prix. Cependant, je ne suis pas inquiet. Les jésuites parisiens n'auront tué personne. Ils pourront arguer n'être pour rien dans les affirmations de Santarelli. Ils n'auront qu'à les condamner et faire amende honorable. Certes, ce sera une humiliation pour le père Coton[1], mais il a mérité cette sanction. Et puis, ses ennuis cesseront dès qu'on apprendra que Richelieu est le grand instigateur de cette affaire. Le peuple, la bourgeoisie, les Grands, toute la France se lèvera contre sa fausseté. Il sera chassé, arrêté, emprisonné. Cela ne fait aucun doute !

— En effet.

— Ai-je donc votre accord ?

— Vous l'avez, et même deux fois ! Mais qu'attendez-vous de nous, à part dénoncer la présence de ce livre chez le cardinal ?

— Vous ne l'ignorez pas, dans les batailles, il faut toujours prévoir ce qui se passera après la victoire. La

1. Le Provincial de France de l'époque, qui à ce titre dirigeait les jésuites de France.

reine mère commence à s'inquiéter de la politique que prétend suivre son protégé. Quand Luçon sera chassé, elle vous proposera pour entrer tous deux au Conseil. J'ai pris des assurances à ce sujet.

— Et si le roi refuse ?

— Quel choix aura-t-il ?

— Des troubles pourraient éclater, car le cardinal garde de solides partisans.

— Des troubles éclateraient également si on vous écartait, et pour cette raison vous devez prendre les devants. Il faut que vous disposiez de la force nécessaire afin d'imposer votre volonté.

Alexandre hocha du chef. Il n'avait pas pu faire ses preuves de capitaine aux Ponts-de-Cé, et il brûlait de s'affirmer. César, lui, resta impavide, car si comploter pouvait conduire à la Bastille, la rébellion armée menait, elle, à l'échafaud. Pourtant, ce fut vers lui que Mendoza se tourna :

— Combien de combattants pouvez-vous aligner ?

— Certainement plus d'un millier, mais ils sont en Bretagne, répondit César prudemment.

— Tu pourrais les faire venir à Paris, observa Alexandre.

— Sans doute, mais le cardinal en sera vite informé, si je fais entrer mille hommes armés dans la capitale, ironisa César, et il contrera la manœuvre.

— Il suffirait de quatre cents ou cinq cents gaillards décidés, observa Scaglia, et il est inutile qu'ils soient armés.

— Se battront-ils à mains nues ? plaisanta encore l'aîné des Vendôme.

— Non ! sourit Mendoza. Mais il suffit que leurs armes les attendent dans Paris même.

Cette fois, le duc haussa les sourcils.

— Faites entrer des armes par chariots durant les semaines précédentes. Pas de vieux mousquets, mais des fusils et des pistolets à rouet, et même des armes à double canon, avec suffisamment de poudre et de balles, et quelques centaines de bonnes rapières.

— Là encore, il me paraît difficile, sinon impossible, de garder le secret. Je devrai solliciter quantité de gens pour rechercher et rassembler ces armes, et les espions de Richelieu risquent de l'apprendre. On m'a dit que le père Joseph, son éminence grise comme il l'appelle, a recruté dans toute la France des centaines d'agents de renseignement parmi des moines, des prêtres et des curés.

Un silence embarrassant s'abattit dans la pièce. Pour le moment, ils n'étaient que quatre dans la confidence et se faisaient confiance, mais tout nouveau venu serait susceptible de les trahir, volontairement ou non. Alors, se procurer de grandes quantités d'armes de bonne facture, tels des pistolets à rouet à plusieurs canons, attirerait forcément l'attention de ces gens-là.

Apparemment, Mendoza avait réponse à tout :

— Si vous ne pouvez agir dans la discrétion la plus absolue, il vous suffira d'acheter ces armes hors du royaume, dit-il finalement. La seule difficulté tiendra à la dépense.

— L'argent ne sera pas un problème, répliqua Alexandre en appuyant cette affirmation d'un mouvement de la main.

— Alors je vous propose d'envoyer un homme sûr à Nuremberg. Qu'il y approche Johann Sauer. Ce maître arquebusier, que je connais, fabrique les meilleurs pistolets à rouet d'Europe et il pourra rassembler rapidement tout ce qu'il vous faut.

Échange de regards entre les deux frères, suivi de hochements de tête.

— J'enverrai le capitaine de mes gardes dès demain, décida Alexandre. Colas de Béthune parle parfaitement allemand.

— Un homme sûr ? s'enquit Scaglia avec un air inquiet.

— Il se ferait tuer pour moi.

— L'affaire est donc réglée ! conclut César. Je financerai également l'entreprise. Quand la commande sera prête, il suffira de quelques hommes pour la porter à Paris et il ne sera pas nécessaire que les convoyeurs connaissent le contenu des caisses qu'ils transportent. Colas de Béthune fera entrer les chariots d'armes par la porte du Temple en déclarant que ce sont des pièces de mobilier pour ton usage personnel. Personne ne vérifiera.

Alexandre grimaça et balança de la tête, marquant son désaccord.

— Impossible de les entreposer au Temple, dit-il. Trop de gens se poseront des questions sur le contenu de ces chariots, et tu sais que le roi garde également des armes dans le grand donjon. Une fois encore, Richelieu l'apprendrait.

— Vous pouvez louer une maison dans Paris, suggéra Scaglia.

Alexandre ne répondit pas tout de suite. Il avait joint les extrémités de ses mains et les avait portées devant sa bouche, comme pour faciliter sa réflexion.

— Possible… reconnut-il.

Il leva alors des yeux brillants vers Mendoza et ajouta :

— J'ai une solution !

— Laquelle ?

— Je suis abbé de Marmoutier !

Les trois hommes le considérèrent avec inquiétude. Quelle mouche piquait le Chevalier de Vendôme ?

— Tu es aussi abbé de Saint-Lucien de Beauvais et de Saint-Faron de Meaux, dit lentement son frère.

Alexandre éclata de rire.

— C'est Marmoutier qui est importante ! Voici pourquoi, mes amis : l'abbaye possède le collège voisin de celui de Clermont, rue Saint-Jacques…

Mendoza inclina la tête en signe d'adhésion.

— Or ce collège vient de fermer l'année dernière par manque d'élèves. Il est désormais complètement abandonné, et j'en ai, bien sûr, les clefs, en tant qu'abbé !

Le collège de Marmoutier avait été fondé à Paris en 1329 par Geoffroy du Plessis, secrétaire de Charles V, à l'intention des étudiants de l'abbaye de Marmoutier.

— Où pourrait-on trouver dans Paris meilleur endroit pour entreposer des chariots d'armement ? poursuivit-il. Personne ne viendra le visiter, ni même ne pourrait obtenir l'autorisation de le fouiller !

— En effet, approuva Scaglia. De plus, vos hommes d'armes pourront directement s'équiper là-bas, si vous aviez besoin d'une démonstration de force.

De nouveau, les conjurés se perdirent dans le silence, mais cette fois il s'agissait de tout autre chose. Les frères Vendôme avaient parfaitement compris qu'en cas de refus du roi de les appeler au Conseil, ce serait l'épreuve de force. Le Louvre était défendu par les « gardes du dedans », qui comprenaient les gardes de la porte, les gardes suisses, les compagnies de mousquetaires de la garde et les gardes de la prévôté de l'hôtel. Cependant ces soldats prenaient leur service à tour de rôle et ils n'étaient jamais plus de deux cents ou trois cents en l'absence d'alerte. Certes, il fallait aussi compter sur les gentilshommes de la Chambre, et ceux présents au Louvre, mais quelques centaines d'audacieux, armés de pistolets à double canon et pénétrant dans le palais par surprise, pouvaient emporter la place. Cependant les combats pourraient provoquer la mort du roi, s'il venait à se défendre. Il y aurait alors crime de lèse-majesté, ce qui entraînerait les pires châtiments.

— Nous n'en arriverons pas à cette extrémité ! les rassura Mendoza comme s'il avait lu dans les pensées des bâtards. Simplement, il faut prévoir les situations les plus extrêmes.

— En effet, dit froidement Alexandre. Toutefois si nos gens forcent le Louvre, le roi Louis ne pourra rester vivant.

César s'efforça de dissimuler sa satisfaction, mais Scaglia la devina :

— Ce ne sera pas votre tour, monseigneur. Louis XIII a un frère. Ce sera lui qui montera sur le trône, cependant, rassurez-vous, il n'a pas d'enfant et ne sera qu'un roi de transition.

Alexandre observait Mendoza, qui ne disait mot.

— Comme réagira votre maître[1] ? demanda-t-il. Sa sœur ne sera plus reine de France, si on en arrive à cette extrémité.

— J'ai envisagé cette possibilité, et je lui en ai parlé, dit doucement le jésuite.

Ainsi, ce diable d'homme avait déjà tout prévu ? s'inquiéta César, qui se demandait si lui et son frère ne s'engageaient pas dans une fâcheuse affaire.

1. Philippe IV d'Espagne.

— En cas de décès du roi de France, Gaston d'Orléans épousera la reine, devenue veuve. Son frère m'a donné son accord.

— Cependant vous n'ignorez pas que M. de Richelieu veut que Gaston épouse Mme de Montpensier, objecta César.

— Il ne faut pas que ce mariage ait lieu, décida Scaglia, et nous ferons tout pour l'empêcher.

Mendoza approuva en ajoutant :

— Nous reparlerons de tout cela plus tard. Demain, je pars pour Rome afin de m'occuper de l'impression du livre de Santarelli et rencontrer le libraire Antonio Remondini, qui expédie les ouvrages à maître Cramoisy. Je ne reviendrai qu'au début de l'année prochaine. Occupez-vous des armes et des hommes pendant ce temps. Mon père, ajouta-t-il à l'intention de l'abbé, je vous remettrai alors l'exemplaire pour Richelieu.

— Je serai prêt, confirma l'abbé.

César et son frère se consultèrent d'un signe de tête. Ils ne pouvaient plus reculer, maintenant. Cette entreprise leur apporterait le trône, ou l'échafaud.

Brusquement, et apparemment sans raison, Alexandre se leva et, par signes, demanda à son frère de continuer à parler. Ce dernier comprit immédiatement :

— Je vais moi aussi partir pour la Bretagne… commença-t-il.

Alexandre se rendit à un cabinet peint et en ouvrit un grand tiroir d'où il sortit un pistolet à rouet qu'il remonta et dont il vérifia rapidement la charge.

— … cela me prendra du temps de rassembler… poursuivait César.

Son frère se rendit alors à l'escalier de service qui communiquait avec la grande salle du rez-de-chaussée.

Les trois hommes continuèrent leur discussion en se faisant des signes. Au bout d'un moment retentit un bruit sourd, la porte de la chambre s'ouvrit et Alexandre apparut. À ses pieds, un corps sans connaissance.

— Tu parlais d'or au sujet des espions du père Joseph, ricana le grand maître. Mon intendant, M. de Gonfreville, nous écoutait.

— Vous l'aviez entendu ? s'enquit Mendoza.

— J'ai l'oreille fine, et j'étais le plus près de la porte. J'avais demandé à mes serviteurs de rester dans l'aile de service et de fermer les portes du palais. Le moindre bruit était donc suspect.

— Qu'allez-vous en faire ? questionna Scaglia en désignant l'intendant.

— Il ne doit pas parler, décida froidement Alexandre. Le reste me regarde. Je vais vous raccompagner, ajouta-t-il en s'adressant aux deux religieux. Je ne crois pas qu'il reprendra connaissance, précisa-t-il encore à l'intention de son frère, mais s'il le fait…

Il lui remit son pistolet.

Mendoza et Scaglia avaient pris leurs chapeaux sans discuter davantage. Moins ils en sauraient, mieux cela vaudrait.

Alexandre descendit avec eux et leur ouvrit la porte d'entrée, puis il alla chercher une corde dans une remise, s'occupa de l'intendant et partit à son tour avec son frère.

On ne découvrit le corps pendu à la rampe du grand escalier que dans la soirée, quand les domestiques revinrent. Prévenu, le prévôt du Temple, seul responsable de la justice de la seigneurie, conclut à un suicide et envoya un mémoire au Grand Prieur, qui était déjà retourné à Vincennes.

Mendoza revint à l'ambassade d'Espagne, où il logeait, particulièrement satisfait, malgré l'incident de l'espion, qui serait certainement sans conséquences. Richelieu répétait partout que le roi de France devait avoir pour dessein perpétuel d'arrêter le cours des progrès de l'Espagne.

Le cardinal allait recevoir une cinglante réponse.

6

Le mercredi 1er octobre 1625

La règle de la rentrée des classes au collège de Clermont était la suivante : si le 1er octobre, fête de saint Rémi, était un lundi, un mardi ou un mercredi, ce jour était celui de la rentrée. Sinon, c'était le lundi suivant. Aussi, le mardi 30 septembre, M. Fronsac et M. Charreton conduisirent-ils les deux garçons au collège à hautes vêpres. Ccrtes, ceux-ci auraient préféré arriver dès le matin, comme la plupart des autres pensionnaires, mais à ce moment-là la rue Saint-Jacques pouvait rester encombrée durant des heures à cause des chariots et des coches des familles des pensionnaires.

M. Charreton tenait les rênes du cheval et à peine eut-il arrêté le chariot à deux roues devant le grand porche, au-dessus duquel étaient gravés les mots *Collegium Societatis Jesu*, que Louis et Gaston passèrent les ridelles et bondirent au sol. Pierre Fronsac descendit à son tour, ainsi que son beau-père, pour leur faire d'ultimes recommandations que les garçons n'écoutèrent guère, tant ils étaient excités à l'idée de retrouver leurs camarades de chambrée.

Les deux portefaix qui attendaient devant le collège, feutre ramolli à la main et yeux respectueusement baissés, prirent la grosse besace de Gaston, la malle de Louis, et s'avancèrent vers le porche. Après une ultime brassée, les garçons les suivirent, passèrent la loge du concierge et pénétrèrent dans la cour, le cœur étreint d'émotion. Ils s'arrêtèrent un instant pour se remettre les lieux en mémoire. Le grand cadran solaire était toujours à sa place et les portes des classes étaient fermées. Aucun enfant dehors, mais quelques religieux en soutane de toile noire avec col carré blanc discutaient entre eux. L'un d'eux les aperçut et prévint son voisin. Les deux prêtres se dirigèrent vers les écoliers en gardant un visage sévère. C'étaient le père Jean Filleau, le recteur, et le père Cellot, le préfet des études, ce dernier reconnaissable entre tous les jésuites du collège par son visage rond et son nez en bec d'aigle.

— Messieurs Tilly et Fronsac, il ne manquait plus que vous chez les cinquièmes. Avez-vous passé un bon été ? s'enquit suavement le recteur en latin.

— Oui, mon révérend, répondit Gaston dans la langue de Cicéron, tout en s'inclinant respectueusement.

Seul le latin était autorisé dans le collège, même si, pour les sixièmes, le français était souvent utilisé.

— Avez-vous au moins suffisamment travaillé ? demanda à son tour le préfet des études.

— Beaucoup, mon père, répondit Louis tandis que Gaston restait plus discret, ayant cependant lu quelques livres en latin que lui avait prêtés le prieur de l'abbaye de Coulombs.

— J'espère que c'en sera fini de vos exploits… hasardeux et que, cette année, vous reviendrez dans l'obéissance que vous devez à vos maîtres et au collège, fit sèchement Jean Filleau.

— Oui, mon révérend, dirent ensemble les deux enfants, avec une pointe de regret.

Les deux hommes de peine attendaient.

— Vous logerez dans la même cubicula[1] que l'année dernière, annonça le préfet des études. Et le père Galliffet reste votre préfet de chambre. Vous connaissez le chemin. Allez-y !

Les deux enfants saluèrent une nouvelle fois et suivirent les porteurs dans le grand escalier. Les collégiens étaient déçus de conserver leur chambre. Elle n'était pas chauffée et ils souffraient du froid en hiver. Ils avaient espéré en avoir une autre, avec un poêle ou une cheminée. Mais le collège était trop petit et beaucoup de gens riches ou de qualité voulaient que leurs enfants y fassent leurs études. Ceux-là avaient la préférence pour les meilleures chambres.

Un petit palier carrelé de terre cuite marquait chaque étage. Ils grimpèrent jusqu'au second, puis empruntèrent le dernier passage, très étroit, qui montait dans les combles. En haut, le corridor en plancher était toujours aussi obscur en dépit des chandelles qui se consumaient dans des lanternes de fer. Sans hésitation, Gaston passa devant les portefaix et alla ouvrir la dernière porte, celle de leur cubicula.

La chambre n'avait pas changé, avec ses huit lits en deux rangées de quatre, de simples cadres de planches extrêmement étroits sur lesquels étaient tendues des sangles de cuir supportant un matelas. Chaque couchette était séparée de la suivante par une courtine pendue à une tringle. Entre ces grabats se trouvaient

1. Chambre.

un minuscule pupitre de pin, un escabeau à trois pieds et une petite huche.

Les cinq écoliers assis à leur table se tournèrent d'un même mouvement quand Gaston entra. Un sixième était debout, qui surveillait ses camarades. Il s'agissait de l'abbé de Buzay : M. de Gondi, toujours aussi sombre de peau, avec une tonsure frisée qui cherchait à s'évader de son bonnet.

— Gaston ! s'exclama le futur prélat.

— M. de Tilly ! Louis ! s'écrièrent les autres.

L'abbé de Buzay préférait nommer Gaston par son prénom. Paul de Gondi, qui venait d'une famille illustre comme il aimait à le répéter – bien qu'il ne s'agisse que de banquiers florentins –, n'aurait pour rien au monde reconnu que la noblesse de Tilly était plus ancienne que la sienne, alors qu'il savait que ses ancêtres étaient marchands tandis que ceux de Tilly s'étaient distingués pendant la deuxième croisade. Pour cette raison, il préférait familièrement utiliser son prénom, imaginant ainsi impliquer une égalité entre eux.

Les pensionnaires s'étant tous précipités vers eux, ils s'accolèrent avec affection, Louis faisant toutefois attention avec Jehan Le Pontonnier. Fils d'un maître boucher à la Grande Boucherie de la Porte-Paris et ayant atteint la taille d'un adulte bien qu'il n'eût que quatorze ans, Jehan assurait déjà l'année précédente être capable de tuer un bœuf à coups de poing, aussi Louis préférait-il éviter ses affectueuses brassées.

Mais le colosse fut d'une grande tendresse et des larmes mouillèrent même ses yeux quand il enlaça Gaston, qu'il n'avait plus vu depuis le mois de juin, contrairement à Louis, souvent passé le saluer à l'étal où il travaillait, quand il se rendait au Châtelet avec M. Bailleul.

Fronsac s'inclina ensuite devant Paul de Gondi, après que celui-ci eut serré dans ses bras M. de Tilly. Évidemment, le neveu d'un archevêque de Paris, futur archevêque lui-même, ne pouvait agir de même avec un fils de notaire. Pourtant, et Louis ne s'en doutait pas, Paul se retenait de le faire. Sa mère était morte l'année précédente et son père[1] s'apprêtait à rejoindre la congrégation de l'Oratoire. Il n'avait personne à aimer, et Fronsac et Tilly étaient ses seuls vrais amis. Mais pour rien au monde il n'aurait montré des sentiments qu'il jugeait comme autant de faiblesses.

Avec Jean Clary, les effusions furent plus distantes bien que sincères. Fils de médecin, blond comme les blés sous sa coiffe noire, le visage pâle et délicat, Clary restait toujours sérieux et réservé.

En revanche, Louis étreignit contre son cœur Jacques Hérisson, qu'il aimait fort. Fils de clavellier, Jacques n'était pas fortuné et ses parents voulaient que, par ses études, il sorte de sa classe sociale. Louis le trouva inchangé, il semblait ne pas avoir grandi et gardait le même visage émacié couvert de taches de rousseur, et des yeux noirs profondément enfoncés sous son front.

Enfin, les deux arrivants enlacèrent avec moins d'affection Charles Chazelles et Guillaume d'Espoisses. Chazelles, fils d'un receveur des gabelles, ne cachait pourtant pas son plaisir de revoir Gaston et Louis. Son visage poupin, aux grosses lèvres, était hilare. Tous trois avaient pourtant été fâchés une grande partie de l'année précédente, après que Charles eut reçu le fouet pour ses mauvais résultats. La flagellation avait eu lieu dans la chambre, appliquée par le correcteur nommé

1. Philippe-Emmanuel de Gondi.

par ironie « M. le Président », une sombre brute qui avait distribué dix coups de férule sur les fesses nues du puni. Celui-ci avait hurlé comme un goret égorgé, selon le commentaire fait par Jehan Le Pontonnier, qui avait l'expérience de ce genre de choses. Après la correction, Chazelles s'était mis à détester Fronsac et Tilly, allant même jusqu'à les dénoncer auprès d'autres élèves, des quatrièmes, qui leur voulaient du mal. Mais il s'était repenti, et avait même sauvé ses camarades du renvoi quand ils étaient passés devant le conseil des pères pour être illicitement sortis, une nuit, du collège.

Quant à Guillaume d'Espoisses, fils d'un conseiller au parlement de Dijon, et quasiment aussi grand que Jehan, il évitait toute familiarité et gardait une distance naturelle avec tout le monde, se considérant déjà magistrat, comme son père.

— Où est Louis Thibert ? demanda Fronsac, quand ces embrassades furent terminées.

Thibert était un de leurs camarades de chambrée l'année précédente.

— Il ne sera pas là cette année ! décréta Gondi. Le père Galliffet ignore si vous aurez un nouveau compagnon.

Car le neveu de l'archevêque de Paris ne logeait pas avec ses amis. Il disposait d'un appartement attenant à leur dortoir, avec un poêle, et bénéficiait même d'un domestique.

Entra justement le père Galliffet. Le préfet de chambre considéra les deux nouveaux venus en plissant les yeux tant il était myope.

— Ah Tilly, Fronsac ! On n'attendait plus que vous pour descendre ! s'exclama-t-il en latin. Videz rapidement vos affaires afin que je les vérifie, et ensuite vous irez chez votre directeur de conscience. Je vous retrouverai pour les confessions et la messe, qui se tiendra dans peu de temps. Vous connaissez le chemin.

Il s'arrêta un instant et balaya les pensionnaires d'un regard qu'il voulait sévère mais dans lequel perçaient à la fois l'ironie et la gentillesse :

— Et que je ne vous reprenne plus à parler français ! Monsieur de Tilly, vous redevenez syndic des chambristes, et c'est à vous de faire la discipline. Si j'entends parler ici autrement que dans la langue de Virgile, vous serez punis !

— Oui, mon père, dit Gaston.

Louis vida sa malle et son ami sa grosse besace, mais l'examen ne fut qu'une formalité : Mme Fronsac s'était soigneusement assurée de la présence des douze chemises, des cols, des chaussons, des coiffes de nuit, des serviettes, des gants, de la veste et de la robe de rechange, des bas de laine et de coton, des jarretières, des chaussures et des draps de toile.

Dès que ce fut terminé, ils descendirent chez le père Amyot, leur directeur de conscience, qui les interrogea longuement sur leur état d'esprit et sur les regrets qu'ils éprouvaient après leur épouvantable inconduite de l'année précédente, quand ils étaient sortis en fraude une nuit. Mais tous deux avaient appris à déguiser leurs sentiments, sans pour autant mentir, et le père fut satisfait, même s'il ne fut pas dupe. Après tout, n'était-ce pas le but de cet exercice ?

À la chapelle, ceux qui n'avaient pas de billet de confession attendaient leur tour pour énumérer leurs offenses. Gaston et Louis avaient pris leurs précautions et brandirent le précieux papier obtenu auprès d'un prêtre de Saint-Merry, le samedi soir.

Comme toujours, la chapelle fut insuffisante car il y avait près de trois cents pensionnaires, les plus grands se rendirent donc dans la chapelle des pères, près des réfectoires.

Après l'office, ils restèrent dans la cour, attendant la cloche du souper. Depuis qu'il était descendu, Louis cherchait le petit La Chesnay. Enfin il l'aperçut, se précipita et le serra contre lui. Gaston l'ayant aussi vu, il prévint Gondi, Jehan et Jacques Hérisson. Ensemble, ces écoliers avaient constitué la compagnie des Six pour s'entraider et se protéger d'un autre groupe de pensionnaires : la confrérie du Quart.

La Chesnay entrait en sixième. C'était un boursier malingre et perpétuellement affamé. Il y avait trois sortes de boursiers au collège : les royaux, ceux de Clermont et les Irlandais. Tous étaient désignés par un mot latin, *pauperes* : les pauvres. Les boursiers royaux, issus d'une famille sans ressources ou orphelins, devaient être en bonne santé et recommandés par un curé. Les bègues ou malvoyants étaient éliminés. Les jésuites n'acceptaient que des enfants ayant de belles qualités morales et surtout de la piété.

Les boursiers lavaient la vaisselle et servaient à table. Ils balayaient la cour et le réfectoire, et recevaient des portions réduites aux repas. Plus tard, ils deviendraient prêtres.

Maigre, La Chesnay flottait dans une ample robe grise rapiécée, la même que l'année précédente. Pour les pensionnaires de Clermont, ce n'était qu'un pauvre, mais Louis et Gaston savaient qu'il cachait un secret : ses deux frères avaient appartenu à la célèbre bande des Rougets et des Grisons, des tire-laine qui hantaient le Pont-Neuf et meurtrissaient les passants pour les détrousser. Son aîné avait été rompu vif après avoir fait amende honorable en chemise, un cierge à la main. Son cadet était également un voleur, mais, s'il avait déjà subi la question préalable, il n'avait jamais été condamné. C'était un larron qui grimpait sur les façades des maisons et des hôtels comme un loir, s'introduisait dans les logis par les lucarnes et rapinait les objets de valeur en laissant derrière lui une image de liron. Louis et Gaston l'avaient rencontré pour qu'il vole dans le collège de faux ferrets destinés à la reine. Ce qu'il n'était pas parvenu à faire[1].

— Jacques, lui dit Louis, je suis si content de te revoir !

— Moi aussi, monsieur Fronsac, fit l'enfant. Avez-vous réussi à sauver la reine des méchantes gens qui lui en voulaient ?

— Oui, grâce à toi et à ton frère. Comment va-t-il ?

Le jeune garçon regarda autour de lui avec méfiance. Ses amis approchaient, mais ils étaient encore à quelques toises et ne pouvaient l'entendre.

— Robert ne vole plus, monsieur Fronsac. Il me l'a promis. Il travaille pour un grand seigneur.

La réponse surprit Louis, mais il n'eut pas l'occasion de demander des précisions.

— Vous avez vu que la confrérie du Quart intrigue toujours ? claironna Le Pontonnier en désignant trois pensionnaires.

Fronsac se tourna vers le grand puits, au milieu de la cour, près duquel se dressaient deux barriques d'eau. Des tasses de terre ébréchées posées sur une pierre, près de la margelle, permettaient à chacun de se rafraîchir. Les écoliers que Le Pontonnier avait montrés se tenaient entre les tonneaux. Il s'agissait d'un jeune abbé, d'un garçon aussi grand et robuste que Le Pontonnier et d'un troisième qui tenait négligemment une

1. Voir *Les Ferrets de la reine*, *op. cit.*

badine. Ce dernier, appuyé sur le puits, considérait des sixièmes, à qui l'abbé parlait, avec infiniment de mépris.

L'abbé se nommait Nicolas Sillery, il était commendataire d'une petite abbaye en Normandie[1]. Le grand s'appelait Thémines de Lauzières et le dernier Adhémar de Rouville. Tous trois entraient en troisième, leur avant-dernière année à Clermont. Ils avaient fondé la confrérie du Quart, une association chargée de défendre les pensionnaires de sixième et de cinquième. Chacun était libre de donner ou non la contribution de deux sols par mois pour en être membre, mais rares étaient ceux qui refusaient. En effet, pour les réfractaires, il y avait d'abord les pressions physiques, tels les soufflets administrés par Thémines de Lauzières ; même Le Pontonnier en avait fait les frais. Ensuite venaient les punitions distribuées par les pères et provoquées par des causes inexplicables : le préfet de chambre des récalcitrants découvrait des miettes dans leurs lits ; leur robe était souillée quand ils rentraient au réfectoire ou dans la chapelle ; ou encore ils étaient accusés de vol car Sillery était vigile, c'est-à-dire surveillant secret du collège. Les victimes avaient beau nier et se défendre, personne ne les écoutait car Rouville était membre de l'Académie du collège et de plusieurs confréries pieuses, dont la Congrégation de la Sainte Vierge, qui regroupait l'élite morale de Clermont. Un tel gentilhomme ne pouvait commettre de fautes.

Ainsi, bien peu résistaient aux manigances de l'abbé Sillery et de ses comparses. Même Gaston et Louis

1. L'abbé commendataire disposait du bénéfice de l'abbaye en usufruit, le pouvoir spirituel étant confié au prieur.

avaient cédé, jusqu'au jour où ils avaient défié Rouville et Lauzières.

— Ils leur extorquent de l'argent, fit Jacques Hérisson. Ces trois scélérats n'ont pas changé.

— Le père de Lauzières a vendu sa charge de receveur-payeur des gages à la Chambre des comptes, révéla Gondi, qui se targuait de tout savoir sur ceux qui se disaient nobles dans le collège, mais je n'ai pas pu encore découvrir quelle nouvelle charge il a achetée.

— Allons plutôt voir les menus, proposa Louis, qui craignait que son ami, qui considérait avec courroux les trois maltotiers, n'aille une nouvelle fois les provoquer.

L'année précédente, cela l'avait entraîné dans un duel au cours duquel Gaston avait cassé un bras à Rouville. Ils avaient failli être chassés du collège à cause de cette dispute. Sans le comte de Moret, fils naturel du roi Henri, qui se trouvait en classe de rhétorique et avait pris leur défense, ils auraient subi la douleur et l'humiliation du fouet.

Ils se rendirent à la porte d'un des réfectoires, où les menus étaient affichés chaque semaine. Ils les examinaient avec toutes sortes de commentaires quand la cloche sonna, marquant l'heure du souper. Rejoignant alors leurs camarades de chambrée, ils se mirent en rang dans la cour devant leur préfet de chambre. Le silence s'installa tandis que le préfet du réfectoire arrivait. Lui aussi était le même que l'année précédente : un prêtre au visage ascétique et au regard perçant. Chargé de la surveillance générale des deux salles à manger, il détailla d'un ton sec les quatre règles de vie durant les repas : ne pas parler, rester propre, obéir et prier. Toute infraction à ces commandements était punie. Les anciens élèves écoutaient sagement, tout en sachant que la discipline n'était pas aussi sévère. Seuls les sixièmes et les petits des classes d'abécédaire se montraient vraiment impressionnés. Le préfet conclut en déclarant que les Saints Évangiles et les meilleurs devoirs des pensionnaires seraient lus durant les repas, et qu'une fois par semaine le recteur leur rappellerait le règlement du collège et la liste des punitions. Ensuite, on les fit rentrer en rang par deux.

Leur chambrée était affectée au réfectoire le plus éloigné de la chapelle. Les deux salles à manger étaient séparées par l'escalier principal mais communiquaient par une galerie sous les degrés.

La pièce contenait une dizaine d'immenses tables de chêne placées au milieu et le long des murs et ceinturées de robustes bancs posés sur des pieds ou des corbeaux de fer scellés. À une extrémité de la salle se dressait l'estrade, avec la table des maîtres et non loin, dans un coin, une haute chaire de lecture à laquelle on accédait par des gradins de chêne.

Le religieux surveillant de leur table leur indiqua où prendre siège. Vaisselle de terre cuite, couteau et cuillère étaient empilés sur la nappe grise et chacun se servit avant de se placer. Louis se mit comme toujours entre Hérisson et Tilly. Jehan Le Pontonnier à côté de Gaston. Gondi n'était pas avec eux car il soupait à la table réservée aux élèves les plus fortunés, où ils seraient servis par des domestiques ayant fait venir d'une rôtisserie un repas de gibiers et de pâtés.

Chacun resta debout, en silence, pendant que le recteur et les ministres jésuites montaient l'estrade et s'installaient. Ils se découvrirent quand le révérend père Filleau commença le bénédicité. Ensuite, le père Cellot lut le règlement et la liste des sanctions en cas de faute, après quoi ils purent s'asseoir.

Les tables étaient éclairées par deux grosses chandelles de suif de bœuf. Un serviteur distribua un gros pain et un pensionnaire fut chargé de couper une tranche à chacun pendant que d'autres allaient chercher de l'eau au puits avec des cruches. Puis on apporta la soupe dans un énorme récipient de cuivre et le marmiton en versa une ration dans chaque assiette. Le même revint ensuite avec deux flacons de vin, l'un pour le surveillant, l'autre pour en servir un verre à chaque élève.

Louis fit un signe amical à Jacques La Chesnay, qui se trouvait à la table des boursiers. Ils étaient une quarantaine entre huit et dix-sept ans et recevaient moins de nourriture et rarement de dessert, mais ils avaient l'habitude de ces privations, que certains accueillaient même avec extase. On leur avait inculqué que l'indigence était utile pour rappeler la précarité de la vie et que la véritable pauvreté était l'ignorance religieuse. Or, riches de connaissances, ils seraient mieux préparés que les autres à l'épreuve ultime du passage vers l'autre monde. Pour ces raisons, beaucoup de boursiers jugeaient leur sort plus enviable que celui des simples pensionnaires.

Mais pas La Chesnay, qui avait toujours faim, aussi Louis avait-il prévu de lui garder un peu de son dessert.

Le repas terminé, les enfants se rendirent aux latrines, une pièce sombre et effroyablement puante avec des sièges en pierre sur un gradin. Les déjections tombaient dans une rigole où un domestique venait régulièrement jeter de l'eau. Tout coulait ensuite dans une fosse à retrait vidée chaque jour.

De nouveau, les pensionnaires se réunirent par affinités pour parler de ce qu'ils avaient fait durant l'été. Louis écouta vaguement Gaston raconter la guerre en

Valteline car son frère aîné y combattait, mais en vérité il rêvassait. Il savait que l'année serait studieuse et certainement moins passionnante que celle qui s'était écoulée. Avec Gaston, ils ne découvriraient pas de complot, n'étrilleraient plus les maîtres de la confrérie du Quart, ne rencontreraient plus de voleurs, ne sortiraient plus la nuit, ne se feraient plus tirer dessus et ne deviendraient pas, à nouveau, les amis d'un fils de roi. Quant à sauver une reine du déshonneur, il n'y songeait même pas.

Gondi arriva alors en courant. Il se trouvait en conciliabule avec Jacques de Montgomery, un jeune gentilhomme de première noblesse, désormais en rhétorique, et qui avait été héraut d'armes lors du duel de Fronsac et Tilly contre Thémines de Lauzières et Adhémar de Rouville. Montgomery était syndic de la Compagnie blanche, une association de gentilshommes ayant au moins six lignées nobles dans leurs aïeux et que Gaston avait refusé de rejoindre car s'y trouvait Rouville.

— Mes amis, je viens d'apprendre une grande nouvelle !

Louis se rapprocha.

— M. de Montgomery, dont vous savez qu'il est syndic d'une confrérie dont je fais partie, car ma famille est issue d'une illustre noblesse…

Il se rengorgea, ce qui fit pouffer La Chesnay.

— … vient de m'apprendre que le collège va s'agrandir !

— Comment cela ? demanda Louis.

— Les pères auraient proposé d'acheter le collège du Mans.

Du doigt, il indiqua les classes au fond de la cour. De l'autre côté s'étendaient le grand et le petit collège du Mans. Un tel agrandissement ferait plus que doubler la taille de Clermont !

— Incroyable, murmura Gaston.

Finalement, se dit Louis, cette nouvelle année ne serait peut-être pas si banale.

7

Le réveil avait lieu à quatre heures. Éclairé par des chandelles, chaque pensionnaire se lavait en utilisant les cuvettes de terre disponibles, après être allé chercher de l'eau dans des grosses cruches. Il fallait aussi descendre les eaux usées et le contenu des pots de chambre dans les latrines.

Pour ce premier matin au collège, et compte tenu du fait qu'on était jeudi, jour sans classe, le père Galliffet ne pressa pas ses ouailles et se borna à leur dire qu'il était l'heure de se lever. Gaston ouvrit les yeux, s'assit, et gratifia ses amis d'un sourire ensommeillé. Déjà Louis, réveillé bien avant lui, partait chercher de l'eau avec Clary en emportant les pots d'excrément.

À l'étude Fronsac, qui ne manquait pas d'eau grâce à une citerne, Mme Fronsac exigeait que tous ceux vivant sous son toit se lavent soigneusement afin d'empêcher l'invasion des poux. Quand Gaston était arrivé, il avait dû se savonner entièrement, chose qu'il détestait, tout en reconnaissant combien il était agréable, ensuite, de ne plus servir de repas aux maudits insectes. Il avait dû aussi promettre à Mme Fronsac qu'en pension il se nettoierait vigoureusement mains et visage en partageant le savon de Louis.

En attendant que son ami revienne du puits, il regardait Jacques Hérisson et Guillaume d'Espoisses qui se frottaient la figure avec des peaux de chamois parfumées, ce qu'on appelait la toilette sèche. Chazelles, lui, se frictionnait uniquement avec de la poudre de violette afin de chasser les mauvaises odeurs. Quant à Jehan Le Pontonnier, il trouvait plus drôle d'attraper les poux qui couraient sur sa paillasse et de les écraser.

Louis et Jean Clary arrivèrent enfin et emplirent les bassines, ensuite le jeune Fronsac sortit de son coffre le pain d'amande et le savon de Castres que sa mère lui avait donnés. Retournant à une des cuvettes de terre, il s'aspergea le visage et se passa le pain de nettoyage sur le front et les joues avant de se rincer. Ensuite, il se lava les mains avec le savon sous le regard songeur de Gaston.

— À toi ! lui lança Louis en abandonnant ses ustensiles près de la bassine.

Tilly se leva enfin et commença à se mouiller timidement tandis que Jacques Hérisson se moquait de lui, lui promettant toutes sortes de maladies qui pénétreraient par sa peau.

— La crasse protège ! lança Guillaume d'Espoisses, qui répétait régulièrement cette affirmation.

— Libre à toi d'aimer les poux, rétorqua Louis en soupirant.

— Moi, je n'ai pas besoin de me laver pour leur faire du mal ! plaisanta Jehan en montrant une punaise qu'il venait d'attraper. Au nom du prévôt de cette cubicula, je te condamne à mort ! déclara-t-il solennellement avant de l'écraser entre ses doigts.

Les autres se mirent à rire, mais Guillaume d'Espoisses objecta avec sérieux :

— On ne condamne pas à mort sans jugement.

— Tu as raison, je vais en trouver une autre qu'on va juger ! s'exclama Jehan, qui partit aussitôt à la chasse d'un insecte.

Pendant ce temps, Clary se lavait consciencieusement avec un pain d'amande et un frottoir en peau. L'année précédente, une épidémie avait frappé le collège et il avait failli mourir. Son père médecin lui avait expliqué l'importance de rester propre.

Le préfet de chambre entra à cet instant.

— Je vais vérifier les mains, prévint-il. Si je découvre la moindre trace sur votre peau, ce sera le fouet ! gronda-t-il.

Immédiatement Espoisses, Le Pontonnier (qui abandonna sa quête de punaises) et Hérisson se précipitèrent vers les cuvettes pour s'y tremper les doigts avec un dégoût évident.

— Lavez-vous aussi sous les goussets, ça pue ! suggéra Louis, qui s'était emparé d'un balai de joncs pour nettoyer la chambre.

— Ceux qui ont terminé n'ont qu'à aider M. Fronsac à balayer. J'ai vu grouiller des punaises !

Comme le père surveillait la toilette, celle-ci fut plus complète que d'habitude. Ensuite, la chambre fut aérée et chacun s'agenouilla pour les prières du matin.

Quand ce fut terminé, le préfet distribua des livres d'Écritures saintes et un sujet de devoir sur la conversion de saint Paul. Chacun s'installa à sa table en silence. Un peu de luminosité perçait mais, malgré tout, les chandelles restèrent allumées.

Le père Galliffet partit s'occuper d'une autre cubicula et Gaston de Tilly fut chargé de la discipline. Quand le préfet revint, une heure plus tard, les devoirs étaient terminés et Le Pontonnier, Chazelles et Guillaume d'Espoisses s'étaient installés devant la fenêtre, où ils jugeaient une dizaine de punaises. À l'autre bout de la chambre, Louis et Gaston racontaient à Jacques Hérisson et Clary leur séance de tir sur la Butte aux Moulins.

Étant prêts, ils descendirent au réfectoire, où on leur servit le jentaculum composé de pain et d'une soupe chaude, puis, après une heure de récréation, ils remontèrent dans la chambre.

Le jeudi, les pensionnaires faisaient le matin les devoirs reçus la veille. Comme ils n'en avaient pas encore, le père Galliffet distribua à chacun un vieil exemplaire des *Catilinaires* de Cicéron, dont ils durent traduire la première. Tilly se jeta dans le travail avec fougue, car il adorait l'histoire de Catilina. Il termina donc bien avant les autres, ce qui lui permit d'aider Le Pontonnier, qui n'avait pas progressé en latin, ayant passé tout l'été derrière un étal de boucherie.

Après avoir ramassé les copies et les avoir parcourues, le préfet félicita Gaston et lui demanda de lire son devoir aux autres, au grand désappointement de Paul de Gondi, qui se trouvait avec eux, et qui jugeait que son texte était forcément le meilleur.

Gaston, ravi, monta sur son lit, se drapa dans sa robe et déclama d'une voix de stentor en désignant d'un doigt accusateur Le Pontonnier, qui en écarquilla les yeux de stupeur :

— *Quousque tandem abutere, Catilina, patientia nostra ? Quamdiu etiam furor iste tuus nos eludet ? Quem ad finem sese effrenata jactabit audacia ?*[1]

1. « Jusqu'à quand, Catilina, abuseras-tu de notre patience ? Combien de temps encore serons-nous le jouet de ta fureur ? Jusqu'où s'emportera ton audace effrénée ? »

À cet instant, la porte s'écarta et le père Cellot entra. Interloqué, il considéra les élèves, puis le père Galliffet, la bouche ouverte, ne sachant que dire. Embarrassé, le préfet de chambre s'expliqua :

— M. de Tilly vient de faire une belle traduction de la première Catilinaire, aussi lui ai-je demandé de la déclamer, et il a pris la chose un peu trop à cœur, mon père.

Les enfants ne pouvaient se retenir de pouffer et, devant leur hilarité, le père Cellot hocha de la tête avec un sourire approbateur.

— Très bien, il est normal que le latin vous procure aussi de la joie et du rire, même si Cicéron n'aurait peut-être pas apprécié votre hilarité au sujet de ses écrits, dit-il aux pensionnaires.

Il ajouta alors, à l'intention de Galliffet :

— Notre réunion va commencer, je viens vous chercher. Quant à vous, mes enfants, traduisez-moi donc maintenant la deuxième Catilinaire. Monsieur de Tilly, puisque vous êtes un nouveau Cicéron, vous serez chargé du corrigé !

Sur ces mots, les deux jésuites sortirent et le syndic de la chambre, prenant son rôle à cœur, demanda à chacun de se mettre au travail. Louis commença, mais son esprit se mit à vagabonder comme cela lui arrivait souvent quand il remarquait quelque chose de singulier. Les réunions des pères n'étaient pas fréquentes et l'année venait juste de commencer. Pour quelle raison se rassemblaient-ils ?

Ce ne pouvait être que parce que le recteur devait leur apprendre une nouvelle importante. Il se demanda laquelle.

Alors, il se morigéna. En quoi cela le regardait-il ?

Un étage au-dessous, dans une petite salle aux murs chaulés décorée seulement d'un crucifix et de portraits du fondateur de l'ordre, Ignace de Loyola, et du pape Urbain VIII, deux douzaines de jésuites discutaient quand Galliffet et Cellot entrèrent. Il y avait là, entre autres, le père Ambroise – préfet des pensionnaires –, le père Camus – maître de grammaire latine –, le père Sirmond – bibliothécaire –, les pères Amyot, Caussin et de La Salle, tous trois d'éminents professeurs d'Écritures saintes, et surtout le père Coton, Provincial de France et ancien recteur du collège de Clermont. Comme le père Filleau avait sa chambre à côté, il y avait fait transférer table et bancs afin de faire de la place.

— Nous sommes tous là, déclara le recteur. Un peu de silence maintenant.

Les chuchotements et les apartés cessèrent.

— Mes amis, mes frères, je vous ai réunis pour vous communiquer ce que notre Provincial vient de m'apprendre…

Il se gratta la gorge, tandis que quelques pères s'interrogeaient, affichant leur curiosité par des haussements de sourcils. D'autres en revanche, les profès les plus importants, devaient connaître la nouvelle car ils demeuraient impassibles.

— Clermont étouffe, vous ne l'ignorez pas. La place nous manque. J'ai encore refusé une centaine de pensionnaires cette année, et les externes n'arrivent plus à suivre les cours dans des classes surchargées, qui dépassent souvent trois cents élèves. Pourtant, vous savez combien il est important pour notre confrérie de façonner la jeunesse du royaume. Alors, que faire ? Nous sommes enserrés de chaque côté entre le collège des Cholets et le collège de Marmoutier, et vers Saint-Symphorien, c'est le collège du Mans. Quant à la rue Saint-Jacques, nous y avons acheté toutes les maisons disponibles…

Après cette description faite d'un ton désabusé, le recteur parcourut l'assistance du regard, comme pour solliciter son approbation, ce qui provoqua des hochements de tête.

— Vous connaissez tous la difficile situation du collège du Mans. Les douze bourses instituées par le cardinal Philippe de Luxembourg ne rapportent quasiment plus rien, à peine vingt-cinq livres par an. Les pensionnaires n'ont plus de maître, ne mangent pas à leur faim, les bâtiments menacent ruine et le principal du collège n'a aucun espoir de rétablir la situation.

« Avec le Provincial, nous avons donc écrit en juin à l'évêque du Mans pour lui proposer de nous porter acquéreurs des bâtiments. Malheureusement, l'Université envisageait de les louer et avait même versé un acompte, mais nos propositions se sont révélées plus avantageuses. Nous avons offert mille deux cent quarante-six livres de rente annuelle, qui permettront d'assurer l'existence de cinq boursiers venant du diocèse du Mans. Nous avons aussi proposé que les armes du cardinal fondateur et celles de monseigneur Charles de Beaumanoir soient sculptées dans une cour avec l'inscription *Seminarium Cenomanense*. Dans notre église, une chapelle sera consacrée à saint Julien et honorée par les boursiers manceaux. Enfin, le collège de Clermont paiera trente-trois mille livres pour acheter un hôtel parisien où logeront les évêques du Mans, quand ils séjourneront dans la capitale.

Le procureur des pensionnaires grimaça. Cela faisait beaucoup d'argent.

— Monseigneur de Beaumanoir a donc accepté, à charge pour lui de dédommager l'Université lors de la résiliation de leur accord. La signature de la vente aura lieu le 11 octobre. Les travaux commenceront aussitôt par le percement d'une porte entre Clermont et Le Mans, et nous essaierons d'aménager très vite quelques classes, ce qui nous desserrera.

Tout était dit et les pères commencèrent à parler entre eux, se félicitant de cette bonne nouvelle. Le père Coton fut alors interrogé par le père Ambroise, préfet des pensionnaires :

— Comme l'a dit le père Pallu, les sommes à débourser sont importantes, pourquoi ne pas avoir plutôt acheté le collège de Marmoutier, qui est actuellement abandonné ?

— En juin, j'ai approché monseigneur le Chevalier de Vendôme, qui est l'abbé commendataire de Marmoutier, mais il demandait plus de cent mille livres, c'était donc impossible.

Après le dîner, les pensionnaires furent rassemblés par classes pour la promenade. Les préfets les conduisirent dans les faubourgs, après le Val-de-Grâce, dans de grandes prairies avec un petit bois enclos d'un mur. Il s'agissait d'une métairie appartenant à la Société de Jésus. Ils y resteraient tout l'après-midi, libres de courir et de jouer sous la débonnaire surveillance de leurs maîtres.

Comme ils l'avaient fait bien souvent l'année précédente, Louis et Gaston s'installèrent sur la même souche, Hérisson, Le Pontonnier et La Chesnay restant avec eux. La compagnie des Six était donc presque au complet puisque ne manquait que Paul de Gondi. Ce dernier avait en effet rejoint Jacques de Montgomery, qui rassemblait les membres de la Compagnie blanche. Tilly ne quittait pas les jeunes aristocrates des yeux et Louis s'en aperçut.

— Tu devrais aller avec eux, tu sais que Rouville les a quittés.

Le comportement de maltotiers d'Adhémar de Rouville, de Thémines de Lauzières et de Nicolas Sillery, qui demandaient une dîme de deux sols aux élèves de sixième pour les protéger, s'était ébruité et, vers la fin de l'année précédente, Montgomery avait fait savoir à Rouville que la Compagnie blanche refusait les boutiquiers. Cependant cette exclusion n'avait pas affecté les trois compères qui, justement, approchaient les sixièmes pour réclamer leur contribution.

— Quel serait mon avantage à les rejoindre ? Ma noblesse est plus ancienne que celle de la plupart d'entre eux.

Louis retint un sourire. Gaston était sans parents et sans argent, mais il lui restait son lignage, et s'il l'évoquait peu, il savait le rappeler à bon escient.

— Ici, au moins, je suis avec de véritables amis, poursuivit Tilly.

Cette remarque fit venir les larmes aux yeux de Louis et de La Chesnay.

Pendant que des écoliers jouaient avec des balles, à la paume, ou s'exerçaient au tir d'adresse avec des pierres sur une cible de bois, Jacques de Montgomery donnait des ordres afin de préparer un défilé de la Compagnie blanche qu'il avait organisée en bataillons. Mais Paul de Gondi, à qui on n'avait pas confié de commandement puisqu'il était abbé, refusa de se joindre aux autres et revint vers ses amis, le visage contrarié.

— On ne veut pas de moi comme capitaine ! laissa-t-il tomber d'un ton suffisant, faisant comprendre que ceux qui l'avaient écarté le regretteraient un jour.

— Dommage que je ne possède pas quelques quartiers de noblesse, soupira Jehan Le Pontonnier, non seulement j'aurais défilé avec eux, mais je leur aurais montré comment égorger quelqu'un sans recevoir de sang sur ses vêtements. C'est chose bien utile dans les batailles, pour ne pas se salir.

Devant l'air interloqué de ses amis, il éclata d'un rire si bruyant que les joueurs de balle se retournèrent.

— On n'égorge pas dans les batailles, observa sèchement Gondi, on utilise des pistolets ou des mousquets, et des épées.

Jehan haussa les épaules en faisant la moue.

— Et les prisonniers ? Il faut bien les égorger à la fin !

Nouveau rire, tandis que cette fois les autres gloussaient, devinant que Le Pontonnier cherchait à agacer l'abbé de Buzay.

Celui-ci se détourna pour s'adresser à Gaston :

— Voyez-vous le grand blond, qui fait des gestes fougueux, à la tête de la compagnie des troisièmes ?

C'était un garçon ayant atteint la taille d'un adulte, mais au visage poupin avec un teint clair et des cheveux presque blancs. Il s'efforçait de faire preuve d'autorité, seulement les soldats de sa brigade n'en faisaient qu'à leur tête.

— Oui, il est nouveau au collège.

— Il se nomme Adrien de Houdetot, figurez-vous qu'il est protestant !

— Impossible ! s'exclama Louis. Comment pourrait-il suivre la messe, communier ou encore se confesser ?

Paul de Gondi balança de la tête avec le petit sourire ironique de celui qui en sait plus que les autres :

— En vérité, il n'est qu'à moitié parpaillot. Son père est huguenot et sa mère catholique. Mais elle a quitté son époux parti à La Rochelle pour venir à Paris et elle a voulu qu'il fasse ses études ici.

— Les Houdetot sont une vieille famille normande, observa Tilly. Aussi ancienne que la mienne.

C'était seulement une remarque, mais Gondi la prit comme une pique et se renfrogna.

— Mon grand-père, Louis de Tilly, pourtant bon catholique, était au service de M. de Sully. Il y a beaucoup de protestants en Normandie. D'ailleurs, le grand-oncle de Jacques de Montgomery, lieutenant-général de la reine de Navarre, a combattu les Guise, qui lui ont fait couper la tête en place de Grève[1].

— Vous allez avoir l'occasion de faire connaissance, tous les deux, car il a appris que vous vous étiez battu en duel avec le triste sire de Rouville et je lui ai dit que vous étiez certainement le meilleur escrimeur du collège… fit l'abbé de Buzay.

— Merci, monsieur de Gondi, répondit Tilly, flatté.

— Il se dit bon tireur et souhaiterait faire un assaut courtois à la canne avec vous.

Lors des récréations, les pensionnaires pouvaient obtenir divers jeux auprès du concierge du collège : des balles, des quilles et des cannes qui servaient surtout aux jeunes gentilshommes pour s'exercer à l'escrime. Gaston n'en avait demandé qu'une seule fois : le jour où, avec Louis, ils avaient affronté Rouville et Lauzières. Après ce duel, personne ne lui avait proposé un combat à la canne, qu'il aurait d'ailleurs refusé,

1. En 1574.

car il avait promis aux pères jésuites de ne jamais recommencer.

— C'est impossible, répondit-il, le visage fermé.

— Il sera déçu, et moi aussi.

— Paul, si un jour je me bats à nouveau ici, ce sera uniquement pour défendre mon honneur.

— Mais il s'agit d'assauts courtois, comme en salle d'armes ! Nous faisons tous cela, même moi qui suis abbé…

Gaston se tourna vers Louis, comme pour lui demander conseil. Le duel contre Rouville et Lauzières s'était terminé par un bras cassé pour le premier. Le recteur avait dit qu'il ne tolérerait plus de tels incidents, et autant Gaston aurait fait fi de cette menace pour défendre son honneur ou ses amis, autant il ne voyait pas l'intérêt de se livrer à un assaut avec un inconnu. En même temps, il brûlait d'affronter un bon escrimeur car il n'avait connu que son oncle, les frères Bouvier et le grand-père de Louis, lesquels lui avaient cependant appris l'essentiel de la *scienza cavalleresca*[1].

Louis devina immédiatement le sentiment de son ami.

— Monsieur de Gondi, dit-il, Gaston a promis aux pères de ne plus se battre, il ne pourrait livrer cet assaut qu'avec leur consentement. Soyez donc le héraut d'armes de cette rencontre, parlez-en à M. de Montgomery pour qu'il obtienne cette autorisation de M. le recteur.

Le regard de Gaston s'éclaira et Paul gonfla le torse, imbu du rôle éminent qu'il allait jouer.

— Je me charge de tout, dit-il avec assurance.

1. Nom que les Italiens donnaient à l'escrime.

Il s'éloigna et les autres membres de la compagnie des Six le suivirent des yeux, tandis qu'il allait parler à Jacques de Montgomery.

— Veux-tu que je te montre comment assommer un bœuf à coups de poing ? demanda espièglement Jehan à Gaston. Cela te servira, s'il est trop fort pour toi.

— Si ça marche aussi avec les ânes, tu me montreras ça pour Rouville et Lauzières !

— Ils ont récolté quelques dizaines de sols, fit La Chesnay, qui observait les maîtres de la confrérie du Quart.

On vint alors chercher Le Pontonnier et Jacques Hérisson pour compléter les équipes qui jouaient à la balle, puis Gondi fut de retour et dit à Gaston que Montgomery et Adrien de Houdetot voulaient lui parler. Louis resta donc seul avec La Chesnay. C'était l'occasion qu'il attendait.

— Tu m'as dit que ton frère était au service d'un grand seigneur, s'enquit-il avec curiosité.

— Oui, il reçoit même des gages. Il m'a promis de m'acheter une nouvelle robe dès qu'ils lui seront payés.

— Qui est ce seigneur ?

— Il ne me l'a pas dit.

— Et que fait-il pour lui ?

— Je ne sais... Mon frère ne parle jamais de sa vie, même à moi.

Louis opina mais les questions se bousculaient dans son esprit. Comment un voleur pouvait-il connaître un grand seigneur et pourquoi l'avait-on engagé ? Robert La Chesnay avait-il définitivement abandonné le rapinage ? Il le souhaitait car il devait beaucoup à l'ancien membre des Rougets et des Grisons, et il aurait été malheureux qu'il soit un jour condamné et exécuté, mais, en même temps, il se souvenait de ce qu'il avait cru distinguer dans son caractère : assurance, intrépidité, aisance et cynisme. Il doutait que le voleur ait changé.

8

Le vendredi 3 octobre 1625

Les jésuites divisaient l'enseignement en niveaux numérotés. Avant la sixième, c'était l'Abécédaire, avec les classes de septième, huitième et neuvième, dont les salles à faible effectif – principalement des boursiers – se trouvaient au premier étage. Puis se succédaient la sixième, la cinquième, la troisième et la quatrième, qui se situaient toutes autour de la cour. Quant à la seconde, appelée les Humanités, et la première, la Rhétorique, elles étaient installées dans deux maisons de la rue Saint-Jacques achetées par les pères en 1624.

Pour Louis et Gaston, le premier et unique cours de la matinée de ce vendredi était celui de grammaire latine. Cet enseignement était le plus important de l'année et les élèves savaient que celui qui l'assurait ferait leurs délices ou leur malheur, car c'est lui qui distribuerait récompenses et punitions. En sixième, le père Camus était sévère et parfois détestable, mais ils s'y étaient habitués. Qui allaient-ils avoir ?

Au son de la cloche, ils se rassemblèrent en rangs de quatre et se turent. Un surveillant les fit avancer dans la salle, plus petite que celle de l'année précédente, et les plaça, laissant vides deux rangées de bancs devant le pupitre du régent : les places d'honneur réservées aux meilleurs élèves.

Seuls quelques bancs disposaient de pupitres, la plupart des collégiens devraient donc tenir leur tablette sur leurs genoux et ceux qui utilisaient une plume d'oie déposeraient par terre leur encrier.

Les boursiers et les externes entrèrent en dernier. Comme il n'y avait plus de sièges, ils restèrent debout, au fond.

Quand tout le monde fut placé, un surveillant agita une cloche et le régent arriva. Tous les élèves, debout, ôtèrent leur toque noire et les regards se braquèrent sur le maître. C'était un homme jeune, au visage long et décharné, avec des lèvres fines et un menton volontaire. Il remonta l'allée entre les bancs dans un silence impressionnant, marchant à grandes enjambées et portant ses yeux successivement de chaque côté comme pour découvrir quelque détail incongru. Il grimpa rapidement les gradins de bois de la chaire sculptée et considéra longuement l'assistance avant de faire signe à un surveillant, qui commença le Pater Noster, repris en chœur par tout le monde.

— Je suis le père Porée, votre maître de grammaire latine, fit-il en latin à la fin de la prière. Vous connaissez déjà bien cette belle langue, aussi cette année sera-t-elle consacrée à la révision des genres, aux prétérits et aux déclinaisons. Cet apprentissage se fera surtout à travers les odes et les poèmes de Virgile et d'Ovide. En même temps, vous préparerez des épigrammes, des charades et des rébus, ce qui vous amusera certainement.

Il gratifia les élèves d'un sourire bienveillant et Louis sut qu'il aimerait ce maître.

— Vous savez déjà que les bancs de devant sont ceux des meilleurs d'entre vous. J'espère que vous aurez à cœur de vous battre pour vous y asseoir. Dans un instant, je vais vous donner le premier devoir qui me permettra de décider qui mérite ces places. Quant au reste, vous connaissez les règles : le premier de la classe en sera l'imperator, les suivants seront consuls, censeurs, tribuns et décurions en fonction de leur classement. D'autres seront simplement sénateurs. Ceux-là formeront les magistrats, et les autres élèves leur devront obéissance.

« Chaque décurion fera travailler énergiquement sa décurie, qui se tiendra sur son banc. Il notera les absences, fera réciter les leçons et ramassera les devoirs. La première décurie sera composée de l'élite de la classe. Pour les déclamations[1] et les plaidoyers publics, vous vous livrerez à des défis par décurie. La classe sera aussi divisée en deux factions séparées par l'allée du milieu. À ma droite les Romains, et à ma gauche les Carthaginois. Chaque camp avec ses propres magistrats, consuls, censeurs, tribuns, décurions et sénateurs. L'imperator sera le meilleur des deux consuls. Chacun de vous doit avoir à cœur de faire triompher sa décurie et son camp.

« Encore plus que l'année dernière, vous aurez des devoirs écrits, des interrogations orales et des déclamations : de rudes duels entre Romains et Carthaginois. Les perdants humilieront leur peuple, ne l'oubliez jamais ! À vous donc de savoir par cœur vos leçons pour ne pas porter la honte sur votre décurie et votre faction.

1. La déclamation est une harangue faite par un élève, avec des interventions contradictoires de la partie adverse.

« Je déteste punir, ajouta le père Porée après un silence lourd de menaces. Ce qui ne signifie pas que je ne le ferai pas envers les paresseux. Mais vous connaissez déjà les punitions, aussi je n'en parlerai pas. Certains d'entre vous ont reçu le fouet, et ils savent combien la flagellation est douloureuse et humiliante. D'autres connaissent la chambre des méditations, où je ne vous souhaite pas d'être enfermés…

Il se tut et, à nouveau, examina l'assistance, ses yeux s'arrêtant sur chaque élève comme pour tenter de lire dans son esprit. Le silence était profond. Louis eut l'impression que le père Porée s'attardait sur Gaston et lui. Mais comment aurait-il pu savoir qu'ils avaient été séquestrés dans cet effroyable cachot aux murs peints de fresques représentant des diables noirs à tête de rat ou de cochon qui perçaient des hommes et des femmes avec des fourches et des piques, ou les faisaient rôtir ou bouillir dans de grosses marmites, quand ils n'arrachaient pas bras et têtes pour les dévorer ?

— Il n'y aura pas de cours d'Écritures saintes cet après-midi, car le père Denis Petau n'est pas parmi nous en ce moment. Son cours sera remplacé alternativement par le cours de grammaire grecque et un cours d'arithmétique, de morale et de logique donné par le père Jean de Riennes. On va maintenant vous distribuer les grammaires.

Les surveillants passèrent entre les bancs, remettant à un pensionnaire sur deux un petit livre bien fatigué. Ni les externes ni les boursiers n'en reçurent. Ils pourraient soit les acheter, soit les consulter à la bibliothèque. Quand ce fut fait, on donna ordre aux élèves de remettre leurs bonnets et de s'asseoir, puis le maître commença sa leçon, qui porta sur les déclinaisons.

Après plus d'une heure d'enseignement, le père Porée s'arrêta et Louis avait des crampes dans la main. En regardant autour de lui, il vit que Jehan avait cessé d'écrire. Il aurait à le faire travailler le soir dans leur chambre, conclut-il avec un brin de dépit.

Mais le cours n'était pas terminé, car le régent leur dicta alors une ode de Virgile qu'ils auraient à traduire et à mettre en vers pour le lendemain.

C'est après le repas que Gaston fut abordé par le père Cellot. Le préfet des études était accompagné de Jacques de Montgomery et d'Adrien de Houdetot.

La veille, Tilly avait sympathisé avec le jeune Normand, que lui avait présenté Paul de Gondi. Adrien paraissait être un garçon hardi et endurci mais en même temps plein de timidité. Il lui avait expliqué avoir voulu suivre son père à La Rochelle et que ce dernier le lui avait interdit, lui ordonnant d'obéir en tout à sa mère, de la protéger ainsi que sa sœur. Car Adrien avait une sœur, d'un an plus jeune que lui, nommée Mathilde. L'apprenant, Gaston en était resté confondu. Il ignorait ce qu'était une sœur, ou seulement une jeune fille, même s'il en avait vu. Jusqu'à présent, il n'avait jamais imaginé qu'une fille puisse vivre dans une famille. La seule famille qu'il connaissait étant celle de Louis, où les femmes étaient toutes adultes et mères. Sans même connaître Mathilde, il en était tombé amoureux et il avait éprouvé une grande contrariété quand Gondi avait posé des questions sur la demoiselle.

En parlant de leurs familles, Gaston avait ressenti combien, tout comme lui, Adrien et Paul souffraient de l'absence de leur père. Pour lui, cette douleur ne disparaîtrait jamais puisque ses parents étaient trépassés. Pour Paul, le chagrin était plus diffus car, si sa mère était morte quelques mois plus tôt, son père vivait, mais il se retirait du siècle. Quant à Adrien, c'était surtout une cuisante inquiétude qui le rongeait. Au début de l'année, le duc de Soubise, chef des protestants de l'Ouest, avait remporté une victoire sur la flotte royale avant de s'enfermer dans La Rochelle avec des huguenots venus de toute la France, dont M. de Houdetot. Adrien craignait un affrontement sanglant avec les troupes royales.

— Monsieur de Tilly, commença le père Cellot, M. de Montgomery m'a fait part de vos réticences quant à un assaut courtois à la canne avec M. de Houdetot. Ces hésitations vous honorent, après ce qui s'est passé l'année dernière, néanmoins, si nous laissons l'usage des cannes aux jeunes gentilshommes du collège, c'est pour qu'ils les utilisent, bien que nous soyons opposés aux duels. J'ai compris qu'il n'y a aucune querelle entre vous, aussi, si vous respectez les nobles règles de l'escrime, rien ne vous empêche de vous affronter.

— Merci, mon père, dit Gaston, dont le visage empourpré était devenu plus rouge que sa tonsure. Soyez assuré que je ne faillirai pas à l'honneur.

— Je serai juge d'armes, annonça Montgomery. Comme beaucoup d'élèves souhaitent assister à cet assaut, je propose qu'il ait lieu lundi avant le souper et après le départ des externes.

— Entendu, dit le père. D'ailleurs, il n'est pas impossible que j'y assiste.

Après avoir encore un peu bavardé avec Montgomery et Adrien de Houdetot, Gaston rejoignit ses amis de la compagnie des Six qui l'attendaient sans dissimuler leur curiosité. Ils l'accueillirent avec mille questions et c'est à la fois satisfait et enfiévré qu'il leur raconta ce qu'avait dit le père Cellot.

— Il vous reste encore à emporter l'assaut, monsieur de Tilly, observa Gondi sur le ton de celui qui a une grande habitude des duels et qui se prêterait aimablement à donner des conseils.

— Je ferai tout pour cela, mais, vainqueur ou vaincu, peu importe à mes yeux. J'ai surtout besoin de savoir ce que je vaux, et puisque Adrien est, dit-on, d'une belle force, cet assaut me permettra de me connaître mieux.

Il se tourna vers Louis.

— Crois-tu que ton grand-père consentira à m'entraîner dimanche ?

— Certainement, et il en sera fier.

Ils ne parlèrent plus que de cela jusqu'à la cloche. La passe d'armes entre Tilly et Houdetot fut également le sujet de la plupart des conversations des pensionnaires car la nouvelle s'était répandue. À plusieurs reprises, Louis observa que Rouville et ses acolytes considéraient Gaston avec une malveillance qu'ils ne cherchaient même plus à dissimuler.

Le père de Riennes, leur maître de mathématiques, était grand et sec, avec un nez crochu et un regard perçant sous d'épais sourcils noirs.

— Nous serons ensemble un jour sur deux jusqu'à Noël, commença-t-il en latin. Durant ces leçons, je vous enseignerai les notions élémentaires de calcul arithmétique et de géométrie. Ensuite je vous retrouverai après Pâques pour des cours d'astronomie à l'occasion desquels vous apprendrez à faire un cadran solaire. La science mathématique est une matière exacte qui repose sur les nombres et les mesures, aussi, pour commencer, vous allez étudier ces grandeurs. Faites attention à bien noter ce que je vais vous dire, sinon vous devrez aller travailler à la bibliothèque.

Durant une heure, le régent énuméra les différentes unités en usage dans le Parisis, en les comparant de façon précise, puis il traita des surfaces et des volumes, expliquant, par des exemples, comment les calculer. Ensuite, il décida d'un exercice. Chaque enfant à l'extrémité de son banc, décurion provisoire, reçut une règle de bois d'un pied et une ficelle d'environ une toise, à charge pour lui de mesurer longueur et largeur de la salle, avec l'aide d'un compagnon qu'il choisirait. Pour qu'il n'y ait pas trop de désordre durant cette opération, les Carthaginois commencèrent, après quoi ce furent les Romains.

Jacques Hérisson étant assis au bout du banc où se trouvaient Louis et Gaston, ce fut donc lui qui se chargea des mesures. Le hasard n'aurait pu mieux choisir car, fils de clavellier, Jacques était très minutieux. Avec l'aide de Paul de Gondi, il fit les relevés par deux fois et transmit ses valeurs à Louis. Ce travail terminé, chacun se mit à calculer la surface de la salle. Cependant, la pièce n'étant pas parfaitement rectangulaire, l'évaluation se révéla ardue. Ce fut Louis qui proposa une solution en découpant la pièce en rectangles et en triangles, ce qui donna lieu à d'autres mesures.

Quand tout fut terminé, les décurions annoncèrent le résultat à tour de rôle, et ce fut la décurie de Louis qui l'emporta. Hérisson fut donc chargé de faire le corrigé oral, ce qui l'emplit de fierté car il était rarement à l'honneur, le latin, le grec et les Écritures saintes n'étant pas ses points forts.

Le maître distribua ensuite le travail que les élèves devraient rendre le lundi suivant : calculer la surface de la cour et en établir un plan détaillé.

Cette tâche occupa tous les cinquièmes jusqu'au repas, et encore le lendemain samedi, dès qu'ils furent en récréation, le concierge leur ayant remis des règles d'un pied et des cordelettes.

Le commissaire Siméon Paumier était d'un naturel jovial, mais, après la réunion habituelle des commissaires du lundi matin au Grand Châtelet, en présence du lieutenant civil Nicolas Bailleul, sa bonne humeur avait disparu.

Les recettes des aides sur les vins avaient fortement diminué depuis un mois, leur avait dit le lieutenant civil, particulièrement dans l'Outre-Petit-Pont[1]. Or Nicolas Bailleul avait été prévôt des marchands et ne pouvait rester indifférent à une baisse de revenus de la ville puisque les taxes sur le vin vendu en gros revenaient en grande partie à la municipalité. Après cet exposé, le lieutenant civil avait menacé : sans résultats tangibles, les commissaires du quartier Maubert pourraient être amenés à rendre leur charge. Ils étaient en effet les premiers visés depuis le fiasco de la saisie d'une barque contenant des futailles de vin. C'était par une dénonciation que Bailleul avait appris la venue de cette embarcation. Il avait chargé les quatre commis-

1. La rive gauche, ou encore l'Université.

saires du quartier de s'emparer des fraudeurs afin de les faire parler et de mettre au jour ainsi toute l'entreprise. Mais l'affaire avait été mal préparée, chaque officier voulant agir à sa guise. Résultat : des archers et des exempts avaient fait feu quand ils avaient cru que les fraudeurs allaient s'enfuir et, finalement, il n'y avait eu aucun prisonnier.

Cet échec avait rendu furieux M. Bailleul, qui avait prévenu ses subordonnés : il voulait des résultats avant la fin de l'année.

Paumier attendait un de ses exempts. Il voulait qu'il inspecte tous les cabarets du quartier en vérifiant les bouchons sur les portes et les actes d'achat des tonneaux. Mais il ne se faisait aucune illusion, il avait déjà entrepris ces vérifications plusieurs fois sans succès. Le quartier Maubert s'étendait du Petit-Pont à la porte Saint-Jacques. Comment surveiller toutes les tavernes ?

Restaient la Seine et les ports. Là encore, les contrôles s'étaient accrus et Nicolas Bailleul avait la certitude que plus aucune barque n'avait déchargé de vin non déclaré. Donc, les fraudeurs utilisaient un autre moyen pour faire entrer du vin dans Paris. Le plus vraisemblable était qu'il s'agissait de tonneaux destinés à l'usage personnel de communautés religieuses ou de maisons nobles. Seulement, comment découvrir ces transports alors que des centaines de chariots pleins de barriques se présentaient chaque jour aux portes de la capitale ? Mieux valait trouver l'endroit où les fraudeurs entreposaient ce vin illégal, mais comment ? Impossible de fouiller toutes les caves et tous les celliers !

Devant ces difficultés, Siméon Paumier songeait sérieusement à vendre son office avant que ne tombe une sanction. Son oncle lui avait déniché un emploi dans une famille princière. Il y recevrait des gages intéressants, mais perdrait les avantages qu'apportait la charge de commissaire. Surtout, il devrait habiter un hôtel dans l'Outre-Grand-Pont, un quartier qu'il n'aimait guère.

Son regard s'égara dans sa chambre, une pièce confortable dans un logis à deux étages de la rue du Mont-Saint-Hilaire, en face de l'église, juste au-dessus d'un libraire, à l'enseigne des Deux Boules.

Il soupira, entendit son valet ouvrir. Il reconnut la voix de l'exempt Raoul Levilain.

Le samedi à la relevée, Guillaume vint chercher Gaston et Louis avec le chariot. Déjà beaucoup de pensionnaires étaient partis et ils attendaient devant le porche du collège en compagnie d'Adrien. Les voitures encombraient la rue Saint-Jacques, et les vociférations des cochers provoquaient un épouvantable vacarme car les véhicules venaient chercher non seulement des élèves de Clermont mais aussi des pensionnaires du collège du Plessis, des Cholets et de Lisieux. Soudain, Adrien se mit à faire de grands signes avec les bras et cria :

— Voilà le coche de ma mère !

Il désigna un petit véhicule carré de couleur rouge à quatre grosses roues peintes de la même couleur et d'un toit noir. La voiture était tirée par deux chevaux bais. Sur ses flancs étaient peints six sangliers passants de sable : les armes des Houdetot. Ayant dit au revoir à ses amis, Adrien courut dans sa direction. Le véhicule s'était arrêté à l'angle de la rue Fromentel, pour éviter d'aller jusqu'au collège.

Débordant de curiosité, Gaston le suivit. Il se trouvait à quelques toises quand Adrien grimpa sur le siège du cocher, après avoir salué deux femmes dans la voiture. L'une avait l'âge de Mme Fronsac et l'autre était toute jeunette, aussi blonde que son frère, avec des traits fins et un teint de neige.

— Mathilde ! murmura-t-il, en extase.

Tout en suivant des yeux le véhicule qui repartait, il sentait son cœur battre à tout rompre.

9

Le dimanche, à la fin du repas familial à l'étude Fronsac, Gaston interrogea le notaire :

— Monsieur, l'année dernière, M. Boutier nous a parlé de M. de Soubise, qui avait réalisé un coup de main contre la flotte du royaume avant de se réfugier dans la ville de La Rochelle… Que se passe-t-il maintenant, là-bas ?

M. Fronsac échangea un regard interrogatif avec M. Charreton, qui était plus au courant que lui de la politique du royaume.

— M. de Soubise a effectivement pris sept vaisseaux du roi et tente de rassembler autour de lui les protestants du royaume, fit M. Charreton d'une voix égale.

— Mais pourquoi les protestants le rejoignent-ils ? Le père d'un de mes amis de Clermont l'a fait.

— La situation est compliquée, là-bas. Il faut savoir que La Rochelle est une des villes les plus riches du royaume et garde une vieille tradition militaire. Ses bourgeois sont répartis en compagnies toujours prêtes à prendre les armes. Ses bateaux sont autant commerciaux que corsaires. Durant les guerres de Religion, la ville était quasiment une capitale pour les calvinistes et, à la mort de notre roi Henri bien-aimé, elle a montré des velléités d'indépendance. Or le duc de Rohan, gendre de monseigneur de Sully et gouverneur de Saint-Jean-d'Angély, a pris la tête des partisans huguenots. Il a conduit la révolte en Languedoc et dans les Cévennes, tandis que son frère Soubise prenait ses quartiers à La Rochelle.

— M. de Soubise commande donc la ville ? demanda naïvement Gaston.

— Non, la cité est bien trop indépendante pour se donner un maître. En vérité, ses bourgeois rêvent plutôt d'une république, mais ils se contenteraient de payer moins d'impôts au roi. Quant aux protestants du royaume, ils sont partagés : certains suivent les Rohan, mais le plus grand nombre reste modéré et fidèle autour de M. du Mornay[1]. Quoi qu'il en soit, voici trois ans, notre monarque a levé une armée pour imposer à nouveau la loi du royaume dans les terres protestantes. Toutes les villes se sont soumises, sauf La Rochelle. En représailles, Sa Majesté a fait construire le fort Louis, qui tient la ville sous ses canons. Finalement, après le blocus de la cité et l'échec de Rohan en Languedoc, un traité de paix a été signé avec les rebelles. Chacun croyait La Rochelle soumise, mais les escarmouches n'ont jamais cessé. Monseigneur le cardinal a donc décidé qu'il ferait rentrer les Rochelais dans l'obéissance par la force, aussi le corps de ville s'est-il jeté dans les bras de Soubise, qui a appelé le peuple protestant à le rejoindre.

— Va-t-il y avoir la guerre, monsieur ?

1. Gouverneur de Saumur. Sur Mornay, voir *Les Rapines du duc de Guise* et *La Guerre des amoureuses*, du même auteur.

— Soubise y pousse en s'alliant à l'Angleterre, mais le maire et les échevins s'y refusent, pour l'instant. Des plénipotentiaires doivent venir à Paris pour négocier. La semaine prochaine, M. Boutier sera là, il en sait plus que nous et tu pourras l'interroger. Ton ami est protestant ?

— Son père l'est, sa mère est catholique. C'est lui qui souhaite faire un assaut à la canne avec moi, il se dit bon escrimeur et aimerait savoir si je peux le battre.

La veille, Gaston avait demandé à M. Charreton s'il voulait bien faire quelques passes d'armes avec lui le dimanche après-midi afin de lui révéler ses défauts, et le grand-père de Louis avait accepté.

— Êtes-vous en querelle avec ce garçon, monsieur de Tilly ? s'enquit Mme Fronsac, brusquement inquiète.

— Non, mère, intervint Louis. Adrien est un ami de seconde, mais Gaston s'intéresse d'autant plus à lui qu'il a une jeune sœur très jolie.

Le jeune gentilhomme devint écarlate et chacun retint un sourire.

— Votre poignet est trop rigide, monsieur de Tilly. Plus de souplesse pour engager l'adversaire et prendre sa lame du dehors… Ainsi !

M. Charreton montra le mouvement à Gaston, qui l'imita à son tour.

Toute la maisonnée était rassemblée dans la cour de l'étude. Les deux tireurs utilisaient des épées mouchetées et le grand-père de Louis venait de terminer un assaut contre le jeune Tilly, l'ayant difficilement touché au bras.

— Vous avez fait d'indubitables progrès cet été, je n'ai plus grand-chose à vous apprendre, Gaston. Qu'en dites-vous, messieurs Bouvier ?

— Le jeune monsieur sera bientôt redoutable, approuva Guillaume, assortissant son propos d'une bourrade sur l'épaule de son frère.

— On va réviser les ripostes, décida M. Charreton. Essayez ceci : parez-moi de quarte et pressez sur ma lame en portant l'extrémité de la vôtre dans le bas de la mienne, puis prenez l'opposition en dehors et fendez-vous.

Ils pratiquèrent les mouvements plusieurs fois, jusqu'à ce qu'ils deviennent fluides et naturels pour Gaston.

— Essayons maintenant une feinte en deux mouvements : vous riposterez à mon attaque en portant votre pointe, l'engagement doit être bref. Levez ensuite la pique de votre épée en ployant le coude, puis baissez rapidement le fer, sans roideur, et allongez le bras par le bas pour toucher ma cuisse.

L'exercice fut lui aussi répété et M. Charreton y ajouta plusieurs bottes de son cru. Ensuite, ce fut au tour de Guillaume d'affronter le jeune garçon, puis des Bouvier ensemble, et il parvint, sinon à les toucher, du moins à les tenir à distance.

— Pas mal, monsieur de Tilly ! le félicita M. Charreton. Qu'en dis-tu, Pierre ?

M. Fronsac approuva de plusieurs hochements de tête tandis que Louis restait admiratif.

Le lundi 6 octobre 1625

Les traductions de Virgile de Louis et de Gaston n'eurent pas le succès escompté à cause de la faiblesse de leurs rimes. Ils furent néanmoins nommés pour l'un sénateur et pour l'autre tribun car leur version était sans fautes, tandis que Paul de Gondi, plus doué qu'eux en poésie, devenait consul. Quant à Jehan Le Pontonnier, il parvint à éviter une punition grâce à l'aide de Louis.

Durant la récréation du matin, on vit encore courir partout les cinquièmes, papier, mine de plomb, réglette et cordelette dans les mains, afin de terminer leurs mesures et leurs dessins de la cour du collège. Au début de sa leçon, le père de Riennes fit ramasser le travail qui donnerait lieu au classement du vendredi.

Il traita ensuite des différentes façons de calculer, mais beaucoup d'élèves, et particulièrement Gaston, avaient l'esprit ailleurs. Ils songeaient à la passe d'armes.

Sitôt libérées par la cloche, toutes les classes se vidèrent. Montgomery avait engagé les membres de la Compagnie blanche pour organiser la rencontre. Les jeunes gentilshommes délimitèrent devant le puits une vaste lice qui permettrait à tout le monde d'assister au duel, quelques écoliers montant même sur la margelle. Montgomery alla lui-même chercher et choisir les cannes chez le concierge pendant que Gaston et Adrien restaient à parler amicalement avec Paul de Gondi, ce dernier gonflant sans cesse le torse pour affirmer son importance dès qu'un père approchait. En effet, de nombreux jésuites arrivaient, mais il ne s'agissait que de jeunes prêtres. Les maîtres et les régents les plus éminents se trouvaient aux fenêtres de l'étage. Louis avait remarqué le recteur, en compagnie du préfet des études.

Montgomery revint et demanda plusieurs fois le silence.

— Il s'agit d'une passe d'armes courtoise, commença-t-il d'une voix forte. Elle se fera en trois manches. Le point sera donné à la première touche, quel que soit l'endroit atteint. Moi et MM. de Montigny et de Lézay seront jurés d'armes. Nos décisions seront prises à la majorité et sans appel. Comme M. de Tilly est plus petit et a moins d'allonge que M. de Houdetot, sa canne fait deux pouces de plus.

Il distribua les armes et les adversaires se placèrent.

— Messieurs, êtes-vous prêts ?

— Je le suis.

— Je suis à vos ordres, monsieur.

— Soyez vaillants ! Allez !

Chacun des duellistes salua son adversaire, puis les bâtons se dressèrent et les deux jeunes gens se mirent en garde. Ils firent alors un pas à la rencontre l'un de l'autre et les cannes se touchèrent. Tout alla soudain très vite. Adrien allongea son bras de toute sa longueur, mais Gaston recula suffisamment pour l'éviter et riposta avec un rapide mouvement de rotation du poignet. Aussitôt les bois s'engagèrent sans qu'aucun des deux garçons bouge beaucoup. Parades et dégagement se succédaient avec une stupéfiante agilité. Parfois Gaston tournait sur lui-même pour prendre son adversaire à revers mais l'autre parait toujours. À la troisième fois, Adrien se dégagea, se fendit et atteignit le bras de Gaston.

— M. de Tilly est touché ! annoncèrent simultanément les trois juges.

Gaston s'inclina et lança un regard rassurant à Louis tandis que l'assistance éclatait en vivats. Certains bonnets volèrent même en l'air.

— Seconde manche ! déclara Montgomery.

De nouveau les adversaires se mirent en garde et le héraut laissa aller.

Adrien avait désormais beaucoup plus d'assurance. Il mena la danse, contraignant Gaston à rompre à plusieurs reprises devant sa pression. Les membres de la Compagnie blanche se regardaient en se félicitant sans mot dire, mais leurs sourires exprimaient leurs pensées : leur champion allait l'emporter sur ce prétentieux cinquième qui n'avait pas voulu les rejoindre. Cette leçon calmerait son arrogance.

Une nouvelle fois M. de Tilly céda à l'engagement sans aucune résistance, il allongea alors le bras de toute sa longueur, sous celui de son adversaire, qui abaissa son bâton pour engager en tierce. Mais déjà Gaston avait riposté dans le haut du dedans, écarté la canne et s'était fendu, atteignant Adrien au cœur. Un coup fabuleux, mais tout en retenue afin de ne causer aucun mal.

Étourdi, le jeune Houdetot chancela. Des cris de stupéfaction fusèrent, mais aussi quelques invectives rageuses, tandis que Montgomery lançait :

— Joli coup, monsieur de Tilly !

Celui-ci salua et s'approchant d'Adrien lui demanda s'il ne l'avait pas touché trop fort.

— Non… non… Vous êtes un rude adversaire, Gaston… je vous ai sous-estimé. Dans un vrai duel, vous m'auriez percé la poitrine.

Gaston sourit et ne dit rien, satisfait d'avoir correctement appliqué les conseils de M. Charreton.

Louis s'était tourné vers ceux qui avaient proféré des quolibets et des injures. Comme il s'en doutait, il s'agissait de partisans de la confrérie du Quart rassemblés autour de Rouville, Sillery et Lauzières. Les trois s'étaient d'abord félicités de la défaite de

Gaston à grands coups de bourrades sur les épaules et de vivats. Maintenant, ils manifestaient ouvertement leur colère, mais ils se turent, sous les regards courroucés des juges.

— Messieurs, êtes-vous prêts ? demanda Montgomery.

— Prêt !

— Prêt !

— Dernière passe. Vous êtes à égalité. Cet assaut décidera du vainqueur.

Après la mise en garde, les bois se lièrent et s'entrechoquèrent. Cette fois, Adrien joua la prudence. À l'inverse, Gaston ne cessait d'attaquer, obligeant à plusieurs reprises son adversaire à des dégagements hasardeux, mais sans chercher à profiter de son avantage, ce qui surprit les juges car le cinquième aurait pu toucher à plusieurs reprises le seconde. Piqué à vif par cette mansuétude, ce dernier attaqua soudain par un liement des bâtons dans le bas. Cependant, non seulement Gaston para mais, bras allongé, il riposta par un prompt et puissant mouvement du poignet, en enroulant sa canne sur celle de son compétiteur comme s'il voulait la tordre. En un éclair, tous ses muscles tendus et en faisant preuve d'une grande force, il fit sauter le bâton des mains d'Adrien. Un coup que lui avait montré Guillaume.

Sidérés, les trois juges se regardèrent, ne sachant que décider. M. de Tilly n'avait pas touché M. de Houdetot, mais ce dernier était désarmé. Pouvait-il reprendre le combat ?

Ce fut Adrien qui trancha à leur place en s'inclinant :

— Vous avez la touche, monsieur Tilly. On m'avait prévenu que vous étiez un escrimeur hors pair, et je reconnais votre science.

Gaston laissa tomber sa canne, s'avança et prit le seconde dans ses bras, un tableau étonnant car Tilly faisait près d'un pied de moins que son adversaire.

Enthousiaste, l'assistance brailla acclamations, félicitations et vivats, et de nouveaux bonnets sautèrent. Louis vit que les pères, à la fenêtre de l'étage, se congratulaient les uns les autres sur la façon élégante dont s'était déroulé et terminé l'assaut. À côté de lui, La Chesnay sautait de joie en hurlant plus fort que les autres et Jehan agitait son calot pour attirer l'attention de Gaston.

Fronsac tourna alors la tête vers les maîtres de la confrérie du Quart et s'aperçut qu'ils s'étaient éloignés.

Gaston resta longtemps entouré, savourant sa victoire. Montgomery et les autres juges le félicitèrent tandis que Houdetot lui demandait de lui apprendre sa dernière feinte. À un moment, l'assistance s'écarta. Les révérends pères arrivaient, le recteur en tête.

Le silence s'installa dans la foule des élèves, curieux de savoir comment allaient réagir les maîtres.

— Messieurs de Tilly et de Houdetot, déclara le père Filleau, sachez que, pour moi, il n'y a eu ni vainqueur ni vaincu, ou plutôt deux champions, car vous vous êtes comportés en véritables gentilshommes. Cependant, je vous adjure de ne jamais vous battre en duel, car faire ainsi couler le sang vous conduirait à la damnation.

Les autres pères approuvèrent et les deux garçons hochèrent la tête en s'inclinant.

10

Ce fut le lendemain, après le dîner, que Paul de Gondi annonça à ses amis avoir appris à sa table que la vente du collège du Mans aurait lieu le samedi. Des travaux commenceraient ensuite, dès le lundi, avec le percement d'un mur dans leur propre classe, qui serait alors réduite d'une toise en largeur par l'installation d'un couloir.

— Ce passage aboutira dans le grand collège, qui n'a plus d'élèves depuis des années, poursuivit l'abbé de Buzay.

— Une école abandonnée ! J'aimerais bien y faire un tour, fit Gaston avec un air gourmand.

— Pourquoi ? demanda Hérisson.

— Peut-être les derniers maîtres, ou les élèves, ont-ils oublié des objets de valeur ou même un trésor !

— Quelle imagination, Gaston ! se moqua Gondi. Le petit Mans, à côté, n'a même plus de quoi nourrir ses boursiers, alors le principal a déjà dû vérifier qu'il n'y avait plus rien là-bas. N'oubliez pas que les deux collèges communiquent. De surcroît, nos révérends pères sont certainement allés le visiter avant d'acheter !

— Quand même, M. de Tilly a raison. Je suis sûr qu'il y a des secrets à découvrir, fit La Chesnay, rêveur.

L'abbé de Buzay déclara alors d'une voix d'outre-tombe, en roulant les yeux :

— Il n'y a que des fantômes… Le Mans, repaire de ligueurs, est hanté par les âmes des protestants égorgés à la Saint-Barthélemy…

— Arrêtez, monsieur de Gondi, ce n'est pas drôle ! implora La Chesnay, effrayé.

— Et si on allait tout simplement y dévorer un bon pâté de gibier ? proposa Jehan. Je l'apporterai !

— Et comment entreras-tu dans ce collège ? persifla Gondi en haussant les épaules.

— Par le trou que les maçons vont creuser ! rétorqua le fils du boucher.

— La première chose que feront les ouvriers sera de fermer ce trou avec une porte et une serrure ! Et en supposant que tu en aies la clef, les pères te verront passer par la cour. Ils vont certainement te dire : « Entrez donc, monsieur Le Pontonnier… »

Le jeune abbé mima la scène en s'inclinant comiquement, sa toque à la main.

— M. de Tilly et Louis sont bien parvenus à sortir, grommela le fils de boucher.

— C'était la nuit, dit Louis, et je n'ai aucune envie de recommencer.

Il se tut quelques instants avant d'ajouter :

— Il reste la porte principale, dans la rue Devant-Saint-Symphorien…

— Forcément fermée à clef elle aussi, répliqua Tilly, qui commençait à se piquer au jeu. Sinon, tout le monde pourrait entrer là-bas.

— Jacques, demanda Louis à Hérisson, tu serais capable de faire une clef ?

— Peut-être. Il faudrait que je voie la serrure, et que j'aie des outils, mais je suis pensionnaire ici, je ne peux pas sortir. Mon père enverra son frère me chercher seulement à Noël.

Jacques venait de Senlis et restait en pension toute l'année, sauf à Noël et à Pâques. Effectivement, il n'avait aucune possibilité d'aller étudier la serrure.

Les membres de la confrérie restèrent silencieux, même Gondi, qui avait maintenant envie d'explorer ce collège peuplé de fantômes. Mais comment faire ?

— Je pourrais demander à mes parents de t'inviter un prochain dimanche, proposa finalement Louis. Si mon père fait une lettre au recteur, le père Filleau te laissera partir avec nous. Et si on rentre chez moi à pied, en passant par la rue Devant-Saint-Symphorien, tu auras l'occasion d'examiner la fermeture.

— J'aimerais beaucoup aller une fois chez toi, dit Hérisson avec un doux sourire.

— Regarder, soit, mais en quoi tout cela ouvrira-t-il la porte du collège ? demanda Gondi.

— Jacques a déjà ouvert des portes ici rien qu'en regardant la forme de la serrure, affirma Gaston.

— Avec des crochets de fer, je suis capable de forcer une fermeture toute simple. Mais la serrure du collège du Mans est certainement compliquée. En la regardant, je saurai seulement s'il est possible ou non d'en fabriquer la clef. Ensuite, il faudra que je m'en procure une qui convienne. Parfois, les clavelliers possèdent quelques modèles qu'ils ont forgés et qu'il est possible d'adapter en les limant.

— Il y a un clavellier, rue Saint-Jacques. Je peux lui demander de me façonner la forme qu'il te faudra, cela me coûtera quelques sols que je prendrai sur mes économies.

— On peut essayer. Dans ce cas, il faudra que je fasse un dessin précis. Seulement, si j'échoue, tu auras perdu ton argent. Fabriquer une clef à partir d'une serrure sans la démonter est compliqué, et souvent impossible. Dans tous les cas, j'aurai besoin d'outils, d'un étau, d'une lime à fendre, d'un carreau de serrurier et d'une lame de scie. Et d'aller à la porte plusieurs fois avec une lime. Comment faire ?

Les difficultés paraissaient insurmontables et les collégiens pressentaient qu'une expédition au Grand Mans se révélerait impossible.

— Chez moi, les gardiens ont des outils, ils pourraient m'en prêter, suggéra Louis après un moment de réflexion.

— Et comment justifieras-tu ta demande ? s'enquit Gaston en grimaçant, persuadé désormais qu'ils poursuivaient une chimère. Les frères Bouvier voudront savoir pourquoi Jacques veut scier et limer une clef !

— Combien coûte une lime ? interrogea Louis à l'intention de Hérisson.

— On peut s'en procurer autour de dix sols.

Louis disposait de huit sols, mais il devrait déjà acheter la clef. Peut-être que son grand-père pourrait lui prêter la différence, mais, là encore, comment obtenir gain de cause sans mentir ?

— Je trouverai la lime et la scie ! annonça Paul de Gondi, décidé à prouver qu'il était un vrai capitaine. Le concierge de mon frère Pierre[1] a un atelier dans

1. Pierre de Gondi, qui avait alors vingt-quatre ans, venait de recevoir de son père le titre de comte de Joigny.

l'hôtel. Je lui demanderai qu'il me les prête et il n'osera ni me questionner ni me refuser.

Louis échangea un regard interrogatif avec Jacques, qui opina en précisant :

— Monsieur de Gondi, il faudra que je vous décrive exactement les outils…

La cloche qui sonna mit fin à la discussion.

Le samedi 11 octobre, vers quatre heures de l'après-midi, Guillaume vint chercher les deux garçons avec la mule de l'étude. En chemin, tandis que le serviteur guidait l'animal sur lequel les deux garçons étaient montés, ils lui racontèrent le duel. La victoire de M. de Tilly gonfla l'ancien piquier de fierté, aussi Louis en profita-t-il pour lui affirmer qu'ils étaient maintenant suffisamment âgés pour rentrer rue des Quatre-Fils tout seuls. D'ailleurs, Jehan Le Pontonnier, leur collègue de chambre, le faisait.

À voir la moue qu'il exprima, Guillaume ne paraissait nullement convaincu. Il se souvenait encore de la tentative d'enlèvement des enfants – une entreprise restée inexpliquée –, aussi répondit-il que ce serait à M. Fronsac de décider.

Le soir, après avoir raconté à tout le monde dans la maisonnée comment Gaston avait vaincu le jeune Houdetot, pourtant plus âgé que lui, Louis dit à son père combien il aimerait recevoir son ami Jacques, qui, habitant Senlis, restait plusieurs mois d'affilée au collège car son père, clavellier, n'avait pas les moyens de venir le chercher plus souvent. M. Fronsac y consentit avec bienveillance, satisfait de la générosité de son fils, car les bourgeois aisés comme lui devaient faire preuve de largesse. Il promit donc de préparer une lettre au recteur en ce sens. De plus, il était fier que Louis ait été nommé sénateur et, même s'il détestait les duels, de la victoire de Gaston de Tilly. Cependant, à la requête des deux garçons de rentrer seuls du collège, il répondit qu'il souhaitait que Guillaume ou Jacques Bouvier les accompagne la première fois à pied, afin d'être certain qu'ils ne se perdent pas.

Le lendemain fut très attendu par toute la maisonnée car M. Boutier serait présent au dîner. Le parrain de Louis aimait à faire, sur le ton du secret, des révélations sur ce qui se passait à la Cour. La mesnie des Fronsac avait ainsi l'impression d'appartenir à la coterie d'initiés qui dirigeaient le royaume.

Revêtu d'un pourpoint sombre doublé de drap argent et de bas noirs protégés par des guêtres de toile, Philippe Boutier arriva sur une mule conduite par un laquais en mandille[1]. Il s'excusa de son retard, dû à une procession qui barrait la rue Sainte-Avoye, et n'eut pas le temps de se rendre dans le cabinet de M. Fronsac avec M. Charreton pour parler de la Cour comme il en avait l'habitude. Ce fut donc à table qu'il donna des nouvelles, après le premier plat de bouillon de volaille servi sur des tranchoirs.

— Deux sujets agitent le Louvre, le Palais et les salons, dit-il en répondant à une question de M. Charreton. Le premier est le mariage de Monsieur[2]…

— Le frère de notre roi va donc enfin convoler ! s'exclama Mme Fronsac, qui adorait les noces princières et les fêtes grandioses qu'elles occasionnaient.

1. Casaque de serviteur.

2. Gaston, duc d'Anjou et frère du roi. Il deviendra duc d'Orléans après son mariage.

— Oui et non, répondit Boutier avec un sourire énigmatique, tandis que Mme Mallet emplissait copieusement son assiette de morceaux de lapereaux en sauce, et Mme Richepin, l'autre cuisinière, son verre de clairet de Montmartre. En vérité, Sa Majesté souhaite que son frère le duc d'Anjou épouse Marie de Montpensier[1], mais Monsieur y est réticent car il demande une alliance plus prestigieuse. Pour compliquer ces desseins, Monsieur le Prince[2] voudrait que l'épousée soit sa fille Geneviève, afin de rapprocher sa famille du trône, alors que Monsieur le Comte[3] vise, pour sa part, à convoler avec Marie de Montpensier. Afin de faire changer d'avis son frère et M. de Richelieu, Monsieur rassemble autour de lui amis et Grands qui prennent parti contre ses noces. Il se constitue ainsi une faction dont « l'aversion au mariage » est devenue le mot d'ordre. En vérité, cette cabale rassemble surtout les adversaires du cardinal, qui veulent le faire chasser et mettre ensuite le pays en coupe réglée…

— Cela ne cessera donc jamais ! ragea Charreton.

— Jamais ! sourit Boutier. Mais ce ne sont que des jeux de Cour et les amis de monseigneur le duc d'Anjou sont incapables de construire une alliance comme celle qui s'était faite autour de la reine mère, voici quelques années. Les seuls affrontements qu'ils parviennent à manigancer sont des duels.

— On s'est battu ? demanda Mme Fronsac.

— Ne pouvant mettre en difficulté le cardinal par les armes, ceux du parti de l'aversion s'en prennent

1. Marie de Montpensier était la fille du duc de Montpensier, prince de sang issu de la branche cadette des Bourbons.

2. Henri de Condé.

3. Le comte de Soissons, demi-frère du prince de Condé.

aux soutiens du ministre. Il y a eu plusieurs rencontres, heureusement sans mort d'homme.

— Qui défie donc ainsi le roi ? interrogea sévèrement M. Fronsac.

— Toujours les mêmes : M. de Bouteville et ses amis ! s'exclama Boutier d'un air affligé.

Pour souligner ses paroles, il avait levé son couteau, provoquant la chute d'une bouchée de viande en sauce plantée au bout. Le morceau aspergea sa chemise et provoqua chez Louis un début de fou rire qu'il parvint quand même à contenir.

François de Montmorency-Bouteville, rejeton d'une des plus vieilles familles de France, affichait ouvertement son mépris pour le cardinal en se moquant de l'interdiction des duels.

— Souvenez-vous : déjà, au mois de janvier, Bouteville s'était battu contre le marquis de Porte et François de Cavoye, lequel avait été gravement blessé, poursuivit Boutier. Il aurait dû être saisi de corps et enfermé à la Conciergerie, mais monseigneur de Condé l'a sauvé de ce sort humiliant. La leçon n'ayant pas suffi, le jour de Pâques, il avait défié M. Roger de Daillon[1], neveu du maréchal de Schomberg[2], un des plus fidèles gentilshommes du trône. Depuis, il persévère à la moindre occasion. Cependant, monseigneur ne cédera pas. Il a d'ailleurs un sujet plus sérieux

1. Comte de Pontgibault.

2. Henri de Schomberg, fils de Gaspard de Schomberg, maréchal et surintendant des Finances d'Henri IV, avait servi celui-ci contre la Ligue et était devenu maréchal en 1616, puis surintendant des Finances. Il avait commandé l'artillerie royale durant la guerre contre les protestants. Sa sœur Françoise avait épousé François de Daillon, avec qui elle eut Roger de Daillon, comte de Pontgibault.

à traiter, avec les agissements de l'Angleterre et la situation à La Rochelle.

Au bout de la table, Gaston prêtait une oreille attentive.

— Le mariage de la sœur de notre roi avec le roi Charles n'a pas vraiment porté ses fruits, observa M. Charreton.

— À cause de quelques malfaisants, et en premier lieu de M. de Buckingham, qui a tenté toutes sortes d'intrigues afin de retourner en France et revoir la reine. Mais celle-ci, et encore moins Sa Majesté et monseigneur de Richelieu, n'a souhaité lui rouvrir les portes du Louvre. Aussi le duc a-t-il persuadé le roi d'Angleterre que les stipulations du contrat de mariage garantissant à la sœur de notre souverain une totale liberté religieuse n'étaient nullement contraignantes. Il a fait renvoyer la plus grande partie des officiers et des dames qu'elle avait amenés et on lui a composé une maison tout anglaise. Maintenant, on entreprend même de la forcer à se faire protestante.

— À ce point ? s'insurgea M. Fronsac, tandis que son épouse partageait des regards attristés avec les femmes de la maisonnée, car la princesse Henriette était très populaire.

— Par lettre, elle a fait connaître ses tourments à sa mère et à son frère et a même demandé à revenir en France. À ces affronts s'ajoute le refus de Charles Ier de restituer les vaisseaux français que Soubise a pris à La Rochelle et qu'il a établis dans des ports anglais. Monseigneur le cardinal n'est pas homme à supporter de pareils camouflets. Il a envoyé à Londres d'énergiques réclamations et les aigreurs s'accumulent. Désormais, Buckingham et Richelieu se regardent d'un œil ennemi, et La Rochelle pourrait devenir le lieu des affrontements de nos royaumes.

Gaston échangea un regard catastrophé avec Louis. Comme il brûlait de parler, M. Charreton s'aperçut de son émoi et lui proposa de s'exprimer.

— Mais, grand-père, vous nous aviez dit que des plénipotentiaires de La Rochelle allaient venir à Paris afin de trouver un accommodement…

Ce fut M. Boutier qui répondit :

— C'est la vérité, mais personne ne croit à un accord. En juillet, ces députés étaient déjà venus à la Cour pour demander la paix mais, en août, le corps de ville de La Rochelle a déclaré choisir la guerre. Depuis le canon ne fait que tonner entre le fort Louis et la cité. Pourtant, les factions sont nombreuses chez les marchands rochelais, entre ceux qui refusent l'affrontement et les partisans d'une république indépendante. M. le cardinal pourrait facilement profiter de ces divisions, mais il préfère utiliser la force et il provoquera indubitablement une alliance à ses dépens…

— On dit que le duc de Savoie Charles-Emmanuel est également fâché contre notre ministre, intervint M. Fronsac.

Boutier hocha du chef :

— Toujours à cause de cette attitude trop inflexible, trop autoritaire, de notre ministre. Le duc est notre allié, mais le cardinal le traite en subalterne.

Après un silence, Boutier ajouta :

— M. du Plessis sous-estime la force de l'union de ceux qui le haïssent.

— Il n'a pas l'air de s'inquiéter sur son avenir, dit M. Charreton. Je suis allé voir les travaux qu'il entreprend à l'hôtel d'Angennes. Entre démolitions et constructions, le chantier durera des années et on dit que le palais qu'il fait ériger sera plus vaste que le Louvre.

— Certainement. Mais on dit aussi qu'il veut l'offrir au roi. N'oublions pas que monseigneur de Richelieu est également un courtisan, plaisanta Boutier.

11

Le lundi 13 octobre 1625

Les affaires de maître Girardin prospéraient depuis son accord avec le baron de Saint-Angel. Elles prospéraient même trop, car Bernardo Bianchi ne pouvait faire face à la besogne. Dans la semaine, il assurait la majeure partie des transports de tonneaux destinés au baron de Saint-Angel, au baron de Sainte-Foy, au marquis de Sauveterre et au vicomte de Saint-Palais, pénétrant chaque fois par une porte différente de la capitale pour qu'on ne le repère pas. Les dimanches, il portait les fûts aux taverniers fraudeurs. Pour réaliser autant d'achats et de livraisons, Girardin avait dû engager deux portefaix qui ignoraient tout de son activité illégale, même s'ils se doutaient de quelque chose en voyant partir le chariot chaque dimanche. Le maître marchand de vin envisageait maintenant de les mettre au parfum, en dépit des risques que cela représentait.

Ce lundi, comme il s'apprêtait à partir au port au vin, il reçut la visite du principal du collège du Mans, qu'il accueillit dans sa chambre.

Le religieux était fort embarrassé.

— Maître Girardin, commença-t-il après quelques politesses d'usage, je ne vais plus pouvoir vous louer les salles du grand collège…

— Comment cela ? s'offusqua Girardin.

Le principal lut la surprise, puis l'inquiétude sur le visage du marchand.

— Je n'y suis pour rien, je vous l'assure, mais mon maître, l'évêque du Mans, vient de vendre les bâtiments aux jésuites de Clermont. La signature de l'acte a eu lieu samedi et, bien que je connaisse ce projet depuis vendredi, je ne pensais pas qu'il se réaliserait si vite. J'ai appris hier soir que les pères prendront possession des lieux dès demain, ou au plus tard mercredi…

— Impossible ! J'y garde mon vin !

— Il faut que vous le retiriez au plus vite.

— Mais comment vais-je faire ? se lamenta le marchand en levant les bras au ciel. J'ai là-bas plus de trente tonneaux ! Où pourrais-je les entreposer ?

— Je ne sais, monsieur, mais je vous l'ai dit, tout ceci est hors de ma volonté.

Le ton était devenu sec.

— Entendu ! Je m'en occupe, décida Girardin, glacial.

Après le départ de son visiteur, il courut chez le baron de Saint-Angel, qu'il trouva devant une collation gargantuesque, que ce dernier voulut partager. Mais le marchand de vin n'avait aucunement faim, la venue du principal du Mans lui ayant noué l'estomac. Les valets éloignés, il raconta la visite et l'ordre d'expulsion.

— Fâcheux ! grimaça le baron. Très fâcheux.

Il porta une bouchée de lapin à ses lèvres et la mastiqua consciencieusement.

— Pouvons-nous entreposer les tonneaux chez vous ? s'enquit Girardin.

— Non, impossible !

— Je vais donc devoir trouver un nouveau cellier, mais les transports vont attirer l'attention.

Le baron poursuivit son repas tout en méditant. Girardin le considérait avec espoir.

— J'ai peut-être une solution, dit finalement Saint-Angel en balançant la tête.

— Laquelle ?

— Laissez-moi faire, ne bougez pas pour l'instant. Je viendrai chez vous ce soir pour vous dire si j'ai réussi.

Le marchand de vin parti, le baron s'habilla élégamment et fit seller son cheval. Il ne pouvait arriver crotté de boue chez l'éminent personnage qu'il s'apprêtait à rencontrer.

Par les ruelles longeant le couvent des Jacobins, il gagna la rue de la Harpe puis la place de la Sorbonne, où il laissa sa monture dans une écurie qui dégorgeait de mules appartenant aux maîtres de l'Université. Ensuite, il se dirigea vers une étroite maison à trois étages : le domicile de Jean Tarin.

Saint-Angel avait rencontré ce professeur quelques années auparavant au Louvre, lors d'une réception où il s'était invité alors qu'il se préparait à dénoncer le complot imaginaire qui lui avait rapporté quelques centaines d'écus. Jean Tarin enseignait alors au collège d'Harcourt et avait la réputation d'être un adversaire des jésuites. Depuis, il était devenu titulaire de la chaire de rhétorique et venait d'être élu recteur de l'Université de Paris. Or l'Université s'était toujours opposée aux jésuites et au collège de Clermont en particulier.

Le valet qui l'accueillit lui dit que M. Tarin (le recteur n'était pas prêtre) professait son cours et n'arriverait qu'à none. Le baron demanda à pouvoir l'attendre et fut installé dans la salle basse de la maison.

None avait sonné depuis quelque temps quand le recteur arriva. C'était un homme de belle taille, chaleureux et souriant. Il accepta d'entendre son visiteur avant son dîner, bien qu'il eût fort faim, et lui proposa de se rasseoir, lui-même se calant dans un fauteuil à accoudoir capitonné en cuir de Cordoue.

Saint-Angel se présenta, expliqua où il habitait et inventa la suite :

— Mon père, Dieu ait son âme, a été boursier au collège du Mans, puis il est parti à Bordeaux, où j'ai fait mes études, mais il m'a élevé dans le souvenir de cet admirable établissement.

Maître Tarin opina poliment, se demandant où voulait en venir son interlocuteur puisque le collège du Mans n'avait quasiment plus d'élèves.

— Mon père s'est battu au côté de notre bon roi Henri, c'est vous dire qu'il n'aimait pas les jésuites, tout comme moi d'ailleurs…

Cette fois, le recteur le gratifia d'un sourire.

— Or, ce matin, je viens d'apprendre la plus incroyable, et en même temps la plus effroyable nouvelle…

— Laquelle ? s'enquit Tarin, soudain intéressé.

— Les jésuites de Clermont viennent d'acheter le collège du Mans pour s'agrandir.

— Quoi ! Acheter ?

— Vous m'avez bien entendu, maître Tarin. J'en suis resté tellement ébahi que j'ai voulu vous rencontrer pour savoir si l'Université, que je vénère, avait donné son accord.

— Mais… nullement !

Le recteur se leva, au comble de l'agitation.

— Comment avez-vous appris cela ?

— Une discussion avec un valet du Mans venu demander un outil à un de mes laquais. Il avait une réparation à faire avant l'arrivée du révérend père Filleau, qui venait examiner son collège.

On le voit, le baron ne manquait pas d'imagination.

— « Son collège »…

Étouffé par l'émotion, le visage rougi par le sang lui ayant monté à la tête, le recteur fit quelques pas et desserra son col. Il avait lui-même signé un contrat avec Charles de Beaumanoir pour la location du collège par l'Université quelques mois plus tôt ! Ce contrat ne visait pas à rouvrir le Grand Mans ni à recevoir de nouveaux écoliers, mais uniquement à empêcher que Clermont ne jette son dévolu sur cet établissement. L'Université s'était toujours opposée à ce que le collège des jésuites intègre l'Université de Paris, malgré les pressions de la Cour. Et maintenant, cette maudite Société de Jésus, qui avait incité Jean Châtel à poignarder le roi de France, ce damnable collège qui hébergeait des religieux assurant la primauté de Rome sur le roi de France et qui soustrayait à l'Université les enfants des meilleures familles de Paris, s'apprêtait à annexer un des plus vastes collèges de Paris ! La perfidie, la félonie, de Charles de Beaumanoir l'étranglait.

— Cela ne se fera pas ! clama-t-il quand il eut repris son sang-froid.

Le baron se retint de montrer sa satisfaction tandis que Tarin se tournait vers lui :

— Merci d'être venu me trouver, monsieur le baron, je vais m'occuper de ceci toutes affaires cessantes !

Saint-Angel se leva, affichant un benoît sourire.

— Pour la mémoire de mon vénéré père, je vous en serai éternellement reconnaissant, maître, dit-il avec une magnifique émotion.

Après son départ, le recteur fit porter une longue missive au principal du collège du Mans. Si les collèges dépendaient de ceux qui les finançaient, ils n'avaient leur agrément que par l'Université et devaient se plier aux ordres du recteur. Aussi le principal répondit-il le soir même, joignant à sa lettre la copie du contrat paraphé entre l'évêque du Mans et le père Cellot, un document, assurait-il, qu'il avait seulement reçu à la fin de la semaine précédente.

Le mardi 14 octobre 1625

Alors qu'il faisait encore nuit, les pensionnaires furent réveillés par un grand vacarme provenant de la cour. Des interjections, des ordres, des jurons, le fracas de lourds objets jetés sur les pavés. Le père Galliffet entra avec un bougeoir et, faisant lever les élèves, il leur annonça que Clermont avait acheté le collège du Mans et que les travaux de percement d'un passage entre les deux établissements commençaient dès ce matin.

— Ce passage sera pris sur votre classe, expliqua-t-il un peu plus tard, confirmant ainsi l'information donnée par Paul de Gondi. Il est possible que votre cours de grammaire commence en retard et finisse plus tôt car les ouvriers vont dresser une cloison en bois. Ils casseront le mur avant le dîner et termineront durant le repas pour occasionner le moins de gêne possible.

Ce matin-là, tous les pensionnaires furent volontaires pour aller chercher de l'eau et vider les pots tant ils avaient hâte de voir ce qui se passait. C'est en se rendant aux latrines que Louis et Gaston découvrirent le chantier : deux ou trois douzaines d'ouvriers circulaient entre la cour et leur classe en transportant planches et poteaux. On entendait déjà le bruit des marteaux.

Lors de la récréation avant la classe, les enfants ne purent utiliser qu'une partie de la cour, la portion où travaillaient les ouvriers étant fermée d'une barrière. Mais déjà leur intérêt s'était émoussé et ils n'étaient plus que quelques-uns à regarder les travaux et à les commenter. C'est à ce moment-là que Paul de Gondi rassembla la compagnie des Six pour confirmer qu'il apporterait bien deux limes et une scie, mais qu'il se demandait s'ils ne faisaient pas une grosse sottise en voulant pénétrer dans le collège du Mans.

— Fabriquer une fausse clef afin de pénétrer dans une maison est puni de mort, ajouta-t-il en grimaçant.

La remarque jeta un froid. Aussi Gaston, qui maintenant s'accrochait à l'expédition, déclara-t-il :

— Nous ne ferons qu'entrer dans notre propre collège ! De plus, si nous restons prudents et discrets, qui le saura ?

— On pourrait attendre que ce passage soit percé. Il est possible que les pères nous fassent visiter dans quelques jours, et ce qu'on prépare n'aura servi à rien, objecta l'abbé de Buzay.

— On ne va pas nous pendre pour être entrés dans ce bâtiment vide ! intervint Jehan Le Pontonnier.

— Bien sûr que non, reconnut Gondi, qui savait qu'on ne pendrait pas l'héritier d'une illustre famille comme la sienne mais n'en était pas aussi certain en ce qui concernait Le Pontonnier, La Chesnay et Hérisson. Cependant, on pourrait recevoir le fouet, être renvoyés…

Il n'ajouta pas qu'on marquait les faussaires à la fleur de lys.

— Peu m'importe d'être renvoyé, je n'ai pas besoin de connaître le latin et le grec pour devenir soldat, affirma Tilly en haussant les épaules. Je serais seulement malheureux de ne plus être parmi vous.

— Moi de même. À quoi me servira le latin pour tuer des bœufs et couper le cou des volailles ? Ces animaux ne comprendront rien si je leur déclame du Virgile ! ajouta Le Pontonnier.

Satisfait de sa plaisanterie, il éclata de son rire tonitruant.

— Je… je n'ai que cette maison comme famille, observa le petit La Chesnay, d'une voix hésitante.

— Tu es le seul qui ne peut pas sortir, le rassura Louis, donc tu ne risques rien puisque tu ne pourras pas nous accompagner.

Avec Gaston, il avait longuement parlé de La Chesnay. S'ils étaient surpris, ils seraient punis, mais on ne les accuserait que de curiosité fureteuse et malsaine. Pas La Chesnay, car si on découvrait qu'un de ses frères avait fini ses jours sur la roue, on le mettrait dans le même sac que lui et il finirait peut-être pendu, comme le craignait Paul de Gondi.

— Jacques, es-tu prêt à préparer cette clef ? poursuivit-il. Tu peux être assuré que, quoi qu'il arrive, personne ne parlera de toi.

Le dimanche soir, en rentrant à Clermont, il lui avait dit que son père allait écrire une lettre au recteur pour que celui-ci l'autorise à venir chez lui. Louis avait suggéré que ce soit le 26 octobre car, deux jours plus tard, ce serait la Saint-Jude et la Saint-Simon, et il n'y aurait pas de classe. À cette occasion, beaucoup de pensionnaires ne rentraient pas le lundi et les maîtres ne donnaient pas de leçons. Louis avait promis à son père qu'ils travailleraient tous les trois, avec Gaston, dans la salle des clercs, qui eux aussi chômaient durant cette fête.

— J'essaierai de faire la clavette, si M. de Gondi me prête les outils, mais je ne sais pas si j'entrerai dans le collège avec vous. Mon père serait trop déçu si j'étais renvoyé.

— Ne viendront que ceux qui veulent, décida Louis.

— Moi ! lança Tilly avec un sourire de carnassier.

Pour rien au monde il n'aurait raté cette aventure, et sa victoire de la veille avait encore renforcé son audace.

— Moi ! annonça le fils de boucher, tout autant réjoui.

— Moi ! dit calmement Louis.

— Je viendrai, opina Gondi, qui ne voulait pas passer pour un trouillard.

La Chesnay baissa les yeux, désolé de ne pouvoir participer à l'aventure. Tous les regards convergèrent alors vers Jacques Hérisson.

— Entendu, j'entrerai avec vous, dit-il. Mais on ne restera pas longtemps !

— Juste le temps de manger le pâté, décréta Jehan en se pourléchant les babines.

Ce même mardi, accompagné de Jean Filefac, docteur en théologie, curé de Saint-Jean-en-Grève et sous-doyen de l'Université, le recteur se rendit sur sa mule au collège du Mans en grande tenue, c'est-à-dire robe et bonnet carré violet, avec mantelet royal et escarcelle de velours garnie de glands d'or.

Le principal les reçut dans sa chambre du petit collège en compagnie du procureur, qui s'occupait de l'intendance de l'établissement. Située au deuxième étage, la pièce, tristement meublée, disposait d'une fenêtre ouverte d'où l'on apercevait la cour du grand collège, et d'où l'on entendait les coups de pics et de marteaux provenant du collège de Clermont.

Les deux responsables du Mans affichaient des visages abattus.

— Mes pères, j'ai appris hier seulement la nouvelle de la vente de votre collège aux révérends pères jésuites, et, je vous le dis tout net : j'en suis fort fâché, commença maître Tarin.

— Je ne l'ai su que vendredi, monsieur le recteur, mais je reconnais ne pas avoir agi avec suffisamment de promptitude. La situation est très difficile pour nous aussi, ici. Pour nos maîtres et les six boursiers qui restent.

Il alla à une table sur laquelle se trouvaient des documents et prit une lettre qu'il donna à Jean Tarin.

— Voici le courrier de monseigneur de Beaumanoir, qui accompagnait la copie du contrat de vente.

Le recteur parcourut le pli et sortit de son escarcelle un autre document qu'il tendit au principal du collège du Mans.

— Seulement, monseigneur de Beaumanoir m'avait signé, il y a quelques semaines, une promesse d'arrentage de votre collège !

Tandis que le principal, stupéfait, lisait ce texte, la consternation s'étendit sur son visage, puis apparut une ombre de satisfaction.

— Eh bien ! que ferez-vous ? s'enquit le recteur avec rudesse.

— Nous vous demandons conseil, déclara le principal.

— Il ne vous reste plus qu'à porter humblement vos clefs aux révérends pères jésuites ! persifla le curé de Saint-Jean-en-Grève.

— C'est, hélas, la volonté de monseigneur de Beaumanoir, dit le procureur, mais nous désapprouvons sa décision.

— Que parlez-vous de monseigneur ? s'écria avec feu le chef de l'Université, qui ne pouvait plus contenir sa colère. Ai-je besoin de vous apprendre que l'évêque du Mans est votre tuteur et non votre maître ? Souffrirez-vous qu'il dispose de votre maison, de vous-mêmes, sans plus de façon que s'il s'agissait de ses fermes et de ses troupeaux ?

Les coups de masse se firent plus fort, plus bruyants, et attirèrent Jean Filefac à la fenêtre. Il vit alors un pan de mur s'écrouler dans un grand fracas.

— Or bien, sachez que vous n'avez pas un mois, une semaine, un jour, pour vous décider, dit le recteur. Il faut prendre parti sur l'heure. Ou déclarer opposition, ou vider les lieux et faire place aux nouveaux maîtres de céans qui envoient préparer leur logis !

Il s'était lui aussi approché de la fenêtre et, en disant ces mots, il montra des maçons qui venaient d'apparaître dans le trou. À cette vue, le principal et le procureur s'écrièrent d'une même voix qu'ils voulaient rester, et qu'on ne les arracherait de leurs foyers que par la force.

Pour le régent et le procureur, la décision avait vite été prise. Si les boursiers du collège du Mans seraient assurément repris à Clermont, ils doutaient d'y avoir une place, car ils n'étaient pas prêtres. Ils se retrouveraient donc sans revenus et sans logis après la vente du collège.

— Bien ! Ayez bon courage, dit le recteur avec satisfaction. Nous vous soutiendrons et nous avons de quoi répondre, continua-t-il en reprenant le pli qu'il avait passé au principal. Nous avons un contrat en bonne forme et nous allons, de ce pas, former opposition au Parlement[1].

Au collège de Clermont les travaux se poursuivirent toute la journée et le lendemain matin, mais après le cours d'arithmétique, comme ils sortaient dans la cour, les élèves constatèrent la présence d'un attroupement de jésuites et d'hommes en robes noires et violettes dans le nouveau passage permettant de se rendre au collège du Mans, là où les maçons avaient déjà installé une porte. Parmi eux se tenaient les pères Filleau, Cellot et Caussin, le recteur de l'Université (que Gondi connaissait et désigna à ses amis) et deux huissiers du Parlement, dont l'un était l'oncle d'un pensionnaire. Ce dernier parvint à attirer l'attention de son parent, qui s'approcha de lui.

— Que se passe-t-il, mon oncle ?

— À la demande de M. le recteur de l'Université, le Parlement vient de suspendre la vente du collège du Mans. Défense est faite aux jésuites et à monseigneur Charles de Beaumanoir d'entreprendre aucune démolition et aucun nouvel ouvrage au collège du Mans, à peine de tous dépens, dommages et intérêts.

1. Ces dialogues, authentiques, ont été rapportés par des contemporains.

« Nous sommes là pour signifier l'arrêt au révérend père Filleau, et M. le recteur a voulu nous accompagner afin de constater quels travaux avaient déjà été exécutés.

Louis et Gaston avaient tout entendu. Après quelques éclats de voix, le père Filleau partit, la rage déformant son visage. Jamais personne ne l'avait vu ainsi. Brusquement, il se retourna et déclara au recteur :

— Le roi connaîtra ce soir votre façon d'agir ! Je n'ai pas dit mon dernier mot !

— Père Filleau, j'ai seulement demandé que les termes d'un contrat que monseigneur de Beaumanoir a signé avec l'Université soient respectés. Rien d'autre. Le roi n'est nullement concerné par cette affaire privée.

— Nous verrons ! menaça Filleau.

Le lendemain, un représentant de l'Université vient poser une nouvelle serrure pour empêcher les jésuites de se rendre dans le collège voisin. Ce même jour, maître Girardin reçut la visite du principal du Mans, qui lui annonça qu'il pouvait laisser ses tonneaux dans le cellier loué.

12

La compagnie des Six se réunit le lendemain après le dîner. Déjà, la veille, les collégiens avaient parlé de l'arrêt du Parlement. Cette décision changeait tout. S'ils s'introduisaient avec une fausse clef dans le collège du Mans, ils commettraient un délit. Les figures étaient sombres et les pensionnaires se montraient embarrassés, n'osant dire qu'ils ne voulaient plus s'embarquer dans l'aventure.

Seuls Gaston et Jehan n'avaient pas changé d'avis.

— Voilà ce que je propose, fit Tilly, qui avait décidé d'être le capitaine de l'expédition. La semaine prochaine, M. de Gondi apportera les outils pour Jacques…

Regard vers l'abbé de Buzay, qui opina avec une grimace.

— Le samedi avant la Saint-Simon et la Saint-Jude, Jacques partira avec Louis et moi, si M. le recteur a bien reçu la lettre de M. Fronsac. On passera dans la rue Devant-Saint-Symphorien et Jacques examinera la serrure. S'il lui paraît qu'il peut faire une clef, il ira en acheter une avec nous. Le dimanche et le lundi, il limera et préparera la clef. Crois-tu que ton père nous laissera sortir si Jacques veut l'essayer ? demanda-t-il à Louis.

— Je trouverai un prétexte.

— Bien. Mardi, on rentrera au collège. On partira de chez toi, Louis, après le dîner. On se donne tous – sauf toi, Jacques (là, il s'adressa à La Chesnay) – rendez-vous devant le grand collège du Mans. C'est possible, pour vous ?

Jehan hocha la tête. Gondi, visage fermé, hésita avant de faire de même.

— J'ouvrirai la porte avec la clef de Jacques, si elle fonctionne, et j'entrerai visiter, poursuivit Gaston. Les autres, vous m'attendrez au bout de la rue et je vous raconterai. Ainsi vous n'aurez commis aucun méfait…

— Je resterai avec toi, promit calmement Louis.

— Et moi aussi ! On a un pâté à manger ! s'exclama Jehan.

Après ces paroles, chacun resta muet pendant que retentissait autour d'eux le vacarme des pensionnaires qui jouaient à la balle, aux quilles ou à la canne.

— Je vous accompagnerai, décida finalement Gondi.

L'abbé de Buzay n'en éprouvait aucune envie, mais pour rien au monde il n'aurait accepté que Gaston de Tilly paraisse plus entreprenant que lui aux yeux de ses amis.

— J'entrerai avec vous, moi aussi, trancha Hérisson à son tour, et je prierai la Vierge Marie de nous protéger.

— J'aimerais tant vous accompagner, dit La Chesnay. Et si vous alliez demander à mon frère de me laisser sortir ?

— Non ! répondit Louis, d'un ton sans réplique.

Les deux semaines se déroulèrent dans l'attente de l'expédition et les enfants ne pensèrent qu'à cette équipée, partagés entre la peur et l'excitation des découvertes qu'ils feraient dans le collège abandonné. Leur travail s'en ressentit et ils n'obtinrent aucun honneur, sauf Louis, qui devint décurion en arithmétique après la leçon sur la multiplication et l'exercice qui avait suivi : calculer le produit de deux nombres de six chiffres dictés par le maître. Les élèves avaient dû rendre le résultat à la fin du cours et n'avaient été que cinq à trouver la juste valeur.

Le premier samedi, Louis et Gaston rentrèrent seuls à l'étude. Il avait plu durant plusieurs jours et la rue Saint-Jacques était couverte d'une épaisse couche de boue et de fientes. Heureusement, ils avaient pris la précaution de mettre des guêtres de toile et, en soulevant leur robe et en marchant prudemment sur le revers, ils ne se salissaient pas trop.

Ils se dirigèrent d'abord vers la porte Saint-Jacques puis prirent la rue Saint-Étienne-des-Grès, un peu moins sale, et tournèrent à gauche dans la rue Devant-Saint-Symphorien. Arrivés devant la porte du grand collège du Mans, ils s'arrêtèrent un moment afin d'observer les environs.

La rue était vide, aucune fenêtre sinon celle d'une maison au carrefour, mais elle était fermée et on ne pouvait les voir. Gaston examina la serrure, qui ne lui parut pas compliquée, puis mit son œil dans le trou de la clef, mais l'autre côté était sombre et il ne distingua rien. Ils repartirent en faisant des supputations sur ce qu'ils découvriraient lors de leur expédition et sur la façon dont ils pourraient convaincre un serrurier de leur faire une clef.

Louis avait d'abord songé à la boutique d'un clavellier de la rue Saint-Jacques, mais l'artisan connaissait de vue les pensionnaires de Clermont et pourrait se souvenir d'eux si les choses tournaient mal. Il voulait donc dénicher une échoppe devant laquelle ils n'étaient jamais passés. Arrivés au carrefour avec la rue Fromentel, ils se renseignèrent chez un libraire, qui leur indiqua la présence d'un serrurier au carrefour Saint-Hilaire, sur le flanc de l'église.

L'étal de l'échoppe exposait des serrures et des verrous, mais surtout, à l'intérieur, une dizaine de clefs à peine façonnées étaient pendues contre un mur. Avec un peu de chance, Hérisson trouverait là un modèle qui conviendrait, conclut Louis.

Le lundi 20 octobre 1625

Paul de Gondi profita de l'absence du père Galliffet, parti dans l'autre cubicula dont il s'occupait, pour demander à Louis et à Jacques Hérisson de venir chez lui.

Louis n'y était allé qu'une fois et Jacques jamais. Il s'agissait de deux pièces au bout du couloir, dont l'une était chauffée par un petit poêle de faïence. La chambre était grande, meublée d'un lit aux courtines en damas, d'un coffre sculpté, d'une table, d'un fauteuil et d'une chaise à retrait. La seconde pièce n'était qu'un simple bouge pour son valet, lequel était descendu dans la cour chercher de l'eau.

Gondi souleva un coin de son matelas et sortit deux fines limes et une scie montée sur un manche.

— Ça ira ? demanda-t-il à Jacques.

Le fils de clavellier examina les outils, passa ses doigts sur les dents et opina.

— Ça me convient, je ferai du bon travail avec.

— Laissons-les ici, décida Louis, le père Galliffet fouille souvent notre chambre.

Le même jour, Jacques Hérisson et Louis furent convoqués chez le recteur, qui leur annonça avoir reçu une lettre de M. Fronsac qui invitait Jacques à passer trois jours chez lui à l'occasion de la Saint-Simon et de la Saint-Jude. Le père Filleau posa quelques questions avant de donner son accord, faisant promettre aux deux garçons de travailler durant ce congé.

Arriva enfin le samedi. Le matin, la compagnie des Six se réunit avant la classe et chacun – sauf La Chesnay – confirma sa présence le mardi suivant. Après le repas, Jacques prit un paquet que lui remit l'abbé de Buzay avant de partir attendre le carrosse de son oncle. Le petit colis, enveloppé dans une pièce d'étoffe nouée par un cordon, contenait les outils.

Un peu plus tard, Louis, Gaston et Jacques quittèrent Clermont. Le concierge qui surveillait les sorties les salua, ayant été prévenu par le préfet des études du départ du jeune Hérisson. Ils étaient tous trois en robe et coiffés de leur calot de collégien. Jacques portait un sac qui contenait une chemise propre et le paquet de Paul de Gondi.

Si le fils de clavellier connaissait la rue Saint-Jacques, il n'avait jamais emprunté la rue Saint-Étienne-des-Grès. Louis et Gaston lui désignèrent donc le collège des Cholets avant de tourner dans la rue Devant-Saint-Symphorien, une fois de plus déserte. Au bout, ils s'arrêtèrent un instant devant la porte du grand collège, puis, après une courte discussion, Louis fila dans la rue de Reims, à l'angle de la rue

Chartière, tandis que Gaston revenait sur ses pas, vers Saint-Étienne-des-Grès. Il avait été convenu que l'un ou l'autre sifflerait si quelqu'un arrivait.

Jacques examina d'abord la forme du trou de la serrure. Il avait apporté un morceau de papier et en fit un dessin avec une mine de plomb. Puis il sortit un crochet de fer, celui déjà utilisé pour ouvrir la porte de la chapelle du collège de Clermont quand il avait permis à ses amis de sortir, une nuit de l'année précédente[1].

À l'aide de cette pièce de métal, il chercha les gorges à l'intérieur de la serrure. Dès qu'il en sentait une, il retirait le crochet et mesurait la longueur intérieure. Quand il les eut toutes repérées, il tenta de crocheter l'ensemble et y parvint rapidement. La fermeture n'était pas compliquée. Il poussa alors la porte et découvrit une salle vide. Brusquement apeuré, il referma et recrocheta la serrure, puis courut jusqu'à Gaston afin de le prévenir.

En revenant sur leurs pas pour rejoindre Louis, Jacques raconta avec fierté ce qu'il avait fait, montra son dessin et, en s'appuyant sur une borne de pierre, il traça le paneton en ajoutant les emplacements des râteaux tels qu'il les avait estimés. Les trois amis filèrent alors jusqu'à la place Saint-Hilaire.

— Monsieur, déclara Hérisson au clavellier qui travaillait sur un étau, dans son ouvroir, je voudrais une clef.

— Quel genre de clef, mon garçon ?

C'était un vieil homme chenu, avec des bésicles.

1. Voir *Les Ferrets de la reine*, *op. cit.*

— C'est pour mon maître, je suis au collège du Fortet, mentit-il. Il m'a donné un dessin de sa forme.

— Montre !

Jacques sortit son papier que l'artisan examina un moment en se frottant le menton. Puis il alla décrocher plusieurs clavelles en les comparant à chaque fois au croquis. Finalement, il en conserva une qu'il déposa sur l'étal.

— Celle-là s'en approche, mais il y a beaucoup de travail pour la faire ressembler à ton image. Il vaudrait mieux que ton maître apporte sa clef et que j'en forge une identique.

Hérisson regarda le modèle proposé par l'artisan, qui lui parut convenir.

— Il m'a dit de rapporter une clef, monsieur, je préfère obéir.

Le clavellier haussa les épaules.

— Si elle ne convient pas, tu me la rendras, dit-il, conciliant. Ça fait quatre sols.

Louis en avait donné huit à Jacques, qui paya et rejoignit ses amis au carrefour avec la rue Fromentel.

— Je l'ai ! dit-il en brandissant la pièce de fer.

Le samedi après-midi, Louis présenta son ami à toute la maisonnée, puis lui montra le bouge dans lequel il dormirait avec Gaston.

Au souper, M. Charreton l'interrogea sur Senlis, une ville où il avait séjourné quelque temps en 1591. Il raconta avec un brin de nostalgie plusieurs souvenirs de cette époque. Il avait vingt ans et aimait une jeune fille que les Seize, la dictature ligueuse qui dirigeait alors Paris, avaient condamnée à mort. Elle était montée sur l'échafaud et il s'était engagé comme piquier arquebusier dans l'armée royale, menée par le maréchal de Biron, car il voulait mourir pour elle. C'étaient ses amis Olivier Hauteville et Nicolas Poulain qui lui avaient redonné goût à la vie[1]. Gaston, qui était sentimental, retint une larme à l'histoire qui faisait toujours pleurer Mme Fronsac car si l'amour de jeunesse de son père n'était pas mort, il l'aurait épousée et elle-même n'aurait jamais vu le jour, ni Louis.

Aux questions sur sa famille et son père, Jacques se montra embarrassé. Louis et Gaston mirent son attitude sur la gêne qu'il éprouvait à se trouver dans la famille d'un riche bourgeois, alors qu'il n'était que le fils d'un clavellier. Mais ce n'était pas seulement cela. Jacques Hérisson avait honte de tromper ses amis car si son oncle était bien clavellier il ne pouvait révéler que son père faisait un tout autre métier. La vérité, Louis et Gaston ne l'apprendraient que bien plus tard.

Le lendemain, après la messe à laquelle la mesnie se rendit tôt, Louis demanda à son père s'ils pouvaient tous les trois aller sur la Butte aux Moulins, qu'il voulait faire connaître à son ami. M. Charreton proposa de les accompagner, mais son petit-fils lui dit qu'ensemble ils ne risquaient rien et qu'il connaissait bien le chemin. Le grand-père comprit que les garçons voulaient rester seuls et n'insista pas.

Jacques avait dissimulé scie et limes dans son haut-de-chausses et ils gagnèrent le talus des remparts en se dépêchant, car ils n'avaient guère de temps avant le repas. Sur la butte, Louis montra une grosse pierre cubique qui pouvait servir d'établi. Tandis que Gaston

1. Voir *La Bête des Saints-Innocents*, *op. cit.*

tenait solidement la clef, Hérisson, en utilisant son dessin, scia les emplacements qu'il avait repérés lors du crochetage, puis il lima la forme en de nombreuses places pour s'assurer qu'elle entrerait dans la serrure.

— Je ne peux pas faire plus, dit-il quand il eut terminé. Maintenant il faudrait l'essayer, mais je devrai certainement la limer encore et encore.

— Je trouverai un moyen pour qu'on aille au collège du Mans demain, promit Louis.

Effectivement, après un lundi matin studieux durant lequel ils travaillèrent le latin jusqu'au dîner, Louis demanda à son père l'autorisation de faire visiter la ville à son ami. Il voulait lui montrer la Seine, Notre-Dame et la maison des jésuites[1].

Bien sûr, M. Fronsac les laissa libres d'y aller. Ils partirent aussitôt, Louis ayant emporté un petit flacon d'encre rouge comme le lui avait demandé Jacques.

Arrivés au collège du Mans, ils se séparèrent à nouveau, Gaston et lui faisant le guet. Mais, cette fois, plusieurs personnes circulaient dans la rue et Jacques dut attendre que les passants soient suffisamment éloignés pour introduire la clef dans la serrure.

Celle-ci pénétra, mais ne déclencha pas le pêne. Il la ressortit et, à l'aide d'un petit pinceau, déposa une fine couche d'encre sur un côté de la clef. Après quoi, l'ayant laissée sécher en soufflant dessus, il la remit dans la serrure et s'efforça de la faire tourner plusieurs fois. Ensuite, il la retira. Les emplacements des gorges étaient maintenant marqués dans l'encre.

1. Elle était située entre la rue Saint-Paul, la rue Saint-Antoine et la rue Charlemagne.

Il fit alors signe à ses amis, qui le rejoignirent, et ils retournèrent à la borne sur laquelle, l'avant-veille, il avait dessiné la forme de la clavelle. Là, quand il n'y eut plus personne en vue, il lima le métal inutile, puis ils revinrent à la porte.

— Tu crois que la clef va tourner ? lui demanda Louis.

— J'ai fait tout ce que j'ai pu, si la serrure est simple, cela suffira, mais il peut aussi y avoir un autre rang de dents à l'intérieur, ou plusieurs.

— Et dans ce cas ? demanda Gaston.

— Je remettrai un peu d'encre pour les repérer, mais avec un moyen aussi simple il est difficile de reproduire une clef compliquée.

Comme ses amis ne disaient rien et se montraient déçus, il ajouta :

— Mais samedi j'ai réussi à la crocheter, alors je pense que ça ira.

Arrivés à la porte, Louis et Gaston se placèrent devant tandis que Jacques, derrière eux, introduisait la clavette. Ils ne virent donc rien mais entendirent le pêne claquer.

— C'est fait ! souffla le jeune clavellier.

— Attention ! murmura Gaston.

Un homme approchait, tenant un âne par son licol.

— Faisons semblant d'aller à la chapelle, murmura Louis entre ses dents.

Ils se dirigèrent vers Saint-Symphorien, tandis que l'homme, dont l'âne était chargé de gros paniers d'osier, leur faisait un signe amical. Il n'y avait plus d'office dans la chapelle romane depuis les guerres de Religion, mais les religieux de Sainte-Geneviève, qui en avaient la garde, la laissaient ouverte dans la journée car beaucoup de fidèles du quartier venaient y faire leurs dévotions ou se réunissaient sur le petit parvis.

Dès que l'ânier se fut éloigné, Jacques retourna à la porte et donna un tour de clef pour condamner la serrure.

— Que fait-on, maintenant ? demanda Gaston. On pourrait aller explorer un moment…

— Non, décida Louis. Trop de gens passent dans la rue. Demain, ce sera plus calme. Et Paul et Jehan seraient vexés qu'on agisse sans eux.

Il s'adressa à Jacques avec un grand sourire :

— On devait te montrer la cathédrale Notre-Dame, allons-y maintenant !

13

Le mardi, quand ils arrivèrent devant la porte du collège du Mans, haute none était passée de peu car ils avaient quitté l'étude notariale dès la fin du repas, arguant avoir du travail à faire au collège. Jehan les attendait déjà. Le fils de boucher tenait un paquet à la main et leur fit de grands signes joyeux dès qu'il les aperçut.

— Alors ? s'enquit-il bruyamment, comme ils s'approchaient.

— La clef fonctionne, lui répondit Gaston à mi-voix, après avoir vérifié qu'aucun passant ne se trouvait à proximité.

Ils suivirent la rue, allant jusqu'à Saint-Étienne-des-Grès, d'où ils guetteraient l'arrivée de Paul de Gondi.

Hérisson raconta à Jehan ce qu'il avait fait et son séjour dans la famille Fronsac, provoquant une ombre d'envie chez Le Pontonnier, qui, lui aussi, aurait bien aimé être invité chez le notaire.

— Comment Paul va-t-il faire avec son valet ? demanda-t-il. Il ne peut pas l'amener avec nous.

— Je suppose qu'il l'enverra directement au collège. Il trouvera certainement un moyen, dit Gaston.

En effet, l'abbé de Buzay s'était débarrassé de son domestique car il arrivait tranquillement par la rue Saint-Étienne-des-Grès, soutenant à deux mains les pans de sa robe pour ne pas la laisser traîner dans la boue.

— Jacques a fait la clef, lui glissa Jehan qui s'était précipité vers lui.

Gondi ne se montra pas ravi. Un échec lui aurait autrement mieux convenu.

S'étant rassemblés, Louis leur redemanda s'ils étaient toujours d'accord, ce qu'ils confirmèrent, tandis que Jehan montrait son pâté.

— C'est moi qui l'ai cuisiné, gloussa-t-il. Il y a du bœuf, du poulet et du faisan ! Un délice !

La rue Devant-Saint-Symphorien étant vide, ils filèrent vers la porte du grand collège. Hérisson fit tourner la clef dans la serrure, poussa l'huis et ils s'engouffrèrent tous à l'intérieur tandis que Gaston repoussait le battant.

L'obscurité les entoura, la pièce n'ayant aucune fenêtre. Cependant Louis avait eu le temps de repérer deux portes. Il tâtonna jusqu'à la première, l'ouvrit, et le noir persista. De nouveau à tâtons, il tira la seconde porte et un peu de luminosité apparut. C'était un couloir carrelé de terre cuite et couvert de poussière. Il s'y engagea, suivi des autres. Au bout de deux toises, une autre porte, entrebâillée. Fronsac la poussa et découvrit une cour, dans laquelle poussaient des herbes folles.

À sa gauche, le mur du collège des Cholets. À droite, un grand édifice avec des fenêtres et des portes.

— Par là ! proposa Gaston en désignant une ouverture à double battant sous un porche, certainement l'entrée principale.

Tous obtempérèrent sans discuter, oppressés par le calme et le mystère qui se dégageaient des lieux abandonnés.

La porte n'était pas fermée à clef. Ils entrèrent dans un vestibule avec un escalier aux larges degrés, sans aucun meuble. Partout, poussière, toiles d'araignée et crottes de rat. À l'extrémité de ce passage se trouvait une nouvelle porte, que Gaston ouvrit.

Ils embrassèrent du regard une immense cour, bien plus grande que celle de Clermont, avec un bassin au milieu. Ils s'avancèrent. À leur droite, une autre cage d'escalier, puis un mur d'une dizaine de pieds de haut. En face, un vaste corps de logis, qui ressemblait furieusement aux réfectoires de Clermont. Dans une niche, sur la façade, se dressait la statue d'un saint, certainement saint Julien, le premier évêque du Mans. À gauche, des salles de classe. Tous les bâtiments possédaient deux étages, il y avait certainement des chambres et des dortoirs en haut.

— C'est grand ! s'extasia Jehan. On pourrait tous avoir notre chambre ici !

— Immense ! confirma Gondi. Quel dommage que les pères n'aient pu l'acheter.

— Où va-t-on ? demanda Hérisson, qui n'avait qu'une envie : s'en aller.

— On visite ! décida Gaston. Et puis on mange ce bon pâté.

Louis s'était avancé dans la cour hérissée de ronces et de chardons, mais il recula prudemment.

— Attention ! fit-il.

Il désigna le mur couvert de lierre, à sa main droite.

— J'ai aperçu des fenêtres du petit collège. Quelqu'un pourrait nous voir quand on traverse la cour…

— Il suffit de longer le mur, affirma Gaston. On rentrera dans le grand bâtiment par la porte qui se trouve au bout.

— D'accord ! approuva Le Pontonnier.

— Attendez ! observa Gondi. On n'a pas visité les salles d'à côté.

Il montra le corps de logis de gauche, et sa porte à quelques pas. Prenant la tête de cette nouvelle exploration, il s'y dirigea. L'huis n'était pas fermé, l'abbé de Buzay le poussa… et resta sidéré. Immédiatement, il fit signe aux autres de venir. Tous arrivèrent, intrigués.

La salle était emplie de tonneaux et l'odeur ne pouvait tromper : il s'agissait de barriques de vin. Les fûts étaient couchés, sur deux rangs, retenus par de solides pièces de bois placées en croix de Saint-André.

— Ce doit être le cellier du collège, suggéra Hérisson.

— Il ne reste que six boursiers et trois maîtres, ici, fit Gondi en haussant les épaules. Que feraient-ils de tout ce vin ?

— À mon avis, c'est un marchand qui loue la salle comme entrepôt, proposa Louis.

Il se mit à compter les futailles, toutes des demi-muids.

— Il y en a seize.

— À trente livres le tonneau, ça fait près de cinq cents livres, observa Le Pontonnier, qui, s'il ne brillait pas en mathématiques, savait calculer mentalement dès qu'il s'agissait de vendre ou d'acheter.

Il fit le tour des tonneaux pour les examiner avant d'observer, en se grattant une oreille :

— Devant les étals de mon père, il y a plein de cabarets, alors je sais deux ou trois choses sur le vin : quand les tonneaux ont payé la taxe de gros, le contrôleur appose une marque à l'encre, sur le dessus. Or, je ne vois aucune marque ici.

Du doigt, il désigna les cercles des fûts.

— Tu veux dire que ce serait du vin de contrebande ? demanda Gaston.

— Ça m'en a l'air.

— Il vaudrait mieux qu'on ne nous trouve pas ici, fit Hérisson d'une voix craintive. Si ce sont des coquins qui entreposent ces marchandises, ils pourraient nous faire un mauvais sort.

— Ils ne doivent pas venir souvent, et n'oublie pas que c'est jour chômé, donc aucun risque ! décréta Gaston. Allons plutôt voir de l'autre côté, maintenant !

Ils retournèrent dans la cour, Hérisson restant bon dernier. Le collégien avait un mauvais pressentiment et se sentait de plus en plus mal à l'aise. Ils longèrent le mur, les uns derrière les autres, jusqu'au bâtiment. Gaston en poussa la porte. Là encore, pas de fermeture. Ils entrèrent dans une longue salle, le réfectoire sans nul doute car il restait trois grandes tables et des bancs scellés aux murs. Mais rien d'autre.

— C'est comme à Clermont ! s'exclama Hérisson.

Déjà Louis avait poussé une autre porte qui le fit pénétrer dans une cuisine. Là, il ne restait rien, sinon la cheminée et le potager de pierre. La cuisine se prolongeait par un cellier en longueur. À son extrémité, une autre porte débouchait dans le second réfectoire, celui-là sans aucune table. Deux gros rats s'enfuirent en couinant, ce qui le fit sursauter.

Louis traversa ce réfectoire pour s'approcher d'une fenêtre et vit qu'une nuée de corbeaux venait de se poser sur la margelle du bassin.

En ce jour fêté où personne ne travaillait, Girardin avait de nombreuses livraisons à faire, aussi avait-il demandé à Baloufeau s'il pouvait venir l'aider. Il avait deviné que le baron n'en était pas un, qu'il s'agissait d'un fripon, certes adroit, mais d'un coquin quand même, aussi s'adressait-il à lui sans la déférence qu'il aurait montrée à un gentilhomme.

Le faux baron ne s'en formalisait nullement. Avec Bianchi, ils formaient désormais tous les trois une véritable bande de fripouilles.

Dans la matinée, ils avaient livré cinq tonneaux à des cabarets louches et ils avaient encore deux nouvelles livraisons à faire pour satisfaire tous leurs clients.

Ayant laissé le chariot devant le porche de la chapelle Saint-Symphorien, ils prirent la brouette et se dirigèrent vers la porte du collège. Là, Girardin mit la clef dans la serrure, mais la clavette ne tourna pas. Il se rendit compte alors que la porte était ouverte. Aurait-il oublié de la refermer, deux heures plus tôt ? Il fut certain que non, et grimaça.

— Nous avons un problème, dit-il.

— Quoi ? fit Saint-Angel d'un ton légèrement agressif car il n'aimait pas rester ainsi à la vue d'un badaud de passage, qui risquait de le reconnaître.

Il avait accepté d'aider Girardin, mais sans imaginer qu'il en aurait pour la journée.

— La porte est ouverte.

— Vous ne l'avez pas fermée, tout à l'heure !

— Je suis sûr du contraire.

— Alors c'est le principal ou le procureur du collège qui est venu, conclut le baron.

— Ils peuvent passer du petit Mans au grand collège par l'intérieur.

— Bon, allons voir ! décida Bianchi en sortant lentement de son fourreau le coutelas qu'il portait à la taille.

Il entra, traversa la première pièce et balaya la petite cour des yeux. Rien d'inquiétant, aucun bruit. Il se rendit alors à la salle des tonneaux. D'un coup d'œil, il vit qu'on n'avait touché à rien et il rengaina sa lame.

— Personne ! annonça-t-il aux autres, qui le suivaient avec un brin d'inquiétude.

Il se dirigea vers une fenêtre et regarda dans la grande cour, toute aussi déserte. Les collégiens se trouvaient à ce moment-là dans le réfectoire et la cuisine.

— Au travail ! lança Saint-Angel.

Girardin introduisit un levier de bois sous un premier fût et le souleva afin que Bianchi le fasse glisser sur la brouette. Le faux baron les regardait. Il évitait le plus possible de se salir et de se fatiguer. Son attention fut alors attirée par des battements d'ailes. Il tourna la tête et vit une nuée de corbeaux se poser sur la margelle du bassin. Brusquement, il se figea. Il venait de voir passer deux têtes dans le réfectoire.

— Maître Girardin, on a bien des visiteurs !

Les autres abandonnèrent le tonneau et se rendirent à la fenêtre. Ils aperçurent distinctement un écolier, en robe noire et toque, assis devant une table et qui défaisait un paquet. Deux autres silhouettes en robe se tenaient derrière lui sans qu'on puisse les distinguer.

— Celui à la table est un collégien ! fit Girardin. Il doit venir du petit Mans.

— Je croyais que ce collège était abandonné, fit Baloufeau.

— On va l'interroger pour savoir ce qu'il fait là ! décida Girardin.

Bianchi dégaina à nouveau son coutelas, ce qui fit froncer les sourcils au baron.

Jehan ayant déballé le pâté, Gondi s'assit près de lui tandis que Jacques, oppressé par l'endroit, retournait à la porte pour regarder dans la cour.

— Gaston ! Louis ! Arrivez, je coupe le pâté ! lança joyeusement Le Pontonnier.

Tilly avait rejoint Louis dans le second réfectoire. Comme à Clermont, les deux pièces communiquaient par un passage sous le grand escalier qui desservait les étages.

Devant la porte, Jacques vit trois hommes apparaître depuis le bâtiment en face, l'un d'eux tenait un grand coutelas. Il en resta stupéfait, puis se mit à glapir de terreur en se ruant à l'intérieur :

— Des gens arrivent ! Ils ont des couteaux !

— Toi, là-bas, attends-nous ! lui cria Girardin.

Avec ses compères, il s'élança à travers les ronces pour filer tout droit, persuadé qu'il irait plus vite ainsi. Mais si le passage était dégagé le long du mur, l'enchevêtrement des broussailles à cet endroit était tel qu'il fut contraint à faire demi-tour afin de prendre un chemin plus dégagé. En se retournant, il heurta Baloufeau, qui trébucha. Les trois hommes se bousculèrent et Bianchi passa en tête.

Dans la salle, c'était l'effroi. Louis et Gaston apparurent, venant du second réfectoire. Le Pontonnier s'était dressé, gardant son couteau dans une main et une tranche de pâté dans l'autre. Gondi avait sauté de la table et couru à la fenêtre pour regarder dehors tandis que Jacques se précipitait vers Louis en criant :

— Ils sont trois !

— Qui est-ce ? demanda Louis.

— Sûrement les truands du vin ! fit Gondi en observant les hommes qui contournaient le bassin.

— Ils vont nous tuer ! sanglota Jacques. Je savais qu'on n'aurait pas dû venir…

— Trop tard pour se lamenter, dit Louis. Passons à côté.

Ils filèrent dans la seconde salle et Gaston entrebâilla la porte vers la cour située à son extrémité. À son tour, il aperçut les trois hommes qui arrivaient de l'autre côté. Effectivement, l'un d'eux tenait un couteau et il eut l'impression de l'avoir déjà vu.

— Je vois une porte au fond de la cour, dit-il en se tournant vers ses amis. On va passer par là ! Ça doit communiquer avec la première cour, il y a plusieurs issues de l'autre côté du bâtiment. On sera sortis du collège avant qu'ils n'arrivent…

— Et si elle est fermée ? demanda Gondi, angoissé.

— On prendra la porte d'à côté, au pire on utilisera la pièce des barriques !

— Ils nous tueront ! pleurnicha Hérisson.

— Pour ça, il faudrait qu'ils nous attrapent, le rassura Louis.

Le Pontonnier restait muet, mais les tremblements qui l'agitaient témoignaient de la frayeur qu'il éprouvait.

— Maintenant ! ordonna Gaston, qui avait vu les trois hommes pénétrer dans le premier réfectoire.

Les écoliers détalèrent. Louis tenait Jacques par la main. À mi-chemin, comme ils passaient devant la nouvelle porte de bois que les jésuites avaient fait poser quelques jours plus tôt de l'autre côté, le fils du clavellier trébucha et s'affala.

— Relève-toi ! Dépêchons ! cria Fronsac en l'aidant à se remettre sur ses pieds.

Il aperçut alors quelqu'un qui sortait du réfectoire.

Gaston était arrivé à la porte, qu'il ouvrit. Les latrines. Une grosse couleuvre s'enfuit entre ses jambes, il l'ignora et traversa la pièce malodorante, le cœur battant à se rompre. Il y avait bien une porte à l'autre bout. Soulagé, il y courut, la tira : ouverte !

— Filez ! dit-il à Gondi et Jehan, qui s'engouffrèrent.

Dans son dos, un appel retentit. Il se retourna, vit Louis soutenir Jacques, qui ne tenait plus sur ses jambes. À quelques toises derrière eux, un homme brandissait un coutelas. Gaston parcourut les latrines du regard, cherchant désespérément quelque chose pour les protéger. Il aperçut alors un manche de bois planté dans un des trous d'aisances. La hampe d'un instrument pour déboucher ?

En un éclair, il fut sur l'outil, s'en saisit, fit passer Louis et Jacques devant lui et attendit l'individu au couteau. S'il tenait fermement son bâton à deux mains, il n'en était pas moins terrorisé.

— Non ! hurla Louis, après avoir fait sortir Jacques.

Il venait de se rendre compte que Gaston voulait retenir leur poursuivant. Déjà, Bianchi entrait dans les latrines. Le truand s'arrêta, stupéfait, reconnaissant le rouquin qu'il avait vu au début de l'année dans le cabaret du Trou punais, l'un des garçons qu'on l'avait chargé d'enlever, celui qui avait fait fuir le père Southwell[1] !

1. Voir *Les Ferrets de la reine*, *op. cit.*

— Toi ! s'exclama-t-il.

La surprise passée, il fit un pas en avant, sourire aux lèvres. Rompu à l'art du *salitano*[1], le bout de bois de l'écolier ne l'inquiétait nullement.

Mais avant même qu'il ait pu esquisser un mouvement d'attaque, Gaston avait frappé sa main qui tenait le coutelas, faisant tomber la lame. Il asséna en suivant un second coup sur la jambe du malfrat. Bianchi hurla et plia le genou.

Aussitôt Gaston fit demi-tour et, entraînant Louis, ils s'enfuirent vers le vestibule en traversant la petite cour. Leurs amis étaient déjà hors de vue.

Dehors, Tilly abandonna son manche et ils détalèrent vers la rue Saint-Étienne-des-Grès.

Quand le baron et le marchand de vin rejoignirent Bianchi, ils le trouvèrent assis sur un des sièges des latrines, tenant sa main droite avec la gauche en haletant de douleur.

— Où sont-ils ?

— Ils ont filé ! L'un d'eux m'a fracassé la main, mais je le retrouverai ! gronda le Sicilien d'un ton qui fit frissonner Girardin.

— Comment ?

— Il est élève au collège de Clermont !

Baloufeau secoua la tête.

— C'était juste des écoliers, ils ont dû entrer en trouvant la porte ouverte. Ils ont eu la peur de leur vie et ne reviendront jamais plus. C'est sûr qu'il aurait mieux valu leur donner une raclée, mais pour l'instant on ne fera rien d'autre. Je ne veux pas d'ennuis avec le prévôt.

1. Couteau sicilien.

— Et s'ils ont vu les tonneaux ? interrogea Girardin. Il serait prudent de les mettre ailleurs.

— L'important est qu'ils ne nous connaissent pas. On va encore sortir la moitié des futailles d'ici ce soir et surveiller. S'ils reviennent, ou s'ils envoient la police, alors tant pis pour eux !

Il écarta les mains avec un sourire entendu.

— Quant à toi, Bianchi, tu ne t'en mêles plus ! Pour le moment, ajouta-t-il.

Le Sicilien ne répondit rien, mais à son regard sombre, Girardin devina qu'il n'en ferait qu'à sa tête.

— On va livrer nos tonneaux, et on reparlera de ça plus tard, conclut le baron.

— Je peux plus vous aider, affirma Bianchi. J'ai besoin d'un médecin.

— On ira voir un rebouteux quand on aura fini.

Ils cessèrent de courir à mi-chemin du carrefour avec la rue Saint-Jacques, après s'être assurés, en se retournant, qu'on ne les poursuivait pas.

— Gaston, j'ai… reconnu l'homme… au couteau !… haleta Louis.

— J'ai eu l'impression que c'était un de ceux qui voulaient s'en prendre au père Southwell, celui qui a essayé de nous enlever devant l'étude…

— C'était lui, j'en suis certain !

— Que faisait-il là ?

— C'est simplement un truand. Jehan a raison, on a découvert un repaire de fraudeurs, et il travaille pour eux !

Après quelques pas, il demanda :

— Tu crois qu'il nous a reconnus ?

— Certain ! affirma Gaston. Il était stupéfait en nous voyant.

— Que pourrait-il faire ?

— Ils vont craindre qu'on ne les dénonce et certainement retirer les barriques de vin…

— Pas sûr, ils doivent se douter qu'on n'osera pas dire qu'on était là… Il va falloir être vraiment prudents, poursuivit Louis. Peut-être en parler à Guillaume et lui demander de venir nous chercher et de nous ramener…

— Oui, approuva Gaston.

Ils arrivaient rue Saint-Jacques et virent que Gondi, Jacques et Jehan les attendaient devant le collège.

— Quelle frayeur ! s'exclama Jacques quand ils s'approchèrent.

— Je n'ai jamais eu peur ! assura Paul de Gondi en haussant les épaules. J'ai tout de suite vu que c'était des truands et, dans ma famille, on ne craint pas ces gens-là, on les pend !

Louis dissimula un sourire.

— Moi je regrette mon pâté, fit Jehan. J'en ai à peine mangé deux bouchées.

— Brossons nos robes, décida Louis, on reparlera de tout cela dans le collège.

14

Ce même mardi, Adhémar de Rouville, Thémines de Lauzières et l'abbé Nicolas Sillery venaient d'arriver au collège de Clermont. Les deux premiers conduits par les cochers de leur père et le troisième accompagné par le valet de son oncle, chanoine de Notre-Dame, Sillery logeant chez ce dernier le dimanche, car sa famille vivait en Normandie.

Tous trois avaient convenu de se retrouver tôt car Sillery, trésorier de leur confrérie, devait leur parler de la situation financière de leur association. En comparaison de l'année précédente, bien moins de sixièmes et de cinquièmes avaient accepté de régler les « aides » exigées, comme l'abbé nommait pudiquement les extorsions. Les écoliers savaient désormais que Gaston de Tilly, qui avait fait une si éclatante démonstration d'escrime, avait vaincu Rouville l'année précédente et lui avait cassé un bras. La confrérie du Quart n'était plus toute-puissante et les pères paraissaient même la désavouer. Il fallait donc qu'ils retrouvent la confiance des pensionnaires. Diable, voici un an, plus de deux cents élèves leur payaient deux sols par mois pour être protégés, ce qui leur procurait deux cents livres avec lesquelles ils s'achetaient de beaux habits et des friandises. Mais, cette année, Sillery les avait prévenus qu'ils n'auraient même pas cent livres si les choses ne s'arrangeaient pas.

Pour assurer la tranquillité de leurs discussions, l'abbé leur avait proposé de s'installer dans le corridor construit par les ouvriers pour accéder au grand collège du Mans et désormais inutile. Assis à son extrémité, près de la porte condamnée, tous trois échangeaient des suggestions et ils arrivaient toujours à la même conclusion : il fallait faire chasser Tilly et Fronsac du collège…

— Relève-toi ! Dépêchons !

Ce cri provenait de l'autre côté de la porte, vers le collège du Mans. Stupéfaits, les maîtres de la confrérie du Quart avaient reconnu la voix de Fronsac. Puis ils entendirent un appel à l'aide. Ensuite, ils discernèrent des plaintes, de Jacques Hérisson, leur sembla-t-il, et au bout d'un moment leur parvinrent des exclamations rageuses :

— Où sont-ils ?

— Ils ont filé !

Des voix d'hommes.

Puis plus rien.

Les trois garçons s'entre-regardèrent, bouche bée. Que faisaient le fils de notaire et le fils de clavellier dans le collège du Mans ? Qui étaient ceux qui semblaient à leurs trousses ?

Sous le coup de la surprise, et pour mieux entendre, ils s'étaient levés. Quelle infernale manigance préparait encore ce Fronsac ? Tilly était-il avec eux ?

Ce fut la première question que posa Lauzières.

— Tu as raison, allons dans la cour vérifier s'il est là, décida Rouville.

Ils en avaient fait le tour et s'étaient même rendus à la bibliothèque, où ils n'avaient aperçu que le jeune La Chesnay, quand ils virent entrer Gondi, Le Pontonnier, Hérisson, Tilly et Fronsac. Ces cinq-là arrivaient de la rue Saint-Jacques et paraissaient bouleversés. Sillery fut certain qu'ils venaient du collège du Mans. Que s'était-il passé, là-bas ?

Les trois acolytes s'installèrent près du puits pour surveiller leurs ennemis. Ils virent Fronsac balayer la cour du regard, puis entrer dans le bâtiment principal, d'où il ressortit après un moment, avec La Chesnay.

Ensuite, les six scélérats – le nom que leur donnait Rouville – s'installèrent sur le banc où l'on attendait son tour pour se confesser, près de la porte de la chapelle. Gondi, Le Pontonnier et Tilly étaient assis dessus et les trois autres accroupis devant. Ils discutaient à voix basse.

— On les tient ! annonça lentement Sillery, au bout d'un moment.

— De quelle façon ? s'enquit Lauzières en écarquillant les yeux.

— Réfléchis : ils ont pénétré – Dieu sait comment – dans le grand collège du Mans et se sont fait surprendre par je ne sais qui. Mais ils sont parvenus à s'échapper. Il faut rencontrer ceux qui les ont poursuivis et leur dire qu'on connaît les scélérats qu'ils recherchent. Va savoir ce que ces coquins ont fait dans l'autre collège ! Ils ont dû casser des portes ou des fenêtres, ou même voler. Une fois prévenus, ceux qui les poursuivent iront voir les pères, qui interrogeront Fronsac et Tilly. Ces deux pendards ne pourront nier, d'ailleurs ils seront reconnus par ceux qui les ont pourchassés, et ils seront forcément renvoyés. Peut-être même emprisonnés !

— Excellent ! approuva Rouville, d'un ton admiratif.

Puis après un instant, il demanda :

— Seulement… comment trouverons-nous ces gens qui les ont poursuivis ?

— Ça ne peut être que le principal ou le procureur du collège du Mans, décréta Lauzières.

— Possible, mais on m'a dit que le principal du Mans avait loué des chambres. Il peut aussi s'agir de locataires. Il faut qu'on en sache plus, décida Sillery.

— De surcroît, il faudrait pénétrer là-bas pour poser des questions, dit Rouville.

— Le plus simple est que l'un des scélérats nous avoue la vérité… Le maillon faible de la bande, c'est La Chesnay. On va le coincer quelque part et le faire parler.

— Mais il n'était pas avec eux ! On l'a vu dans la bibliothèque !

— Regarde ! Ils lui racontent tout ! dit Sillery en désignant les « scélérats » d'un signe de tête.

Ce soir-là, chez maître Girardin, le souper fut morose. Après l'incident avec les écoliers, le marchand avait livré huit autres barriques, puis trouvé un chirurgien pour Bianchi. D'après le patricien, il n'y avait peut-être pas fracture, mais le Sicilien ne pourrait plus utiliser sa main durant un mois au moins. Cependant ce n'était pas cette mauvaise nouvelle qui contrariait Girardin, c'était le comportement même de Bianchi.

S'étant rendu compte que les visiteurs indésirables n'étaient que des écoliers, Girardin avait décidé de leur faire peur pour qu'ils ne reviennent plus. Il avait donc vu avec inquiétude, puis avec terreur, Bianchi passer devant lui en brandissant son coutelas, apparemment décidé à massacrer les intrus. Il lui avait crié de s'arrêter, de l'attendre, mais en vain.

Heureusement, les enfants s'étaient échappés. Mais que se serait-il passé si ce fou de Sicilien en avait tué un ? Il y aurait eu une enquête, les autres écoliers auraient parlé et, tôt ou tard, il aurait été pris. À coup sûr, lui, l'honorable négociant, aurait fini sur la roue.

Il ne pouvait garder ce fou furieux à son service plus longtemps, avait-il décidé. D'ailleurs, avec sa main abîmée, Bianchi ne lui servirait à rien pendant des semaines. Mais comment s'en débarrasser ? Il ne pouvait le chasser, car le Sicilien savait trop de choses sur lui, et de plus ce truand portait toujours sur lui ce coutelas avec lequel il aimait tant jouer.

Toute la soirée et une partie de la nuit, le marchand ne cessa d'y penser, tournant et retournant diverses solutions dans sa tête sans en trouver une de satisfaisante. Il aurait bien demandé conseil au baron de Saint-Angel, mais l'attitude de ce dernier à la découverte des écoliers lui était apparue ambiguë. Il avait confusément l'impression que le baron aurait trouvé normal de faire disparaître ces gamins. D'ailleurs, Girardin se posait de plus en plus de questions sur cet homme qui avait laissé transparaître des éléments contradictoires sur son passé. S'il avait compris qu'il s'agissait d'un aigrefin, il se demandait maintenant s'il n'était pas un truand de la pire espèce.

Bianchi, Baloufeau… deux individus que Girardin regrettait amèrement d'avoir approchés.

Durant les jours qui suivirent, les explorateurs du collège du Mans ne discutèrent que de leur aventure lorsqu'ils se retrouvaient en récréation. Ils avaient, bien sûr, tout raconté à La Chesnay, et Louis lui avait même demandé, mais à l'écart des autres, qui ignoraient que Jacques avait un frère, si ce dernier pouvait se renseigner sur les fraudeurs qui entreposaient des fûts de vin dans le collège du Mans. Le boursier avait promis de le faire, mais les visites de son frère étaient rares et toujours impromptues, donc il ne connaîtrait pas l'issue d'une telle enquête, pour autant que le Liron réponde favorablement, avant plusieurs semaines.

Si, les deux premiers jours, les membres de la compagnie des Six avaient craint que leurs poursuivants ne se manifestent, à partir du jeudi, leur inquiétude s'était dissipée, sauf pour Louis et Gaston, qui savaient, eux, qu'au moins l'un des truands les connaissait.

M. de Tilly avait suggéré à son ami de tout raconter à son grand-père. M. Charreton les gronderait certainement, mais il avait fait bien pire durant la guerre civile, et avoir un petit-fils aussi audacieux le flatterait. Avec les relations qu'il conservait à la Chambre des comptes, il pourrait obtenir que l'on fasse une perquisition au collège du Mans. Dès lors, on découvrirait les fûts frauduleux et, après avoir appris le nom de celui qui louait les lieux, il serait facile d'arrêter toute la bande.

Seulement, avait objecté Louis, même si son grand-père ne révélait pas qu'il avait appris l'existence des truands par son petit-fils, ces derniers parleraient, particulièrement l'homme au coutelas. Ils pourraient bien raconter qu'ils avaient vu des écoliers dans le collège, que l'un d'eux était roux, que l'autre se nommait Louis Fronsac, et qu'ils étaient tous deux élèves au collège de Clermont.

Auquel cas, ils devraient s'expliquer, et ils seraient à coup sûr renvoyés.

Sans rejeter la possibilité de tout dire à son grand-père si la situation s'aggravait, Louis préférait attendre. Gaston, finalement convaincu, approuva.

Comme chaque semaine, les élèves durent se confesser et rencontrer leur directeur de conscience. Quand il interrogea Jacques Hérisson, le père Amyot se rendit compte combien le pensionnaire était troublé et même effrayé, mais, tout comme le recteur de Clermont, il connaissait le terrible métier qu'exerçait son père, aussi mit-il son trouble sur la honte qu'éprouvait Jacques, et sur les remords qu'il avait de ne pas oser dire la vérité à ses amis.

Avec les autres membres de la compagnie des Six, le confesseur ne remarqua rien. Paul de Gondi, élevé dans une famille dévote, avait appris dès son jeune âge à dissimuler ses pensées profondes sous un masque de sincérité naïve. Jehan Le Pontonnier, au contraire, confessait tous les péchés du monde, mais avec tant de détails que le prêtre devait l'arrêter. Cependant le fils de boucher n'abordait jamais l'essentiel, ni la vérité.

Pour M. de Tilly, la confession était un duel avec le père jésuite et il éprouvait un grand plaisir à lutter contre lui, parole contre parole, tout en jouant la soumission. Quant à Louis, il ne mentait jamais mais savait dire au prêtre ce que ce dernier souhaitait entendre.

Ce même vendredi, jour de confession, les cinquièmes et les troisièmes furent réunis au réfectoire. Il s'agissait de la première *publica declamatio*, durant laquelle les écoliers les plus âgés allaient s'affronter en latin sur différents sujets, chacun traité par une décurie. Les cinquièmes étaient seulement spectateurs.

Sur une estrade où se tenaient les pères, les déclamateurs se succédèrent en faisant assaut d'éloquence. On y traita des dangers du jeu, des inconvénients de la paresse et du bonheur de la piété filiale. Tilly et Gondi applaudirent très fort l'intervention d'Adrien de Houdetot sur les vertus comparées de Sylla et Marius.

Le samedi 1er novembre, ils quittèrent le collège à la relevée et, bien que personne ne vienne les chercher, ils restèrent un moment avec ceux qui, comme Paul de Gondi, attendaient leur voiture.

Ceci leur permit d'examiner longuement la rue afin de repérer éventuellement la présence de l'homme au couteau, mais ils ne le virent pas. En revanche, Louis remarqua le petit coche noir qui vint chercher Thémines de Lauzières. Sur les flancs était peinte la croix à huit branches des hospitaliers. On voyait souvent ces véhicules rue du Temple. Pour quelle raison l'un d'eux venait-il prendre Lauzières ?

Gaston, lui, guettait l'arrivée du véhicule aux six sangliers, mais quand celui-ci apparut, la sœur d'Adrien ne s'y trouvait pas.

Le retour à l'étude notariale se fit sans incident, simplement les deux écoliers restèrent aux aguets. Comme ils avaient obtenu des résultats honorables,

Gaston en grammaire latine et Louis en arithmétique, ils s'empressèrent d'aller les présenter à M. Fronsac, qui se trouvait avec M. Charreton.

Les deux hommes évoquaient un duel et s'interrompirent à leur entrée. Gaston aurait aimé en savoir plus, mais par politesse il ne posa aucune question. Cependant, durant le souper, ce fut Mme Fronsac qui aborda le sujet avec son père :

— Depuis deux jours, au marché, on ne clabaude que du duel entre le comte de Chalais et M. de Daillon, mon père. Or, ce matin, on m'a dit que M. de Chalais s'était battu pour défendre l'honneur de son épouse, est-ce exact ?

— Disons plutôt pour défendre sa réputation, fit M. Charreton avec un sourire et un clin d'œil à son beau-fils.

Ayant remarqué que Gaston brûlait d'en savoir plus mais n'osait questionner, Louis interrogea son grand-père :

— De quel duel s'agit-il, monsieur ?

— Vous n'avez rien entendu à ce sujet au collège ?

— Non, monsieur.

— Pourtant, on ne parle que de cela dans Paris ! s'étonna M. Fronsac.

Louis échangea un regard avec Gaston. Ils avaient été tellement préoccupés par l'incident au collège du Mans qu'ils n'avaient pris part à aucune des conversations dans la cour.

— Il s'agit d'Henri de Talleyrand, comte de Chalais[1], maître de la garde-robe du roi et cadet d'une maison souveraine du Périgord. Il a été élevé avec Sa Majesté et s'est distingué durant la campagne

1. Henri de Talleyrand-Périgord.

contre les huguenots en Languedoc. Je l'ai rencontré quelques fois au Palais, c'est un gentilhomme fort adroit à toutes sortes d'exercices et d'agréable compagnie, mais hélas un duelliste enragé. Il me fait penser à M. de Bellegarde, avec cependant une différence : M. de Bellegarde avait de l'esprit alors que le comte de Chalais est une tête creuse.

« M. de Talleyrand a beaucoup d'ambition. Il voulait la charge de maître de camp de la cavalerie légère mais le cardinal, qui déteste les duellistes, la lui a refusée. Par représailles, Chalais s'est rapproché de Monsieur et a rejoint le parti de l'aversion, ce rassemblement d'opposants au mariage du duc d'Anjou dont nous a parlé ton parrain. Or, il se trouve que M. de Chalais a une fort belle épouse, dont la rumeur rapporte qu'elle aurait des galants.

Mme Fronsac sourit. Elle adorait ces ragots.

— Parmi eux, il y aurait M. de Daillon, le comte de Pontgibault, neveu de M. de Schomberg. M. Boutier nous a aussi parlé de lui. Il a fait une passe d'armes l'année dernière avec M. de Bouteville. M. de Daillon est un fidèle de Sa Majesté, et donc du cardinal. Il serait également l'amant de la comtesse d'Alais[1], aussi un plaisantin a-t-il écrit un couplet gaillard[2] sur les deux dames et leur galant…

— Nous le direz-vous, mon père ? demanda Mme Fronsac d'un ton faussement indifférent.

— La décence m'empêche de le rapporter ici, ma fille, répondit M. Charreton.

1. Henriette de La Châtre.

2. « Pontgibault se vante/D'avoir vu la fente/De la comtesse d'Alais,/Qui aime fort les ballets,/Et dit qu'elle est plus charmante/Que celle de la Chalais… »

Dans la pièce, les domestiques échangeaient des regards égrillards, car tous connaissaient le fameux couplet.

— La rumeur en est finalement parvenue aux oreilles d'Henri de Talleyrand, qui n'a pas cherché à en savoir plus. Il a pris la mouche et, mardi dernier, il est allé attendre Pontgibault sur le Pont-Neuf car il savait qu'il passait par là pour se rendre au Louvre. Il l'a fait descendre de son coche et, au vu et au su de tout le monde, il l'a obligé à mettre flamberge au vent. Après quelques passes, il lui a percé la poitrine. M. de Daillon a expiré dans la boue.

« Sitôt prévenu, monseigneur de Richelieu a été pris d'une effroyable colère. Bien sûr parce que M. de Daillon était un de ses proches, mais aussi parce que Chalais le défiait, comme Bouteville l'avait déjà fait, montrant ainsi à toute la Cour le peu de cas qu'il faisait de ses édits.

« Seulement cette fois la protection du roi a manqué à Chalais. Le jour même Sa Majesté a ordonné son arrestation et il a dû s'enfuir de Paris pour la Belgique. Monseigneur de Richelieu, qui hait les duels depuis que son frère Henri a été ainsi tué[1], a rappelé que désormais quiconque se battrait à l'épée irait à la Bastille.

— Cependant, M. de Chalais a beaucoup d'amis, objecta M. Fronsac.

— Certainement, et dès à présent le duc d'Anjou l'a vivement défendu. On dit que MM. de Vendôme le protégeraient également, ainsi que sa maîtresse, Mme de Chevreuse, qui a plaidé sa cause auprès de la reine.

1. En juillet 1619.

Comme la conversation s'égarait sur d'autres sujets et que M. Charreton ne s'en mêlait plus, Louis l'interrogea :

— Monsieur mon grand-père, connaissez-vous M. de Lauzières ? Il est receveur et payeur des gages à la Chambre des comptes.

— Je connais Philippe de Lauzières, répondit seulement M. Charreton.

— Son fils Thémines n'est pas notre ami. C'est avec lui que je m'étais battu, voici un an.

— Je m'en souviens, mais rassure-toi, le père n'est pas non plus mon ami ! Aurais-tu de nouveau des ennuis avec lui ?

— Non, mais aujourd'hui j'ai vu Thémines monter dans un carrosse marqué de la croix des hospitaliers, ce qui m'a questionné. Quand vous avez parlé de MM. de Vendôme, je me suis souvenu que le Chevalier de Vendôme est Grand Prieur, et l'idée m'est venue de vous interroger sur les relations entre M. de Lauzières et le Temple, expliqua Louis, confus de sa longue tirade.

Mais pendant qu'il parlait M. Charreton opinait en souriant.

— C'est bien, Louis, d'observer et ensuite de raisonner. Et pour te répondre, les choses sont simples : M. de Lauzières est depuis un mois l'intendant d'Alexandre de Vendôme.

— M. de Lauzières, je vous ai fait venir pour que vous rencontriez M. Perregaux, le lieutenant de M. de Béthune. Il s'agit d'un achat d'armes pour équiper une compagnie.

Après la mort malheureuse de M. de Gonfreville, son intendant qui le trahissait pour le compte de Richelieu, Alexandre de Vendôme avait eu besoin d'un nouvel homme de confiance. Noël Bruslard de Sillery, commandeur de l'ordre à Troyes, qu'il connaissait depuis toujours, lui avait conseillé Philippe de Lauzières, receveur et payeur à la Chambre des comptes, un homme d'une rare discrétion, d'une grande capacité avec les nombres, d'un beau talent de négociation et surtout d'une fidélité certaine à la famille de Vendôme, car son père avait été trésorier de Gabrielle d'Estrées et son grand-père intendant de M. d'Estrées. De plus, le fils de M. de Lauzières était, au collège de Clermont, le meilleur ami de son neveu, Nicolas.

Vendôme avait alors demandé son opinion à Jacques Le Coigneux, le président de la Chambre des comptes, qui était aussi le chancelier de Monsieur. Le Coigneux lui avait confirmé qu'il pourrait avoir toute confiance en Lauzières.

Ce dernier avait donc été engagé. Cependant, malgré ces avis favorables, dès les premiers jours d'octobre, le Grand Prieur avait voulu vérifier la fidélité de son nouvel intendant. Un homme à lui avait proposé à Lauzières un titre de baron et une rente, de la part de monseigneur de Richelieu, en échange de renseignements réguliers sur la maison du Grand Prieur.

Mais soit que le nouvel intendant fût vraiment fidèle à la famille d'Estrées et à ses rejetons, soit qu'il eût craint de finir comme son prédécesseur, dont beaucoup doutaient qu'il se soit vraiment pendu, il avait violemment rejeté ces propositions et chassé le tentateur. Satisfait, Alexandre lui faisait désormais confiance et avait prévu de l'informer de la commande d'armes à Nuremberg, car il en serait le trésorier.

— Inutile de vous dire que cet achat doit rester méconnu. Les seules personnes qui en sont informées, outre moi-même et mon frère, sont MM. de Béthune et Perregaux, et vous-même.

— Je vous remercie de votre confiance, monseigneur, et vous pouvez être assuré que je resterai muet comme une tombe.

— J'y compte bien, répliqua Alexandre, une ombre de menace dans le ton.

Lauzières ne frémit pas, bien que Béthune et Perregaux, flamberge au flanc et dague à la taille, l'aient regardé avec férocité.

— Mon capitaine des gardes et son lieutenant se sont rendus voici un mois à Nuremberg. Vous repartirez avec eux le 18 novembre en transportant vingt mille livres en or. De quoi payer l'armurier, le voyage et acheter chariots et chevaux de trait. Avez-vous des questions ?

— Aurons-nous une escorte, monseigneur ? demanda Lauzières avec un brin d'inquiétude.

— Une poignée d'hommes que j'ai choisis, répondit Béthune. Des gens loyaux, mais ignorant tout de ce que nous transportons.

— Les prix n'ont pas été complètement négociés, vous tâcherez donc d'obtenir les meilleures conditions possibles. Il s'agit de quatre cents pistolets à rouet à deux coups, de trois cents mousquets à rouet, de cinq cents épées et d'autant de casques et de cuirasses, ainsi que de munitions.

Lauzières ne montra aucune surprise et hocha la tête, comme si ce genre de transport était parfaitement normal.

— Oui, monseigneur, dit-il.

— Ce sera un rude voyage. Vous ferez au moins dix lieues par jour, dans le froid et peut-être la neige.

— Nous pourrions partir plus tôt, proposa Lauzières.

— Impossible, je n'aurai réuni la somme que le 17 novembre.

15

Le jeudi 6 novembre 1625

Il pleuvait depuis le matin, et les pensionnaires avaient été autorisés à rester dans les classes pendant la récréation. Adhémar de Rouville, Thémines de Lauzières et l'abbé Nicolas Sillery s'étaient installés dans le passage entre les collèges. Ils bavardaient en jetant de temps en temps un coup d'œil dans la cour.

C'est Rouville qui aperçut La Chesnay. Le boursier sortait de sa classe et se rendait aux latrines.

— Les amis, je crois que nous avons là une occasion d'interroger le petit gueux !

Tous trois se levèrent et, quand La Chesnay fut entré dans le lieu d'aisances, ils y coururent.

Le sixième se retourna en les entendant et une brusque frayeur parcourut son visage. Il était seul dans les latrines.

— Salut, Jacques ! fit Rouville en s'approchant, un sourire plaqué sur le visage.

— On a des questions à te poser, ajouta Sillery, plus sévèrement.

Thémines de Lauzières était resté à la porte, décidé à empêcher quiconque d'entrer.

— Les… Lesquelles ? balbutia le boursier en évaluant ses chances de fuir.

Brusquement il détala vers la porte, mais Rouville le rattrapa.

— Écoute bien, petit merdeux, tu vas répondre à nos questions, sinon je te mets la tête là-dedans !

Il désigna le trou rond dans les planches de bois qui couvraient la rigole puante pleine de déjections.

— N… non ! Pitié !

— Alors, dis-nous ce qu'on veut savoir, face de châtré ! Fronsac et Tilly sont allés au collège du Mans, pourquoi ? Et comment sont-ils entrés ?

— Je sais rien… bredouilla le boursier, secouant la tête, les yeux exorbités par la terreur.

— Ce n'est pas la bonne réponse, petit gueux ! On était dans le passage, près de la porte, et on l'a entendu parler ! Fronsac était avec tes sales comparses Gondi, Hérisson et le boucher. Alors, vide ton sac, faquin ! Sinon…

La Chesnay resta muet, aussi Rouville, qui le tenait, fit-il un signe de tête à Lauzières, qui s'approcha. Le garçon affichait un air mauvais mais satisfait. Il avait toujours eu envie de martyriser un plus petit que lui ! Il saisit un bras du gamin et le tordit, le forçant à avancer vers les planches, tandis que Rouville, une main sur la bouche de La Chesnay, l'empêchait de crier.

Ils le forcèrent à s'agenouiller et Rouville poussa sa tête vers le trou.

— Dernière fois… Que sont-ils allés faire là-bas ?

Le boursier fondit en sanglots en se démenant pour se libérer.

— Tout doux, les sacs à corde ! Lâchez-le !

Stupéfaits, Sillery et Lauzières se retournèrent. Paul de Gondi entrait dans les latrines.

— Tire-toi, le morveux ! lui lança Lauzières.

— D'accord, je vais chercher le recteur. Après ça, on ne vous verra plus jamais à Clermont ! Personne ne vous regrettera !

Lauzières lâcha La Chesnay et s'approcha de l'abbé de Buzay, les mains en avant, comme s'il voulait l'étrangler.

— Tu crois que tu me fais peur ? Touche-moi et je te ferai rouer ! Et ton père avec !

La menace concernant son père arrêta net Thémines.

— J'ai dit : lâche-le ! poursuivit le petit Gondi en s'adressant sèchement à Rouville.

— On plaisantait, fit doucereusement Sillery. On ne lui aurait jamais fait de mal.

Rouville libéra le boursier, qui se précipita vers la porte.

— Retourne en classe, Jacques ! lui dit Gondi.

— Et vous ?

— Un Gondi ne craint rien ! déclara fièrement Paul.

La Chesnay étant sorti, il aurait pu s'en aller à son tour, mais il avait entendu la question des maîtres de la confrérie du Quart et, quand son ami était passé devant lui, une idée infernale lui était venue pour punir les trois gredins.

— Comme ça, vous voulez savoir si on est allés au collège du Mans ? questionna-t-il.

Les trois échangèrent des regards, mélange d'hésitation et de curiosité.

— Oui, répondit Sillery.

— D'abord, comment le savez-vous ?

— On a entendu Fronsac, de l'autre côté de la porte, l'autre jour.

Gondi hocha la tête.

— Oui, on est vraiment allés là-bas, pour visiter.

— Comment vous êtes entrés ?

— Tout simplement par la porte de la rue Devant-Saint-Symphorien, qui est toujours ouverte.

— Et qui vous menaçait ? demanda Rouville.

— Aucune idée! On a vu des gens et on a filé, ils nous criaient de nous arrêter…

— Vous avez vu quoi, là-bas ? demanda Lauzières.

— Plein de choses intéressantes, répondit Gondi avec un sourire ambigu… Mais vous n'avez qu'à y aller vous-mêmes…

Il s'approcha de l'urinoir, qui n'avait pas de planche, souleva sa robe et fit son affaire. Les trois autres échangèrent des regards indécis et, finalement, Rouville fit signe à ses amis qu'ils s'en allaient.

D'ailleurs, la cloche sonnait.

Au retour de leur expédition au collège du Mans, Paul de Gondi avait récupéré de Jacques Hérisson la scie et les limes. Louis lui avait également remis la clef qu'il ne voulait pas conserver dans la cubicula, où le père Galliffet aurait pu la trouver. Gondi disposait donc du moyen d'ouvrir la porte du grand collège du Mans.

Après l'incident des latrines, il demeura distrait le reste de la journée et ses amis se moquèrent de ses inattentions. La Chesnay était venu le remercier à la récréation et Paul l'avait pris à l'écart, lui demandant de ne rien dire de l'altercation à leurs amis.

« Ils s'inquiéteraient inutilement que Rouville connaisse leur visite dans le collège du Mans », lui avait-il dit.

Mais comme Jacques ne paraissait pas convaincu, Paul lui avait confié qu'il avait menacé les chefs de la confrérie de révéler aux pères leur ignominie, et que Rouville lui avait promis qu'ils se tiendraient cois, désormais. La Chesnay avait donc accepté de se taire.

Le samedi, Paul demanda à son valet de l'attendre devant le collège à partir de trois heures de l'après-midi car, lui expliqua-t-il, il voulait rester à la bibliothèque pour travailler. En vérité, il partit dès la fin du repas, après s'être assuré que Rouville et ses acolytes se trouvaient toujours dans le réfectoire.

Ayant l'habitude de le voir sortir le samedi, le concierge le laissa passer. M. de Gondi fila jusqu'à la rue Devant-Saint-Symphorien mais, comme quelques personnes y circulaient, il entra dans la chapelle et attendit en jetant de temps en temps des coups d'œil dehors. À un moment, il vit que la voie était libre et courut à la porte du Grand Mans. Il l'ouvrit d'un tour de clef et retourna dans la chapelle, où il se dissimula dans l'ombre.

Il n'avait plus qu'à attendre.

Il avait longuement réfléchi à l'attitude de Rouville et de ses compères. Ces trois-là avaient pris beaucoup de risques en menaçant La Chesnay afin d'apprendre ce que Fronsac, Gaston et lui avaient fait dans le collège abandonné (savaient-ils que Hérisson et Le Pontonnier étaient avec eux ? Il l'ignorait), donc ils viendraient vérifier si la porte du collège était vraiment ouverte, et certainement pénétreraient-ils à l'intérieur.

Quand ils seraient entrés, il refermerait la porte à clef. Les trois maltotiers ne pourraient plus sortir, sinon en passant par le petit collège. Et forcément, ils devraient s'expliquer. On les ramènerait à Clermont et cela se terminerait par un scandale immense. Peut-être l'accuseraient-ils, ou dénonceraient-ils Louis et Gaston, mais il suffirait de nier ! Ce serait parole contre parole, mais ce sont eux qui auraient été pris dans le collège ! À coup sûr, ils seraient renvoyés de Clermont !

Dans la chapelle, Paul jubilait en songeant à sa machiavélique vengeance quand il vit passer les trois garçons en robe noire. Rouville marchait en tête.

L'abbé de Buzay s'avança sous le porche, en restant dans l'ombre, et observa les troisièmes devant la porte. Puis il vit Rouville entrer dans le collège. Les autres suivirent.

Il attendit un moment, sortit et gagna la porte également. Il mit la clef dans la serrure et la fit doucement tourner, puis, exultant, il regagna Clermont.

Il était persuadé que personne n'avait vu ce qui s'était passé. Il se trompait.

Girardin et Bianchi avaient dîné chez le baron de Saint-Angel. Ce dernier les avait invités pour rassurer le marchand de vin, qui broyait du noir et se montrait de plus en plus souvent déplaisant. Pourtant, il ne s'était rien passé d'inquiétant depuis l'affaire des collégiens, et Bianchi avait même ramené un nouveau chargement de quatre tonneaux qu'il avait fait entrer par la porte Saint-Denis et entreposé dans le collège durant la nuit.

Les pensionnaires ne s'étaient plus manifestés et ils pouvaient oublier cette malencontreuse rencontre, avait conclu le baron qui ne comprenait pas pourquoi Girardin gardait une attitude inamicale envers lui et son serviteur italien.

Hélas, le succulent repas qu'il venait de lui offrir ne l'avait pas déridé, et le baron ne savait plus que faire.

Après qu'ils eurent discuté du déroulement de la journée du dimanche, durant laquelle ils auraient trois tavernes à livrer, le silence se fit. Saint-Angel pelait une poire et Bianchi regardait vaguement par la fenêtre. Les carreaux de verre étaient translucides, on ne distinguait guère qui passait dans la rue, mais il fut soudain intrigué par trois silhouettes enroulées dans des manteaux sombres.

Il se leva et alla à la croisée, qu'il entrouvrit.

— Qu'avez-vous ? demanda Saint-Angel, surpris.

Bianchi aperçut trois collégiens devant la porte du collège. Stupéfait, il les vit y pénétrer et disparaître. Il se retourna alors vers le baron et déclara, d'une voix glaciale :

— Ils sont de retour !

— Qui ?

— Les écoliers ! Je viens d'en voir trois entrer !

Girardin se leva, livide. Baloufeau se précipita à la fenêtre et regarda dans la rue.

— Je ne vois rien !

— Ils viennent d'entrer, je vous dis !

— Mais la porte était fermée !

— Ça veut dire qu'ils ont une clef ! ricana Bianchi. Il est temps de leur faire leur affaire !

— Non ! cria Girardin.

— Allons voir ! décida le baron.

Peu après, ils se retrouvaient devant la porte. Entre-temps, Gondi avait donné un tour de clef et avait filé.

— C'est fermé ! s'exclama le marchand de vin en secouant la poignée ! Tu as rêvé !

— S'ils ont la clef, ils ont dû refermer derrière eux, observa le baron. Avez-vous la vôtre ?

Girardin grimaça, soupira, puis sortit un trousseau de dessous son manteau.

La porte ouverte, ils entrèrent et Bianchi tenta de prendre les clefs des mains de son maître afin de refermer, mais ce dernier ne se laissa pas faire. Le baron mit un doigt sur sa bouche, leur faisant comprendre de rester silencieux. Puis il écarta Bianchi et entraîna le marchand vers la petite cour.

Personne.

— Allons voir nos tonneaux, mon ami, proposa le baron à mi-voix.

Les laissant, Bianchi se rendit aux latrines, dont il barra la porte intérieure à l'aide du verrou rouillé. Ainsi, se dit-il, cette fois ils ne fileront pas par là.

Pendant ce temps, les deux autres entraient dans la salle servant de cellier, déserte, elle aussi.

— Il aura rêvé ! répéta Girardin.

Baloufeau s'approcha d'une des fenêtres et regarda dans la grande cour.

— Sandioux ! Ils sont là ! Près du bassin.

À cet instant, Bianchi sortit des latrines et vit également les collégiens.

Le baron se tourna vers Girardin, affichant un visage fermé.

— J'en aurai le cœur net ! Cette fois, on va les interroger et savoir ce qu'ils cherchent ici !

Ils passèrent dans la cour et Baloufeau cria :

— Vous, là-bas ! Venez ici !

Les trois écoliers se tournèrent vers celui qui les interpellait, puis se regardèrent avec inquiétude. Ces trois hommes ne paraissaient pas être des maîtres. L'un d'eux portait un coutelas à la taille, l'autre une épée, donc il s'agissait certainement d'un gentilhomme. Rouville reconnut alors le troisième.

— C'est le marchand qui porte le vin au collège ! dit-il.

Rassuré, Sillery déclara :

— Nous ne risquons rien, je vais parler à celui-là et m'expliquer.

Il désigna Bianchi qui approchait.

— Venez ici ! cria à nouveau le baron de Saint-Angel.

Sillery se trouvait à trois pas du Sicilien quand celui-ci l'attrapa par un pan de son manteau, l'attirant à lui de sa main valide tandis que de l'autre, sommairement bandée, il sortait son coutelas et l'enfonçait dans les entrailles du garçon. Le jeune abbé gargouilla et un flot de sang lui jaillit de la bouche en une répugnante cascade écarlate.

— Cul de Dieu ! hurla le baron. Bianchi, tu es fou !

Rouville et Lauzières avaient tout vu. Terrifiés, ils détalèrent vers le passage qu'ils avaient pris pour entrer dans la cour : le vestibule à l'extrémité du corps de bâtiment où se trouvaient entreposés les tonneaux. Aucune autre issue n'était possible puisque Bianchi se trouvait devant les latrines et les deux autres devant la salle servant de cellier.

Baloufeau tenta alors de leur couper la route mais se prit les pieds dans une ronce et s'affala en jurant.

Girardin, horrifié par ce qu'il venait de voir, n'avait pas bougé.

En un éclair, les deux collégiens traversèrent la petite cour, la salle, ouvrirent la porte que Bianchi n'avait pas pu verrouiller et s'enfuirent par la rue de Reims.

Ils coururent ainsi au hasard, comme fous et jusqu'à épuisement, bousculant tout le monde sur leur passage. Ils s'arrêtèrent enfin rue Galante, haletants, bouleversés.

— Mon Dieu ! Mon Dieu ! Sillery ! gémit Lauzières, qui se jeta dans les bras de Rouville.

— Calme-toi, lui dit son ami, qui s'inquiétait des regards inquiets des passants autour d'eux. Viens par là !

Il l'entraîna dans une ruelle conduisant à une cour boueuse dans laquelle sommeillait un cochon. Il n'y avait personne.

— Allons au Grand Châtelet ! glapit Thémines. Je veux que ces criminels soient roués !

— Réfléchis un peu ! Qu'expliquerons-nous ? Qu'on est entrés dans le collège pour dénoncer ces scélérats de Tilly et Fronsac ?

Adhémar de Rouville était le petit-fils d'un conseiller à la Chambre des comptes d'Aix, fervent catholique anobli grâce au soutien de Jean de Pontevès, chef de file des papistes provençaux. Partisan du duc d'Épernon, ce conseiller avait cédé sa charge à son fils, qui avait fort tardivement rejoint Henri IV. Ce manque de zèle avait provoqué la séparation de son couple, et son épouse était retournée à Paris, où vivait son père, fidèle sujet du roi, en emmenant ses deux fils. La pauvre femme était morte de la peste quelques années plus tard et son aîné était devenu un obscur lieutenant de régiment.

À la mort de sa mère, Adhémar avait été élevé avec rudesse par son grand-père, qui le punissait à la moindre faute, reportant sur le garçon l'animosité qu'il éprouvait envers celui qui avait abandonné sa fille. Ainsi, lorsque son petit-fils avait eu le bras cassé lors du duel avec Gaston de Tilly, le vieil homme lui avait fait administrer les étrivières comme punition pour s'être fait battre ! Peut-être pour survivre, peut-être par atavisme, le garçon avait appris à dissimuler, à mentir et à tricher. La malveillance était devenue chez lui une seconde nature, il avait même à plusieurs reprises envisagé de faire passer de vie à trépas ce grand-père qu'il haïssait. Cependant, il se montrait particulièrement doué dans la fourberie, aussi les révérends pères jésuites ne s'étaient-ils jamais aperçus de sa fausseté. Ils le considéraient même comme un des meilleurs éléments du collège, bien que son crédit se soit terni depuis que circulaient de méchantes rumeurs sur la confrérie du Quart.

Quant à Thémines, son père aurait voulu faire de lui un contrôleur général ou – pourquoi pas – un maître de requêtes, mais, depuis quelque temps, le receveur, devenu intendant du Grand Prieur, avait pris conscience de l'esprit borné de son fils, une nature qui lui venait certainement de sa mère, sotte femme qu'il avait épousée seulement pour ses appas. Cette lourdeur et, disons-le, cette bêtise lui faisaient craindre que ces éminentes charges ne soient à tout jamais hors de sa portée.

— Mais, Adhémar ! Tu penses à Nicolas qui agonise là-bas, le ventre ouvert ? pleurnicha Lauzières. Peut-être est-il possible de le sauver…

— Je ne fais qu'y penser ! répliqua froidement Rouville. Et surtout, je regrette de l'avoir écouté !

— Nicolas ? Que lui reproches-tu ? s'offusqua Thémines.

— C'est lui qui nous a conduits dans cette abominable entreprise ! C'était son idée d'aller là-bas ! Que n'y ai-je davantage réfléchi ! J'aurais dû penser que Tilly et Fronsac fuyaient des truands ! À cause de Sillery, on s'est jetés dans la gueule du loup !

Le jeune Lauzières ne savait plus que dire. Son esprit borné, bouleversé qui plus est par le crime, refusait de fonctionner.

— Il faut nous taire ! décida Rouville. Si nous racontons ce qui s'est passé, que nous nous sommes introduits frauduleusement dans le collège du Mans, nous mettrons en cause M. de Gondi et mon grand-père me fera battre à mort ! Qui sait si on ne nous accusera pas d'autres choses !

— De… de quoi donc ? balbutia Lauzières.

— Je ne sais !

Un lourd silence. Puis :

— Peut-être d'avoir nous-mêmes tué l'abbé !

— Quoi !?

— Quelles preuves avons-nous de l'existence de ces truands ? Tu crois qu'ils nous attendent ? Quand on arrivera là-bas avec des archers, ils auront décampé et il ne restera que le cadavre de notre pauvre ami. Les soupçons tomberont sur nous !

Lauzières demeurait maintenant silencieux, la tête en désordre, incapable de répondre.

— Ne rien révéler est notre meilleure protection. Crois-moi. Mais seras-tu capable de tenir ta langue ?

Thémines essayait de réfléchir. Son père occupait une charge honorable. Effectivement, s'il devait justifier de sa présence au collège du Mans, expliquer la mort de Sillery, il s'embrouillerait. Et s'il était accusé, son père perdrait à coup sûr son office. Lui finirait sur la roue et sa famille dans la misère.

— Je me tairai, promit-il.

— Rentrons au collège, il est bientôt trois heures et on va venir nous chercher.

16

Le lendemain dimanche, comme il sortait de la chapelle des pères dans laquelle il venait de célébrer la messe, le père Filleau, entouré des pères Amyot, Caussin, Cellot et Galliffet, vit arriver vers lui le concierge accompagné d'un visiteur. Il s'agissait d'un chanoine de Notre-Dame revêtu d'une chape entrouverte laissant apercevoir une soutane en soie violette et un camail brodé.

Le recteur reconnut l'oncle de Nicolas Sillery, chez qui le pensionnaire se rendait le dimanche. Il s'avança pour le saluer, regard interrogatif.

— Mon révérend, commença le chanoine d'un ton inquiet, après avoir béni les pères jésuites, Nicolas n'est pas rentré hier. Habituellement, j'envoie mon valet pour l'accompagner, mais le pauvre homme était malade et n'a pu venir. Sans nouvelles, j'ai pensé que Nicolas était resté au collège et je venais pour vérifier.

Filleau se tourna vers le préfet des études, qu'il interrogea du regard.

— Non, mon père, il a bien quitté le collège samedi, répondit celui-ci. Pierre (il s'adressa au concierge), l'avez-vous vu partir ?

— Oui, mon père. Après le repas. None avait sonné, me semble-t-il. Il était avec MM. Rouville et Lauzières.

— Est-on venu les chercher ?

— Je les ai vus monter pour l'un dans le carrosse de son beau-père et pour l'autre dans un véhicule des hospitaliers.

— Et l'abbé Sillery ?

— Habituellement, il part à pied, parfois accompagné d'un valet, mais, avec tout ce monde, je n'ai pas fait attention.

— Donc votre neveu n'est pas resté avec ses amis, conclut Filleau en se grattant le menton de perplexité. S'est-il déjà absenté ainsi ?

— Rarement, mais il est toujours revenu le dimanche.

Les pères se regardèrent. Tout cela sentait furieusement la débauche. Ils n'ignoraient pas que les écoliers les plus âgés, et même les jeunes préfets, se rendaient parfois dans des cercles de jeu ou des maisons de débauche[1]. Il en existait beaucoup dans l'Université, et certains y passaient la nuit. Sans doute Sillery avait-il profité de l'absence du valet de son oncle pour aller se dissiper.

— Je l'entendrai en confession dès son retour, décida sévèrement le directeur de conscience.

Le chanoine était embarrassé. Jamais il n'avait connu pareille honte et il se promit de punir Nicolas dès qu'il le reverrait. Il bafouilla quelques excuses incohérentes et se retira.

Après son départ, les pères discutèrent longuement de la confrérie du Quart. On leur avait rapporté que

1. Voltaire, élève de Clermont, se rendait ainsi chez la courtisane Ninon de Lenclos !

l'abbé Sillery menaçait parfois les sixièmes s'ils ne payaient pas leur dîme. Maintenant, il disparaissait, peut-être pour se rendre dans quelque maison de débauche. Y dépensait-il ces sommes qu'il collectait ? Tout cela méritait des explications et, dès lundi matin, lui, Rouville et Lauzières seraient convoqués pour se justifier.

Le lundi matin, Nicolas Sillery n'était toujours pas là. Quant à Paul de Gondi, il fut surpris de voir Thémines de Lauzières et Adhémar de Rouville sans leur complice. Il aurait donné cher pour savoir ce qui s'était passé au collège du Mans, puisque apparemment les chefs de la confrérie du Quart n'avaient point été pris ni punis.

En général, les deux garçons ne revenaient pas le dimanche soir, aussi ce ne fut qu'après le dîner que le père Filleau les convoqua. Il les reçut en présence du préfet des études.

— Savez-vous où se trouve l'abbé Sillery ? demanda-t-il.

— Non, mon père, répondit Rouville en s'efforçant de rester calme, tandis que Thémines baissait les yeux. On a été étonnés de ne pas le voir ce matin.

— Quand l'avez-vous vu pour la dernière fois ?

— Samedi, monsieur, nous avons quitté le collège ensemble.

— Il n'est pas chez son oncle, et celui-ci le cherche.

Rouville écarquilla les yeux.

— J'ai pensé qu'il était malade, mon père. Samedi il m'a dit souffrir d'un léger catarrhe. Il toussait.

— Tout ceci est singulier et inexplicable, dit le préfet des études après avoir lancé un regard insatisfait au recteur. Je vais me rendre chez son oncle pour savoir s'il est revenu. Quant à vous deux, vous irez vous confesser à cinq heures !

Un peu plus tard, le père Cellot fit seller une mule à l'écurie de la rue Saint-Jacques qu'utilisaient les pères et demanda qu'un valet le conduise au cloître[1], où logeait le chanoine Sillery.

Ce dernier n'avait pas revu son neveu. L'affaire devenait inquiétante. Aussi, en revenant au collège, le préfet des études s'arrêta-t-il dans la rue du Mont-Saint-Hilaire pour rencontrer le commissaire du quartier Maubert.

Siméon Paumier l'écouta sans vraiment l'entendre. La veille, il avait à nouveau rencontré Colas de Béthune, capitaine des gardes d'Alexandre de Vendôme et ancien camarade de régiment, qui lui avait confirmé que le Grand Prieur recrutait des hommes fidèles et qu'il avait besoin d'un second lieutenant. Il serait donc prochainement convoqué par le Chevalier de Vendôme, qui lui préciserait ses gages et son travail. Il pourrait ensuite vendre sa charge de commissaire. M. Paumier songeait donc bien plus à sa nouvelle vie qu'aux préoccupations du jésuite. De surcroît, ce que lui racontait le père Cellot était d'une grande banalité. Il y avait des milliers d'écoliers dans l'Université et beaucoup fréquentaient cabarets et maisons louches, où les rixes étaient nombreuses. Les disparitions étaient donc fréquentes, bien qu'on retrouvât presque toujours les cadavres. Malgré son désintérêt, il promit quand même au préfet des études de Clermont de se rendre au Grand Châtelet afin de savoir si on avait

1. Quartier près de Notre-Dame, où logeaient les chanoines.

trouvé le corps du jeune abbé. Sinon, il conduirait une enquête au collège.

Le lendemain, dans la matinée, Thémines de Lauzières et Adhémar de Rouville furent appelés alors qu'ils se trouvaient en classe. Aucun cadavre correspondant au disparu n'ayant été porté au Grand Châtelet, le commissaire était donc venu pour interroger les deux pensionnaires sur leur ami et sur ce qu'ils avaient fait le samedi précédent.

Leurs réponses furent cohérentes avec les dires du concierge que M. Paumier avait déjà questionné. À aucun moment le commissaire ne se rendit compte qu'il manquait une grosse heure dans les récits des collégiens. Sa conclusion fut donc que l'abbé s'était rendu dans quelque cabaret, où il avait dû recevoir un mauvais coup. C'est ce qu'il alla raconter au préfet des études, en lui promettant de l'informer dès qu'on aurait retrouvé le corps.

Le père Cellot ne put rapporter ces conclusions que le soir venu au régent, car ce dernier s'était rendu à la maison professe de la rue Saint-Antoine, où les pères recevaient le procurateur de l'évêque du Mans afin de signer l'acte de résiliation de la vente du collège voisin.

Évidemment, durant les récréations, on ne parlait que de la disparition de l'abbé Sillery. Paul de Gondi écoutait tout ce qui se disait avec angoisse, regrettant profondément ce qu'il avait fait. Que pouvait-il être arrivé à l'abbé ? À coup sûr Lauzières et Rouville connaissaient la vérité, bien qu'ils assurassent le contraire, puisque Gondi avait vu les trois garçons rentrer dans le collège du Mans. Sillery en était-il sorti ? Paul avait plusieurs fois envisagé d'en parler à Louis et à Gaston, mais au dernier moment la honte de révéler le piège qu'il avait imaginé l'avait arrêté. Donc, il resta silencieux, observant cependant que Thémines lui jetait souvent des regards noirs. Envisageait-il de s'en prendre à lui ?

La semaine s'écoula sans aucune nouvelle de l'abbé Sillery et le travail redevint la priorité des pensionnaires. Dans la classe des cinquièmes, les devoirs furent nombreux et plus difficiles que d'habitude, ne laissant guère de temps aux écoliers pour parler ou s'amuser. Certainement les régents avaient trouvé là le moyen pour qu'on oublie la disparition d'un élève.

Louis devint un habitué de la bibliothèque, où il préparait une harangue sur l'amitié qui avait été demandée aux tribuns, la charge qu'il occupait. Il avait choisi comme sujet une phrase du *De amicitia*[1] : « L'amitié ne peut exister que chez les hommes de bien. »

Le cours d'histoire sainte remplaça celui d'arithmétique et le maître qui le traita le passionna car il exposa une méthode pour interpréter au mieux les Écritures : il fallait, disait ce régent, démontrer un certain nombre de vérités par un enchaînement de raisons, assises sur des prémisses solides qui devaient obéir aux règles de la logique. Louis se souviendrait toute sa vie de ces assertions qui pouvaient s'appliquer dans tous les domaines.

1. *Laelius de amicitia*, traité de Cicéron.

C'est le vendredi matin, en sortant des latrines, que Jacques La Chesnay l'aborda.

— Louis, lui dit le boursier avec beaucoup de respect, j'ai vu mon frère Robert, hier soir.

— Ici ?

— Oui, il est venu me voir après le souper et le concierge m'a fait appeler. J'ai été décurion deux fois dans ma classe, et il est fier de moi. Comme vous le souhaitiez, je lui ai demandé de se renseigner sur les fraudeurs de vin qui entreposent des fûts dans le collège du Mans, mais il a ricané et m'a dit qu'il laissait ça à la police du Châtelet. Je lui ai alors raconté ce qui vous est arrivé, et là, il est redevenu sérieux. Il m'a dit que vous ne devez jamais retourner là-bas et ne plus vous mêler de cette affaire.

Louis hocha la tête en esquissant une grimace, car il se doutait de la réponse. Pourquoi le Liron, un voleur, dénoncerait-il d'autres larrons ? D'ailleurs, ne pas payer des taxes aux trésoriers des aides, était-ce vraiment voler ?

Mais La Chesnay n'avait pas terminé car il ajouta, avec un demi-sourire :

— Ne soyez pas trop déçu (Jacques La Chesnay était le seul de la compagnie qui vouvoyait Louis). Je connais mon frère, je sais qu'il vous aime et qu'il a une immense estime pour vous. Je suis certain qu'il se renseignera quand même, et qu'il me portera une réponse.

Ils firent quelques pas dans la cour, et Jacques reprit :

— J'ai autre chose à vous confier. Une vérité que j'aurais dû vous révéler plus tôt et qui m'oppresse trop à cause de ses conséquences.

Il raconta l'agression dont il avait été victime aux latrines la semaine précédente, et comment Paul de Gondi l'avait défendu. Il ajouta aussi que l'abbé de Buzay lui avait demandé de ne rien dire.

— Je sais que je ne respecte pas ma parole en vous dévoilant cela, Louis, mais je crains que l'abbé Sillery ne soit allé au collège du Mans… et n'en soit pas revenu. Je n'ai pas osé demander à M. de Gondi ce qui s'était passé après mon départ des latrines.

Ces révélations ébranlèrent le jeune Fronsac. L'abbé pouvait-il être tombé entre les mains de l'homme au coutelas ? Était-il prisonnier des fraudeurs, ou, pire, ceux-ci l'avaient-ils meurtri ?

Que devait-il faire ? Il tenta d'en parler à Gaston, mais son ami ne fut jamais seul ce jour-là. Quant à interroger Gondi, cela eût été trahir La Chesnay. C'était donc impossible.

Ce vendredi devait décidément être riche en informations car, lors du coucher, Jean Clary annonça à la cubicula que le marchand de vin qui livrait le collège, un nommé Girardin, avait été retrouvé mourant dans la rue Saint-Étienne-des-Grès, près de sa maison. Le corps, encore palpitant, avait été porté chez un médecin, père d'un de ses amis de troisième, lequel venait de lui raconter l'histoire. Girardin avait trépassé sans avoir repris connaissance. Il avait certainement été agressé par des truands tandis qu'il rentrait chez lui.

Avec cette nouvelle, ajoutée à ce qu'il savait déjà, Louis s'efforça d'appliquer le mode de raisonnement proposé par le régent en histoire sainte. Il disposait de trois certitudes, ou quasi-certitudes : on entreposait du vin en fraude dans le collège du Mans ; l'un des fraudeurs était l'homme au coutelas ; Sillery était allé dans le collège.

Quel enchaînement pouvait-il en déduire ? Girardin, qui habitait le quartier, devait participer au trafic, car tous les marchands de vin trichaient sur les impôts. L'abbé Sillery avait été découvert et agressé par les truands de la bande.

Une conclusion s'imposait alors : Girardin, certainement un brave homme, car les fraudeurs ne sont pas tous des assassins, s'était opposé à ce que l'on fasse un mauvais sort au collégien. Peut-être avait-il menacé ses complices de les dénoncer. Alors ils s'étaient débarrassés de lui.

L'enchaînement des faits lui parut parfaitement logique.

Mais Sillery était-il mort ou seulement emprisonné, dans l'attente d'un sort fatal ? Il fallait vérifier.

Après avoir bien réfléchi, Louis demanda à l'abbé de Buzay de lui rendre la clef du collège, expliquant qu'il préférait la garder chez lui. Gondi parut soulagé de s'en débarrasser.

Ce ne fut que le samedi après-midi, en se rendant chez ses parents, que Louis raconta à Gaston ce que lui avait dit La Chesnay et les déductions qu'il avait faites.

— Rouville et ses compères nous auront entendus dans le collège quand nous avons été poursuivis. J'aurais dû y penser, puisqu'ils s'installent toujours dans le passage qui aurait dû communiquer avec le Grand Mans, à comploter quelque malfaisance. La porte de bois laisse forcément passer les bruits. Ils ont ensuite interrogé La Chesnay, qui n'a pas parlé, mais Paul est resté avec eux. Qu'a-t-il dit ? Imagine qu'il les ait incités à se rendre dans le collège du Mans, et qu'ils aient rencontré la brute au couteau ?

— La porte du collège était fermée, objecta Gaston.

— C'est Paul qui gardait la clef. Il a pu l'ouvrir.

Gaston resta un instant silencieux. La logique de Louis était indiscutable.

— Il faudra l'interroger, décréta-t-il.

— Parlera-t-il ? J'en doute. Peut-être a-t-il voulu faire une mauvaise farce à la confrérie du Quart. Seulement sa malice a mal tourné. Sa responsabilité dans la disparition de Sillery doit l'effrayer, donc il ne s'expliquera jamais. Peu importe, d'ailleurs. Dans l'immédiat, il faut vérifier si… Sillery n'est pas toujours là-bas.

— Enfermé quelque part ?

— Ou pire.

— Et si on le trouve ?

— On avisera.

Le dimanche 16 novembre,
dans l'après-midi

Louis et Gaston quittèrent l'étude sous un vent glacial. M. Fronsac avait proposé que Guillaume ou Jacques les conduisent au collège avec le chariot, mais ils avaient décliné, assurant que le mauvais temps ne leur faisait pas peur. D'ailleurs, il ne pleuvait pas.

Arrivés rue Chartière, ils marchèrent lentement, pour s'efforcer d'arriver au grand collège du Mans quand la voie serait vide de passants.

Gaston s'arrêta devant la porte pour cacher Louis, qui fit tourner la clef dans la serrure. La porte ouverte, ils s'engouffrèrent à l'intérieur et repoussèrent l'huis.

— Il vaut mieux ne pas fermer à clef, proposa Gaston. Si l'homme au couteau est dedans et nous poursuit, on n'aura pas le temps d'ouvrir la serrure…

— Mais s'il arrive pendant qu'on y est, il devinera qu'il y a des visiteurs. Voilà ce qu'on va faire : reste là un moment, je vais vérifier qu'on est bien seuls.

— D'accord, seulement c'est toi qui vas m'attendre. J'ai plus l'habitude de faire l'espion.

Sans attendre de réponse, Gaston traversa le vestibule et passa dans la petite cour. Personne. On n'entendait que le souffle des bourrasques et le claquement de quelques ardoises qui s'agitaient sur les toits.

Il compta jusqu'à dix, puis se dirigea vers les latrines, dont il ouvrit doucement la porte. Après avoir écouté un moment sans repérer aucun bruit suspect, il passa dans la grande cour, qui était vide elle aussi, et longea le mur du bâtiment jusqu'à la porte de la pièce servant de cellier. Il l'entrebâilla doucement. Personne. Il constata que restaient seulement six tonneaux. Abandonnant la salle, il se rendit au vestibule faisant communiquer les deux cours. Seulement, à peine y avait-il pénétré qu'il aperçut l'épaisse flaque noire coagulée et les taches sombres sur les murs. Même s'il n'avait pas été certain qu'elles n'y étaient pas lors de leur précédente visite, l'odeur, elle, ne trompait pas : c'était celle du sang et de la mort.

Pris d'un malaise, il se retint à la porte pour reprendre ses sens avant de s'enfuir et de rejoindre Louis.

Ce dernier vit arriver son ami blanc comme plâtre et devina qu'il avait vu quelque abomination.

— Personne… bafouilla Gaston. Mais beaucoup de sang…

— Un corps ?

— Pas vu.

— J'y vais.

— Inutile, c'est sûrement le sang de Sillery ! Filons d'ici !

— On est venus pour connaître la vérité. Je continue seul, si tu préfères m'attendre.

Gaston respira un grand coup, essayant de chasser ce qu'il imaginait.

— Entendu… Ça va aller…

Il l'accompagna et ils pénétrèrent ensemble dans le vestibule, où ils restèrent un moment à contempler la flaque séchée et les taches murales.

— Tu as fait le tour des autres salles ?

— J'ai rien vu dans les latrines. Dans le cellier, il n'y a que des tonneaux. Mais les truands utilisent la pièce, ils n'auraient pas mis là un cadavre qui doit déjà puer.

— C'est vrai, si le corps était par ici, on l'aurait senti.

— Sauf s'ils l'ont porté dans les étages.

— On va vérifier, mais allons déjà voir dans la cour.

Ils sortirent. Les corbeaux étaient sur la margelle du bassin et s'envolèrent en les apercevant. Ils suivirent le chemin qu'ils avaient déjà pris et pénétrèrent dans le premier réfectoire. Le pâté de Le Pontonnier avait été dévoré mais restait le papier qui l'enveloppait. Puis ils visitèrent le second réfectoire et ressortirent. La cour était toujours déserte.

Ils découvrirent alors un escalier le long du mur mitoyen avec Clermont. Gaston s'y engagea. En haut se situaient un palier et une porte. Ils l'ouvrirent, entrèrent dans une salle sans aucun meuble, au sol couvert d'une épaisse couche de poussière et de quelques feuilles sèches apportées par le vent. Avisant une autre porte au fond, ils s'y rendirent et traversèrent une chambre aussi grande que la première. Elle communiquait avec l'escalier entre les réfectoires. Un petit banc trônait sous une fenêtre aux carreaux cassés.

— Ces salles sont immenses ! observa Louis.

Ils montèrent à l'étage supérieur. Là, de plus petites chambres et ce qui semblait avoir été un dortoir. Tout était vide de mobilier, sinon un tabouret branlant.

Ils se rendirent ensuite dans un grenier où se succédaient des bouges. Aucune trace de Sillery, aussi redescendirent-ils.

C'est arrivé sur le palier des degrés conduisant à la cour qu'ils entendirent parler.

17

Les voix, étouffées, provenaient d'une lucarne au-dessus d'eux. Ils levèrent les yeux. L'ouverture carrée, d'un peu plus d'un pied de côté, était située à une toise et demie environ du palier. Le fenestron n'avait qu'un châssis.

Ils ne pouvaient distinguer les propos, mais certaines intonations présentaient un accent particulier, Louis se fit attentif.

— C'est un Espagnol qui parle ! décida-t-il après un instant.

— Comment le sais-tu ?

— Cette voix a la même tonalité que celle du jésuite venu à Clermont l'année dernière, celui qui s'appelait Mendoza.

Ils continuèrent d'écouter, mais sans parvenir à comprendre le sens de la conversation bien que certains mots, « équipement », « caisse », « marchandise », soient reconnaissables.

— Qu'y a-t-il de l'autre côté ? On n'a pas aperçu de porte pour y aller, observa Gaston.

— Ce doit être le collège de Marmoutier.

— Mais il est abandonné !

— Et si on allait voir ? proposa Louis avec un air gourmand.

— Par là ? s'enquit Gaston en montrant la lucarne.

— Oui.

— Comment fera-t-on pour passer ?

— Elle est à notre taille, il suffit de dresser un échafaudage qui arrivera à la bonne hauteur. J'ai vu un petit banc dans la chambre à côté, et à l'étage il y a une escabelle.

— D'accord, allons les prendre ! décida Gaston, maintenant aussi désireux que Louis de savoir qui discutait dans le collège abandonné.

Ils revinrent rapidement avec la banquette qu'ils placèrent sous le fenestron, quelques propos non identifiables leur parvenaient toujours, mais bien moins audibles. Les gens devaient s'être éloignés.

— Enlevons nos manteaux et nos robes, sinon on risque de les déchirer, proposa Louis.

— On va geler !

— Bah, on ne restera pas longtemps là-bas !

Au demeurant, le froid et le vent n'auraient pu les arrêter tant ils étaient maintenant excités par leur expédition. Gaston posa l'escabelle sur le banc et grimpa dessus. Il découvrit une cuisine ruinée. Le fenestron se trouvait à un pied du potager de pierre et servait certainement à la ventilation. Il se retourna pour dire ce qu'il avait vu :

— C'est la cuisine du collège. On peut passer par cette lucarne, j'y vais. Tu me suivras et je t'aiderai à descendre de l'autre côté.

Sans attendre, il s'introduisit dans l'ouverture, puis, mains en avant, se laissa glisser dans le potager. Immédiatement, il se retourna pour rattraper son ami, moins agile que lui dans ce genre d'exercice.

Louis passa à son tour, non sans faire un accroc à un de ses bas de toile, mais il s'en moquait puisqu'il en avait d'autres à Clermont. Aidé par Gaston, il déboucha dans le potager et parcourut l'endroit des yeux. La cuisine était ouverte à tous les vents car on avait retiré portes et fenêtres. Il restait une lourde table, mais point de banc. La cheminée, érigée à côté du potager, possédait un manteau en arc et gardait encore quelques cendres, mais les ustensiles, chenets, landiers ou crémaillères avaient disparu. Sur son flanc, le four était vide. En face, on apercevait une cour au-delà d'une large ouverture. Maintenant, les voix étaient plus distinctes.

Ils descendirent du potager, traversèrent la salle et gagnèrent la cour dans laquelle poussait un marronnier. Là, ils eurent le choix entre un couloir et une autre salle, mais les voix provenaient du bout du couloir, aussi l'empruntèrent-ils, s'efforçant de rester silencieux car le sol était jonché de feuilles mortes.

Brusquement, Gaston, qui était en tête, s'arrêta net.

— Ils sont là, chuchota-t-il. Dans une cour, là : trois hommes… Vrai, Dieu, c'est incroyable… Regarde !

Louis avança un peu et reconnut immédiatement l'un des individus. Le père de Thémines de Lauzières !

— … donc, monsieur de Lauzières, avant de partir pour Nuremberg, demandez à M. Dunault de faire changer la serrure et renforcer la porte, déclarait un gentilhomme portant un manteau noir avec une croix blanche à huit pointes cousue sur l'épaule. Il faut que tout soit terminé avant la fin du mois de décembre. Une fois en Bavière, n'oubliez pas que les chariots que vous vous procurerez devront passer par le corridor. Il est hors de question que les armes soient déchargées dans la rue Saint-Jacques avec le risque qu'une caisse ou un ballot s'ouvre.

L'intendant hocha la tête.

— Vous pouvez compter sur moi, monseigneur. J'ai pris toutes les mesures nécessaires. Voulez-vous que je fasse aussi condamner la lucarne de la cuisine ? C'est la seule ouverture qui reste.

— Inutile, personne ne peut passer par ce trou, et de l'autre côté le collège du Mans est abandonné. Les jésuites voulaient l'acheter, mais la vente a été annulée.

— Il serait judicieux de faire poser une serrure dans la salle où vous entreposerez les armes, ajouta le troisième, celui à l'accent espagnol.

En disant cela, l'homme fit un pas et se dévoila entièrement.

Louis, invisible dans l'ombre du corridor, fut encore plus sidéré : il venait de reconnaître le visage basané, la barbe couleur jais taillée en pointe et les moustaches relevées en crocs. Il s'agissait bien du père jésuite qui avait manigancé la cabale des faux ferrets offerts à la reine. D'après Paul de Gondi, qui le connaissait, il s'agissait du fils d'un Grand d'Espagne très proche du général supérieur de l'ordre. Il portait le bonnet carré des pères et une soutane brodée avec une cape sur les épaules, bien qu'il soit chaussé de bottes de buffle à éperons de cuivre.

— Diego Mendoza ! souffla Louis.

L'homme au manteau hospitalier fit la moue à la proposition de l'Espagnol.

— Changer la serrure sur la rue n'attirera l'attention de personne, elle est vieille et les voisins jugeront la réparation normale. Mais installer des serrures neuves à l'intérieur, je n'y suis pas favorable. Cela pourrait entraîner une curiosité à nos dépens.

— C'est juste, reconnut le jésuite espagnol.

— Nous avons tout visité. Partons, Sa Majesté m'attend au Louvre, reprit l'hospitalier.

Ils traversèrent la cour abandonnée et disparurent par un couloir vers la rue Saint-Jacques. Les enfants entendirent le bruit du vantail qui se fermait et le cliquetis de la serrure.

Aussitôt, ils passèrent dans la cour.

— Que font ici Mendoza et M. de Lauzières ? s'exclama Gaston.

— Encore un complot ! assura Louis. Tu as entendu, ils ont parlé d'armes venant de Nuremberg. Ils envisagent de les entreposer ici.

— Qui est celui au manteau des hospitaliers ? Il semblait être le chef.

— Je l'ai déjà vu rue Sainte-Avoye, dans un coche. Et la présence du père de Thémines s'explique aussi. C'est le Grand Prieur, le Chevalier de Vendôme. M. de Lauzières est son nouvel intendant. Souviens-toi de ce que m'a dit mon grand-père !

— Vendôme ! Le frère du roi !

— Le demi-frère, corrigea Louis. Il doit préparer quelque chose contre le trône !

— Avec l'Espagne, et les jésuites ! Sur ma vie, il faut les empêcher ! décida Gaston.

Louis fit la grimace en secouant la tête.

— Comment ? On ne sait quasiment rien ! Et tu oublies qu'on n'a pas le droit d'être ici. On a utilisé une fausse clef pour entrer ! Si on raconte ce qu'on a vu à un commissaire, on sera gravement punis. On risque le fouet, peut-être la fleur de lys et le bannissement…

— Et si tu parlais à ton grand-père ? déglutit Gaston.

— Ce sera pareil que pour l'histoire des fraudeurs de vin. Il devra révéler comment il a découvert le complot et on en fera les frais. De plus, quelle preuve aura-t-il, sinon notre témoignage ? Qui nous croira si on accuse le frère du roi ? Non, il faut attendre qu'on apporte les armes ici. Alors on disposera de preuves suffisantes… et on avisera. On inventera une histoire…

— Le Grand Prieur a parlé de la fin du mois de décembre.

— Patientons jusque-là.

— D'accord, mais faisons quand même un tour dans le collège, au cas où ils garderaient déjà des équipements ici, ensuite on partira.

Ils visitèrent tout, mais, comme dans le Grand Mans, les salles étaient vides et sans mobilier. Ils quittèrent donc les lieux par le même passage dans la cuisine. De retour dans l'autre collège, ils transportèrent le banc et le tabouret dans la salle mitoyenne et remirent leur robe et leur manteau avant de traverser la cour en direction des latrines.

C'est en passant devant le bassin que le regard de Louis fut attiré par quelque chose de noir dans les hautes herbes. Tout d'abord, il crut à un corbeau mort, mais, en s'avançant, il vit qu'il n'en était rien. Il s'agissait d'une toque carrée de pensionnaire. Celle de Clermont, il avait la même sur la tête.

Il alla la ramasser et regarda à l'intérieur. La plupart des élèves faisaient broder leur nom dans leur toque, au cas où ils l'égareraient. Celle-ci portait les mots *Nicolas Sillery*.

Bouleversé, il la passa à Gaston et examina l'endroit. Les broussailles avaient été écrasées, piétinées, et montraient une vilaine couleur brune. Il distingua des traces de pas, brunâtres aussi, et une sorte de flaque de rouille sur la terre.

Gaston regardait également, silencieux, submergé d'émotion. Comme Louis, il avait deviné le drame qui s'était noué là. L'abbé Sillery avait été poignardé à cet endroit. Ses assassins l'avaient emmené quelque part, oubliant son bonnet sur place.

Ce fut Louis qui rompit le silence :

— L'autre meurtre dans le vestibule… C'est Girardin. Comme je te l'ai dit, il a dû s'opposer à l'homme au couteau, et celui-ci l'a tué.

Convaincu, Gaston resta muet. Il songeait aux fantômes dont avait parlé Paul de Gondi. Les âmes des morts rôdaient-elles autour d'eux, réclamant vengeance ?

— Filons d'ici ! lâcha-t-il finalement d'une voix blanche. On a échappé au tueur une fois, ne tentons pas la chance à nouveau.

Il jeta la toque et entraîna Louis, qui serait volontiers resté, persuadé qu'il y avait d'autres découvertes à faire.

À la porte du collège, ils ouvrirent lentement l'huis, examinèrent la rue et sortirent après avoir donné un tour de clef.

En revenant à Clermont, ils convinrent de ne plus parler de ce qu'ils avaient découvert, même quand ils se trouveraient seuls. Ce serait trop grave si on surprenait leur conversation, comme eux-mêmes avaient surpris celle du Grand Prieur.

Pourtant, l'abbé Sillery revint dans les discussions, deux jours plus tard. C'était le soir, le père Galliffet venait de rassembler les pensionnaires avant qu'ils ne commencent leur travail en chambre.

— J'ai une triste nouvelle à vous annoncer, mes enfants. Notre révérend recteur a reçu aujourd'hui la visite de M. le commissaire Paumier. On a retrouvé la dépouille de votre malheureux camarade, l'abbé Nicolas Sillery, que Dieu ait son âme.

— Il… il est mort, mon père ? interrogea Clary.

— Voici quelques jours, on a retrouvé son corps sur une berge de la Seine, à plusieurs lieues de Paris. Mais il a fallu du temps pour qu'on le porte au Châtelet et qu'on le reconnaisse. Le commissaire avait demandé à être prévenu si on découvrait le cadavre d'un jeune garçon. Il est venu chercher le père Cellot aujourd'hui, qui a formellement identifié votre ami.

Ami, ami… c'est vite dit, songeait Le Pontonnier, qui détestait l'abbé.

Quant à Louis et Gaston, ils échangèrent seulement un long regard. Ils auraient aimé en savoir plus sur la façon dont était mort le pensionnaire, et qui l'avait porté dans la rivière, mais ils devinaient qu'ils n'apprendraient rien.

— Le père Filleau vous rassemblera demain dans le grand réfectoire afin de prier pour son âme. Ensuite se tiendront deux messes dans la chapelle, jeudi après-midi, à la place de la promenade. Ceux qui le désirent pourront demander à servir, en hommage à celui qui aurait fait un prêtre exceptionnel.

Il balaya la chambrée du regard, mais personne ne se porta volontaire et le jésuite en fut quelque peu désappointé.

À son retour du Grand Châtelet, le père Cellot avait réuni tous les prêtres pour leur rapporter ce qu'il avait appris : selon le médecin juré qui avait examiné son corps, l'abbé Sillery avait été mortellement blessé d'un coup de couteau dans le ventre. Rien ne permettait d'affirmer, ou même de supposer, qu'il avait fréquenté un établissement louche. Un mendiant, ou plutôt un faux mendiant, pouvait l'avoir attiré dans une impasse en faisant appel à sa miséricorde afin de lui voler sa chape. C'était un procédé, hélas, banal, avait expliqué le commissaire. Ces truands suscitaient facilement la pitié par leurs prières et bien des hommes généreux étaient tombés dans leurs rets.

Les pères avaient décidé de s'en tenir à cette explication, d'où leur décision des messes auxquelles tous les pensionnaires et les régents assisteraient.

Fronsac et Tilly participèrent au service funèbre réservé aux cinquièmes et aux sixièmes. Louis pria pour l'âme de Sillery, en dépit de sa noirceur, et demanda au Seigneur de ne pas être trop sévère et de ne pas le laisser trop longtemps en enfer. Gaston, lui, resta indifférent.

Le vendredi, avant le souper, Jacques La Chesnay vint à la bibliothèque où travaillait Fronsac. La semaine suivante, Louis devait défendre sa décurie dans une *declamatio* opposant le camp des Romains à celui des Carthaginois. Le sujet en était : « Auguste se demande s'il doit abdiquer. » Avec l'aide de ses amis, il avait presque terminé sa plaidoirie, qu'il avait encore à répéter, car leur maître leur avait dit que l'éloquence et le maintien de l'orateur compteraient autant que ses arguments.

— Louis, murmura le boursier à son oreille. Mon frère est au parloir, il veut vous rencontrer.

Fronsac prévint aussitôt Gaston et s'excusa auprès des autres, puis il partit avec le boursier.

Robert La Chesnay l'attendait debout. Rasé de près, hormis une courte barbiche en pointe, il était élégamment vêtu d'un pourpoint de velours gris aux larges basques, avec une courte fraise au cou, d'une lourde cape doublée et d'un haut-de-chausses gris foncé en drap de Hollande serré aux genoux. L'ancien voleur des Rougets et des Grisons, le fameux Liron qui rapinait maisons et hôtels la nuit en s'introduisant par des fenêtres ou des lucarnes, semblait bien avoir changé depuis qu'il était au service d'un seigneur important.

— Monsieur Fronsac, je suis heureux de vous retrouver et je veux avant tout vous remercier de vous occuper si aimablement de mon frère, dit La Chesnay d'un ton badin.

Louis le gratifia d'un timide sourire. Il restait impressionné devant ce jeune homme qui avait déjà connu tant d'aventures, qui avait failli être roué et qui avait résisté à la question préalable en clamant son innocence.

Le Liron fit silence quelques instants avant de déclarer, plus sévèrement :

— J'ai appris qu'il se passe de singulières choses, ici.

Comme Louis restait muet, il ajouta :

— Mon frère m'a tout raconté. Votre visite au collège abandonné, l'homme au couteau, les menaces des pensionnaires de troisième, et la mort de l'un d'eux. Vous voulez savoir qui entrepose des fûts de vin dans ce collège…

— Oui, monsieur.

— Si je vous le dis, vous allez me promettre deux choses : de ne point retourner là-bas, et de ne rien révéler de ce que je vais vous dire.

— Je ne peux m'engager, monsieur La Chesnay, car j'ai découvert d'autres faits gravissimes, mais soyez assuré que je ne vous mettrai jamais en danger.

— Qu'avez-vous appris ?

— Je vous fais confiance, autant que vous avez confiance en moi. Ce que je vais vous révéler, votre frère l'ignore et ne l'apprendra pas. Seul mon ami, M. de Tilly, le sait, et pour l'heure, nous n'en parlerons à personne. Nous sommes retournés au collège du Mans. Je voulais savoir ce qu'il était advenu de M. Sillery. À ce moment-là, nous ignorions sa tragique fin.

— Mon frère ne vous avait-il pas dit de ne pas y retourner ? gronda le Liron entre ses dents.

— On a retrouvé le bonnet de M. Sillery dans la cour, au milieu d'une flaque de sang séché. On l'a tué là-bas.

Comme le Liron restait silencieux et impassible, Louis ajouta :

— Il y avait du sang à un autre endroit, beaucoup de sang. Je pense que c'était celui de M. Girardin, le marchand de vin.

Le Liron hocha la tête.

— Mon frère vous l'a dit, je crois, je ne vole plus. Je suis au service d'un gentilhomme important et j'espère pouvoir bientôt, avec mes gages, mieux m'occuper de Jacques. Mais je vais de temps en temps voir mes amis du Trou punais, car je sais ce que je leur dois.

Louis se souvenait des deux frères cabaretiers qui logeaient Robert La Chesnay. Un maigre au gros nez et un bedonnant au teint rouge, avec d'énormes moustaches grises. Ces deux-là avaient tout de truands, mais Jacques lui avait assuré qu'ils étaient d'une grande bonté. C'est eux qui l'avaient élevé.

— Je leur ai demandé à qui ils achetaient leur vin. « À maître Girardin, m'ont-ils répondu, mais le pauvre homme est mort. On le regrette car il nous procurait des fûts pas chers… »

Robert fit alors un clin d'œil complice à Louis.

— C'est son compagnon qui a repris l'affaire. Un Italien qui logeait aussi au Trou punais l'année dernière, avec deux autres gueux qui ont disparu. Il se nomme Bianchi et a le couteau facile.

— C'est certainement celui qui nous a poursuivis.

— Et qui a fait un mauvais sort au jeune Sillery. Ce vin que vous avez vu dans le collège, il le fait entrer dans Paris en fraude. Autre chose, il a un complice, mais mes amis ne connaissent pas son nom.

— Ce que vous me dites confirme ce que je sais, dit Louis.

— Alors n'allez plus jamais là-bas, et oubliez tout. Ce Bianchi finira sur la roue, mais, en attendant, il meurtrira sans regret ceux qui le gêneront.

— Merci, monsieur La Chesnay, dit Louis. Je serai prudent.

Il le salua et quitta la salle.

Le Liron le regarda partir en grimaçant, devinant que le foutu gamin n'en ferait qu'à sa tête.

Les déclamations d'éloquence se firent le mardi car le lendemain, c'était la Sainte-Catherine, et les enfants n'avaient pas classe.

Chaque décurion passa à son tour sur l'estrade, devant un jury de révérends pères présidé par le recteur.

Il s'agissait de faire débattre Auguste, qui hésitait à abdiquer. Le régent avait prévenu les intervenants : non seulement seraient notés la langue latine et les arguments évoqués, mais aussi la façon de convaincre le public.

C'est Paul de Gondi qui avait conseillé Louis, bien qu'il regrettât de ne pas être à sa place. Mais, ce mois-ci, l'abbé de Buzay était tribun, et donc non qualifié pour la *declamatio*.

La veille, il avait fait répéter Fronsac dans la chambre, devant ses compagnons plus ironiques que sérieux :

« Ton maintien doit être ferme et droit. Ta tête ne doit être ni trop rejetée en arrière, ni trop inclinée en avant. »

Louis s'était redressé car il avait parfois tendance à se voûter.

« Attention à tes bras ! Ils pendent comme les manches vides d'un amputé ! »

Le Pontonnier et Clary avaient éclaté de rire, tandis que Louis, vexé, posait une main arrogante sur sa hanche.

« Ton autre main : ne la ferme pas, ne forme pas un poing menaçant ! Tu vas faire peur à tout le monde ! »

Nouveaux fous rires, tandis que Fronsac poursuivait sa *declamatio*. Mais comme il levait un index pour affirmer une évidence, Paul l'avait arrêté :

« Il est disgracieux d'agiter un doigt en repliant les autres dans la paume de la main, comme tu le fais. Rapproche au contraire ton annulaire et ton médius ainsi… »

Il avait élégamment mimé un geste que son père faisait souvent.

Louis avait recommencé sa *declamatio* par trois fois, jusqu'à ce que Gondi soit satisfait. Pourtant, malgré ses judicieux conseils, il ne fut pas vainqueur. Il obtint cependant une honnête troisième place, dont Paul s'attribua bien sûr tout le mérite.

18

À partir de la Saint-Nicolas, le temps changea sensiblement et la pluie tomba presque tous les jours sous forme d'averses glaciales assorties de vents violents. Dans la cubicula de Louis l'humidité était prégnante jour et nuit et les pensionnaires ne se réchauffaient qu'au réfectoire où se tenaient les récréations.

Malgré tout, les collégiens préféraient ces conditions à celles de l'année précédente, quand l'eau gelait dans les bassines de toilette des chambres. Cependant catarrhes et autres maux se répandirent rapidement. Louis fut atteint et Guillaume Bouvier vint le chercher, tant il était fiévreux. Quelques jours plus tard, ce fut Gaston qui tomba malade. Heureusement, après des soins énergiques, des bouillons et surtout de la chaleur, la guérison fut rapide, sans intervention d'un médecin, et les deux pensionnaires revinrent au collège à la mi-décembre. La pluie s'était alors transformée en neige, laquelle restait poudreuse et ne s'accumulait pas. Les rues étaient cependant devenues des cloaques et la peste avait fait son apparition dans plusieurs quartiers.

Au collège, près de la moitié des élèves manquaient en classe, soit parce qu'ils étaient rentrés chez eux soit parce qu'ils étaient alités dans l'infirmerie, aussi les cours furent-ils remplacés par des exercices et des devoirs, ceci jusqu'à la veille de Noël.

Le régent de mathématiques proposa plusieurs applications pratiques portant sur le partage des biens après le décès du père. Les élèves devaient justifier les répartitions qu'ils proposaient, suivant plusieurs sortes de famille. Louis Fronsac rendit le meilleur devoir, conseillant dans le cas des maisons nobles que l'aîné obtienne les deux tiers afin qu'il soutienne sa maison par l'opulence, tandis que les cadets lui donneraient de l'éclat par leurs vertus et leurs exploits. Dans les familles roturières, il proposait au contraire que la fortune soit divisée également entre tous les enfants, pour le plus grand profit du commerce. Le père de Riennes le félicita, concluant en effet que l'intérêt public exigeait l'inégalité entre les nobles et l'égalité pour les autres.

Durant cette semaine précédant Noël, la compagnie des Six ne se rassembla pas car Paul de Gondi, malade, resta chez son oncle et ne revint que quelques jours avant la Nativité. Aux récréations, on ne causait quasiment plus de la mort de l'abbé Sillery, et la confrérie du Quart se désagrégeait. Lauzières et Rouville étaient de moins en moins ensemble. Le principal sujet des conversations portait désormais sur les fêtes de Noël. Jacques Hérisson annonça que son père viendrait le chercher pour le ramener à Senlis et Jacques La Chesnay avait reçu un billet bien mal écrit dans lequel son frère lui promettait qu'ils resteraient ensemble pour quelques jours au Trou punais. Le boursier ne parlait que de ça. Dans sa conversation, l'infâme cabaret devenait un palais plus beau que le Louvre. Mais c'était là qu'il était né et qu'il avait vécu avec sa mère, pour laquelle il priait souvent tant il l'aimait toujours.

Quant à Le Pontonnier, il assurait que la première chose qu'il ferait en arrivant chez lui serait d'égorger un cochon pour préparer du boudin. À l'écouter, son père lui demandait souvent de le remplacer pour abattre les animaux, une besogne qui ne lui faisait pas peur, mais Gaston ne pouvait s'empêcher de sourire à ses fanfaronnades en songeant à la terreur qu'il avait montrée dans le Grand Mans.

Comme l'année précédente, le jeune Tilly passerait les fêtes à l'étude notariale. Chaque mois, il écrivait à son oncle Hercule et au prieur de l'abbaye de Coulombs, son grand-oncle et tuteur, pour leur donner ses classements. M. Fronsac se chargeait de faire parvenir ses lettres et, dans la dernière, le notaire avait proposé de garder Gaston pour les fêtes de Noël. Les deux parents l'avaient remercié et avaient donné leur accord.

Certains d'être ensemble, Louis et Gaston discutaient souvent de la façon dont ils s'y prendraient pour retourner dans les collèges abandonnés qu'ils appelaient désormais « les collèges fantômes ». Qu'allaient-ils découvrir à Marmoutier ? Quelles étaient ces armes qui devaient y être emmagasinées ? Surtout, ils se demandaient ce qu'ils feraient ensuite, et, là encore, ils n'avaient pas de réponses.

Noël tombant un jeudi, les pensionnaires rentrant chez eux purent partir dès le mardi après-midi. Ce jour-là, les pères réunirent ceux encore présents dans la chapelle pour une *exhortatio publica* où ils rappelèrent le devoir de partage et de charité de Noël.

Le dernier repas au réfectoire fut plus riche que d'habitude, y compris pour les boursiers, et les pères invitèrent même quelques mendiants. On servit un potage aux herbes, aux poireaux, aux navets, avec du mouton et du bœuf ; puis un chapon et deux desserts.

Le dîner terminé, les écoliers commencèrent à s'en aller. Il neigeait à nouveau et, bien qu'ils sachent qu'on ne viendrait les chercher que passé basse none, Gaston et Louis sortirent parmi les premiers afin d'aller jeter un coup d'œil à la porte du collège de Marmoutier. Ils virent qu'on avait changé les deux battants et que la serrure était neuve et paraissait des plus compliquées.

— Tu crois qu'on a déjà porté les armes ? demanda Louis à voix basse.

— J'en doute, j'ai regardé où se trouvait Nuremberg sur une carte de la bibliothèque, c'est très loin. Je ne suis même pas certain que le transport arrive avant la fin de l'année, surtout avec cette neige.

— Le temps est peut-être moins mauvais à l'est, observa Louis.

Gaston lui donna alors un coup de coude. Un petit coche des hospitaliers s'était arrêté à quelques pas d'eux et Thémines, qui s'apprêtait à y monter, leur lança un regard infiniment méprisant. Bien que refusant d'y attacher la moindre importance, Louis songea avec un peu d'amertume au chariot qui allait venir les chercher et dans lequel ils resteraient exposés au froid et à la neige. Cependant sa rancœur disparut en pensant que Thémines ne profiterait peut-être pas longtemps de ses avantages, si le complot auquel son père participait était découvert.

Déjà Gaston ne s'intéressait plus au troisième car il avait vu arriver la voiture de la mère d'Adrien. Il s'avança lentement, secouant sa chape neigeuse pour se donner une contenance en s'efforçant de rester indifférent.

Le jeune Houdetot l'aperçut alors et l'interpella :

— Passe de joyeuses fêtes, Gaston !

Il ouvrit la porte du carrosse et déclara :

— Mère, puis-je vous présenter M. de Tilly, le gentilhomme qui m'a battu à l'escrime ?

Le cœur de Gaston bondit à ces paroles car il avait aperçu la jeune sœur d'Adrien. Il s'approcha et ôta son bonnet carré, sa chevelure rouge se recouvrant aussitôt de neige, puis il s'inclina le plus bas qu'il put.

La mère d'Adrien était très belle et elle lui fit un aimable sourire, mais sa fille, après l'avoir considéré avec un brin d'insolence, l'ignora en tournant la tête.

Gaston sentit son cœur se briser, tandis qu'Adrien montait en voiture.

La plupart des pensionnaires étaient partis quand Guillaume Bouvier arriva. Il conduisait la charrette avec M. Charreton, qui s'était couvert d'une grande cape et d'un chapeau à haute calotte dont les larges bords, entièrement blancs, étaient affaissés par la neige.

Les enfants grimpèrent sur le banc arrière, après avoir déposé leurs besaces, et le véhicule remonta jusqu'à la place de l'Estrapade pour tourner.

— Ton père n'a pu venir, Louis, lui expliqua son grand-père, mais il a une bonne nouvelle pour toi : nous allons acheter un petit coche. Nous en avons vu un à un prix raisonnable, il n'a que quatre places et pas de vitre, mais on y est à l'abri de la pluie.

Les deux enfants se regardèrent, tout sourire. Eux aussi seraient désormais en carrosse !

Le mercredi, M. Fronsac emmena les deux enfants à l'Hôtel de Ville pour qu'ils assistent à l'assemblée du corps de ville étendue aux six corps marchands[1], aux curés des paroisses, aux députés des communautés et aux délégués des quartiers répartis en bourgeois et magistrats des cours souveraines.

Ce rassemblement devait décider de la nourriture et du bois de chauffage à distribuer aux pauvres. On y votait une contribution volontaire pour assister les plus malheureux. M. Fronsac voulait que son fils connaisse les devoirs qui seraient les siens plus tard : les plus aisés devant secourir les défavorisés.

Au retour, les enfants s'installèrent dans la cuisine pour regarder Mme Mallet et Mme Richepin préparer les repas tandis que Jacques Bouvier surveillait la cuisson d'un chapon qu'il arrosait de sauce. Les deux femmes leur faisaient goûter les ragoûts qu'elles accommodaient et leur expliquaient ce qu'elles cuisineraient le lendemain, pour Noël. Gaston restait attentif tant il était gourmand, mais Louis rêvassait, engourdi dans une douce béatitude. Si son esprit vagabondait, il revenait souvent vers le collège de Marmoutier. Pourquoi le Grand Prieur faisait-il venir des armes de Nuremberg ? S'il les cachait dans le collège, c'est qu'il envisageait une entreprise interdite. Voulait-il s'en prendre à son frère, à leur roi bien-aimé ?

C'est dans l'après-midi qu'il se décida à interroger son grand-père.

— Vous savez, monsieur, que j'ai fait un devoir sur la conspiration de Luigi Fieschi, à Gênes[2]…

1. Les drapiers, les merciers, les épiciers, les pelletiers, les bonnetiers et les orfèvres.

2. La conspiration de Fiesque a été relatée par le cardinal de Retz (notre Paul de Gondi !). Il s'agit d'un complot ourdi à Gênes en 1547 par Giovanni Luigi Fieschi afin d'éliminer le prince amiral Andrea Doria.

— Pour lequel tu as été félicité, approuva M. Charreton avec fierté.

— Nous en parlons souvent avec l'abbé de Buzay car M. de Gondi pense que Fiesque a joué de malchance et aurait dû réussir. L'autre jour, il me disait, après être allé au Louvre avec son oncle le duc, qu'un audacieux pourrait faire de même à Paris…

— Se saisir du roi et du château ?! Il faudrait des gaillards diablement bien armés ! plaisanta Charreton.

— Fieschi avait armé le peuple. Il prévoyait de se saisir des portes de Gênes.

Gaston écoutait avec attention, devinant où son ami voulait en venir.

— Je ne crois pas cela possible, Louis. D'ailleurs, Sa Majesté n'a pas d'ennemis.

— Pourtant les huguenots, les Anglais, les Espagnols et certainement quelques princes de sang aimeraient bien prendre sa place, intervint Gaston.

— Certes… fit M. Charreton, qui se montra ébranlé.

Il songeait à Olivier Hauteville, qui était bien parvenu à pénétrer dans le château, pourtant défendu par les gens du duc de Guise, et même à se saisir de Catherine de Lorraine[1].

— J'ai dit à M. de Gondi que le Louvre était certainement bien protégé par toutes sortes de gardes, fit Louis.

— En effet, il y a des compagnies de garde française, les cent gardes suisses, les chevau-légers, et surtout les mousquetaires du roi.

— Donc personne ne peut pénétrer par ruse ou par force ? demanda Gaston.

Embarrassé, M. Charreton se gratta une oreille.

1. Voir *Dans les griffes de la Ligue*, du même auteur.

— En principe personne, cependant, maintenant que vous m'y faites songer, le Louvre n'est peut-être pas si bien protégé… Du côté de Paris, il y a un important corps de gardes au pont-levis. Donc, impossible de forcer l'entrée. Mais ailleurs… Tenez, je vais vous raconter une petite histoire qu'on m'a rapportée : le duc d'Anjou sort souvent le soir pour s'encanailler en ville avec des amis. Ce prince est un écervelé qui ne respecte rien, et j'espère que vous ne lui ressemblerez jamais. Comme il ne veut pas que son frère apprenne ses frasques, il passe par un guichet mal surveillé, habillé du manteau d'un page ou d'un mousquetaire. Mais, une nuit où il avait trop bu, il s'avisa en rentrant au Louvre de surprendre la sentinelle. Avec deux ou trois amis aussi fols que lui, ils lui ont sauté dessus, l'ont bâillonnée et se sont précipités au corps de gardes en criant : « Tue ! Assaut ! »

— Monseigneur le duc aurait pu recevoir une balle ou un coup d'épée ! s'effraya Gaston.

— Bien sûr ! Heureusement, la garde dormait. Cependant, au vacarme, l'officier de service, M. de Pontis[1], a sauté de sa paillasse, l'épée à la main, et s'est précipité avec ses mousquetaires. Quand ils ont vu que ce n'étaient que des ivrognes, ils ont préféré saisir ces enragés et leur ont donné une correction tant ils avaient eu peur. Seulement le prince s'est nommé et, quand Pontis a vu à qui il avait affaire, il s'est cru perdu. Dame, il venait d'infliger une raclée au frère du souverain ! Pourtant, le lendemain, le roi ayant

1. Bénédict-Louis de Pontis, de petite noblesse, fit ses preuves comme militaire, mais son caractère vif, ajouté à l'hostilité de Richelieu, dont il avait refusé les avances par loyauté envers Louis XIII, l'empêchera d'atteindre les hautes fonctions auxquelles il aurait pu prétendre.

été informé, il a félicité le capitaine et sermonné son frère. Mais beaucoup à la Cour ont observé que si le duc d'Anjou avait été à la tête de quelques centaines d'hommes, il aurait facilement saisi la place !

Gaston et Louis échangèrent des regards apeurés qui heureusement échappèrent à M. Charreton.

— Et encore, le prince était passé par un guichet gardé, mais on vient de démolir le corps de logis nord, la tour de la librairie, la tour du milieu et le grand escalier à vis de Raymond du Temple. Or, comme il n'y a plus d'argent dans les caisses, les travaux sont suspendus et on a seulement érigé des palissades de bois qui ne sont guère surveillées et par où des gueux parviennent à entrer pour voler jusque dans les appartements !

Plus tard, quand ils se retrouvèrent seuls, les deux enfants reparlèrent de ce qu'ils avaient appris. Était-il possible que le Grand Prieur envisage un coup de main ? Ils avaient hâte de retourner au collège de Marmoutier et de découvrir ce que le prince avait fait venir de Nuremberg.

Les fêtes de Noël se déroulèrent dans la joie. Le soir de la Nativité, M. Fronsac bénit une bûche arrosée de vin qui fut mise ensuite dans la cheminée tandis que la mesnie récitait une patenôtre à l'unisson. Après quoi chacun raconta des histoires et la sœur de M. Bailleul chanta des cantiques pendant que l'on mangeait des nieules[1] et des morceaux de poulet. Puis tout le monde partit à la messe sous la neige. Les hommes avaient

1. Une variété d'oublies, cuites entre deux fers, tout comme les gaufres. L'oublie était de fait une sorte de gaufre roulée, très mince.

pris des lanternes et les rues étaient illuminées par les falots d'une foule qui circulait joyeusement. Les cloches carillonnaient sans cesse à toutes les églises.

Comme l'année précédente les Fronsac se rendirent à Saint-Merry. L'âne de Noël, couvert d'ornements, attendait les fidèles devant le porche. Chaque année, on choisissait le plus beau du quartier et on l'associait à la fête. N'était-ce pas son ancêtre qui avait réchauffé Jésus de son haleine dans la crèche, et l'avait plus tard porté en triomphe à Jérusalem ? Les enfants essayaient de lui tirer des braiements, qui portaient bonheur. Une fois de plus Gaston y parvint, mais pas Louis.

Le lendemain, jour de Noël, Philippe Boutier vint dîner et raconta des anecdotes sur la Cour. On parlait beaucoup du mariage de Monsieur, qui s'y refusait toujours, et du comte de Chalais, en fuite.

Dans sa maison de la rue Devant-Saint-Symphorien, le baron de Saint-Angel, ou plus exactement M. Baloufeau, fêtait également la Nativité. Il était rassuré depuis la mort du jeune écolier, et celle de ce pauvre Girardin – Dieu ait son âme –, car le collège du Mans n'avait plus reçu de visites imprévues. Finalement, le meurtre du garçon avait eu du bon et servi de leçon. Somme toute, le Sicilien avait eu raison de le débarrasser des gêneurs. Baloufeau songeait maintenant à reprendre le fructueux commerce du marchand, non à son compte mais en utilisant Bianchi comme prête-nom. Un notaire s'occupait de la succession de maître Girardin. Quand celle-ci serait terminée, le faux baron avait prévu de faire une offre pour la maison et le négoce.

En attendant, Bianchi continuait à aller chercher des fûts et à les faire entrer dans Paris. Après Noël, il serait de retour avec quatre tonneaux qu'il faudrait entreposer au collège.

Mais même si ses affaires étaient prospères, le faux baron s'inquiétait du caractère violent du Sicilien. Ne risquait-il pas un jour de s'en prendre à lui ? Il avait observé que le truand ne respectait guère son autorité et il se demandait s'il ne serait pas plus avisé de s'en débarrasser. Mais par qui le remplacer ? Sans Bianchi, il perdrait la seule source de revenu qu'il avait.

Le samedi 27 décembre, veille des Saints-Innocents, un peu avant vêpres, cinq petits chariots, chacun tiré par deux chevaux de trait, arrivèrent à la porte Saint-Jacques.

Colas de Béthune, Philippe de Lauzières et leur troupe de quatorze hommes avaient fait des étapes héroïques, souvent de plus de quinze lieues, ne s'arrêtant que pour laisser reposer les montures ou les remplacer, dormir un peu et se restaurer rapidement. À Nuremberg, la commande était prête, maître Sauer étant un homme de parole. Le Bavarois avait même accepté une remise de mille livres en échange d'un paiement en pistoles.

Les chariots avaient pu être achetés dans la journée. Nuremberg étant une grande ville, Lauzières n'avait eu aucun mal à trouver des véhicules de petite taille, particulièrement légers et robustes, car la qualité bavaroise n'était pas un vain mot, que ce soit en armes ou en véhicules.

Repartis dès le lendemain, malheureusement sous la neige, ils avaient ensuite dû composer avec le mauvais temps. Heureusement, le froid avait succédé aux flocons et, comme ils disposaient de beaucoup de chevaux, ils avaient facilement pu désembourber leurs chariots lorsque les roues s'enlisaient dans les ornières.

Malgré cela, le voyage avait été éprouvant et M. de Lauzières, épuisé, en avait fait une partie couché dans un des véhicules, sur les caisses d'armes.

Ils arrivaient enfin à Paris.

Colas de Béthune avait présenté des lettres patentes justifiant qu'il s'agissait de marchandises pour l'ordre des hospitaliers, et la garde de la porte Saint-Jacques les avait laissés passer sans contrôle ni taxe. Le convoi s'était ensuite arrêté entre les portes des collèges de Marmoutier et de Clermont, et M. de Lauzières était allé ouvrir, éclairé par les fanaux des véhicules car la rue était aussi sombre que l'enfer.

Deux jours avant d'arriver à Paris, l'un des cavaliers de l'escorte avait filé jusqu'à l'enclos du Temple à bride abattue. Un commis de M. Dunault, le secrétaire du Grand Prieur, était prévenu et l'attendait. Il lui avait remis la clef de la nouvelle serrure, que l'estafette avait rapportée à M. de Lauzières.

Les battants écartés, des hommes de l'escorte attrapèrent par leurs mors les chevaux du premier chariot et contraignirent les bêtes à avancer dans le corridor. La manœuvre était difficile car il n'y avait guère de place et les animaux étaient ombrageux. Pendant ce temps, Lauzières et un homme d'armes étaient entrés dans la cour du collège et, avec une lanterne, allumaient des torches préparées par le secrétaire du Grand Prieur.

Un passant s'arrêta alors pour observer la scène, puis il aperçut la totalité du convoi et en resta interdit. De hautes ridelles et une toile huilée couvraient chaque véhicule, empêchant de distinguer l'intérieur.

L'homme se demandait ce qu'on pouvait transporter ainsi dans le collège.

— Vous allez pas y arriver ! assura-t-il. C'est trop étroit !

Ceux qui guidaient les chevaux l'ignorèrent et, tant par des flatteries que par des contraintes, ils parvinrent à faire entrer le premier chariot.

— Bravissimo ! s'exclama le badaud.

— On a l'habitude, lui répliqua Colas de Béthune, qui se demandait s'il n'allait pas devoir passer son épée dans la poitrine du curieux.

— Vous amenez des matériaux ? Il paraît qu'on va faire des travaux…

— C'est ça ! répliqua Lauzières, qui revenait. Mais vous ne devriez pas rester là, monsieur, les chevaux sont ombrageux et vous pourriez recevoir un coup de sabot.

Un deuxième chariot s'engageait déjà, non sans accrocher un des battants.

Vexé, le passant s'éloigna et attendit un peu plus loin, remarquant, à la lumière des fanaux, que les cavaliers qui accompagnaient ces chariots portaient corselet, casque, épée et pistolets. Des gens de guerre. Que faisaient-ils au collège de Marmoutier ? Il aurait bien aimé en discuter avec des amis, mais en ce samedi soir neigeux de fin d'année la rue Saint-Jacques était déserte, à part ce gros convoi.

Il attendit que le troisième chariot pénètre, puis il s'éloigna, songeur.

Colas de Béthune le suivit des yeux, hésitant à lui faire subir un mauvais sort. Le voyant partir, il jugea que le témoin était finalement sans danger. Qui le croirait, de toute façon ?

Les autres véhicules entrèrent à leur tour avec moins de difficultés car ceux qui les guidaient savaient maintenant comment s'y prendre. Dans la cour, ils furent rangés les uns à côté des autres et, le portail fermé, les cavaliers commencèrent à décharger caisses, ballots et tonnelets.

UN LIVRE SÉDITIEUX

19

La semaine du jour de l'An, les commis et les clercs de l'étude chômaient, mais le travail de préparation d'actes et de copies ne manquait pas, aussi Louis et Gaston assistèrent-ils MM. Bailleul et Fronsac dès le lundi matin. Même M. Charreton fut sollicité.

L'ouvrage se fit de cinq à onze heures. Ensuite, après un copieux repas, chacun fut libéré. M. et Mme Fronsac se rendirent chez des amis et M. Charreton retrouva d'anciens collègues de la Chambre des comptes. Restés à l'étude, Gaston fit quelques passes d'armes avec les frères Bouvier, tandis que Louis s'occupait de son jeune frère, Denis.

Le lendemain, tout le monde s'étant remis aux travaux d'écriture, M. Fronsac annonça qu'à la relevée il se rendrait à l'Hôtel de Ville avec son beau-père. Louis, qui n'avait encore trouvé aucun moyen pour justifier leur absence, avec Gaston, jugea que l'occasion était favorable. À peine son père parti, il annonça à sa mère qu'il souhaitait montrer les fortifications du Louvre à son ami.

— Mais il neige ! se récria Mme Fronsac. Et les rues sont des bourbiers !

— Nous avons nos chapes et nous mettrons des guêtres, des socques de bois et de grands chapeaux. C'est si drôle de se promener sous la neige, mère ! Je vous en prie, laissez-nous y aller !

Comme elle ne pouvait rien leur refuser, elle y consentit, proposant tout de même que Guillaume les accompagne.

— Mais nous avons treize ans passés ! s'offusqua Louis.

Peu après, ils dévalaient la rue Sainte-Avoye. Un peu plus tard, ils traversaient la place de Grève, toute blanche et sur laquelle des enfants faisaient des batailles de boules de neige. Puis ils prirent par les quais et franchirent la Seine au pont Notre-Dame, qui avait été nettoyé par les boutiquiers.

Ils traversèrent l'île par la rue de la Juiverie et arrivèrent au Petit-Pont, lui aussi déneigé. Ensuite, après le Petit Châtelet, ce fut la rue Saint-Jacques, puis, par les ruelles qu'ils connaissaient bien, ils gagnèrent la rue Chartière.

À part quelques mendiants, peu de gens se trouvaient dehors à cause du froid et il n'y avait personne dans la rue Devant-Saint-Symphorien. Au grand collège du Mans, Louis glissa la clef dans la serrure, la tourna, et ils pénétrèrent, refermant soigneusement.

Aucune trace de pas dans la cour enneigée.

— Si quelqu'un vient après nous, il verra les marques de nos pieds, constata Gaston en contemplant la blancheur immaculée, alors qu'ils allaient s'engager dans la cour.

Ils ne pouvaient s'empêcher de penser à l'horrible mort du pauvre Sillery.

— Regarde, le long du mur avec le collège des Cholets, la neige ne couvre pas le sol, dit Louis.

Effectivement, on apercevait la terre sur une largeur de moins de quelques pouces. L'un derrière l'autre, ils s'engagèrent sur l'étroite bande et longèrent le mur en s'efforçant de rester au plus près. Ensuite, ils tournèrent vers les latrines. En chemin, Louis avait ramassé quelques poignées de neige et il montra à Gaston comment la saupoudrer sur leurs pas. Leurs traces devinrent quasiment invisibles.

Ils traversèrent les latrines et longèrent le mur avec le collège de Clermont jusqu'au bâtiment principal. Ils n'avaient pas vérifié la présence éventuelle de gens dans le cellier aux tonneaux, mais l'absence de pas dans la neige prouvait que les truands n'étaient pas venus récemment.

Rassurés, ils grimpèrent les marches conduisant au vestibule jouxtant les réfectoires. À cet endroit, à l'abri des intempéries, le sol de pierre demeurait sec. Les deux garçons jetèrent un coup d'œil à la lucarne avant d'aller chercher le banc et le tabouret. Ils ôtèrent leur chape, leur chapeau, retirèrent les socques de bois de leurs souliers. Ensuite Gaston monta sur le banc, puis sur l'escabelle et se glissa dans l'ouverture.

De l'autre côté, la cuisine était silencieuse et aussi glaciale que pouvait l'être une pièce abandonnée, ouverte à tout vent. Il se faufila dans le potager, puis aida Louis à passer à son tour. Impressionnés, aucun d'eux n'ouvrit la bouche durant ces opérations. Leurs cœurs battaient le tambour.

Ils descendirent du fourneau maçonné et passèrent dans la petite cour, enneigée, qu'ils traversèrent rapidement sans faire attention aux traces qu'ils laissaient derrière eux. Cette fois, ils ne prirent pas le corridor mais pénétrèrent d'abord dans la salle mitoyenne. Elle était vide.

Une porte au fond leur permit de passer dans la grande cour, au sol immaculé. L'absence de feu ou de fumée et le calme qui régnait ne laissaient planer aucun doute : le collège était vide de présence humaine.

Gaston interrogea Louis du regard pour savoir vers où aller, et comme son ami lui indiquait la droite il fila par là. Négligeant un grand escalier conduisant aux étages, ils s'approchèrent d'une porte. Gaston l'ouvrit sans difficulté et ils découvrirent une salle pleine de caisses et de tonneaux.

— Les armes sont arrivées ! s'exclama-t-il.

Louis laissa la porte ouverte car il n'y avait pas de fenêtres dans la pièce. Déjà Gaston essayait d'ouvrir une caisse, mais elle était solidement clouée. Il constata vite que c'était le cas de toutes.

— Que fait-on ? demanda-t-il avec une pointe de déception tant il avait espéré voir de quelles armes il s'agissait. On aurait dû emporter un outil !

— Impossible, sans attirer l'attention des frères Bouvier, répondit Louis, qui examinait à son tour les boîtes.

En planches de sapin, elles mesuraient trois pieds de long. Une taille suffisante pour contenir des mousquets ou des épées, conclut-il. Il tenta d'en soulever une et, comme il s'y attendait, il parvint à peine à la bouger.

Gaston était passé dans la pièce suivante, d'où il héla son ami :

— Viens voir !

Louis se précipita. La seconde salle était éclairée par une fenêtre vitrée ouvrant sur la cour des cuisines. Elle contenait également des caisses empilées, cependant moins nombreuses et plus petites, mais aussi des ballots et de grands sacs de toile fermés par des lanières de cuir.

Gaston en saisit un, qui émit un bruit de ferraille. Il défit le cordon et découvrit, comme il s'y attendait, deux douzaines de rapières dans des fourreaux de fer.

Les yeux brillants, il tira une lame.

— Des schiavones ! s'extasia-t-il. Des épées vénitiennes ! Les meilleures qui soient !

Il en prit une et cingla l'air avec, provoquant un sifflement. La garde de cuivre était ajourée et protégeait entièrement la main. Une gouttière dans la lame rendait l'arme légère et souple. Il fit quelques mouvements d'escrime, ployant les genoux et jouant avec un adversaire imaginaire.

Après avoir regardé son ami en souriant, Louis se mit également à farfouiller et, heurtant une des caissettes, en fit tomber le couvercle. Elle avait été ouverte. Aussitôt, il la fouilla. La boîte contenait de la paille dans laquelle étaient rangés, tête-bêche et sur trois épaisseurs, de magnifiques pistolets à rouet à crosse de bois, tous à deux platines.

Admiratif, Louis en sortit un et éprouva la tenue de la poignée en le faisant passer d'une main à l'autre.

Gaston avait posé la schiavone et ouvrait de nouveaux sacs. Dans l'un, il trouva des corselets d'acier ; dans un autre, des bourguignotes et des morions ; dans un troisième, des poires à poudre en fer gainées de cuir – déjà pleines – et des sacs de balles de plomb avec les bourres. Il en sortit deux, qu'il posa sur une caisse.

— Si tu veux charger ton pistolet, il y a ici tout ce qu'il faut ! plaisanta-t-il.

— Je ne vais rien faire de tel, on va tout remettre en place. Les comploteurs ne doivent pas se douter de notre visite. À ton avis, combien d'hommes pourrait-on équiper avec ce qu'il y a ici ?

Gaston se mit à compter les caisses et les sacs qui s'empilaient le long des murs, puis se mit à réfléchir.

— Combien de pistolets dans ta caisse ? interrogea-t-il.

Louis fouilla dans la paille, comptant approximativement les crosses.

— Une vingtaine.

— Il y a dix-sept boîtes de cette taille. Ça peut faire trois ou quatre cents pistolets. Il y a certainement autant de schiavones. Avec ça, on peut armer huit à dix compagnies de quarante à cinquante hommes…

— Cinq cents ! C'est une armée ! Bien plus que les gardes du Louvre.

Tous deux songèrent à ce que leur avait dit M. Charreton. Ils venaient de mettre au jour un effroyable complot, conduit par le Chevalier de Vendôme, contre le roi.

Indécis, Louis s'assit sur une caisse. Machinalement il manipula plusieurs fois les chiens des deux platines, remonta les mécanismes avec une des clefs qu'il trouva dans la paille. Elles étaient toutes attachées par un cordon. Il ouvrit et ferma les couvre-bassinets et vérifia que les pyrites étaient bien serrées.

Gaston le regardait faire, attendant qu'il prenne une décision. Il avait repris la schiavone, dont il caressait la garde amoureusement.

— Il va bien falloir tout raconter, dit-il enfin.

— Oui, approuva Louis.

Il remarqua alors une gravure sur un des canons.

— Il y a écrit « Sauer – Nürnberg »… Ça doit être l'armurier. Tout ça vient bien de Nuremberg.

Gaston examina son épée, mais elle ne portait que des ciselures près de la garde.

— Rentrons ! soupira Louis. Il faut qu'on parle à mon père et à mon grand-père…

— Qu'est-ce que vous faites là ? tonna une voix.

Terrorisés, ils se tournèrent vers la porte d'un seul mouvement.

Deux hommes chaussés de bottes à entonnoir, coiffés de feutres gris à plume de coq et sanglés dans des casaques de buffle, avec des chausses larges et gaufrées, se tenaient devant la porte. Les nouveaux venus portaient schiavone et longue dague à leur taille. Leurs visages couturés et barbus étaient ceux de soldats éprouvés.

Des gardiens ! Pourtant ils n'avaient rien remarqué et pas un instant Louis n'avait imaginé que des cerbères se trouvaient dans le collège pour surveiller les équipements. Sans doute devaient-ils être dans une chambre d'étage éloignée, d'où ils avaient entendu leurs voix, ou alors faisaient-ils une ronde.

Gaston comprit qu'ils étaient perdus. Pourtant, il saisit l'épée, un contre deux, c'était possible.

Louis avait également deviné la catastrophe. Ces gens-là ne les laisseraient pas vivre s'ils se laissaient prendre. En un éclair, il envisagea une parade folle et brandit le pistolet.

— Je viens de le charger de deux balles de plomb, et vous êtes deux, fit-il d'un ton qu'il voulait ferme.

L'un des sbires éclata de rire.

— Chargé avec quoi, le jolet ?

— Avec ça ! répliqua Gaston, désignant la poire à poudre et les balles de la pointe de son épée. Et mon ami Louis est bon tireur, il s'entraîne chaque dimanche sur la butte du Temple avec un puffer.

Une ombre de doute traversa le regard du premier homme, tandis que le second plissait le front.

— Je ne souhaite pas vous meurtrir, menaça Louis, mais je n'hésiterai pas, reculez et laissez-nous partir. On n'a rien fait de mal.

Le premier gardien eut un regard de biais avec son compère et parut se résigner. Il s'écarta pour laisser le passage.

Louis et Gaston s'avancèrent avec prudence, mais les hommes se trouveraient trop près d'eux quand ils franchiraient la porte.

— Reculez jusque dans la cour ! ordonna Louis.

Gaston, qui avait conservé la schiavone, se demandait comment ils allaient pouvoir gagner la cuisine et passer la lucarne.

Les hommes obtempérèrent tandis que les garçons avançaient.

— Plus loin ! somma Louis en voyant qu'ils demeuraient devant la porte.

Ils firent quelques pas en arrière et les collégiens se retrouvèrent à leur tour dans la cour immaculée. La neige tombait toujours.

À travers le rideau de flocons, Louis distingua les portes devant lui. Des salles qu'ils n'avaient pas explorées. S'ils pouvaient enfermer les cerbères dedans…

— Reculez encore ! Jusqu'aux portes du fond ! commanda-t-il.

Cette fois, les hommes ne bougèrent pas, devinant certainement ce que Louis avait en tête. Tous les quatre restaient immobiles, la neige les blanchissait peu à peu. Il fallait pourtant en finir. Gaston s'avança alors, les menaçant de la pointe de son épée. Louis était resté en arrière, protégeant la pyrite de son autre main, comme si son arme était réellement chargée.

Soudain Gaston glissa et, n'ayant rien pour se retenir, il tomba en arrière en lâchant son épée pour atténuer sa chute. En un éclair, un des gardes sauta sur lui, dague à la main, et la lui mit sous la gorge, le maîtrisant de son autre poigne.

Louis n'avait rien pu faire sinon brandir son arme de façon la plus menaçante possible.

— Le jolet ! Jette ton pistolet ou je lui tranche la gorge ! ordonna l'homme.

— Et moi, je vous tuerai ! cria Louis d'une voix brisée par la peur.

— File, Louis ! File ! Préviens la police !

— Non, Gaston ! Je te laisse pas !

— File ! hurla Tilly.

Comprenant que tout était perdu, Louis tourna les talons et détala dans le corridor conduisant à la cuisine. Machinalement, il glissa le pistolet dans la ceinture de son haut-de-chausses. Terrorisé, l'animal traqué qu'il était devenu grimpa sur le fourneau et se jeta dans le trou de la lucarne en entendant le souffle de celui qui le poursuivait. Il bascula de l'autre côté en heurtant le tabouret et tout l'échafaudage s'écroula. Pourtant il ne ressentit rien tant l'épouvante le dominait. Il se remit debout, contusionné mais pas blessé, jeta un regard halluciné au fenestron. Le garde tentait de s'y glisser mais ses larges épaules ne passaient pas.

Louis s'enfuit alors vers les latrines, abandonnant chape et chapeau.

— Je vais te retrouver, sale merdaillon ! hurla le garde. Et si tu préviens quiconque, on écorchera vif ton compère !

Haletant, les poumons brûlants, le cœur battant à lui défoncer la poitrine, Louis poussa la porte des latrines et s'engouffra dans la salle. Tout en fermant l'huis, il regarda derrière lui, ne vit personne. Son poursuivant n'avait donc pas réussi à passer par la lucarne.

Un peu rassuré, il reprit son souffle et s'efforça de réfléchir. Qu'allait-il arriver à Gaston ? Pour le sauver, il n'y avait qu'une solution : gagner le Petit Châtelet, où il trouverait des sergents. Mais il ne fallait pas que les gardes le rattrapent entre-temps. Ils allaient certainement faire le tour du quartier par la rue Saint-Étienne-des-Grès. Il n'avait pas de temps à perdre, il devait filer par la rue Chartière.

Maintenant qu'il avait élaboré un plan, il se sentit un peu mieux. Il traversa les latrines, déboucha dans la petite cour. Là, ses espoirs s'anéantirent d'un coup, l'effroi le submergeant à nouveau.

Deux hommes poussaient une brouette vide, dont celui au couteau, celui qui l'avait enlevé quelques mois plus tôt, celui qui avait certainement assassiné Nicolas Sillery.

— *Corpo di Christo !* Encore lui ! vociféra Bianchi en l'apercevant.

Le truand eut un sourire épouvantable, dévoilant des dents de fauve.

Terrorisé, Louis recula contre le mur. Nulle fuite possible ! S'il revenait dans la grande cour, il risquait d'y trouver l'un des gardes. Et d'ailleurs, où irait-il ?

Sans le quitter des yeux, le Sicilien tira son coutelas et s'avança lentement vers lui. La chair de poule prit Louis, qui se sentait incapable de se maîtriser. Le voyant tout tremblant, le truand éclata de rire.

— Bianchi, arrête ! ordonna son compagnon.

— Je vais le saigner comme l'autre, monsieur le baron. Après, on sera enfin tranquilles !

Deux pas de plus et le truand attrapa Fronsac par le bras. Ne tenant plus sur ses jambes flageolantes, Louis tomba à genoux et Bianchi éleva sa lame.

Un autre drame se jouait dans le collège de Marmoutier.

— Tu l'as eu, Le Breton ? demanda celui qui avait maîtrisé Gaston.

Il l'avait fait se relever et le maintenait en lui tordant le bras.

— Non, grommela l'autre. Le sale ladre est passé par un fenestron et je suis trop gros.

— Embêtant ! M. de Lauzières ne va pas être content. Je vais déjà couper la gorge à ce compissé…

— Pas ici ! Monte plutôt à l'étage et tu enfermeras le corps dans un placard.

Tilly écoutait, terrorisé. Il supplia la Sainte Vierge de le secourir et murmura un Ave Maria.

20

Louis avait fermé les yeux, sur une dernière pensée pour sa mère, qui ne le verrait plus jamais. Le coup ne venant pas, il les rouvrit… pour voir son assassin s'affaler lentement, une cascade rouge jaillissant de sa bouche. Découvrant cette horreur, la tête lui tourna et il perdit connaissance.

Quand il reprit conscience, on le secouait.

— Ça va, mon garçon ? interrogeait une voix inquiète.

Dans un brouillard explicable autant par son malaise que par le rideau de neige, il distingua un homme qui lui tenait la tête. La tournant sur le côté, il aperçut à côté de lui le nommé Bianchi, baignant dans son sang.

— Je… Je ne suis pas mort… balbutia-t-il.

— Non, mon garçon, fit l'inconnu en le considérant avec curiosité. J'ai passé mon épée dans le ventre de ce gueux avant qu'il ne te meurtrisse.

— Mais… Vous êtes avec lui…

— Il était avec moi, c'est juste, mais je ne le voulais plus comme compagnon… c'était un fou furieux…

— C'est lui qui a tué l'abbé Sillery… et maître Girardin, affirma Louis.

Baloufeau plissa le front et parut ennuyé.

— Vous savez cela ?

— Oui…

Soudain, tout lui revint.

— Gaston !

Louis s'appuya sur le sol enneigé et se releva.

— Qui est Gaston ? s'enquit l'homme.

— Mon ami. On est allés ensemble dans le collège de Marmoutier… On nous a surpris… J'ai pu fuir, mais pas lui… Je dois prévenir le prévôt !

Peut-être était-ce une erreur, mais Louis se sentait en confiance avec cet homme qui venait de lui sauver la vie.

— Le prévôt ? Diable ! Et pourquoi donc ? demanda l'inconnu.

— C'est un complot, monsieur, le Grand Prieur entrepose des armes ici pour s'en prendre au roi !

— Un complot… répéta Baloufeau en haussant les sourcils de surprise.

Louis devina qu'il ne le croyait pas. Il sentit alors la douleur dans son dos. C'était le chien du pistolet qu'il avait mis dans ses chausses et qui l'avait meurtri en tombant. Il sortit l'arme.

— Regardez, je l'ai pris là-bas ! Il peut tirer deux coups et il y en a des centaines !

Le baron se saisit de l'engin, qu'il examina avec attention. Un magnifique pistolet, tout neuf, qui n'avait semble-t-il jamais été utilisé. Il tira le chien, dégagea le couvre-bassinet et constata l'absence de pulvérin. Aucun danger.

— Raconte-moi ce qui est arrivé à ton ami, demanda-t-il.

En quelques mots hachés, Louis expliqua qu'il était pensionnaire à Clermont, rapporta comment Gaston et lui étaient entrés dans le collège afin d'apprendre ce qui était arrivé à Nicolas Sillery. Il parla des voix qu'ils avaient entendues, puis de leur passage par la lucarne et du Grand Prieur qu'il avait reconnu et qui donnait des instructions pour entreposer des armes venant d'Allemagne. Ils étaient revenus aujourd'hui afin de vérifier si ces armes étaient bien arrivées, mais ils avaient été surpris. Il narra alors comment il avait trompé les gardes avec le pistolet inoffensif et la chute de son ami, qui avait provoqué sa capture.

Baloufeau, pourtant habitué à débiter des histoires invraisemblables, demeura ébranlé. Ce garçon pouvait-il avoir inventé ce conte ?

— Comment es-tu rentré ici ?

— Un ami du collège, dont le père est serrurier, a forgé une clef…

Baloufeau considéra pensivement le garçon, songeant que même s'il sortait à peine de l'enfance il ne devait pas le sous-estimer. Utiliser de fausses clefs et s'opposer à des hommes armés témoignait d'un caractère bien trempé. En méditant, il saisit son épée sanglante, qu'il avait laissée près du corps de Bianchi, et la nettoya dans la neige avant de la sécher en l'essuyant sur le manteau du truand. Après quoi, il se releva et glissa la lame dans son fourreau.

— Je dois sauver Gaston, monsieur ! dit Louis, qui brûlait de partir mais n'osait forcer le passage. Laissez-moi aller au Petit Châtelet, les archers le délivreront…

— Ces gens t'ont pourtant dit que si tu faisais venir la prévôté ils se débarrasseront de ton ami.

Déjà un plan se dessinait dans l'esprit fécond du faux baron.

— Ils le tueront même si je ne fais rien… Peut-être l'ont-ils déjà fait…

Vaincu par tant d'émotion, Louis éclata en sanglots.

— Calme-toi, mon garçon, on ne tue pas les gens comme ça ! Un meurtre conduit à la roue et si tu me dis que le Grand Prieur est l'organisateur de tout ça, tes bonshommes se doivent d'être prudents.

Louis le regarda plein d'espoir, les yeux embués de larmes et de neige.

— S'ils… s'ils l'ont seulement gardé prisonnier, ils le délivreront quand les archers arriveront, bafouilla-t-il.

Baloufeau secoua la tête en faisant la moue.

— Peut-être pas, ils n'auront plus rien à perdre alors…

— Il n'y a pas d'autre moyen, monsieur. Laissez-moi partir, je vous en supplie !

— J'ai une solution… Es-tu prêt à retourner là-bas ?

— Ou… oui, si c'est pour délivrer Gaston, balbutia Louis.

— Si j'allais frapper à la porte du collège… Forcément, quelqu'un viendrait. Je tâcherai de le faire parler un moment et d'attirer son compère. Pendant ce temps, tu pourrais passer par cette lucarne et tenter de retrouver ton ami. Si personne ne le garde, tu le délivreras facilement et vous repartirez par ce fameux fenestron.

Louis ne réfléchit pas plus et hocha du chef.

— J'y vais tout de suite, monsieur ! déclara-t-il.

— Attends, mon garçon, je veux qu'on se mette d'accord avant…

Louis le considéra sans comprendre.

— Si tu parviens à tirer ton ami de ce mauvais pas, que feras-tu ?

— C'est un complot contre le roi, monsieur ! Et le roi est le représentant de Dieu sur terre ! C'est mon devoir de le dénoncer !

— Complot, complot… Quelle preuve as-tu ? Peut-être que M. le Grand Prieur conserve ici des armes pour l'ordre des hospitaliers…

Baloufeau affichait ouvertement ses doutes en balançant la tête avec une moue de circonstance.

— Pourquoi les garderait-il dans ce collège abandonné ? lui demanda Louis. Il pourrait les entreposer dans la grosse tour du Temple, où elles seraient bien mieux à l'abri.

— Il peut y avoir toutes sortes d'explications. De plus, as-tu réfléchi aux conséquences si tu rapportes ce que tu sais à un commissaire ?

— Quelles conséquences, monsieur ?

— On viendra ici, on trouvera Bianchi, on s'intéressera à la mort de l'écolier et de maître Girardin. Es-tu certain qu'on ne va pas te faire des reproches, ou pire t'accuser ? Pour ma part, je te le dis tout net : je ne veux pas y être mêlé, tu ne me connais pas et je ne te dirai pas qui je suis. Les tonneaux là-bas m'attireraient trop d'ennuis !

Ébranlé, Louis resta muet un instant avant de murmurer :

— Mais s'il s'agit d'une conspiration contre notre souverain, je ne peux pas me taire, monsieur !

— Tu as raison, et ce scrupule t'honore…

Nouveaux balancements de tête assortis d'un sourire amical.

— Veux-tu que je te propose une solution ?

— Oui, monsieur.

— J'ai des amis à la Cour, je peux leur faire passer le message : on entrepose des armes au collège Marmoutier et le prévôt de Paris serait bien avisé de venir perquisitionner.

— Vous feriez cela, monsieur ?

— Je peux le faire, pour te rendre service.
— Mais on vous interrogera…
— Non, car mes amis sont des gens discrets, ils ne me nommeront pas.
Louis ne répondit pas tout de suite, mais il lui parut que ce brave homme, certes fraudeur sur les vins mais honnête à sa façon, pouvait le tirer de son embarras.
— Entendu, monsieur. Cependant…
— Cependant ?
Louis montra le corps de Bianchi, qui commençait à disparaître sous la neige.
— Lui…
— Ne t'inquiète pas, je m'en occupe. Mais tu ne dois parler de tout cela à personne, et ton ami également, peux-tu me le jurer ?
— Je vous le jure, monsieur, dit Louis après une brève hésitation.
— Bien ! File à cette lucarne maintenant, et tiens-toi prêt. Je ferai suffisamment du bruit pour que tu entendes quand on m'ouvrira. À ce moment, agis rapidement. Je garde le pistolet. Toi, prends le couteau de Bianchi. Tu en auras peut-être besoin si ton ami est entravé.
Louis attrapa la lame qu'il lui tendait et la glissa dans la ceinture de son haut-de-chausses.
— Merci, monsieur, pour votre bonté.
— Disons que j'ai à faire amende honorable, fit l'autre, d'un ton brusquement sérieux.
Louis partit et le baron le suivit des yeux. Il l'avait bien manipulé, jugea-t-il avec satisfaction.
Il se dirigea vers la porte du collège en songeant qu'il devait encore faire disparaître le corps de Bianchi et trouver une solution au sujet des tonneaux restants. Sans compter la charrette de Girardin, toujours dans

la rue, qui contenait encore trois fûts. Dès qu'il aurait réglé le problème du collégien, il porterait les tonneaux au Trou punais. Nul doute que les deux frères les lui achèteraient s'il les cédait à moitié prix. Ensuite, c'en serait terminé avec la fraude sur les vins. Sans complice, il ne pouvait continuer, mais surtout il tenait désormais une affaire autrement plus lucrative. À condition, bien sûr, que la prévôté ne s'en mêle pas.

Peu après, il se trouvait devant le portail de Marmoutier, ayant préparé en chemin les justifications qu'il allait raconter pour occuper les gardiens, le temps que le gamin délivre son ami.

Il frappa à l'huis avec le pommeau de son épée et attendit.

Rien.

Il recommença l'opération en ajoutant :

— Ouvrez ! J'ai à vous parler !

Toujours rien.

Il renouvela les coups plusieurs fois, sans le moindre résultat. Finalement, il abandonna et revint au collège du Mans.

Sous le vasistas, Louis avait grimpé jusqu'au fourneau et attendait. Soudain, il entendit des bruits sourds. On tapait sur la porte du collège. Il décida d'entrer, sans attendre que les gardiens y aillent. Il se glissa par la lucarne, retomba dans le potager. L'obscurité s'étendait dans la cuisine car il commençait à faire sombre dehors à cause des nuages gorgés de neige.

On cognait toujours à la porte, mais il n'entendait aucune parole. À la fois inquiet et impatient, il traversa la cuisine, s'avança dans le corridor, et découvrit la cour vide et enneigée. Les coups se poursuivaient sur le vantail et pourtant les gardes ne venaient pas. Où étaient-ils ?

Il remarqua alors des traces qui partaient d'une des salles situées du côté de la rue Saint-Jacques et qui continuaient vers le porche d'entrée. La neige commençait à les recouvrir, mais on distinguait encore des empreintes de sabots et des marques de bottes. Il aperçut même quelques brins de paille. Les gardiens étaient-ils partis ?

Toujours depuis le couloir, il observa attentivement ces marques et compta au moins deux chevaux différents. Mais si les hommes avaient quitté le collège, avaient-ils emmené Gaston ? Impossible, pas en plein jour, se dit-il.

Alors, son cœur se serra. L'auraient-ils… Il chercha du sang, heureusement n'en vit pas.

Un peu rassuré, il murmura une prière à la Vierge Marie pour que Gaston soit encore vivant et décida d'aller examiner le contenu des pièces. Il traversa la cour en direction de celle d'où étaient sortis les chevaux et constata qu'un gros loquet servait de fermeture. Resterait-il des montures à l'intérieur ?

Il tira le verrou de bois et ouvrit le vantail.

Il aperçut tout de suite le corps dans la paille. Il se rua vers lui, le cœur battant à faire éclater sa poitrine. C'était Gaston, et ses yeux ouverts, effrayés mais soulagés, prouvaient qu'il vivait.

Il était entravé et portait un bâillon. Avec le couteau de Bianchi, Louis trancha les liens qui lui retenaient les mains dans le dos, puis ceux des chevilles. Gaston arracha son bâillon.

— J'étais sûr que tu viendrais ! s'exclama-t-il d'une voix encore terrorisée.

— Partons vite, on parlera après !

Ils détalèrent vers la cuisine, grimpèrent sur le fourneau et franchirent la lucarne.

De l'autre côté, ils enfilèrent leur manteau, attachèrent les socques sur leurs souliers détrempés et se coiffèrent de leur chapeau, tout cela sans dire un mot, craignant trop qu'on ne les entende. Puis ils traversèrent la cour en courant.

En sortant par les latrines, Gaston aperçut le corps de Bianchi presque entièrement recouvert de neige, mais le sang se voyait encore bien.

— Regarde ! s'écria-t-il.

— Oui, je te raconterai… On est venu à mon aide, mais sortons maintenant !

La porte n'était pas fermée à clef. Ils ne prêtèrent aucune attention au chariot qui attendait devant la chapelle Saint-Symphorien et s'enfuirent par la rue de Reims et la rue Chartière.

À bonne distance, Louis commença un bref récit de ce qui lui était arrivé. Comment le truand qu'ils craignaient lui avait barré la route et tenté de l'occire, et comment il avait été sauvé par l'autre fraudeur, qui lui avait passé son épée au travers du corps.

— Il avait une épée !

— Oui.

— Ce serait un gentilhomme ?

— Je ne sais, il ne m'a pas dit son nom. Mais c'est un brave homme, je lui ai raconté ce qui venait de se passer et il m'a proposé d'aller frapper à la porte de Marmoutier pour attirer les gardiens et me laisser le temps de te délivrer. Mais toi, raconte-moi ce qui t'est arrivé !

— Je ne pouvais rien faire contre celui qui me tenait : j'avais la pointe de sa dague sous la gorge.

J'ai prié pour que tu leur échappes, et tu sais que je ne prie pas souvent.

Comme Louis lui prenait la main, Gaston eut un triste sourire.

— Puis j'ai vu revenir son compère, qui a dit que tu étais passé par un trou et qu'il n'avait pas pu te suivre. Ils ont alors décidé de me… couper la gorge.

Visage contracté, incapable de parler, Louis eut un haut-le-corps.

— Ils allaient m'emmener dans une pièce de l'étage quand celui qui t'a poursuivi – il se nomme Le Breton – a dit que peut-être il vaudrait mieux qu'ils demandent conseil à M. de Lauzières…

— Le père de Thémines est impliqué là-dedans jusqu'au cou ! murmura Louis.

Gaston hocha la tête.

— L'autre a approuvé. Il paraissait soulagé. Ils m'ont alors poussé dans la salle où tu m'as trouvé, qui servait d'écurie à leurs chevaux. Il y avait de la corde et ils m'ont ficelé comme un gigot. En même temps, ils m'interrogeaient : qui on était ? D'où on venait ? Pourquoi ? Et mille autres questions. J'ai inventé et dit qu'on était pensionnaires au petit collège du Mans, que l'on venait parfois dans le grand collège et qu'on avait entendu des bruits de voix. Qu'on avait juste été curieux.

« J'ai eu l'impression qu'ils me croyaient. Le nommé Le Breton a dit à son compère de l'attendre pendant qu'il allait au Temple, mais l'autre n'a pas voulu rester. Il craignait que tu n'aies prévenu des exempts, et d'être pris. Finalement, ils sont partis ensemble après m'avoir enfermé.

Il ajouta après un moment :

— Que crois-tu qu'ils vont faire en revenant et en s'apercevant que je ne suis plus là ?

— Ils ne savent rien sur nous. Ils ne pourront jamais nous retrouver.

— Ils connaissent quand même nos prénoms…

— À mon avis, ils vont enlever toutes les armes et les équipements. Ils auront peur qu'on les dénonce et ne prendront pas le risque que le prévôt découvre leur trafic.

Ils marchèrent encore un moment sans rien dire. Gaston avait du mal à se rendre compte qu'il avait failli mourir. Louis aussi. Maintenant que c'était terminé, il leur venait des frissons qu'ils ne pouvaient maîtriser.

Ils arrivaient place de Grève quand Gaston demanda avec inquiétude :

— Que va-t-on dire à ton père et ton grand-père ?

— Je voulais tout leur raconter, mais j'ai passé un accord avec celui qui m'a sauvé la vie.

En marchant le plus vite possible, car il était presque cinq heures de l'après-midi et on devait s'inquiéter de ne pas les revoir à l'étude, Louis raconta ce qu'avait proposé le fraudeur à l'épée.

— Mais fera-t-il ce qu'il a promis ? objecta Gaston.

— Je l'espère, il m'a semblé être de parole, aussi je lui ai juré de ne rien révéler. Au demeurant, c'est mieux ainsi, car si je parle à mon grand-père et qu'il alerte le prévôt, à coup sûr nous serons chassés de Clermont et mon père en sera déshonoré. Sans compter que Hérisson sera aussi renvoyé pour avoir fait la fausse clef. Son sort sera peut-être même pire…

Gaston ne répondit rien, soulagé lui aussi de ne rien avoir à expliquer. Maintenant qu'il était libre, et vivant, il voulait tout oublier.

Quand ils arrivèrent dans la rue des Quatre-Fils, ils aperçurent Jacques Bouvier qui les guettait.

— Enfin ! Vous voilà ! M. Fronsac est très inquiet ! Mais que vous est-il arrivé, monsieur de Tilly ?

Gaston avait reçu un coup au visage et sa joue était rouge et contusionnée.

— On s'est perdus, Jacques, expliqua-t-il. On a voulu prendre un raccourci et en cherchant notre chemin près du Louvre j'ai glissé sur la neige. Je suis tombé.

— Rien de grave ?

— Non, je vais me laver en arrivant et ça ira mieux.

À l'étude, ils s'en tinrent à cette explication, somme toute très vraisemblable, et M. Fronsac les punit de leur retard en les privant de dessert, mais ils n'eurent pas d'autres reproches. Louis pria le soir longuement la Vierge Marie de les avoir gardés vivants.

Arrivés à l'enclos du Temple, les deux gardiens du collège de Marmoutier furent conduits auprès de Philippe de Lauzières. Dans son cabinet, ils racontèrent ce qui s'était passé et constatèrent avec inquiétude qu'après un juron de stupéfaction l'intendant se montrait de plus en plus bouleversé au fur et à mesure de leur récit.

L'histoire terminée, Lauzières ne sut que décider tant il était submergé d'effroi. Comment des écoliers pouvaient-ils avoir découvert une entreprise qui pouvait le conduire à l'échafaud ? Prenant conscience de ce qu'il risquait, il regrettait amèrement d'avoir accepté cette charge. Par chance, il savait que Barnabé Perregaux, le lieutenant de Colas de Béthune qui logeait dans une petite maison du Temple, était chez lui. Il le fit chercher en espérant qu'il saurait quoi faire.

Évidemment, Perregaux était d'une autre trempe. Il avait participé à nombre d'engagements et son sang-froid était à toute épreuve.

— Toi, dit-il à l'un des hommes, attends ici. Je pars à Vincennes avec ton compère afin de prévenir monseigneur. Pour l'heure, que personne ne retourne à Marmoutier. Il y a trop de danger à voir arriver les gens de la prévôté.

— Et le garçon qu'on a laissé dans l'écurie ?

— On devra s'en débarrasser, c'est évident. Mais c'est monseigneur qui décidera. Il faudra de toute façon en savoir plus sur lui et son ami. Savez-vous leur nom ?

— Louis, pour celui qui a fui, et Gaston, pour le prisonnier.

— S'ils viennent du collège du Mans, on n'aura aucun mal à retrouver l'autre, intervint Lauzières, rassuré par l'autorité du lieutenant, il y a moins de dix élèves là-bas.

— En effet. Je m'en occuperai.

Le Grand Prieur fut prévenu avant la nuit. Catastrophé, il écouta les suggestions de Barnabé Perregaux et de Colas de Béthune. Tous deux se montrèrent du même avis. Ils se rendraient le lendemain rue Saint-Jacques et observeraient si une perquisition avait eu lieu. S'il ne s'était rien passé, ils entreraient dans le collège et interrogeraient le nommé Gaston avant de lui couper la gorge et de l'enterrer dans la cour. Ensuite, ils trouveraient le second gamin et le feraient disparaître à son tour.

— Et si la police est venue ? demanda Alexandre de Vendôme.

— Les écoliers ne savent rien sur nous. Mais vous perdrez les armes.

Le Grand Prieur grimaça. Vingt mille livres dissipées !

Le mardi matin à la pique du jour, Perregaux et les deux gardes remontèrent la rue Saint-Jacques. En passant devant la porte du collège de Marmoutier, ils constatèrent qu'elle n'avait pas été forcée. Rassurés, ils laissèrent leurs chevaux à une écurie et entrèrent dans le collège, sauf l'un des gardes, chargé de surveiller la rue et de les alerter en cas de danger.

Mais dans la salle d'écurie ils ne découvrirent que les entraves tranchées de Gaston.

— Il faut les retrouver, tous les deux ! rugit le lieutenant. Et vite !

21

Les préparatifs des fêtes de la Sainte-Geneviève[1] et de l'Épiphanie ne provoquèrent aucune allégresse chez Louis et Gaston. Pourtant, les abondants et délicieux repas auraient dû satisfaire la gourmandise de M. de Tilly, mais ce qui lui était arrivé, les cauchemars qu'il faisait chaque nuit et les craintes qu'il éprouvait sans cesse provoquèrent chez lui une sorte d'indifférence à tout. Louis s'en rendait compte, et même s'il demeurait aussi inquiet que son ami il faisait tout pour le dérider.

La morosité de Gaston n'échappa pas non plus à Mme Fronsac, mais elle la mit sur le compte de la fatigue car les enfants n'arrêtaient pas de travailler à l'étude notariale. Du matin au soir, ils copiaient des actes et des mémoires comme l'auraient fait des clercs, ceci à la grande satisfaction de M. Fronsac, qui regrettait de les avoir réprimandés pour leur retard.

Cependant, le temps faisant son œuvre, le tempérament insouciant de Gaston reprit le dessus à compter de l'Épiphanie. La veille de ce jour de fête, il aida les cuisinières à préparer les gâteaux, puis Louis, Nicolas – le fils de Jacques Bouvier – et lui se rendirent au

1. Le samedi 3 janvier.

Palais, avec M. Charreton et Guillaume Bouvier, afin d'assister à la procession des clercs de la Chambre des comptes. Ceux-ci, grimés en anges et en diables, distribueraient des pains bénits dans les rues en battant du tambour.

Comme beaucoup de gens se travestissaient à cette occasion, les garçons s'étaient confectionné des masques en carton. Malgré la pluie, qui avait remplacé la neige, et les rues boueuses, tout le monde riait et à chaque carrefour des groupes joyeux chantaient et jouaient de la musique à la gloire du Seigneur.

Dans la soirée, des musiciens vinrent frapper à la porte de l'étude, dont la cour était restée ouverte. Après les avoir autorisés à jouer un morceau dans la salle de l'étage, M. Fronsac leur distribua des dragées et des confitures.

Enfin, la nuit tombée, ce fut le tirage des rois, pendant lequel on réserva les deux parts destinées à Dieu et à la Sainte Vierge. Ces portions seraient distribuées aux pauvres.

Cette fois-ci, ce fut Denis qui eut la fève (en vérité, M. Charreton, qui en avait hérité, la lui donna discrètement !), et toute la maisonnée chanta « Le roi boit ! » tandis qu'il avalait un verre de vin.

Ces joyeuses festivités firent définitivement taire les terreurs des deux pensionnaires.

Le soir de sa rencontre avec Louis, le (faux) baron de Saint-Angel était parvenu à dissimuler le corps de Bianchi et avait revendu non seulement les fûts contenus dans le chariot de Girardin mais également le véhicule. Les jours suivants, il avait conclu un accord avec un cabaretier pour reprendre les muids restants dans le collège du Mans. Certes, il avait cédé le vin sans bénéfice, mais la charrette et les mules lui avaient rapporté un joli pactole.

Évidemment, les serviteurs de Girardin allaient signaler au quartenier la disparition de Bianchi, qui logeait toujours dans la maison du marchand, mais même s'il y avait enquête de police elle conclurait au vol du chariot par le maraud.

Quant à Baloufeau, il avait toujours pris la précaution de rester à l'écart des activités de Girardin, même s'il avait été invité chez lui à plusieurs reprises. Il n'avait signé aucun acte d'association avec le marchand de vin et les seuls qui l'avaient vu avec lui étaient les cabaretiers qui se procuraient du vin en fraude. Ceux-là ne parleraient jamais.

Et si d'aventure on le suspectait, chose qu'il jugeait invraisemblable, il pouvait faire face à une perquisition. On ne trouverait rien chez lui. Même ses serviteurs, peu nombreux (il n'avait qu'un valet de chambre, un valet à tout faire et une cuisinière), ignoraient tout de sa vie. Baloufeau, qui avait une grande expérience de la filouterie, ne laissait rien traîner et ne faisait aucune confidence à ses gens.

D'ailleurs, il n'habitait même plus chez lui. Il avait loué une chambre à l'Écu de Bourgogne, une hôtellerie à la façade en pignon située en face du collège de Marmoutier. En principe, les hôteliers et cabaretiers ne devaient recevoir que des gens de passage et les exempts de police venaient s'assurer de l'exécution de ces règlements et noter le nom des voyageurs. Mais, moyennant finance, il était toujours possible de s'arranger et Baloufeau avait expliqué à son quartenier qu'il devait quitter sa maison quelque temps pour y faire faire des travaux et qu'il en profiterait pour écrire une élégie afin de soigner son mal d'amour envers une grande dame qui l'avait abandonné.

Le quartenier, compatissant, lui avait promis de prévenir le commissaire et de ne pas lui chercher noise.

Baloufeau avait ressorti la même fable au patron de l'Écu de Bourgogne, tout en demandant une chambre ayant fenêtre sur la rue, car il avait besoin de lumière pour écrire. Depuis, il restait là à surveiller le porche du collège de Marmoutier.

Ce fut la servante qui lui portait ses repas qui attira l'attention sur son voisin :

— Décidément, monsieur, vous ne mettez jamais le pied dehors, lui dit-elle le 1er janvier, en déposant son dîner sur la table.

C'était une piquante jeune femme, curieuse de nature et qui l'avait déjà interrogé sur la dame qui l'avait abandonné, tant elle se pâmait aux histoires d'amour qui finissaient mal.

— Vous le savez, Jeannette, j'écris une élégie pour ma belle. Peut-être me reviendra-t-elle quand je la lui enverrai, soupira-t-il en ôtant papier et plumes de sa table.

— Vous êtes un homme de cœur, monsieur, le mien n'a jamais songé à m'écrire une élégie. Me lirez-vous la vôtre ? demanda-t-elle avec un sourire fripon.

— Certainement, jolie Jeannette, répliqua-t-il en lissant sa moustache tout en songeant que mettre la mignonnette dans son lit lui tiendrait chaud.

Un silence complice s'ensuivit quelques instants jusqu'à ce que la servante reprenne, avec un sourire aguichant :

— J'ai grand plaisir à porter vos repas et à parler avec vous, monsieur. Vous n'êtes pas comme votre voisin, qui se comporte comme un rustre.

— Mon voisin ?

— Oui, il est arrivé le même jour que vous et je lui porte également ses repas car il ne sort jamais. Il ne va même pas à la messe ! Pourquoi reste-t-il là à ne rien faire ? Impossible de savoir ! fit-elle, dépitée de se trouver ainsi dans l'ignorance alors qu'elle se targuait de tout connaître dans son quartier.

— Quel genre de butor est-il ?

— Le genre à forcer une pauvre fille comme moi, fit-elle d'un air pincé. Un mercenaire ou quelque chose comme ça, avec une colichemarde de bonne taille !

Elle essaya de la représenter en écartant ses mains, ce qui fit rire Baloufeau.

— Savez-vous son nom ?

— Il dit se nommer Barnabé Perregaux, répondit-elle d'un ton dubitatif.

Quelqu'un arrivé le même jour que lui et qui ne sortait jamais… Comme lui. Cela sent l'espion, songea Baloufeau. Il décida de s'intéresser au bonhomme à la colichemarde.

Par ordonnance prévôtale, les cabarets devaient être fermés entre six et sept heures du soir, de la Saint-Rémi à Pâques et le dimanche, aussi, ce 4 janvier, la rue était-elle quasiment déserte et Baloufeau, à demi assoupi, regardait la pluie tomber à travers un carreau de la fenêtre.

Soudain il aperçut deux cavaliers couverts de feutres sombres à larges bords qui s'arrêtaient devant le collège de Marmoutier. L'un d'eux mit pied à terre et alla frapper à la porte de l'auberge. Désormais en alerte, Baloufeau distingua vaguement, sous son manteau de pluie, des bottes à revers et une longue rapière. Etrange ! se dit-il.

Il entendit alors une voix dans l'escalier :

— Monsieur Perregaux, on vous demande !

Perregaux ! Son fameux voisin si discret.

Il entendit quelques bruits dans la pièce mitoyenne, puis la porte claqua et ce fut un martèlement de bottes sur les marches de bois de l'escalier.

Attentif, le baron revint à la fenêtre, qu'il entrebâilla. Il vit alors deux hommes rejoindre les chevaux et constata que le cavalier restant avait mis pied à terre et ouvert la porte du collège. Les trois individus firent entrer les montures, dont l'une hennit en refusant le passage dans le porche.

Baloufeau mit aussitôt son manteau, son chapeau, prit son épée et se précipita dans la salle basse. Il se fit ouvrir et sortit dans la rue.

La porte du collège était refermée. Il fila à l'écurie où il laissait son cheval, le fit seller et alla s'installer devant le porche du collège de Clermont.

Il était là depuis près d'une heure, trempé et transi, quand, enfin, les trois hommes sortirent. L'un d'eux se rendit à la même écurie où il avait laissé sa monture et revint peu après avec un cheval. Tout le monde se mit en selle et la troupe prit la direction du Petit Châtelet. Baloufeau les suivit.

Les cavaliers traversèrent l'île puis se dirigèrent vers la place de Grève et finalement empruntèrent la rue Saint-Antoine. Le faux baron se tenait à bonne distance.

Arrivés à la Bastille, ils franchirent la porte et s'engagèrent sur le chemin de Vincennes. Même si la pluie le dissimulait, Baloufeau augmenta encore la distance avec ceux qu'il suivait, car, comme on était un dimanche, il n'y avait que peu de monde sur le chemin et il pouvait facilement être repéré. Cependant les trois hommes, apparemment pas du genre méfiant, ne se retournèrent pas.

En apercevant le château, Baloufeau songea que le garçon qu'il avait sauvé ne lui avait pas menti en accusant le Grand Prieur. Ce dernier logeait à Vincennes et était abbé de Marmoutier. Tout indiquait que les cavaliers qu'il avait pris en chasse étaient à son service et allaient le rencontrer.

Le faux baron les vit franchir le pont-levis, qui restait baissé dans la journée, et fit comme eux, saluant les gardes avec l'assurance d'un gentilhomme attendu. Dans la cour, il vit ceux qu'il suivait filer jusqu'au pavillon royal de François Ier, dans lequel Louis XIII avait passé sa jeunesse.

Le baron attendit que les cavaliers aient laissé leurs chevaux et soient entrés dans le pavillon pour se rendre à l'écurie. Observant qu'on dessellait une des montures, il mit pied à terre et s'approcha du palefrenier.

— Mazette, quelle belle bête ! Savez-vous si elle est à vendre ?

— Peut-être, monsieur, répondit l'autre, plutôt étonné, car l'animal était une jument tachetée d'une dizaine d'années sans grand intérêt.

— À qui appartient-elle ?

— À M. de Béthune, le capitaine des gardes de monseigneur le Grand Prieur.

— Je me renseignerai pour savoir s'il la vend… Au fait, puisque vous avez l'air de tout connaître, avez-vous entendu parler d'un Barnabé Perregaux ?

En même temps, il avait sorti un demi-écu de son gousset et le tendait au garçon.

— M. Perregaux, bien sûr… C'est son cheval, là ! Il était justement avec M. de Béthune, c'est son lieutenant !

— Dieu tout-puissant ! Quelle incroyable coïncidence ! s'extasia le baron.

Sans en dire plus, il revint à sa monture, remonta en selle et reprit la route de Paris sous le regard éberlué du palefrenier.

Sept mois plus tôt, en juin 1625

Derrière le miroir sans tain de son cabinet de travail, l'abbé Scaglia observait le voleur avec un mélange de dérision et d'admiration. Dérision, car l'homme serait pendu dans quelques heures, admiration, car il était tout de même parvenu à pénétrer chez lui, au premier étage de son hôtel, un des mieux protégés de Paris. Le larron était jeune, il n'avait certainement pas vingt ans même s'il laissait pousser une barbe clairsemée pour paraître plus âgé. Il n'avait pas l'allure d'un coquin, jugeait l'abbé, qui s'y connaissait dans ce domaine, mais sa façon de se déplacer furtivement et son regard perpétuellement sur le qui-vive dénonçaient le coureur d'aventures.

Maintenant, il s'activait devant l'armoire de fer encadrée de tableaux de Snijers et de Van Dyck. Allait-il vaincre la serrure ? se demandait l'ambassadeur de Savoie.

Un déclic, et le voleur ouvrit la porte. L'admiration de l'abbé grimpa d'un cran. Cependant il était temps d'intervenir car son coffre contenait des documents que personne ne devait connaître. Il prit le pistolet chargé et pénétra dans la pièce.

Au bruit, le Liron se retourna d'un coup.

— Bravissimo ! Mais avant de s'introduire chez les gens, renseignez-vous pour savoir s'ils ne souffrent pas d'insomnie, persifla l'abbé.

— Je le ferai, monseigneur, répliqua Robert La Chesnay en s'inclinant avec sang-froid, tandis qu'il réfléchissait à toute allure à un moyen de se sortir de ce mauvais pas.

— Ce n'est même pas la peine d'y penser, le prévint Scaglia avec un sourire sans joie. Avant d'être abbé j'étais capitaine et je touche un oiseau à cent pas. Mon pauvre ami, la potence vous attend ! Mais avant que je ne vous livre au prévôt, dites-moi ce que vous cherchez… Au fait, je suppose que c'est vous, le Liron ?

— Pour vous servir, monseigneur. Ce que je cherche ? De l'or, tout simplement, mais l'argent fait aussi mon affaire. Je ne suis qu'un voleur.

Le sang-froid et l'insouciance apparente du larron séduisaient l'abbé, qui resta un moment à le considérer en méditant.

— Ce serait peut-être dommage de vous faire pendre, laissa-t-il tomber au bout d'un instant.

— Croyez que je suis sincèrement de votre opinion, monseigneur, fit le Liron en s'inclinant à nouveau.

— Mais peut-on avoir confiance en vous ?

— Personne n'est plus honnête que moi à Paris, monseigneur, protesta Robert en plaçant une main sur son cœur.

Il sourit en ajoutant :

— Enfin, à la Cour.

— Admettons. Savez-vous lire ?

— Oui, monseigneur, je connais aussi l'italien et un peu d'espagnol.

— *Bene*… Imaginons un instant que je vous prenne à mon service…

— Moi, monseigneur ? fit le voleur en écarquillant les yeux.

La surprise de Robert La Chesnay n'était pas feinte.

— Un ambassadeur a parfois besoin d'apprendre ce que trament ses adversaires, ironisa le comte de Verrua, d'un ton badin.

Le silence tomba dans la pièce. Robert venait de comprendre.

— Je serais très honoré d'être votre serviteur, monseigneur.

— Nous verrons… Comment êtes-vous entré ici ?

— Par la façade, monseigneur, je grimpe adroitement.

— Reprenez le même chemin et présentez-vous ici demain, à huit heures.

Le mardi 6 janvier 1626

C'est ainsi que le Liron, alias Robert La Chesnay, était devenu un suppôt de l'ambassadeur de Savoie. Il ne logeait pas dans le luxueux hôtel de l'abbé empli d'œuvres d'art, mais dans une maison mitoyenne où, avec d'autres domestiques que Scaglia ne voulait pas afficher, il disposait d'une chambre chauffée où on lui portait chaque jour les restes de la table du maître. Il recevait aussi des gages de quinze livres par mois, une faible somme mais presque honnêtement gagnée. Depuis le mois de juin de l'année précédente, l'abbé l'avait fait travailler trois fois : pour pénétrer dans le cabinet de M. de Brienne afin de lire la correspondance récente préparée par son secrétaire, pour fouiller le logis de l'abbé de Beaulieu[1], à Saint-Germain-l'Auxerrois, où le Liron avait saisi plusieurs mémoires sur la guerre en Valteline, et enfin pour dérober la correspondance récente de M. de Marillac[2].

C'est donc avec un brin d'étonnement que Robert reçut le secrétaire de l'abbé le jour des Rois, lequel lui demanda de se présenter à basses vêpres à l'hôtel de son maître.

L'abbé reçut le Liron dans son cabinet. Comme à chaque rencontre, l'ambassadeur lui demanda aimablement s'il était satisfait de son logis et s'inquiéta de sa santé, mais Robert savait parfaitement que son maître se moquait totalement de ses réponses. On en vint donc rapidement au sujet de la rencontre :

— Connaissez-vous le Petit Luxembourg, mon ami ?

— Oui, monseigneur.

— Pensez-vous pouvoir y pénétrer ?

La question était brutale, mais La Chesnay avait maintenant l'habitude des manières de l'ambassadeur de Savoie. Sous une apparence policée, c'était un homme brutal, prêt à tout pour s'emparer de ce qu'il désirait. Robert n'avait pas plus de scrupules que lui, pourtant il eut un temps d'hésitation. Non qu'il soit incapable d'entrer dans le Petit Luxembourg, mais à cause de celui qui y logeait : le cardinal de Richelieu.

Le principal ministre du Conseil du roi avait en effet quitté son hôtel de la place Royale, désormais trop petit pour abriter sa maison et les gens à son service.

1. Fancan-Langlois, confident et négociateur secret de Richelieu pour les affaires étrangères, voulait réduire à néant l'influence de la Compagnie de Jésus, fermer ses collèges et appuyer la Sorbonne contre elle. Le cardinal l'accusera de trahison en 1627 et le fera enfermer à la Bastille.

2. Michel de Marillac, qui deviendra garde des Sceaux.

Sa protectrice, la reine mère Marie de Médicis, lui avait laissé l'usage du Petit Luxembourg pendant qu'il faisait construire son propre hôtel, à côté du Louvre.

Qu'on le prenne à voler M. de Richelieu et ses tourments sur l'échafaud seraient abominables. Mais Robert aimait les défis. Et puis, n'avait-il pas déjà subi et surmonté la question ?

— Je n'aurai aucune difficulté, monseigneur. Que devrai-je emporter ?

— Rien, répondit l'abbé avec un sourire réjoui.

— Rien ?

— Vous déposerez un livre dans sa bibliothèque.

— C'est tout ?

— Absolument.

La Chesnay faillit demander « Quel livre ? » mais se retint. Il ne posait jamais de question sur ce que Scaglia lui ordonnait de voler. Pourquoi l'aurait-il interrogé sur les cadeaux qu'il faisait ?

— Quand dois-je offrir ce livre au cardinal ?

L'abbé sourit, cette fois de satisfaction.

— Le voici.

Il alla à une table et saisit un ouvrage qu'il tendit au voleur.

— Vous le rangerez soigneusement dans le contenu de la bibliothèque. Surtout, il ne faut pas qu'on le remarque, il ne devra ni dépasser, ni paraître trop petit. À vous d'agir au mieux. Il faut que ce soit fait avant la fin du mois, vous avez donc le temps pour préparer votre expédition.

— Bien, monseigneur.

Revenu dans sa chambre, Robert La Chesnay examina l'ouvrage qu'il avait emporté. Un gros volume, dont l'auteur était Antonii Sanctarellus, membre de la Societate Iesv.

Le titre en était : *Tractatus de haeresi, schismate, apostasia, sollicitatione in sacramento poenitentiae, et de potestate Romani Pontificis in his delictis puniendis.*

Le voleur ne connaissait pas le latin, mais il comprenait que son auteur, Antonio Santarelli, était un jésuite.

Robert était un voleur. Il ne s'était jamais posé de questions quand il larronnait, sinon pour calculer la valeur de ses rapines et la façon dont il allait les écouler. Et avec l'abbé Scaglia, il avait toujours fait ce qu'on lui demandait. Or, pour la première fois, il s'interrogeait, non pour des questions morales, mais par curiosité : pourquoi mettre ce livre dans la bibliothèque du ministre ? Il savait que l'abbé n'aimait pas Richelieu. La présence de l'ouvrage avait donc comme dessein de nuire au cardinal. Mais comment ? Que contenait ce livre ? Quelle ténébreuse intrigue cela cachait-il ?

Après y avoir réfléchi un long moment, il conclut que quelqu'un connaissant le latin pourrait le renseigner, mais ce devrait être une personne de confiance. Or il connaissait une telle personne : son frère. Il irait le voir à la fin de la semaine. Ayant pris cette décision, il sortit pour aller faire un tour du côté du Petit Luxembourg, pour se faire une idée de la façon d'y pénétrer.

22

Le dimanche 4 janvier 1626,
au château de Vincennes

Béthune, Perregaux et Le Breton furent rapidement reçus par Alexandre de Vendôme, qui les attendait dans son cabinet de travail en compagnie de M. de Lauzières. Impatient, le Grand Prieur les interrogea dès que la porte fut refermée. Cependant, il n'était pas réellement inquiet car si le prévôt de Paris avait été prévenu par les écoliers et le collège fouillé Perregaux serait immédiatement venu le prévenir.

— Durant ces six jours, personne n'est venu au collège de Marmoutier, monseigneur, assura ce dernier. Les deux gamins n'ont donc pas parlé.

— Bien ! fit Alexandre, soulagé. Dans ces conditions, inutile de déplacer les armes.

— Il faudrait quand même faire taire le rouquin et son compère, intervint Béthune.

— Comment les retrouver ? Vous m'avez dit être allé interroger le concierge du collège du Mans et il ne les connaissait pas…

— Ce sont quand même des collégiens ! affirma Perregaux.

— Mais il y a des dizaines de collèges dans ce quartier ! observa Lauzières.

— Ils sont passés par le Grand Mans… Que faisaient-ils dans ce collège abandonné s'ils n'étaient pas écoliers du Mans ? fit le Grand Prieur comme s'il se parlait à lui-même.

Le silence s'installa pendant que chacun s'efforçait de trouver une réponse.

— Voici quelques mois, le recteur de Clermont m'a proposé de m'acheter le collège de Marmoutier, poursuivit Alexandre. J'ai refusé, bien sûr. Il a pourtant insisté, m'expliquant combien les pensionnaires de son collège étaient à l'étroit. Il devait obtenir le collège du Mans mais, au dernier moment, l'Université, qui avait loué les lieux, s'y est opposée.

— Mon fils m'a parlé de cette histoire, confirma Lauzières.

Le Grand Prieur se tourna vers lui.

— Et si des écoliers de Clermont avaient voulu découvrir ce collège où ils espéraient s'installer ? Cela expliquerait que nos jeunes visiteurs soient venus du Mans.

— Possible, admit le capitaine des gardes, tandis que les autres approuvaient d'un mouvement de tête.

— Monsieur de Lauzières, puisque vous avez un fils chez les pères jésuites, demandez-lui s'il connaît un rouquin nommé Gaston.

L'intendant du Grand Prieur occupait un appartement dans le palais de l'enclos du Temple et un plus petit logis à Vincennes, où il se trouvait la plupart du temps, n'éprouvant plus aucune envie à rester avec son épouse depuis qu'il connaissait, au château, une mignonnette chambrière.

Thémines, qui vivait dans l'enclos avec sa mère, disposait d'une chambre et d'un valet de pied. Quant à Mme de Lauzières, qui courait les salons, il la voyait peu. Ce lundi-là, il prenait une leçon d'escrime (s'efforçant de devenir aussi adroit que Gaston de Tilly afin de lui donner une raclée), quand son père, qui venait d'arriver de Vincennes où il avait passé la nuit, le fit appeler.

Inquiet à l'idée de nouveaux reproches, car il n'avait obtenu aucune récompense à Clermont au cours du mois de décembre, Thémines se présenta tête basse et regard de biais. Son père était assis à sa table de travail et affichait un air sévère.

— Mon fils, tu vas te rendre utile… Enfin ! Quand tu rentreras au collège, tâche de savoir s'il y a à Clermont un écolier de treize ou quatorze ans, roux, et nommé Gaston.

Le garçon releva la tête et écarquilla les yeux.

— Qu'as-tu ? s'enquit M. de Lauzières.

— Je le connais, monsieur, c'est…

— C'est…

— Celui qui nous a battus à la canne l'année dernière, avec M. de Rouville.

L'intendant fronça les sourcils. Il se souvenait de l'altercation et de la honte qu'il avait éprouvée en apprenant que son fils avait été battu par le rejeton d'un tabellion.

— Son père est-il notaire ?

— Non, le fils de notaire – qui était mon adversaire – s'appelle Louis Fronsac. Le rouquin, qui a cassé un bras à Rouville, c'est Gaston de Tilly.

— Gaston… Louis… ce sont eux ! gronda Lauzières.

— Eux ?

— Parle-moi de ces collégiens ! Je veux tout connaître à leur sujet, fit l'intendant en prenant une plume et en la trempant dans un encrier de cristal.

Complètement éberlué, Thémines s'exécuta et raconta ce qu'il savait, tout en s'interrogeant sur les raisons pour lesquelles son père écrivait tout ce qu'il lui disait au sujet de ses ennemis.

— Je te complimente, Thémines, dit M. de Lauzières quand son fils eut terminé. Tu viens de me rendre un fier service. Mais, j'y pense, avez-vous discuté du collège du Mans avec les autres écoliers ? Il s'agit du collège voisin, que les révérends pères voulaient acheter.

Cette fois, Thémines pâlit.

— Oui, père…

— Sais-tu si des collégiens s'y sont rendus ? Monseigneur le Grand Prieur, qui possède Marmoutier, le collège voisin, a entendu dire qu'il y aurait eu des visiteurs, et cela lui déplaît fort.

Thémines comprit brusquement que le Grand Prieur avait appris qu'un rouquin – Tilly donc – s'était introduit dans le Grand Mans et qu'il voulait le punir. Alors il dévoila tout :

— Ils y sont allés, mon père ! glapit-il.

Il raconta les avoir entendus fuir quelqu'un, et avoir eu confirmation de la part d'un sixième qu'ils s'étaient introduits là-bas. Il ignorait comment. Toutefois, il ne dit mot de sa propre visite avec Rouville et l'abbé Sillery.

M. de Lauzières hocha plusieurs fois la tête, daignant même esquisser un sourire presque chaleureux. Décidément, son fils n'était peut-être pas le ballot qu'il croyait.

— M. le Grand Prieur sera satisfait de ce que tu viens de m'apprendre, Thémines. Peut-être vais-je pouvoir t'obtenir une charge dans sa maison. Seulement, n'oublie jamais ceci : le silence est d'or. Personne ne doit savoir que je me suis intéressé à ce Gaston et à ce Louis !

— Vous pouvez compter sur ma discrétion, père, affirma Thémines avec un air mauvais.

La rentrée à Clermont eut lieu le mercredi, lendemain de l'Épiphanie, et, dès ce jour, les devoirs furent distribués, ne laissant guère de loisir aux écoliers. Cependant, chacun trouva un moment pour raconter ses fêtes de Noël. Tristes chez Paul de Gondi, même s'il avait vu son père, nourrissantes chez Jehan Le Pontonnier, qui avait grossi, joyeuses chez Jacques La Chesnay, qui avait retrouvé son frère, et mystérieuses chez Jacques Hérisson… qui demeura évasif. Quant à Louis et Gaston, ils ne dirent mot de leur effrayante aventure dans le collège de Marmoutier.

Pourtant, quelqu'un s'intéressait particulièrement à eux : Thémines de Lauzières.

On l'a dit, son amitié avec Rouville s'était rafraîchie depuis la disparition de Nicolas Sillery. La raison en était simple : même après sa mort, Rouville en voulait toujours au jeune abbé, jugé responsable de la ruine de la confrérie du Quart. En revanche, Thémines, fortifié par les compliments de son père et la perspective d'une charge dans la maison d'un prince de sang, peut-être aussi plus fidèle à la mémoire de son ami, avait décidé de punir ceux qu'il considérait comme les responsables de sa mort, c'est-à-dire les membres de la compagnie des Six, et particulièrement Tilly et Fronsac. Et puisque son père et le Grand Prieur en voulaient à ces deux-là, s'il parvenait à leur causer du tort, il se persuadait qu'il en serait récompensé.

Seulement, d'un esprit limité, le collégien ne savait comment s'y prendre et Rouville, à qui il en avait parlé, ne souhaitait pas s'engager dans une hasardeuse entreprise. Il avait déjà eu un bras cassé, Nicolas était mort, leur association partait à vau-l'eau et il jugeait désormais la compagnie des Six trop dangereuse.

Le 8 janvier, après la fin du cours d'histoire sainte et avant le souper, les Six avaient enfin trouvé le temps de se retrouver pour parler du collège du Mans. C'est Gondi qui avait abordé le sujet, ayant appris chez son oncle que les pères avaient demandé au cardinal de Richelieu son intervention auprès du prieur Alexandre de Vendôme pour qu'il leur cède l'hôtel de Marmoutier.

Ils étaient assis sur un banc. Il faisait froid et tous étaient serrés dans leur manteau, ayant hâte de retrouver la chaleur du réfectoire. Louis écoutait vaguement la discussion. Il avait la tête ailleurs car il avait croisé Jacques La Chesnay en sortant de classe et celui-ci lui avait dit qu'il se rendait au parloir, où Robert l'attendait.

Une visite singulière, songeait le jeune Fronsac. Les deux frères s'étaient vus pour Noël et, habituellement, Robert – alias le Liron – ne donnait des nouvelles à son cadet que tous les trois ou quatre mois.

Soudain, il vit Jacques apparaître depuis le corridor de l'entrée et lui faire signe. Il se leva, s'excusa auprès de ses amis et rejoignit La Chesnay.

— Mon frère veut vous rencontrer, Louis.

— Moi ?!

— Il veut vous demander quelque chose.

Intrigué, Louis le suivit dans le parloir. La pièce contenait un banc, une chaise et une petite table. Au mur, un crucifix. Il n'y avait pas de fenêtre et, pour y voir, on devait laisser la porte ouverte.

Robert portait le pourpoint de velours noir avec un chapeau droit à ruban que Louis lui avait vu l'année précédente.

— Jacques, reste devant la porte et veille qu'on ne nous écoute pas.

Louis remarqua alors la besace que tenait le Liron.

— Monsieur Fronsac, j'ai demandé l'aide de mon frère mais il ne maîtrise pas suffisamment le latin pour me répondre. Il m'a dit que vous étiez fin latiniste, et j'ai confiance en vous. J'ai besoin de votre avis.

Il sortit un livre de sa besace.

— De quoi parle cet ouvrage ?

Louis le prit et regarda la première page. Il ne connaissait pas l'auteur, mais c'était un jésuite. Aucune raison donc pour que ce soit un écrit interdit.

— Le livre a l'imprimatur du Saint-Père, constata-t-il.

Au dos, la page blanche contenait un texte manuscrit en latin.

Louis le traduisit à haute voix :

— « Monseigneur, la bienveillance et le soutien que vous avez accordés aux principes que je défends, en dépit de votre position auprès du roi, font de vous le véritable auteur de ce livre. Puisse cette édition consacrer les preuves de mon zèle envers vous et le profond respect de notre ordre. Votre très humble et obéissant Santarelli »…

À qui cette dédicace était-elle adressée ? s'interrogea Louis en levant les yeux vers le Liron, qui demeurait de marbre. « Monseigneur »… Il s'agissait d'un prince ou d'un important prélat, proche du roi, se dit-il.

Comme Robert lui faisait signe de poursuivre, il feuilleta les pages, s'arrêtant sur certains passages concernant l'autorité et l'infaillibilité pontificales, lesquels lui firent plisser le front. Soudain, une phrase l'interpella, qu'il lut deux fois pour être certain d'en comprendre le sens :

— « On peut autoriser les attentats contre les personnes des Rois et des Princes souverains. »

Blême, ne voulant pas en savoir plus, il referma le volume. Une affirmation comme celle-ci pouvait conduire son auteur à l'échafaud.

— Pourquoi me demandez-vous des renseignements sur ce livre, monsieur La Chesnay ? parvint-il à articuler.

— Curiosité, répondit froidement le Liron. Qu'y avez-vous trouvé ?

— Cet ouvrage devrait être interdit, chuchota Louis.

— Pourquoi ?

— Il contient des affirmations dangereuses…

Curieusement, le voleur n'insista pas. Il hocha la tête plusieurs fois et reprit le volume, qu'il glissa dans sa besace.

— Qu'allez-vous en faire, monsieur ? s'enquit Fronsac.

La cloche du souper se mit à carillonner.

— On vous appelle, monsieur Fronsac, je n'aimerais pas que vous et mon frère soyez en retard.

Samedi 10 janvier, dans l'après-midi

C'était l'heure de sortie des collèges de Lisieux, des Cholets et du Plessis, tous trois voisins de Clermont, et dans la rue étroite, où à peine deux voitures pouvaient passer de front, des centaines d'écoliers grouillaient dans un indescriptible tumulte.

Non seulement éclataient sans cesse des altercations entre les cochers, les cavaliers et les valets conducteurs de mules, mais les rixes et les pugilats entre collégiens ne se comptaient pas. À ces bruyants désordres s'ajoutaient la gadoue de la rue, qu'on ne pouvait éviter qu'en relevant sa robe jusqu'aux genoux, et les projections de boue, car les bagarres finissaient souvent par des jets d'immondices.

Enfin, il y avait les menaces et les protestations des marchands quand des pensionnaires s'en prenaient à leur étal, sans oublier les odeurs insupportables dues aux détritus et aux déjections des animaux.

En s'efforçant d'éviter d'être salis ou bousculés, Louis et Gaston se dirigeaient vers le collège de Plessis pour y attendre l'arrivée de Guillaume ou de Jacques Bouvier, qui devaient venir les chercher. Ils ne voulaient plus, désormais, rentrer seuls à pied à la rue des Quatre-Fils.

Tous deux furent rejoints par Adrien de Houdetot, qui leur montra le carrosse de sa mère qui l'attendait, un peu plus bas, et leur expliqua avoir eu des nouvelles de son père, devenu capitaine d'une des portes de La Rochelle, et qu'il espérait rejoindre.

Comme ils discutaient, les trois garçons ne prêtèrent aucune attention au petit coche arrêté dans l'entrée d'une impasse. Il y avait tant de véhicules !

Brusquement, Gaston se sentit saisi par le cou et tiré en arrière. Croyant d'abord à la plaisanterie de quelque camarade, il se débattit à peine, puis on lui tordit le bras et il reconnut l'agresseur : il s'agissait de l'homme qui l'avait entravé dans le collège. Terrorisé, il hurla :

— À l'aide !

Déjà, on l'entraînait vers le coche.

Aux cris, Louis, qui se trouvait quelques pas devant, se retourna et se précipita sur les assaillants. L'un d'eux lui expédia un coup de poing qui l'envoya rouler dans la boue. Mais son intervention avait offert un peu de liberté à Gaston, qui parvint à mordre la main qui le tenait par le cou. L'homme hurla de douleur et le collégien parvint à se dégager de son emprise. En bousculant un troisième agresseur, Tilly heurta la poignée d'une épée et spontanément la saisit, dégaina et se mit en garde.

— Tu veux jouer à ça ? gronda celui qui avait frappé Louis.

Il tira à son tour sa rapière et cingla Gaston d'un coup qui aurait dû lui fendre le ventre si le collégien n'avait reculé à temps.

Un autre ravisseur sortit à son tour sa lame en disant à son compagnon :

— Finissons-en !

Pendant ce temps, Louis s'était relevé et appelait à l'aide. Des badauds arrivaient et la rumeur d'une rixe se répandait.

De justesse, Gaston venait de parer une attaque du premier adversaire quand le second l'engagea. Il rompit en reculant mais comprit qu'il ne pourrait pas tenir contre les deux ferrailleurs. Malgré sa gorge sèche, il parvint à appeler à crier pour demander du secours.

— À la rescousse ! entendit-il.

Alors qu'il se repliait encore, l'un de ses assaillants abandonna le combat. Soulagé, il porta un assaut et toucha presque son adversaire, qui rompit.

Disposant d'un instant de répit, Gaston observa que Louis, qui s'était relevé, se débattait dans les bras de celui à qui il avait enlevé l'épée. Quant au troisième homme, il croisait maintenant le fer avec Adrien. Dieu sait comment, ce dernier avait trouvé une épée et lui venait en aide.

De nouveau les fers s'engagèrent, mais désormais Gaston reprenait l'avantage. La peur s'était enfuie et si son adversaire avait une meilleure allonge, lui se savait plus adroit. Après quelques battements, il lia la lame de l'attaquant, l'écarta et se fendit, lui égratignant le bras.

— Maraud ! hurla l'autre.

— Veuillez cesser, messieurs !

Tous les regards se tournèrent vers celui qui venait de parler. Les gens du quartier et les collégiens, qui entouraient les combattants, reconnurent le commissaire Paumier.

— Déposez vos armes ou mettez-les au fourreau ! Ignorez-vous que les duels sont interdits ? fit l'officier.

— Ces gamins nous ont agressés ! accusa celui qui ferraillait avec Gaston, tout en baissant sa lame. Regardez, il m'a même blessé !

Il montra la manche de son pourpoint sur laquelle apparaissait une tache sanglante.

— C'est faux ! Quel ignoble menteur ! cria Gaston, aussi rouge que ses cheveux ! Ce cuistre m'a saisi par-derrière ! Tous les trois ont essayé de me tirer dans leur voiture pour m'enlever !

— Absurde ! répliqua le blessé en haussant les épaules. Nous attendions des amis et ces petits drôles ont tenté de nous dépouiller !

— Des drôles ? intervint Adrien d'une voix outrée. Je certifie ce qu'a dit mon ami Gaston de Tilly : ces trois marauds l'ont attaqué ! Je me nomme Adrien de Houdetot, ma famille est de première noblesse, comme celle de M. de Tilly, et ma mère, dans ce carrosse, vous confirmera mes dires !

Celui qui tenait Louis l'avait lâché en le repoussant. Il s'approcha du commissaire en désignant Gaston :

— Ce godelureau m'a même rapiné mon épée !

Louis eut l'impression qu'il ajoutait quelques mots à voix basse.

— C'est vrai ? interrogea durement le commissaire en s'adressant au rouquin.

— Il m'a attaqué et je me suis défendu ! s'insurgea Tilly en jetant la brette dans la boue comme s'il s'agissait d'un détritus.

Dans la rue, badauds et écoliers se pressaient et se bousculaient pour savoir comment la rixe allait finir, aussi plus aucune voiture ne pouvait avancer, provoquant jurons, récriminations et même de nouvelles querelles.

Constatant ce désordre, Siméon Paumier se rendit compte qu'il fallait terminer la dispute, au risque de voir la situation empirer. Peut-être aussi les mots voilés de celui qui avait accusé Gaston emportèrent-ils sa décision :

— Je n'ai pas le temps de juger qui a tort et qui a raison, filez tous d'ici maintenant ! décida-t-il.

Les trois agresseurs ne se firent pas répéter le commandement et ils se précipitèrent à leur coche après que celui qui avait perdu son épée l'eut ramassée et eut menacé Gaston d'un geste vengeur.

— Vous n'allez pas les laisser partir ! s'écria Louis. Ils doivent être conduits au Châtelet et interrogés !

— Prétends-tu m'apprendre mon métier ? répliqua sèchement le commissaire. C'est toi qui pourrais bien m'accompagner au Châtelet !

— Que se passe-t-il ? hurla une voix de stentor.

C'était Guillaume, bousculant les badauds tandis que l'un des trois agresseurs, sur le siège du cocher, fouettait ses chevaux pour faire avancer le véhicule. La foule s'écarta pour ne pas être piétinée.

— Monsieur Fronsac, vous n'avez rien ? s'inquiéta Guillaume en s'approchant de Louis et le découvrant plein de boue.

— Qui êtes-vous ? s'enquit le commissaire.

— Guillaume Bouvier, ancien piquier au régiment de Picardie, garde du corps de maître Fronsac, notaire et échevin ! clama Guillaume. Monsieur Louis est le fils de mon maître !

— Eh bien, emmenez-le, et dites-lui qu'à l'avenir il ne fasse plus l'insolent. L'incident est terminé ! cria Paumier, qui tourna les talons.

Rapidement, les gens se dispersèrent. Gaston s'approcha alors d'Adrien et le serra contre lui.

— Tu m'as sauvé la vie ! Je te le revaudrai, j'espère.

— Qui étaient ces gens, que te voulaient-ils ?

Gaston le raccompagna à sa voiture en lui disant tout bas :

— Je ne peux pas te le dire, disons que j'ai découvert quelque chose de grave, et qu'on veut me faire taire.

— Je comprends. Quand tu voudras m'en parler, je serai là. Sois prudent.

À la porte de la voiture, la mère d'Adrien lui fit signe d'approcher.

— Tu as été imprudent, mon fils, lui reprocha-t-elle.

— L'honneur m'a guidé, ma mère.

Il se tourna vers Gaston.

— Quand j'ai vu ce qui se passait, j'ai couru au coche. Mon père laisse toujours une épée sous le siège…

— Vous avez blessé votre adversaire, monsieur, j'ai tout vu ! intervint une voix claire.

C'était Mathilde, et Gaston rougit.

— Monte, Adrien ! ordonna Mme de Houdetot.

Le collégien accola une nouvelle fois Gaston, puis tira un fourreau de dessous un siège, y glissa l'épée et s'assit en face de sa mère.

La voiture repartit tandis que le jeune Tilly restait sur place, tellement submergé par ses émotions qu'il ne songeait même plus à l'agression. Ce fut Louis qui le tira de sa rêverie :

— Gaston ! Nous partons !

23

L'homme dénommé Le Breton conduisait le coche. C'était lui qui avait entravé Gaston dans le collège de Marmoutier. Il rageait en faisant presser les deux chevaux, serrant par moments sa main douloureuse marquée des dents du collégien. Sergent d'armes au service du duc César de Vendôme, Le Breton avait été prêté au Grand Prieur, et ce qui venait de lui arriver allait ternir sa réputation. Ce qui le réconfortait cependant, c'est que lui n'avait pas été touché par l'épée du gamin, contrairement à M. de Béthune.

Justement, dans la voiture, Béthune pressait sa blessure avec un mouchoir pour arrêter le sang. Il n'avait pas adressé la parole à Barnabé, tant il se sentait humilié.

— Qui aurait imaginé que vous ayez affaire à un tel tireur ? laissa alors tomber Perregaux, pensant réconforter son chef.

— Si tu t'étais pas fait prendre ton épée, aussi ! gronda l'autre.

Mortifié, Perregaux ne répondit pas.

Nouveau silence jusqu'à la rue Saint-Antoine.

— Pardonne ma colère, mon ami, grommela alors Béthune. Il est vrai que j'ai sous-estimé ce Tilly, et j'aurais dû envisager qu'il obtienne de l'aide. On a eu de la chance de tomber sur M. Paumier, sinon Dieu sait comment cela aurait fini.

— Qu'allons-nous faire ?

— Rapporter notre échec à monseigneur, nous préparer à vider le collège de ce qu'il contient et prier le Seigneur pour que les collégiens ne racontent pas trop vite ce qui s'est passé.

— Prière ou non, ils vont le faire, observa sombrement Perregaux.

— Je le crains, mais même si les armes sont saisies par les gens du prévôt, il faut que rien ne puisse accuser monseigneur.

— Il aura tout de même perdu vingt mille livres à cause de nous. Il ne nous gardera pas à son service.

— Nous allons certainement devoir quitter Paris quelque temps, mais le chevalier ne nous abandonnera pas. Nous en savons trop ! Il nous enverra sans doute en Bretagne, chez son frère.

— Ce sera une déchirure d'abandonner Paris, soupira Perregaux.

— Bah, nous reviendrons !

Aussitôt remonté dans le chariot, Guillaume interrogea les deux pensionnaires installés sur le banc derrière lui.

— Morbleu, qui étaient ces sbires ? Que cherchaient-ils ?

Sa voix se voulait ferme, mais l'angoisse se sentait. Guillaume pensait à ce qui était arrivé quelques mois plus tôt, quand on avait essayé d'enlever les garçons.

En gagnant le véhicule, encore bouleversé par ce qui venait d'arriver, Louis se préparait aux questions à venir. Les observations du fraudeur qui l'avait sauvé de Bianchi, et dont il ignorait le nom, roulaient toujours dans son esprit car il savait que cet homme avait raison. Il ne pouvait parler des armes dans le collège de Marmoutier, ni de la capture de Gaston, sous peine de devoir tout dévoiler, avec, à coup sûr, pour conséquences un renvoi de Clermont, et donc une flétrissure pour sa famille. Une honte à laquelle il ne voulait même pas penser. Donc il s'en tiendrait seulement à une partie de la vérité.

— Par hasard, on a remarqué des gens qui transportent du vin en fraude, répondit Louis. On croyait qu'ils ne s'en étaient pas aperçus. On s'est trompés.

— Ce sont ces fraudeurs qui s'en sont pris à vous ?

— Oui, affirma Gaston, qui avait compris l'intention de Louis, j'en ai d'ailleurs reconnu un.

Guillaume s'attachait à faire passer le chariot entre un étal et un carrosse, ce qui lui prit toute son attention. Il se sentait cependant rassuré par les explications des garçons car il savait d'expérience que les truands abandonnaient les représailles quand ils étaient découverts.

— Qui était le jeune gentilhomme avec vous ?

— Adrien de Houdetot, un ami, répondit Gaston. Heureusement qu'il est venu à mon aide.

Cependant, quelque chose préoccupait toujours Guillaume :

— Pourquoi ne pas avoir dit tout ça au commissaire ?

— J'ai eu l'impression qu'il les connaissait, dit Louis. Qu'ils étaient complices.

Guillaume digéra la réponse. Il n'ignorait pas que nombre de commissaires de quartier utilisaient leur charge pour s'enrichir. La corruption était d'usage dans la police.

— Il faudra que vous racontiez tout ça à votre père et à M. Charreton, conclut-il.

— Je le ferai, promit Louis.

Les deux collégiens renouvelèrent ces explications à l'étude, devant M. Fronsac, son beau-père et Guillaume. Louis fut bien sûr contraint d'inventer des détails. Un jour, en attendant Guillaume, ils avaient vu passer un chariot de tonneaux conduit par un de ceux qui s'en étaient pris à eux, raconta-t-il. Comme le véhicule était arrêté dans un encombrement, ils avaient reniflé l'odeur de vinasse et un de leurs amis, qui connaissait ce négoce, avait observé qu'il n'y avait pas de marques indiquant que les droits avaient été payés. Ils en avaient parlé à voix haute et le conducteur avait dû les entendre.

L'histoire parut crédible à M. Charreton, tant ces malversations étaient habituelles.

— Tout cela ne m'étonne pas, dit-il. Récemment, un de mes amis de la Chambre des comptes m'assurait que près du quart du vin qui entre dans Paris ne paye pas de taxe. Ces fraudes font des ravages dans les ressources de la ville et rapportent des fortunes à ceux qui en profitent. Quant au commissaire Paumier, j'ai aussi entendu parler de lui. Le lieutenant civil, M. Bailleul, en est fort mécontent depuis qu'il a fait échouer une entreprise contre des trafiquants qui déchargeaient du vin par la Seine la nuit. J'ai d'ailleurs appris qu'il revendait sa charge pour rejoindre la maison du Grand Prieur.

Louis échangea un regard de biais avec Gaston. En arrivant à l'étude, comme Guillaume s'était éloigné, il avait eu le temps de dire à son ami que celui qui l'avait jeté à terre portait une chevalière avec la croix des hospitaliers.

Louis dut se laver entièrement dans une cuve et ses habits souillés furent mis de côté pour la prochaine lessive de printemps. Ensuite vint l'heure du souper et les deux complices ne purent reparler de leur agression que plus tard. Ils s'interrogèrent alors surtout sur la façon dont les gens du Grand Prieur les avaient retrouvés.

— Je ne vois qu'une explication : ils se sont renseignés sur les rouquins fréquentant les collèges du quartier, fit Gaston, fataliste.

— À moins que M. de Lauzières n'ait simplement interrogé son fils, suggéra Louis.

Gaston hocha la tête avec un air mauvais.

— Bien possible, auquel cas Thémines ne perd rien pour attendre, grommela-t-il.

— Ne nous lançons pas dans des accusations sans preuve, tempéra Louis. Au demeurant, ces sbires ne recommenceront pas. Ils doivent craindre qu'on ne les dénonce, maintenant.

Tilly ne dit rien, songeant aux moyens qu'il mettrait en œuvre si on s'en prenait à nouveau à lui. C'est ainsi qu'il se souvint de la promesse de celui qui avait sauvé Louis du truand, dans le grand collège du Mans.

— Ne t'avait-il pas assuré qu'il ferait connaître au prévôt la présence d'armes dans le collège de Marmoutier ?

— Sans doute n'y est-il pas encore parvenu. Ou alors c'était une promesse en l'air.

— Après ce qui vient de se passer, les gens du Grand Prieur vont tout retirer et il n'y aura plus aucune preuve.

— J'ai hâte que tout cela se termine, reconnut Louis. Je ne suis pas fait pour ce genre d'aventure.

Gaston lâcha un rire.

— C'est pourtant toi qui voulais visiter le collège du Mans ! Quant à moi, je ne regrette pas ce qu'on a fait. Finalement, à nous deux, on est capables de mettre à bas toutes les difficultés !

— Peut-être.

Le lendemain, lors du dîner, M. Charreton s'adressa à Gaston :

— Monsieur de Tilly, je sais que les duels vous intéressent, aussi ai-je une nouvelle à vous apprendre. Vous vous souvenez de M. de Chalais ?

— Qui a tué en duel M. de Daillon.

— C'est cela. Arrêté, il avait été autorisé à rester chez lui et, sans attendre sa condamnation, il en avait profité pour se réfugier en Belgique. Mais ses soutiens à la Cour, à savoir la reine, monseigneur le duc d'Anjou, le comte de Soissons et Alexandre de Vendôme, ont sollicité ardemment sa grâce. Il vient de recevoir des lettres de rémission[1] et monseigneur le Grand Prieur l'a pris sous sa protection.

— Dans ces conditions, monseigneur le cardinal aura du mal à faire respecter les édits sur les duels, remarqua aigrement M. Fronsac.

— À coup sûr, il s'agit d'une défaite pour son ministère, mais Richelieu prépare sa revanche. Les duellistes risquaient jusqu'à présent la prison, on rapporte qu'il veut désormais obtenir du roi que quiconque croise le fer ait la tête tranchée.

1. Lettre royale arrêtant le cours de la justice.

— N'est-ce pas excessif, monsieur ? demanda Gaston. Nos pères jésuites excusent le duel quand il s'agit de laver son honneur.

— Notre folle et brave jeunesse s'entre-tue alors qu'elle pourrait plus utilement mourir sur un champ de bataille, observa sèchement M. Fronsac.

— Il faut néanmoins savoir se défendre et préserver son honneur, monsieur de Tilly. Vous l'avez encore prouvé hier. Mais il ne faut jamais provoquer quelqu'un, continua M. Charreton. Quant à être témoin et à assister un ami, ce n'est pas une lâcheté de le refuser, mais au contraire une preuve de loyauté.

— Je comprends, monsieur, et je veillerai toujours à respecter ces justes préceptes.

Le lundi matin, les pères convoquèrent Gaston afin de l'interroger sur l'incident du samedi qu'on leur avait rapporté. Outre le recteur, se trouvaient dans le cabinet le préfet des études et le père Caussin.

Gaston raconta l'agression et l'aide qu'il avait reçue d'Adrien. Il ne savait pas ce que lui voulaient ces trois hommes ni la raison de cette tentative de rapt, affirma-t-il.

— Si je comprends bien, des inconnus ont cherché à vous enlever sans raison ! persifla Caussin. Vous vous moquez de nous !

— Non, mon père ! D'ailleurs, comment aurais-je pu les connaître ? Je suis pensionnaire ici et n'en sors que pour me rendre chez M. Fronsac.

Le père Cellot et le recteur échangèrent un regard. Il était vrai que M. de Tilly n'avait aucune occasion de rencontrer des spadassins tels que ceux qui l'avaient agressé.

— Cependant, j'ai une idée sur ce qui s'est passé, mes révérends pères, déclara Gaston.

— Laquelle ? demanda le père Filleau.

— On envisageait de me faire subir le sort de l'abbé Sillery.

— Quoi ! s'exclama le préfet des études.

— Oui. Auquel cas, cela signifierait qu'on l'a également enlevé avant de le tuer.

— Mais dans quel dessein ? s'affola le père Filleau.

— Celui de nuire au collège de Clermont et à votre Société ! affirma Gaston d'une voix assurée. Ceux qui ont agi contre Sillery souhaitaient à coup sûr un immense scandale qui aurait entraîné le retrait de nombreux élèves. Comme cela n'a pas eu lieu, ils ont décidé de renouveler leur exploit avec moi.

L'argument était tiré par les cheveux, mais Gaston l'ayant proposé à Louis, celui-ci avait reconnu qu'il pouvait porter. Les jésuites étaient sans cesse attaqués, alors pourquoi ne pas imaginer une faction parmi leurs ennemis qui aurait décidé de s'en prendre à leurs élèves ?

Les trois pères tombèrent dans le panneau, s'entre-regardant d'un air catastrophé.

— Mais avez-vous le début d'un fait justificatif allant dans le sens d'une telle accusation, monsieur de Tilly ? s'enquit le père Caussin, la gorge nouée.

— Aucune, mon père, je l'ai seulement déduite. Elle me paraissait logique.

Les pères se perdirent dans le silence. Jusqu'à présent, la Société de Jésus avait surmonté les attaques dont elle était objet, même si elle avait connu quelques échecs comme la récente opposition de l'Université à l'achat du collège du Mans. Mais jamais les jésuites n'avaient envisagé qu'on puisse agir contre eux d'une façon si brutale. Pourtant, l'explication du pensionnaire n'était pas absurde. Leur Provincial, le père Coton, ne disait-il pas : « Dieu est du côté du bien, donc de notre Compagnie, et c'est le diable qui inspire nos ennemis » ?

— On m'a rapporté que le commissaire de police n'a pas cherché à interpeller ces scélérats, déclara le recteur au bout d'un moment.

— C'est vrai, révérend père, et j'ignore pourquoi.

— J'irai questionner M. le Procureur général[1] à ce sujet, décida le recteur.

Gaston fut libéré de cet interrogatoire et retourna en classe. Il arriva juste à temps pour entendre le sujet du devoir à rendre le samedi : « Quel maître nous est le plus utile : le professeur de grammaire, le maître d'armes, le maître de danse ou le régent de mathématiques ? »

Certainement le maître d'armes ! avait déjà décidé le jeune Tilly, qui commença à réfléchir à ses arguments.

Ce même lundi 12 janvier, M. Baloufeau se rendit au Petit Luxembourg. Le faux gentilhomme avait d'abord envisagé d'aller chez le maréchal de Schomberg, certainement le plus à même de l'écouter au sujet de ce dépôt d'armes, mais son secrétaire lui avait répondu que le maréchal était trop occupé avec l'ambassade anglaise qui venait d'arriver et les délégués du corps de ville de La Rochelle. Comme Baloufeau savait qu'il ne serait pas reçu par le cardinal de Richelieu, il s'était rabattu sur François Le Clerc du Tremblay, un capucin qui avait pris le nom de père Joseph et que tout le monde surnommait « l'éminence grise » du ministre.

1. Mathieu Molé.

François Le Clerc du Tremblay était né protestant avant d'entrer en religion. Il avait rencontré Richelieu en 1610 et s'était attaché à sa fortune. À l'aise dans l'ombre du cardinal, il s'occupait des affaires confidentielles du ministre, de la diplomatie et du renseignement. Il se consacrait également à la congrégation des filles du Calvaire, qu'il avait fondée : des religieuses devant prier sans cesse au pied de la croix pour réparer les outrages des pécheurs. Marie de Médicis lui avait offert cinq arpents de terre à côté du Petit Luxembourg pour qu'elles y construisent leur couvent.

— Je souhaite rencontrer le père Le Clerc du Tremblay pour une affaire d'importance, annonça Baloufeau au portier du Petit Luxembourg.

C'était l'officier de garde qui, le voyant pénétrer dans la cour, l'avait arrêté et conduit à la conciergerie.

Feutre gris emplumé, torse bombé, main martialement posée sur la garde de son épée, le faux baron avait parlé d'un ton énergique mêlé d'une nuance d'arrogance. D'expérience, il savait que la plupart des gens se montraient soumis quand on s'adressait ainsi à eux.

Le portier s'inclina et demanda à un valet de conduire le visiteur à l'intendant. Contrairement à ce que croyait Baloufeau, sa posture n'avait pas impressionné le serviteur. Simplement, le père Joseph recevait toutes sortes de gens, car il avait des espions dans tous les milieux, et le concierge avait pour instruction de les envoyer à l'homme de confiance de l'éminence grise.

Accompagné d'un garde choisi par l'officier (il y avait une vingtaine de mousquetaires dans la cour, devant le porche), le valet conduisit donc le visiteur chez le serviteur chargé des affaires du père Joseph, à qui Baloufeau renouvela sa demande en se présentant comme le marquis du Portail.

— Je vais me renseigner pour savoir s'il peut vous recevoir, répondit l'intendant, mais il voudra connaître la raison de votre visite.

— Dites-lui qu'il s'agit d'une grave affaire de police.

L'homme plissa le front et opina, laissant Baloufeau avec le valet et le garde. Il revint peu après, donnant ordre au domestique de conduire le visiteur.

Le père Joseph disposait d'une chambre au premier étage avec, de sa fenêtre, une vue sur le couvent des filles du Calvaire. La pièce était monacale, sans cheminée, avec un lit de planches surmonté d'un crucifix, deux tables de pin – une petite pour la toilette et une seconde, plus grande, couverte de papiers et d'un nécessaire d'écriture –, un tabouret, un banc, une chaise percée, un bahut et une bibliothèque emplie d'ouvrages religieux.

Tout ceci, Baloufeau l'appréhenda d'un regard en pénétrant dans les lieux avant de s'incliner devant le religieux en robe de capucin couleur feuille-morte, avec une longue chasuble de même teinte sur les épaules, assis dans un fauteuil tapissé de cuir gaufré. Derrière le moine se trouvait le portrait du roi affichant un air souriant. C'était bien le seul élément engageant dans cette lugubre chambre.

— Laissez-nous ! dit le père Joseph au valet et au garde, accompagnant son ordre d'un signe de la main.

En même temps, il scrutait son visiteur d'un regard de braise, s'attardant sur ses habits et son épée.

Baloufeau n'avait jamais vu l'éminence grise et, malgré sa longue expérience lorsqu'il s'agissait de tromper son monde, il eut le sentiment qu'il allait devoir se surpasser pour berner celui-là. Avec son crâne dégarni, son front plissé et ses sourcils épais, son long nez crochu, ses lèvres fines, à peine visibles sous une barbe carrée touffue, le père du Tremblay provoquait à la fois crainte et déférence. Ce n'était pas pour rien que Richelieu l'appelait affectueusement Tenebroso Cavernoso.

— Que Dieu vous bénisse, monsieur, vous avez quelque chose à me confier ? interrogea le religieux d'une voix chuintante.

— Oui, mon père. De graves informations. Puis-je me présenter ?

Hochement de tête sobre et silencieux de l'éminence grise, qui ne proposa pas au visiteur de s'asseoir.

— Je me nomme Arnaud d'Angély, marquis du Portail (la première épouse de Baloufeau était une du Portail et il était né à Saint-Jean-d'Angély !)… Je suis à Paris pour quelques mois à cause d'un procès qui doit se plaider au Parlement, quand les juges seront décidés…

Il se fendit d'un sourire complice qui laissa le moine de marbre.

— Je loge dans une auberge et ma chambre donne sur la rue Saint-Jacques, poursuivit le faux baron. Entre deux visites à mon procureur et mon avocat, je passe beaucoup de temps à faire le badaud, depuis ma fenêtre.

Le père Joseph le gratifia d'un nouveau hochement de tête économe.

— Voici quelques jours, j'ai remarqué un chariot arrêté devant le collège de Marmoutier. Ce véhicule m'a intrigué. C'était déjà la nuit, il neigeait, et pourtant des hommes déchargeaient des caisses et des sacs dans le collège. Sans doute pour des travaux, me suis-je dit, bien que le moment fût mal choisi.

« Or, le lendemain, la même activité recommença. Non, pas tout à fait la même chose. C'était un plus petit chariot, tiré par une mule, mais également chargé de caisses. Celui-là a pénétré dans le collège.

Un regard vers le père Joseph, comme pour dire : Étonnant, non ? Le religieux resta impassible.

— Je suis d'un naturel curieux, mon père. Je sais que cela me perdra, ajouta le baron avec un sourire insouciant. J'ai pris ma cape, mes gants, et je suis descendu. La rue était déserte, à part quelques chiens errants. Je suis allé à la porte du collège, qui était ouverte, et j'ai risqué un regard. Le chariot attendait dans une cour. Ne voyant personne, je me suis avancé dans le porche, où j'ai vu une porte ouverte. Je sais que je n'aurais pas dû être indiscret, mais on ne se refait pas, n'est-ce pas ?

Le moine ne broncha pas et Baloufeau en demeura contrarié. Quel genre d'homme était ce père Joseph, pour être aussi peu intéressé ? se demanda-t-il. Pas la moindre question ! Et s'il s'était trompé en s'adressant à lui ?

— Je suis entré dans la salle à la porte ouverte, poursuivit-il néanmoins. Elle était emplie de caisses, avec une lanterne posée sur l'une d'elles, qui était ouverte. Savez-vous ce qu'elle contenait, mon père ?

— Non, monsieur le marquis, répliqua Tenebroso Cavernoso.

Il était évident qu'il ne croyait pas un mot de ce que racontait son visiteur.

— Elle était pleine de pistolets rangés dans de la paille. J'ai vu alors des mousquets en quantité, des cuirasses également, et des épées. Mais soudain, on a parlé dans la cour et je me suis enfui.

Maintenant le capucin hochait la tête avec une moue contrariée.

— Vous ne me croyez pas, mon père ?

— Non !

La réponse était sèche et menaçante.

— Je m'en doutais !

Le baron passa alors la main dans son manteau et sortit le pistolet à deux coups.

— J'en ai pris un. Il vient de Nuremberg, apparemment.

Cette fois, le moine se montra intéressé. Il plissa le front et saisit l'arme pour l'examiner et vit l'inscription : Sauer – Nürnberg.

François Le Clerc du Tremblay avait servi comme volontaire en 1517, au siège d'Amiens, et s'y était conduit bravement. Il connaissait parfaitement les armes à feu. La clef du rouet était attachée à la crosse. Il remonta les ressorts des platines et les déclencha après avoir vérifié que les couvre-bassinets étaient vides.

Un pistolet de prix, de grande qualité. Quelques dizaines d'hommes avec de tels engins pouvaient faire des ravages. Cet individu avait-il inventé cette incroyable histoire ? Mais dans quel dessein ?

— C'est tout ?

— Non, mon père. J'ai attendu le départ du chariot et je l'ai suivi.

— Ah !

— Il m'a conduit à l'enclos du Temple. Jusqu'à l'hôtel du Grand Prieur.

Après cette révélation, le silence s'éternisa. Pour quelle raison cet Arnaud d'Angély viendrait-il ici raconter des fadaises et perdre ce pistolet que je vais garder ? Voilà ce que pensait le père Joseph. Et si c'était vrai ? Cela signifierait que le Grand Prieur préparait quelque sanglante manigance. Mais pour s'en prendre à qui ? Au cardinal ? Au roi ?

En aucune manière il ne pouvait négliger cette dénonciation.

— Que voulez-vous, monsieur le marquis ?

— Parlons franc, mon père, je suis pauvre et mon procès me ruine. Sans le chercher, j'ai découvert un complot, car nul doute qu'il s'agisse d'un complot. J'ai risqué ma vie, car si on m'avait surpris je ne serais certainement pas là à vous parler. Je souhaite recevoir cinq mille pistoles[1], quand vous aurez vérifié mes dires, cela va de soi. Ce ne sera pas difficile, il vous suffit de perquisitionner le collège…

— Cinq mille ! Mazette !

— Je sais que monseigneur le cardinal n'est pas un ingrat, mon père, fit le baron avec un air canaille.

— En effet ! soupira le capucin. Eh bien, soit. Revenez, disons, dans un mois. Si ce que vous m'avez dit est vrai, vous recevrez votre argent.

— Un mois ? Si longtemps ? s'étonna Baloufeau d'un ton contrarié.

— Un mois, confirma le religieux en tirant un cordon qui pendait le long du mur, près de son siège.

Le baron retint une grimace, mais il n'avait pas le choix. Après tout, pour cinq mille pistoles, il pouvait attendre un peu. Il s'abîma dans une révérence, remit son chapeau et se dirigea vers la porte, qui s'ouvrit. Le valet apparut.

1. La pistole, monnaie espagnole, faisait environ dix livres.

24

Dans le Petit Luxembourg, Armand du Plessis était assis à sa grande table de travail et lisait le mémoire que lui avait fait passer M. de Schomberg sur l'état des fortifications de La Rochelle et les moyens nécessaires pour remettre la ville dans la fidélité. Par instants, il levait les yeux et son regard s'égarait vers les fenêtres par lesquelles il apercevait les jardins blancs de neige. Il songeait à l'étrange incident survenu quelques jours plus tôt. Un carreau avait été brisé à l'une d'elles. Ce n'était pas un voleur qui avait fait le coup, car rien n'avait été pris ni dans son cabinet, ni dans sa bibliothèque mitoyenne, ni dans ses appartements. D'ailleurs, comment un larron aurait-il pu atteindre le premier étage ? Il était impossible de grimper sur la façade, ni d'ailleurs de pénétrer dans la cour et les jardins. Son capitaine des gardes avait suggéré qu'il s'agissait d'un oiseau ayant heurté violemment le verre durant la nuit. Possible. Possible, mais singulier.

Un bruyant craquement retentit et le cardinal tourna la tête vers le feu d'enfer qui grondait dans la grande cheminée. Une bûche venait de se briser. Toutes les heures, un valet en remettait une dans le foyer. Il leva les yeux vers le portrait en pied du roi peint par Charles Beaubrun et celui de Marie de Médicis fait par Rubens. La mère et le fils paraissaient le surveiller et cela provoqua chez lui un sourire dédaigneux. Il se replongea dans sa lecture.

Richelieu avait quarante et un ans et, depuis trois ans, était le maître du royaume de France, derrière le roi, bien sûr.

Dix ans plus tôt, il touchait déjà au pouvoir en devenant ministre du maréchal d'Ancre, mais Concini avait été assassiné par Luynes sur ordre du jeune roi. Pour celui qui n'était alors qu'évêque de Luçon, englobé dans la disgrâce de Marie de Médicis, les années suivantes avaient été difficiles.

Que de temps perdu pour avoir prêté allégeance à cet Italien, en négligeant le véritable caractère du jeune roi ! Combien il regrettait cette erreur de jugement ! Mais le passé était le passé et il s'était juré de rattraper le temps perdu. Le roi n'aurait jamais à se plaindre de lui, et il ferait de la France le plus puissant pays de la Chrétienté.

Seulement, pour l'heure La Rochelle était une épine qu'il fallait extirper. Richelieu voulait la soumission des rebelles et il se jurait de mettre les moyens nécessaires pour y parvenir.

Une porte s'ouvrit à sa gauche. Ne passaient par là que lui-même, sa nièce, Mme de Combalet, Denis Charpentier, son secrétaire, Marie la reine mère et François du Tremblay. Richelieu tourna la tête et distingua la robe de bure de Tenebroso Cavernoso.

Le père Joseph tenait un grand pistolet à rouet à la main. Le cardinal fronça le front, n'ayant jamais vu son ami armé.

— Monseigneur, dit le capucin, puis-je vous interrompre dans votre travail ?

— Tu sais que tu peux le faire à tout moment, mais pourquoi cette arme ?

Sans répondre, le religieux la déposa sur la table.

— Assieds-toi, dit le cardinal en lui désignant un fauteuil.

Le capucin s'occupait de la diplomatie du royaume. La Valteline, c'était lui. Les relations avec Rome, lui aussi. Celles avec l'Espagne et l'Angleterre, lui encore. Mais il n'était qu'un conseiller de l'ombre. La politique qu'il proposait était simple : il s'agissait de celle suivie par Henri IV : abaisser la maison d'Autriche. Richelieu s'attendait donc à ce que le père François aborde ce sujet.

— Je viens d'avoir une visite singulière, monseigneur… commença ce dernier d'une voix douce…

Il relata les révélations du marquis du Portail, poursuivit en exposant ses doutes, puis :

— … seulement, il y a ce pistolet, termina-t-il.

Richelieu saisit l'arme et, lui aussi, remonta le ressort avec la clef, puis il appuya sur la queue pour vérifier que le mécanisme fonctionnait bien.

— Alexandre de Vendôme entreposerait des armes dans le collège de Marmoutier… fit-il, songeur. Préparerait-il une sédition ?

En prononçant ces paroles, il se remémorait la colère de Schomberg quand il avait appris la grâce de Chalais, l'assassin de son neveu, et la protection que lui avait offerte le Grand Prieur.

Chalais était un sot, mais un sot audacieux et dangereux, à ne surtout pas sous-estimer. Il avait fait ses preuves en Languedoc. Ce fol avait ouvertement déclaré qu'il en voulait au roi pour ne point avoir reçu la charge de maître de camp qu'il convoitait. De plus, il était l'amant de Marie de Chevreuse, qui agitait le parti de l'aversion, toujours la même faction de ces Grands qui entretenaient une anarchie perpétuelle dans le royaume. Ces armes pourraient-elles être destinées à une compagnie dont il prendrait la tête ? Les rumeurs d'un complot qui agitaient la Cour pouvaient-elles se révéler véridiques ?

— Il faut vérifier si ces armes existent, décida-t-il.

— C'est aussi mon avis, monseigneur.

— Mais comment ? Je ne peux demander au lieutenant civil de forcer la porte du collège de Marmoutier. Alexandre de Vendôme m'écharperait et l'Université m'abandonnerait.

— J'y ai pensé, monseigneur.

Le cardinal planta ses yeux dans ceux de son ami.

— Je t'écoute…

— Une petite troupe. Une nuit, ils brisent la porte et pénètrent dans le collège. S'ils ne trouvent rien, mon marquis aura menti. Alors je le retrouverai et il paiera ses mensonges. Si les armes sont là, je ferai venir les archers du Châtelet et les sergents de garde. La suite sera facile.

Armand du Plessis resta muet, évaluant risques et avantages d'une telle entreprise. En l'ordonnant, il se comporterait comme un de ces larrons qui terrorisaient Paris. C'était condamnable. Mais si vraiment Alexandre de Vendôme envisageait un coup de main contre le roi, n'était-ce pas justifié ? Il décida que oui.

— Et si le guet intervient avant ? objecta-t-il quand même.

— Je préviendrai le chevalier du guet que j'ai eu connaissance d'un projet de larronnage dans le faubourg Saint-Germain. Il enverra ses gens là-bas et nous aurons le champ libre.

— Reste à trouver les hommes de cette compagnie. Il faut qu'ils soient d'une loyauté à toute épreuve, et surtout qu'ils restent muets.

— Ils ignoreront tout de nous, ou plus exactement de moi. Je n'aurai qu'à recruter le chef et c'est lui qui engagera ses hommes.

— Certes, mais quel chef ?

— J'y ai pensé aussi... vous souvenez-vous de François de Cavoye ?

— Celui qui s'est battu en duel contre Bouteville, en janvier de l'année dernière ?

— Oui, il a été gravement blessé par le chevalier de Valençay, qui secondait Bouteville. Mais depuis, vous le savez, Valençay s'est éloigné de Bouteville et du parti de l'aversion. Commandeur des hospitaliers, il serait même en froid avec Alexandre de Vendôme. Récemment, il m'a parlé de Cavoye, un jeune gentilhomme picard qui a servi sous les ordres du duc de Montmorency dans le Languedoc. Ce Cavoye m'a aussi été recommandé par le marquis de Portes[1]. Il est pauvre et cherche un maître. Pourquoi ne pas le mettre à l'épreuve ?

Joignant les mains, à nouveau Richelieu se plongea dans une méditation. Ce Cavoye ne lui plaisait qu'à moitié, c'était un duelliste effréné et il l'aurait volontiers fait enfermer à la Bastille. Mais dans le genre d'entreprise que son ami envisageait, on ne pouvait être trop difficile. Cet homme semblait intrépide, et s'il était fidèle il ferait l'affaire.

— Allez-y, François, faites comme vous l'entendez.

1. L'oncle de Montmorency.

Deux heures plus tard, le cardinal recevait l'abbé Scaglia. Depuis le début du mois, l'ambassadeur du duc de Savoie souhaitait le rencontrer, mais Richelieu avait jusque-là décliné l'entretien. Il était fort mécontent de l'abbé, qui avait ouvertement rejoint le parti de l'aversion en déclarant à la Cour ne pas approuver le mariage de Monsieur, estimant que le fils d'Henri le Grand méritait mieux que la duchesse de Montpensier.

Ce refus réitéré de le recevoir devait faire comprendre à l'ambassadeur son irritation et celle du roi.

Richelieu accueillit donc l'abbé avec courtoisie, mais sans aucune chaleur. En revanche Scaglia se montra charmant, baisant les mains du cardinal et l'assurant de toute son admiration.

— Monseigneur, j'ai craint que vous ne soyez fâché contre moi, et j'en suis sincèrement dépité, dit-il avec un fort accent italien.

— Il y a du vrai dans ce que vous dites, monsieur l'abbé (volontairement, Richelieu ne lui donna pas son titre d'ambassadeur ni celui de comte), mais c'est surtout Sa Majesté qui a été fâchée contre vous.

— Mais pourquoi donc ? se lamenta le diplomate.

Il paraissait si sincère que Richelieu éprouva une réelle satisfaction en le voyant ainsi penaud.

— L'ignorez-vous ? N'avez-vous pas dit que vous désapprouviez le mariage de son frère ?!

— C'est donc cela ! s'exclama suavement l'abbé. J'en suis désolé, je n'ai pas réfléchi ! Vous le savez, je ne suis guère au fait de ce qui se passe à la Cour. Madame la reine m'ayant avoué son désir de ne pas voir son beau-frère marié trop tôt, j'ai cru la satisfaire en approuvant. Je n'ai jamais imaginé vous mécontenter, je vous l'assure ! D'ailleurs, pour me faire pardonner, je vous ai apporté ceci…

Il sortit un paquet d'une fente de sa grande robe noire. L'objet était couvert d'un vélin crème et serré par des rubans. Scaglia le tendit au cardinal, qui le prit avec intérêt. Il aimait fort les cadeaux et il devina que l'abbé, très riche, lui offrait quelque chose de valeur. Ce dernier le regardait avec un brin d'inquiétude.

Armand du Plessis saisit un canivet et trancha les rubans. En ôtant fébrilement le vélin, il découvrit une *Biblia Sacra* couverte de cuir à ses armes et ne put retenir un éclair de satisfaction. Il ouvrit le livre. Bibliophile averti, il avait reconnu une des premières bibles imprimées.

— Magnifique ! murmura-t-il.

— Digne de vous et de votre bibliothèque, renchérit Scaglia. On m'a dit que c'était une des plus riches de Paris.

— On aura exagéré, mais je reconnais qu'elle est de qualité.

Flatté, il ajouta :

— Voulez-vous la voir, monsieur l'ambassadeur ?

La querelle était oubliée.

— Ce serait un immense honneur, monseigneur.

— Venez !

Gardant le livre à la main, il passa dans la pièce à côté, grande salle dont deux murs étaient couverts d'ouvrages tandis que les autres accueillaient des peintures.

Scaglia parut tomber en pâmoison.

— Extraordinaire ! fit-il. Me laisserez-vous regarder ces chefs-d'œuvre ?

— Allez-y, proposa aimablement le ministre, gonflé de suffisance.

L'abbé s'attacha aux titres dorés et aux couvertures, formulant quelques commentaires laudatifs : « Vous possédez cet exemplaire ! » « Savez-vous que Sa Sainteté donnerait son trône pour cet ouvrage ! » « Mais comment avez-vous déniché celui-ci ! »... tous assortis de diverses exclamations d'admiration.

En même temps, il recherchait du regard le livre de Santarelli. Il avait interrogé le Liron, qui lui avait dit exactement où il l'avait caché : en haut, sur une des dernières étagères, entre deux livres de même taille.

Enfin, l'abbé l'aperçut et il dissimula sa satisfaction en baissant les yeux. Il continua pourtant encore un moment ses flatteries et ses compliments avant de dire :

— Je pourrais rester des heures ici, mais je ne dois pas oublier la raison pour laquelle je vous ai demandé audience. Il s'agit de la Valteline...

— Je m'en doutais ! Retournons dans mon cabinet, proposa affablement le cardinal en déposant la bible sur une desserte.

La semaine suivante, minuit venait de sonner alors qu'une poignée de cavaliers franchissait le Petit-Pont.

Singulière troupe, à cette heure où chacun était rembarré chez lui et où seuls les truands et le guet circulaient dans les rues.

En tête de cette escouade se tenait un piquier porteur d'un fanal, suivi d'un jeune homme qui ne devait guère avoir plus de vingt ans. Visage fier, barbe en pointe, moustaches arrogantes, cheveux frisés dépassant d'un haut chapeau en peau de castor, il échangeait parfois quelques brèves paroles avec un homme plus âgé, couvert d'une grande pelisse, qui restait dans ses pas.

Celui-là portait un masque sur le visage et seule sa longue barbe en dépassait. Tous deux portaient rapière, comme les hommes de la troupe.

La petite compagnie ne provoquait aucun bruit, sinon les crissements et craquements des sabots dans la neige et la boue gelées. De jour, des badauds auraient remarqué que les chevaux avaient leur mâchoire nouée par des toiles afin de les empêcher de hennir, mais, dans l'obscurité, personne ne pouvait le voir. De plus, les fenêtres des maisons étaient toutes closes par d'épais volets intérieurs.

Au bout de la rue Saint-Jacques, les cavaliers s'arrêtèrent devant le collège de Marmoutier. Sans un mot, tout le monde mit pied à terre. À voix basse, le jeune gentilhomme donna des ordres et, d'un cheval en longe, on détacha un lourd tube de fonte avec des poignées et une extrémité en forme de boule. Six hommes le soulevèrent, tandis que deux autres éclairaient l'entrée du collège avec le fanal et une lanterne. S'approchant des vantaux, les porteurs du bélier le balancèrent plusieurs fois dessus avant de précipiter son extrémité contre la serrure. Le choc fut violent mais le bruit resta suffisamment sourd pour ne pas alerter le voisinage. Il fallut un second coup pour briser complètement la fermeture. Tout le monde entra, sauf l'homme qui gardait les montures.

La fouille ne fut pas longue. Il n'y avait rien. Dès que le père Joseph en fut convaincu, il se retira, rageur. Le marquis du Portail ne perdait rien pour attendre.

Justement, à quelques maisons de là, M. Baloufeau avait été réveillé par le bruit du bélier. Il se dressa dans son lit, écarta une courtine, écouta longuement, mais la rue restait silencieuse. Il avait dû rêver, se dit-il. Il referma le rideau et se rallongea.

Thémines de Lauzières avait assisté avec gourmandise à l'assaut contre Gaston et au duel qui s'en était suivi. Mais sa déception avait été à la hauteur de cette satisfaction quand il avait vu que le rouquin recevait de l'aide, et, pire, qu'il blessait son adversaire. Après l'intervention du commissaire, le jeune Lauzières se demandait comment l'altercation allait se terminer quand il avait reconnu l'accusateur de Gaston : un gentilhomme déjà croisé dans l'hôtel du Prieur !

Les trois *bravi* étaient donc à monseigneur de Vendôme ! Que diable pouvaient avoir fait Tilly et Fronsac pour s'être mis à dos ce prince, au point qu'on veuille enlever ou assassiner Tilly ?

Le fils Lauzières vit partir les agresseurs, puis Tilly et Fronsac, et resta songeur. Il pensait à ce qu'il avait révélé à son père. À coup sûr, c'était lui qui avait mis les gens de monseigneur sur la trace de ce maudit Gaston. Il éprouva une immense fierté à cette idée, se souvenant que Rouville lui avait affirmé, désabusé, qu'on ne pouvait rien faire contre ceux de la compagnie des Six. Il venait de prouver le contraire et il décida qu'il n'en avait pas fini avec eux. Pour commencer, il allait s'occuper de Gondi, ensuite ce serait le tour de Fronsac.

Le lundi matin, comme les pensionnaires descendaient dans la cour, Thémines s'était posté au palier du deuxième étage. Apercevant les cinquièmes qui arrivaient, il attendit que Paul de Gondi passe devant lui avant de se mêler aux élèves. Soudain, il bouscula tout le monde en déclarant :

— Poussez-vous, je suis pressé, le préfet de chambre m'attend !

Les écoliers s'écartèrent, mais avant que Gondi n'ait pu réagir Thémines le poussa en avant. Paul trébucha et perdit l'équilibre. Sans un camarade qui le rattrapa par sa robe, il aurait roulé jusqu'en bas et se serait cassé à tout le moins quelques membres.

— Tu ne peux pas faire attention ? cria Gaston.

Mais déjà Lauzières avait filé.

L'incident était clos et Paul remercia son sauveur. Fronsac avait seulement remarqué l'incorrection de Lauzières mais les altercations étaient fréquentes avec lui et il cessa vite d'y penser, d'autant plus qu'avant de passer à table Paul lui avait soufflé :

— J'ai une nouvelle que vient de me donner un externe !

La nouvelle, la compagnie des Six la connut après le dîner, quand ils se retrouvèrent dans la cour.

— Des truands ont brisé la porte du collège de Marmoutier l'autre nuit ! leur annonça Paul du ton supérieur qu'il prenait pour rappeler qu'il savait des choses que le commun des mortels ignorait.

— Le collège est abandonné, fit Le Pontonnier, qu'espéraient-ils y trouver ?

— Comment ont-ils fait pour briser la porte ? s'enquit Hérisson.

— Comment sait-on qu'il s'agit de truands ? interrogea La Chesnay, qui craignait toujours que son frère ne soit mêlé à un rapinage.

— Ils devaient espérer trouver quelques habits, ou des meubles, je ne sais ! répondit Paul, embarrassé car en vérité on ne lui avait rien dit d'autre. Pour ce qui est de la porte, je suppose qu'elle était vieille et qu'un coup d'épaule a suffi ! Et ce sont forcément des truands, car qui d'autre aurait fait ça ?

Louis regardait Gaston en secouant lentement la tête. Tous deux savaient que la porte et la serrure étaient solides. Les gens qui avaient forcé l'huis étaient venus pour les armes. Les avaient-ils emportées ? Certainement. L'entreprise ne pouvait venir que du fraudeur de vin qui avait promis de prévenir le prévôt. La vérité, c'est qu'il ne l'avait pas fait et qu'il s'était emparé de la marchandise pour son propre compte.

Tous deux en parlèrent plus tard, quand ils furent seuls.

— Il n'a donc pas prévenu le prévôt et il a rassemblé quelques compères pour tout voler. Après tout, c'est un truand et il a bien plus gagné ainsi ! Et finalement, pour nous, le résultat est le même : le complot de Vendôme se termine avant de commencer, puisque les conspirateurs n'ont plus d'armes, fit Gaston.

— J'aimerais bien voir la tête du Grand Prieur, se réjouit Louis en l'approuvant.

Il ajouta :

— De plus, Vendôme ne pourra nous suspecter de l'avoir dénoncé, maintenant que ce sont des coquins qui ont fait le coup. Il pensera même qu'il s'agit de ses propres complices. Après tout, il a dû utiliser des gens de sac et de corde pour transporter et entreposer ces armes. L'un d'eux aurait pu le trahir.

25

Ce fut le lundi soir, par une visite du commissaire Paumier à Vincennes, que le Grand Prieur apprit que des truands avaient brisé la porte du collège de Marmoutier. Le commissaire voulait savoir s'il s'y trouvait des objets de valeur, mais le Chevalier de Vendôme lui assura que les bâtiments étaient vides.

Ainsi les deux garçons avaient parlé, devina-t-il, sans trop de ressentiments envers eux. Il se félicita d'avoir fait transporter les caisses dans une maison vide louée par M. de Lauzières quelques jours auparavant. L'opération avait été réalisée dès le soir de l'enlèvement raté du rouquin. Une entreprise mal préparée, pour laquelle il avait vertement admonesté son capitaine des gardes tout en se félicitant qu'elle ait tourné court, car si lui ou ses hommes avaient tué un écolier et avaient été reconnus, la situation serait devenue intenable.

Dorénavant, le rouquin et son compère ne pouvaient plus lui nuire, aussi avait-il ordonné à ses gens de ne plus les approcher. Cependant, la maison choisie par son intendant n'était pas l'endroit idéal pour entreposer les armes, car des voisins avaient certainement remarqué le transport, qui avait duré plusieurs heures.

Malgré tout, le Chevalier de Vendôme ne ressentait pas trop d'inquiétude puisque l'offensive contre Richelieu était imminente. L'abbé Scaglia lui avait affirmé que le livre était désormais dans la bibliothèque du ministre et que les autres exemplaires, destinés à Sébastien Cramoisy, avaient quitté Rome. D'ici deux à trois semaines, Armand du Plessis serait mis en accusation. Dans un mois, il serait exilé, ou, mieux, enfermé dans un cachot de la Bastille, et lui-même aurait pris sa place.

Et si le roi ne le nommait pas au Conseil, alors les gens que son frère faisait entrer par petits groupes dans Paris depuis quelques jours recevraient pistolets et mousquets, et ce serait la sédition.

Louis et Gaston n'apprirent rien de plus sur ce qui s'était passé au collège de Marmoutier et travaillèrent d'arrache-pied jusqu'au jeudi. Il ne neigeait plus depuis près d'une semaine et le temps sec et froid décida les pères jésuites à envoyer les écoliers en promenade à la métairie des faubourgs. Il fallait qu'ils se dépensent car, dans la promiscuité de la cour, des classes et des dortoirs, des querelles éclataient sans cesse.

Dans le petit bois et avec l'accord des préfets de surveillance, les cinquièmes organisèrent une course à la bague.

Quelques collégiens accrochèrent à des branches de gros anneaux qu'ils avaient empruntés au concierge. Deux équipes devaient s'opposer dans une course de vitesse et d'adresse. Chaque recrue, partie en courant, devait faire passer un bâton dans tous les anneaux du parcours. Revenue à son point de départ, elle donnait son bâton à un suiveur qui détalait à son tour. Si l'un ou l'autre des participants ratait un anneau, il devait revenir au point de départ et recommencer.

Fronsac, Tilly, Clary et quelques autres étaient juges. Gondi, Le Pontonnier et Hérisson se trouvaient dans la même équipe.

Le parcours était assez long dans la prairie et le bois, aussi Louis ne vit-il pas ce qui se passa. Il n'en eut l'écho que lorsque les coups de poing s'échangèrent.

Paul de Gondi venait de partir. Bien que de petite taille, l'abbé de Buzay était fort rapide et son escouade menait de près de vingt toises sur le parti adverse. Tout au long de la course, les écoliers spectateurs encourageaient les participants. Thémines de Lauzières se trouvait parmi eux, mais pas pour soutenir une équipe. Il avait ébranché un bâton et s'était placé à l'écart des autres spectateurs, dissimulé par un taillis. Quand Paul passa près de lui, en haletant tant il était essoufflé par l'effort, il lui envoya la branche dans les jambes et Gondi s'affala. Thémines fila en riant tandis que Paul, égratigné aux genoux malgré sa robe, se relevait difficilement alors que son adversaire le rattrapait.

Lauzières était tellement satisfait de sa malice qu'il n'aperçut Le Pontonnier qu'au dernier moment. Le fils de boucher avait terminé la course et suivait Gondi en l'encourageant. En voyant Lauzières faire chuter son ami, il avait pris un raccourci pour lui couper la route.

Un an plus tôt, Thémines avait giflé Le Pontonnier, qui ne voulait pas payer sa dîme à la confrérie du Quart. Mais, depuis, Jehan avait pris de l'assurance grâce à Gaston et Louis, et il était devenu extrêmement vigoureux. Désormais plus grand et plus costaud que le troisième, il lui bondit dessus, l'attrapa par le cou et le gifla en le traitant de carogne et de fourbe.

Rapidement, des pensionnaires intervinrent, puis des préfets, et les deux adversaires furent séparés.

— Êtes-vous fou ? tonna le père Galliffet, en s'adressant à Jehan.

— Il a fait tomber M. de Gondi avec une branche ! accusa ce dernier.

— C'est faux ! Il a glissé dans la neige ! glapit Thémines, paniqué en songeant aux sanctions qu'il risquait de recevoir.

Galliffet se tourna vers les écoliers autour de lui.

— Quelqu'un a-t-il vu ce qui s'est passé ?

Personne ne bougea. Ceux qui avaient assisté à la vilenie de Lauzières n'osaient l'accuser, au risque de recevoir ensuite une correction de sa part.

— Le Pontonnier, vous viendrez me voir en rentrant au collège. Je vous ferai copier dix fois un discours de Cicéron ! Et à l'avenir, si vous voulez vous disputer, faites-le par la parole, en intervenant dans le cadre des disputes orales. Aiguisez-vous plutôt l'esprit et rendez-le alerte, au lieu d'utiliser vos poings ! Tâchez de ne plus oublier que la courtoisie est la meilleure des armes. Je ne veux plus ni injures ni violences, sous peine de fouet !

Soulagé, Thémines s'éloigna après avoir fait preuve de soumission. Il était finalement satisfait. Gondi avait fait perdre son camp, il s'était blessé et Le Pontonnier était puni. Déjà, il préparait un autre tourment pour ses ennemis.

L'incident eut lieu le lendemain, durant la récréation du soir. Lauzières surveillait Gondi et, quand il le vit se rendre aux latrines, il le suivit, bien décidé à lui mettre la tête dans les excréments.

À peine entré, il attrapa par les épaules deux sixièmes qui se trouvaient là et les fit sortir, puis il se tourna vers Gondi et lui cracha à la face :

— Tu vas payer la mort de Sillery, sale petite vipère !

Le jeune Paul n'était pas un lâche, il ne supplia pas, ne tenta pas de fuir mais, au contraire, serra les poings, se campa sur ses jambes et attendit l'attaque, une attitude qui surprit Thémines mais ne l'impressionna guère. Il s'avança donc.

— Je ne suis pas certain que votre père apprécierait qu'on connaisse son intérêt pour le collège de Marmoutier ! lança une voix.

Ébahi, Thémines se retourna. Louis Fronsac le toisait.

— Tiens, voila l'autre maraud ! fit-il pour se donner une contenance, bien qu'il s'inquiétât de ce qu'il venait d'entendre.

— J'ai un message pour ton père, Thémines, poursuivit Louis en souriant.

L'autre écarquilla les yeux.

Fronsac brandit une feuille de papier et ajouta d'un ton aimable :

— Je peux te le confier ? Tu n'auras qu'à le lui remettre demain.

— Donne-le-moi, ribaud puant, que je le jette dans les latrines ! se moqua Thémines, jugeant que ses insultes allaient tellement blesser le cinquième qu'il en resterait muet.

Les injures n'eurent pas l'effet escompté, et Louis soupira :

— Comme tu veux, seulement ce sera dommage pour vous deux. Pour lui, parce que s'il n'en a pas connaissance il sera conduit à la Bastille la semaine prochaine, où il subira la question avant d'être tiré par quatre chevaux, et pour toi car tu te retrouveras à la rue, tous les biens de ta famille ayant été saisis. Mais je suis sûr que tu feras un bon mendiant, tu as l'habitude de quémander de l'argent…

En entendant ces menaces d'une violence inouïe, Thémines resta muet, bouche ouverte, stupéfait.

Louis en profita pour lui mettre le message dans la main avant de lui ordonner d'un ton sec :

— Maintenant, sort d'ici, tu infectes cette pièce !

Comme le troisième restait immobile, Fronsac répéta, plus durement :

— Va-t'en !

Cette fois, Thémines s'exécuta et vida les lieux, la tête basse et l'esprit en désordre.

— D'où sors-tu tout ça ? demanda alors Gondi, tout autant ébahi.

— De mon imagination, rassure-toi, mais Thémines est trop stupide pour concevoir que je puisse me moquer de lui.

Gondi le considéra en secouant la tête.

— Tu as parlé du collège de Marmoutier… Tu as menacé son père de la Bastille, et de pire… Je ne crois pas que tu aies inventé… Tu sais des choses…

— Je ne sais rien ! J'ai juste quelques capacités à faire des déductions, rien d'autre. Je t'explique : des truands ont pénétré dans le collège de Marmoutier, qui appartient au Grand Prieur. Et le père de Lauzières est au service du Grand Prieur. À partir de là, on peut construire un conte ! Par exemple que des ennemis du Grand Prieur veulent lui nuire ! Et que le père de Lauzières les connaît ! Mais tout ceci n'existe que dans mon imagination !

Paul fit la moue.

— Et ce message ?

— Juste deux mots de Cicéron ! plaisanta Louis. *Quousque tandem ?*

— Les *Catilinaires*, fit Paul.

— Oui.

— Mais ça ne veut rien dire…

— Je sais, Thémines ne comprendra pas davantage ! Quand je l'ai vu entrer après toi, j'ai compris qu'il allait t'attaquer. J'ai décidé de le vaincre par la parole, j'ai écrit ce qui me passait par la tête sur ce papier, et je suis venu débiter mon conte.

Gondi resta silencieux un instant avant de lâcher avec un signe de tête :

— Adroit, je n'aurais pas fait mieux.

— Ne restons pas ici, ça pue !

Louis Fronsac sortit et aperçut Thémines dans un coin, qui lisait le papier.

Paul de Gondi ne le saurait jamais, mais il n'était pas écrit dessus *Quousque tandem ?*, mais Sauer – Nürnberg.

Le troisième ne comprenait pas, mais le feuillet tremblait entre ses mains.

26

Le vendredi 6 février 1626

Un chariot à ridelles bâché, tiré par deux robustes juments, s'arrêta rue Saint-Jacques devant la boutique d'un libraire à l'enseigne des cigognes. L'échoppe était peinte en vert et sa façade n'était qu'une double fenêtre aux épais carreaux dépolis. Au-dessus de la porte, un panneau peint représentait deux de ces oiseaux en vol, dont l'un soutenait et nourrissait l'autre avec, tout autour, cette devise de la Bible : *Honora patrem tuum et matrem tuam ut sis longaevus super terram*[1].

Deux hommes sautèrent du véhicule et saisirent chacun un paquet noué par une corde. Ils entrèrent dans la boutique, une salle étroite, toute en longueur, dont deux côtés étaient couverts d'étagères pliant sous le poids des livres. Devant la fenêtre s'étendait une table sur laquelle s'empilaient des ouvrages encadrés par deux lanternes. Un petit poêle réchauffait à peine la boutique. Au fond, un épais rideau vert bouteille. L'endroit exhalait un mélange de cire, de moisi et de suif.

1. « Honore ton père et ta mère afin que tes jours se prolongent sur la terre. »

— Pour maître Cramoisy ! cria l'un des livreurs en posant son paquet sur la table.

Son compère l'imita.

En haut d'une échelle appuyée contre les rayonnages, un homme en robe sombre, la quarantaine, avec des cheveux déjà gris, appela :

— Claude, une livraison !

Le rideau s'écarta et un autre homme, en pourpoint sombre celui-là, apparut depuis un ouvroir empli également de livres. Il s'approcha de la table et regarda les colis qui portaient une mention en italien.

— Ce sont des ouvrages envoyés par Antonio Remondini, dit-il.

— Très bien, déballe-les et signe le reçu. Vérifie que les prix demandés sont corrects.

Le nommé Claude lut le document que lui tendait l'un des commis et qui dressait la liste des volumes avec le prix demandé par le libraire romain. Satisfait, il porta la marque de son frère Sébastien sur le papier : ses initiales avec un cœur et une croix.

Les deux livreurs repartirent aussitôt. Ils avaient encore à porter des colis dans plusieurs librairies, Aux Armes de la Ville, Au Nom de Jésus et, enfin, Aux Armes de Rome, place Maubert.

Quant à Sébastien, ayant fini de ranger le rayonnage, il descendit de son échelle, pressé de savoir ce que renfermaient les paquets.

Avec un canivet, il ouvrit le premier colis, qui contenait huit volumes d'histoire grecque. Il émit un sourire satisfait, ayant déjà un client pour ces livres. Ensuite, il défit l'emballage du second paquet, plus gros. C'étaient des ouvrages religieux, des livres d'heures et six volumes in octavo identiques. Il ouvrit le premier. L'auteur en était Antonii Sanctarellus, membre de la Societate Iesv. Les livres étaient envoyés par la Société de Jésus, comme il s'en doutait.

C'est en 1606 que maître Cramoisy avait repris la librairie aux cigognes tenue par son grand-père maternel Sébastien Nivelle. Libraire-imprimeur, il était devenu l'homme de confiance des jésuites, et publiait plusieurs des manuels de leurs collèges. Il détenait également le privilège de la publication de leurs ouvrages de dévotion. Ces ventes rapides et assurées l'avaient considérablement enrichi. De surcroît, sa parfaite connaissance du latin et des Écritures saintes en faisait un homme très apprécié de l'Université, en dépit de ses relations privilégiées avec les jésuites.

Il reposa l'ouvrage dont le titre était *Tractatus de haeresi, schismate, apostasia, sollicitatione in sacramento poenitentiae, et de potestate Romani Pontificis in his delictis puniendis.*

— Claude, je vais à la maison professe chercher les corrections que m'a promises le père Coton. Je préviendrai les pères de l'arrivée de ces livres du père Sanctarellus.

— Tu ne les emportes pas ?

— Non, ils décideront lesquels sont pour la rue Saint-Antoine et lesquels pour Clermont. Mais si tu vois un père jésuite, propose-les-lui. Cependant, fais attention, pas moins de dix livres chacun !

Sébastien Cramoisy partit peu après.

Antonio Remondini envoyait des ouvrages en France toutes les six semaines environ, leurs paiements se faisant ensuite par l'intermédiaire de banquiers italiens. Son chariot, conduit par des commis, déposait des volumes dans deux librairies à Lyon, une à Dijon et six à Paris. Bien qu'il soit rare que les larrons s'intéressent aux livres, c'était un voyage périlleux car les routes n'étaient jamais sûres, aussi les convoyeurs savaient-ils manier pistolet et rapière.

Trois semaines plus tôt, tandis qu'il préparait sa livraison, Remondini avait reçu la visite du père Mendoza, qu'il connaissait bien, lequel lui apportait huit volumes dont l'auteur était le père Antonii Sanctarellus : deux destinés à la librairie lyonnaise À la Fleur de lys de Florence, et six autres pour Sébastien Cramoisy. Maître Remondini les ajouta dans le transport et le père Mendoza lui proposa d'accompagner le chariot de livraison jusqu'à Paris, où il se rendait.

Le libraire s'en étonna, jugeant que le père pourrait plus rapidement porter les livres lui-même en France, mais le jésuite lui rétorqua qu'une douleur à la hanche le contraignait à voyager lentement et qu'il serait plus confortable pour lui d'utiliser la voiture.

Remondini demeura tout autant surpris par cette réponse, car il savait que Mendoza circulait dans toute l'Europe – ne disait-on pas qu'il était un agent secret du roi d'Espagne ? – mais il ne discuta pas. Le jésuite savait manier la brette et un homme d'escorte de plus pourrait s'avérer utile.

À proximité de Paris, le père Mendoza quitta la voiture et galopa vers la capitale, assurant ses compagnons que sa douleur s'était calmée. Il se rendit d'abord chez l'abbé Scaglia, qui lui annonça que le livre envoyé un mois plus tôt était désormais bien installé dans la bibliothèque du cardinal de Richelieu. Scaglia lui dit aussi que maître La Motte, un docteur de l'Université, avait accepté, moyennant pécunes, d'aller acheter le livre de Santarelli dès qu'on viendrait le prévenir, puis d'en rédiger un mémoire sur les parties les plus controversées, document qu'il remettrait avec l'ouvrage à maître Tarin, le recteur de l'Université. Ce dernier, qui détestait les jésuites, réunirait certainement les docteurs de l'Église pour qu'ils condamnent les assertions de l'ouvrage et demanderait immédiatement au Procureur général des sanctions contre ceux qui posséderaient ce volume censuré.

Une fois la procédure établie, l'affaire de quelques jours au maximum, le roi serait avisé que son ministre conservait le livre défendu dans sa bibliothèque, avec un hommage amical explicite sur la première page. Dès que Sa Majesté l'aurait entre les mains, le sort de Richelieu serait scellé.

Le plan se déroulant sans anicroche, Mendoza fila ensuite à Vincennes, chez le Grand Prieur. Ce dernier fit venir Le Breton et Perregaux et leur ordonna d'obéir en tout au père jésuite, ceci sans aucune discussion. Ils repartirent tous les trois et, dès le lendemain, les deux hommes surveillaient à tour de rôle la boutique aux cigognes.

Ce fut Perregaux qui reconnut le chariot de livres quand il s'arrêta. Mendoza lui avait décrit le véhicule et les chevaux. Le lieutenant des gardes du Grand Prieur n'eut donc aucun doute et se rendit chez maître La Motte, qui habitait lui aussi dans la rue Saint-Jacques.

Immédiatement, le docteur se rendit chez le libraire.

Pénétrant dans la boutique dont il était un habitué, le professeur flâna un moment en examinant les livres sur les étagères, en sortant parfois un pour le feuilleter. Maître La Motte était un bon client et Claude Cramoisy ne s'occupa pas de lui, retournant dans l'arrière-boutique afin de préparer une livraison à un collège.

— N'avez-vous rien de nouveau ? demanda le docteur de l'Université après avoir aperçu les six exemplaires du livre de Santarelli.

— Si, justement ! Tout à l'heure, on a reçu ces ouvrages de Rome, répondit Claude en revenant dans la boutique et en désignant la table sous la fenêtre.

La Motte s'efforça de demeurer indifférent en s'approchant des piles. Alors il prit le livre qui l'intéressait et le parcourut.

— J'ai entendu parler d'Antoine Santarelli, mais je n'ai jamais rien lu de lui, dit-il en levant les yeux vers le libraire, comme pour avoir son avis.

Claude ne disant rien, il ajouta :

— Quel est son prix ?

— Trois écus d'or, maître.

— C'est cher ! s'exclama le docteur avec l'expression de celui qu'on vient d'offenser.

— L'ouvrage arrive de Rome, je vous l'ai dit. Il faut, hélas, payer le transport. Rien n'est gratuit…

— C'est juste.

Comme le maître hésitait, Claude proposa :

— Je peux vous le laisser à dix livres.

L'écu d'or valant trois livres et quinze sols, cela faisait une ristourne de vingt-cinq sols. La Motte hocha la tête, bien qu'en vérité peu lui importait puisqu'il avait reçu dix écus pour acheter ce livre.

Il glissa sa main dans une fente de sa soutane, tira sa bourse attachée à ses chausses et en sortit trois écus.

Claude prit les pièces, se rendit dans l'arrière-boutique et revint avec un écu d'argent de quinze sols et quelques deniers.

La Motte prit sa monnaie, remercia et partit avec le livre. Son commanditaire serait satisfait. Il allait lire le pernicieux ouvrage et en tirer un réquisitoire qu'il ferait passer au recteur.

Par une singulière providence de Dieu, le père jésuite Georges La Tour entra chez Cramoisy un quart d'heure plus tard. En discutant avec Claude, il apprit qu'un livre écrit par un père de son ordre venait d'arriver de Rome et demanda à le consulter.

Le libraire le laissa faire et le père La Tour se plongea dans la lecture. Très vite il se rendit compte que l'ouvrage contenait des propositions effroyables, particulièrement dangereuses pour les jésuites.

— Maître Claude, ces livres intéresseront notre ordre. Combien en avez-vous ?

— Si… Euh, cinq.

— Je vous les prends tous. Pouvez-vous en faire porter deux à notre maison et deux à Clermont pour le père Sirmond et le père Filleau ?

— Mes commis vont s'en charger. Mais… leur prix est assez élevé… Ils arrivent de Rome.

— Combien ?

— Dix livres chacun.

— Vous savez que notre Provincial ne barguigne pas avec vous ! Vous serez payé, et bien payé, ne vous inquiétez pas.

— Et le dernier ?

— Je l'emporte pour le donner moi-même au père Coton.

L'accord étant fait, Claude remit le livre au jésuite et promit qu'il ferait porter les autres avant vêpres. Il ne dit mot de l'exemplaire acheté par maître La Motte. Pourquoi l'aurait-il fait ?

Le père Georges La Tour arriva à la maison professe de la rue Saint-Antoine tout crotté car, en se pressant, il avait à plusieurs reprises mis les pieds dans des trous puants et même glissé sur une plaque de neige.

Mais peu lui importait, il ne pensait qu'au livre qu'il gardait serré contre lui. Il le tenait toujours quand il pénétra dans la chambre du Provincial.

Éclairé par un chandelier, le père Coton lisait, assis dans un fauteuil de bois. Quelques braises rougeoyaient dans une petite cheminée. Il avait reçu Sébastien Cramoisy quelques instants auparavant et lui avait remis ses corrections pour un livre que le libraire devait imprimer.

— Georges, dans quoi es-tu tombé ? s'exclama-t-il en retenant un sourire devant le désordre de la tenue de son ami.

Coton, fine barbe en pointe et front dégagé sous son bonnet carré, aimait plaisanter bien qu'il fût un théologien des plus rigoureux. Confesseur du roi Henri IV, c'est lui qui avait obtenu le retour des jésuites, bannis de France en 1594 sur décision du parlement de Paris. Il avait aussi convaincu Henri de ne plus jurer en invoquant Dieu. Si le roi avait accepté de remplacer jarnidieu – qui voulait dire « Je renie Dieu » – par « Jarnicoton » – je renie Coton –, il n'avait pu le convaincre d'abandonner morbleu (Mort de Dieu).

Henri l'avait choisi pour éduquer le dauphin, dont il était également devenu le confesseur. Mais, après la mort de Concini, il avait été écarté de la Cour et s'était consacré à l'enseignement, d'abord à Bordeaux, puis au collège de Clermont, dont il avait été recteur.

Spirituel, éloquent, d'une grande courtoisie, mais également intraitable quant à la primauté de la papauté, Coton restait avant tout un zélé partisan de l'alliance avec l'Espagne et avait tout fait pour empêcher le « mariage anglais » voulu par Richelieu. Il avait d'ailleurs été l'un des partisans du complot des ferrets tramé par le père Mendoza[1], même s'il avait été soulagé de l'échec de la cabale.

— Oui, j'ai glissé. Je suis désolé de me présenter ainsi, mon père, mais… l'émotion m'a égaré.

— Que se passe-t-il ? s'inquiéta le Provincial.

— Ce livre… mon père… Il en est arrivé cinq chez Cramoisy… Regardez ce chapitre…

L'ayant ouvert, il chercha la page en tremblant et, l'ayant trouvée, il tendit l'ouvrage à son supérieur.

Coton le prit et commença à lire. Au fur et à mesure, son visage se décomposa. Il revint à la première page, regarda les imprimatur.

— Notre Saint-Père et notre général ont donné leur accord à cette publication ! murmura-t-il d'un ton outré.

— Oui, mon père.

— Qui a fait venir ces livres en France ?

— Je ne sais, il faudrait interroger maître Cramoisy. Mais peut-être est-ce seulement son libraire de Rome qui les a envoyés, persuadé que nous serions intéressés.

— Cramoisy m'a parlé de six livres qu'il avait reçus, en effet.

— Cinq, mon père.

1. Voir *Les Ferrets de la reine*, *op. cit.*

— Il m'a dit six !

Coton fronça les sourcils.

— Avez-vous vu les cinq, au moins ?

— Oui, il y a celui-ci et j'en ai fait porter deux ici et deux à Clermont pour qu'ils soient examinés.

— Soit maître Cramoisy s'est trompé, ce dont je doute car il m'a parlé du prix, soit il en manque un. Il faut tirer cela au clair. Accompagnez-moi rue Saint-Jacques, je vais faire préparer ma voiture.

Ayant rangé le livre dans un coffre et donné des instructions pour qu'on mette à l'abri les deux autres qu'on allait apporter, le père Coton descendit dans la cour et fit atteler un cheval.

27

Le vendredi 6 février 1626, toujours

Ils parlèrent peu en chemin, encore sous le coup de l'émotion et inquiets au sujet du sixième livre. Où pouvait-il être, s'il existait ?

Le cocher arrêta le petit véhicule devant la librairie aux cigognes et ils s'y précipitèrent. Les deux frères, en pleine discussion, ne cachèrent pas leur surprise en voyant entrer les pères.

— Maître Cramoisy, commença immédiatement Coton, ces livres du père Santarelli que vous avez reçus, combien y en avait-il ?

— Six… mais pourquoi cette question, mon révérend père ?

— Le père La Tour m'a dit cinq !

— Non, six ! N'est-ce pas, Claude ?

— Oui, il y en avait six, mais quelqu'un est venu en acheter un juste après ton départ…

— Qui !? crièrent d'une seule voix les jésuites.

— Maître La Motte, un docteur de la Sorbonne.

— Je ne le connais pas, dit Coton en grimaçant.

— Que voulez-vous faire, mon révérend ?

— Reprendre ce livre ! Il nous était destiné !

— C'est ennuyeux, fit Claude. Il l'a payé neuf livres…

— Nous le rachèterons le double, s'il le faut ! Où habite ce docteur ?

— J'avoue l'ignorer exactement, sinon que c'est dans la rue Saint-Jacques, répondit Sébastien Cramoisy, embarrassé.

— Son frère est élève en théologie à Clermont ! s'exclama Claude. Je connais son adresse, rue des Mathurins. Vous pourriez lui demander d'intervenir auprès de lui.

— Bonne idée. Où loge-t-il exactement ?

— Le deuxième étage d'une maison à l'enseigne de la Coquille.

— Allons-y ! décida Coton.

Ils partirent à pied dans la rue boueuse. Bien que s'efforçant de marcher sur le revers, ils furent éclaboussés à plusieurs reprises par des mules et des charrettes, mais peu leur importait tant ils étaient préoccupés.

Sise dans une impasse, la maison à la coquille abritait la boutique d'un doreur sur bois. Ce dernier appela son locataire par la cage d'escalier.

L'élève en théologie arriva rapidement. Reconnaissant le père Coton, il le fit monter dans sa chambre après l'avoir remercié d'honorer son domicile de sa présence.

Le frère de maître La Motte devait avoir dix-huit ans. Tonsuré, il se destinait à la prêtrise. Si Coton se souvenait de lui, il ne lui avait jamais parlé jusque-là.

— Voici ce qui nous amène, dit-il. Votre frère vient d'acheter au libraire Cramoisy un livre qui nous était destiné. Accepteriez-vous d'aller le voir et de racheter cet ouvrage pour nous ? Je serais infiniment votre obligé.

— C'est possible, mon père, répondit l'écolier, plutôt surpris par la requête. Mais, excusez ma curiosité, pourquoi ce livre ? Est-ce important ?

Coton échangea un regard avec La Tour. Il fallait révéler une partie de la vérité pour convaincre le jeune homme.

— Oui, très important ! L'ouvrage contient des propositions gravissimes présentées comme soutenues par notre Société alors qu'il n'en est rien. Ce qu'il contient pourrait dangereusement nous nuire, et donc à vous, qui souhaitez nous rejoindre.

— Entendu, mon père, je vais le faire. Mais pourquoi n'allez-vous pas le lui demander vous-même ?

— Votre frère est docteur de l'Université, et nos relations ne sont pas très bonnes avec la Sorbonne, vous le savez.

— Je comprends, fit l'écolier avec un sourire gêné.

— Votre frère l'a payé neuf livres, je vous laisse deux pistoles… dit Coton.

Cette fois le jeune homme écarquilla les yeux devant les pièces d'or. Voilà une bonne opération ! se dit-il en songeant aux repas qu'il ferait durant plusieurs jours avec cet argent.

— Le livre a été écrit par le père Santarelli. Vérifiez qu'il s'agit bien de lui. Nous vous attendons ici, conclut le Provincial. Allez-y maintenant et revenez avec le livre !

— Si vite ?

— Oui, et je vous en prie, pressez-vous.

Peu après, le futur prêtre entrait chez son frère qu'il trouva dans sa chambre, à sa table de travail, en train d'écrire avec un livre ouvert devant lui.

Le docteur se montra surpris en le voyant.

— Que me vaut votre visite, cher frère ?

— Je viens vous demander de me remettre le livre de Santarelli que vous venez d'acheter, fit le garçon de façon abrupte.

Il avait décidé de se montrer ferme. Bien que cadet, il savait que son aîné l'écoutait et ne lui refusait jamais rien.

Pourtant le docteur afficha sa contrariété :

— Hélas, je ne l'ai pas terminé.

— Il me le faut ! Je viens de rencontrer le père Coton, qui l'exige ! Il m'a donné une pistole pour vous.

Le docteur grimaça. Il ne pensait pas que le Provincial apprendrait si vite qu'il avait acheté le livre.

— Je devine bien ce qui vous amène. Voilà un livre qui est capable de ruiner la Société de Jésus entièrement.

— C'est pour cela que je viens vous conjurer au nom de Dieu de me donner cet ouvrage, afin que jamais plus il n'en soit parlé. Je vous en prie ! Nous ne pouvons nous opposer aux jésuites !

Il déposa la pistole sur la table et, d'autorité, saisit l'ouvrage. Le docteur comprit qu'il ne pouvait refuser. Le Provincial de France était puissant et capable de ruiner sa carrière et celle de son frère.

— Le voilà, de très bon cœur. J'ai pris des notes et vous direz à votre Provincial que je lui enverrai un mémoire.

— Merci, mon frère.

Ayant pris le livre, l'écolier repartit immédiatement.

Maître La Motte soupira. Il ne pourrait donc remettre l'ouvrage au recteur de l'Université, comme le voulait l'abbé Scaglia. Mais il lui donnerait au moins copie du mémoire, avec des extraits des chapitres XXX et XXXI, qui contenaient les propositions les plus scandaleuses. De plus, une heure avant l'arrivée de son frère, il avait eu la visite de Jean Filefac, le sous-doyen de la Sorbonne, un docteur des plus animés contre la Compagnie de Jésus. Celui-ci avait parcouru le livre et s'était montré horrifié en lisant les propositions qu'il contenait. Il allait les rapporter au recteur Tarin. L'affaire n'allait pas en rester là !

Claude Cramoisy avait tout de suite fait porter les deux exemplaires au bibliothécaire de Clermont, puisque le collège était tout proche. Le commis les remit au père Sirmond en lui précisant qu'un des volumes était destiné au père Filleau. Le bibliothécaire fit poser les ouvrages sur une table, se promettant de porter son volume au recteur dès qu'il aurait un moment de libre.

L'après-midi passa très vite et, comme la cloche de la fin des cours avait sonné, il attendit que les premiers pensionnaires arrivent pour confier la surveillance de la salle à un précepteur, jeune prêtre préparant sa licence, tandis qu'il se rendait chez le père Filleau avec l'un des livres.

Gaston de Tilly et Louis Fronsac entrèrent peu après. Ils avaient un devoir à terminer et devaient consulter les dictionnaires de latin. Le sujet en était « Ptolémée doit-il livrer Pompée à César ? » et, pour une fois, les deux amis étaient en désaccord. Pour Gaston, la réponse était non, claire et évidente. Pompée, vaincu, avait demandé asile au roi d'Égypte et ce secours aurait dû être sacré.

En revanche, Fronsac jugeait que si Ptolémée avait livré Pompée César se serait certainement réconcilié avec son beau-père. D'ailleurs, n'avait-il pas pleuré à sa mort, après que le félon égyptien eut tué le consul romain et lui eut fait couper la tête pour l'envoyer à César ?

Les deux amis avaient donc décidé de faire leur devoir séparément.

Gaston demandait un dictionnaire au précepteur tandis que Louis attendait son tour en laissant son regard vagabonder sur les armoires à compartiments pleines de livres, les portraits et les tableaux décoratifs, les globes terrestres, les boiseries et les plafonds ornés de peintures monumentales. Il vit alors, sur une table, quelques volumes qu'on avait déposés. Curieux, il s'approcha et ouvrit le premier. Avec stupéfaction, il s'aperçut qu'il s'agissait de celui que le Liron lui avait montré : l'ouvrage de Santarelli qui contenait d'effroyables affirmations sur le droit à punir les princes. Il le feuilleta et découvrit d'autres passages condamnables, comme l'affirmation qu'un tyran pouvait être à bon droit tué par n'importe qui, ou l'assurance qu'un prince devenu un tyran ou manquant à ses promesses envers son peuple pouvait être déposé, même par ceux qui lui avaient juré perpétuelle fidélité.

Comment un tel ouvrage se trouvait-il dans un établissement de jésuites, alors que sa possession pouvait ruiner la Société de Jésus si le Parlement ou l'Université l'apprenait ?

Le jeune Fronsac fut tiré de sa lecture par le retour du père Sirmond, qui l'admonesta durement, ce qui n'était pas dans ses habitudes :

— Que fais-tu là, Louis ?

— Je regardais ce livre, mon père.

— Tu n'avais pas à le faire !

Le bibliothécaire saisit rageusement le volume et partit avec.

Quand il avait remis le premier livre au père Filleau, ce dernier l'avait tout de suite consulté. C'est en observant son visage que le père Sirmond avait compris que quelque chose n'allait pas.

Les yeux écarquillés, le recteur ouvrait la bouche tel un poisson hors de l'eau sur le point de s'étouffer.

— A… Avez-vous parcouru cet ouvrage, Sirmond ?

— Non, mon père. Je vous l'ai dit, maître Cramoisy m'en a porté deux cet après-midi mais je n'ai pas eu le temps de les regarder.

— Lisez donc cela !

Il tourna le livre et lui désigna une page. Le bibliothécaire en commença la lecture et se montra d'abord stupéfait, puis la peur gagna son visage. Il leva des yeux affolés.

— Il faut faire disparaître ce livre ! Je comprends mieux pourquoi Cramoisy me les a envoyés !

— Y en a-t-il d'autres ?

— Un second, que j'ai laissé à la bibliothèque.

— Allez vite le chercher !

— Mon révérend, je vous apporte le second livre, dit-il en entrant dans le cabinet du recteur.

— Dieu soit loué ! Je craignais que quelqu'un ne l'ait pris en votre absence ! Je vais le mettre dans mon coffre et prévenir le père Coton. De votre côté, courez chez Cramoisy pour savoir s'il en possède d'autres, et, si c'est le cas, achetez-les tous.

— Oui, mon père.

Mais comme il ne faisait pas mouvement vers la porte, paraissant même embarrassé, le régent l'interrogea en plissant le front :

— Quoi d'autre ?

— Quand je suis revenu à la bibliothèque, le jeune Louis Fronsac feuilletait le livre.

— Ah… Ennuyeux… Croyez-vous qu'il en ait compris le contenu ?

— Il en est fort capable, mais il ne faisait que le feuilleter.

Le régent réfléchit un instant en se frottant le visage de la main gauche, avant de décider :

— Je demanderai à son directeur de conscience de l'interroger. Nous verrons bien. Éventuellement, je lui parlerai.

Les questions roulaient dans sa tête quand Louis demanda un autre dictionnaire au précepteur. Il s'installa ensuite à une table où se trouvaient déjà une douzaine de pensionnaires et commença à tailler l'une des plumes de son écritoire. En vérité, il n'avait pas le cœur à l'ouvrage et ce qui allait arriver à Pompée ne le passionnait plus. Il se contraignit pourtant et écrivit un feuillet, avec force ratures, s'efforçant d'expliquer combien César estimait Pompée. De temps en temps, il jetait un coup d'œil à Gaston, à une autre table, qui avait été rejoint par Paul de Gondi. Tous deux échangeaient quelques mots à voix basse, visiblement d'accord sur l'attitude qu'aurait dû avoir Ptolémée.

Son esprit vagabondant, il se demanda ce qu'allait écrire Le Pontonnier sur César et Pompée et, de fil en aiguille, il songea à l'incident des latrines. Depuis ce jour, Thémines l'avait ignoré, ainsi que ses amis de la compagnie des Six. Cependant, à plusieurs reprises, au réfectoire, Louis avait croisé son regard. Un regard apeuré. Le troisième avait donc parlé à son père et celui-ci avait dû le tancer fermement.

Il avait hésité avant d'écrire ce billet faisant connaître à M. de Lauzières qu'il savait ce que contenait le collège de Marmoutier et d'où venaient les armes. Il en avait parlé à Gaston, qui n'y était pas favorable. Lui préférait se battre avec Thémines pour qu'il cesse d'importuner Paul de Gondi.

« *Cedant arma togae* », avait répondu Louis.

C'était le sujet du devoir de la semaine précédente.

« Les mots sont plus forts que les armes, avait-il ajouté. Quant à la violence, elle n'entraînera que des punitions. »

Cependant l'inconvénient du billet était qu'il révélait aux conjurés que lui et Gaston connaissaient une partie de leurs secrets, ce qui pourrait les inciter à s'en prendre à nouveau à eux. Tilly n'avait pas peur, mais Louis oui. Pourtant, c'était le seul moyen d'empêcher Thémines de continuer à leur nuire.

La cloche du souper sonna et il retrouva Gaston.

— Il faut qu'on parle, lui dit-il en descendant l'escalier.

— De César ? plaisanta son ami.

— Non, du Liron.

Ce fut après le repas qu'ils discutèrent du livre.

— J'avoue ne pas comprendre tes préoccupations, fit Gaston, perplexe. Le livre que t'a montré le Liron était dédicacé à un prince et il contenait des propositions condamnables. Soit, mais il existe des centaines de livres dans ce genre qui ont été censurés par l'Université et brûlés place Maubert. Parfois, on a aussi mis au bûcher leur auteur ou leur imprimeur, comme ce pauvre Étienne Dolet. Quand on possède un tel ouvrage, l'important est de ne pas se faire prendre.

— Mais comment un autre exemplaire de ce livre est-il arrivé dans la bibliothèque du collège ?

— Écrit par un jésuite, il possédait l'imprimatur du pape et de la Société, m'as-tu dit. Donc le libraire qui l'a reçu ne l'a pas lu et l'aura vendu à un père.

— Entendu, mais le père Sirmond était furieux que je le regarde. Il l'a pris et est parti avec. Il en connaît le contenu.

— Possible, auquel cas il sera enfermé dans une armoire de la maison professe et on n'en parlera plus.

— Et la place du Liron, dans cette histoire ?

Gaston écarta les bras avant de proposer :

— Le plus simple est de le demander à Jacques.

Ce dernier était encore au réfectoire, où il devait balayer. Ils l'attendirent à la sortie. Comme souvent, Louis lui avait gardé une portion de son dessert, une demi-oublie.

— Jacques, lui dit Louis, j'ai encore besoin de toi.

— Allez-y ! dit le sixième en croquant le morceau de pâtisserie.

— Tu te souviens du livre que m'a montré ton frère ?

— Ouais.

— Sans le trahir, pourrais-tu apprendre ce qu'il devait en faire ?

— Pourquoi ?

— Par curiosité. Le même ouvrage est arrivé aujourd'hui à la bibliothèque et cela m'intrigue. Mais n'en parle à personne.

Jacques mastiqua un moment en réfléchissant. Il avait déjà interrogé son frère sur ce livre et Robert ne lui avait rien dit.

— J'essaierai, mais je ne sais pas quand je le verrai.

— S'il ne veut rien dire, n'insiste surtout pas, lui précisa Louis.

Dès le samedi, toute l'Université sut ce que contenait le livre de Santarelli. Le recteur Tarin rassembla même les maîtres et les docteurs dans la salle des Mathurins, et la rumeur gagna le Parlement.

Durant la semaine suivante, qui précéda la Saint-Valentin, on ne parla que du livre de Santarelli et des jésuites tant au Palais que dans l'Université. Mais tous les exemplaires ayant été repris par la maison professe, ce qu'on disait du contenu ne provenait que du mémoire de maître La Motte. Somme toute, cela aurait pu n'être que des calomnies.

Malgré tout, le père Coton et le père Filleau jugèrent nécessaire de rencontrer le Procureur général afin de savoir ce que le garde des Sceaux pensait. Ils reconnurent auprès de lui que le livre était pernicieux mais qu'ils n'étaient pour rien tant dans son écriture que dans sa venue dans la librairie de maître Cramoisy.

Le Procureur les rassura. Le roi avait su la diligence qu'ils avaient apportée pour retirer les ouvrages et il les louait pour cela. Selon lui, ils ne devaient rien craindre, mais ils auraient à rendre leurs exemplaires pour qu'ils soient brûlés par arrêt. La querelle s'assoupirait alors dans ses cendres.

Cependant, le père Coton ne fut qu'à demi rassuré par cette entrevue car la malignité des maîtres de l'Université lui faisait appréhender quelque plus grand malheur.

28

Le père Joseph et M. de Cavoye avaient été reçus par le cardinal dès le lendemain de l'assaut contre le collège de Marmoutier. Après avoir entendu le récit de l'expédition, Armand du Plessis était resté silencieux. La formidable machine à raisonner de son esprit évaluait ce que la non-découverte d'armes impliquait.

— Pourquoi cet Arnaud d'Angély est-il venu te raconter ces sornettes ? laissa-t-il enfin tomber en regardant Le Clerc du Tremblay.

— C'est incompréhensible, je le reconnais. Je ne lui ai pas remis d'argent, il a laissé un pistolet de prix et je vais le faire arrêter… Voilà un homme perdant à tous les coups !

Cavoye restait muet. Au retour de l'expédition, le père Joseph lui avait dit de se présenter chez lui à la pique du jour. Le capucin lui avait alors annoncé qu'il le gardait à son service et qu'il exigeait de lui deux choses : le silence et la fidélité. Cavoye, devinant que la fortune passait, avait juré. Il comprenait que s'il donnait satisfaction à l'éminence grise l'éminence rouge pourrait bien le garder et lui proposer une charge d'importance.

Justement, Richelieu se tourna vers lui et l'interrogea d'un mouvement du menton. Le gentilhomme prit donc la parole :

— D'après le récit que m'a fait le père Joseph, je suis persuadé que cet homme n'a pas dit la vérité, mais qu'il y avait bien des armes. On n'invente pas une histoire pareille. Je pense qu'il était complice de ceux qui les entreposaient et qu'il croyait avoir trouvé ainsi un moyen facile de gagner cinq mille pistoles. Seulement, ses amis ont découvert sa félonie. Ils l'ont fait disparaître et ont tout enlevé.

— Spéculation ! fit Richelieu en assortissant ce mot d'un mouvement de main.

— Il est tout de même bien possible que les armes aient été entreposées là, et qu'on les ait retirées avant notre venue, objecta le capucin.

— Il faut retrouver cet homme, décida Richelieu. Et lui faire cracher la vérité.

Durant les semaines suivantes, M. de Cavoye partit à la recherche d'Arnaud d'Angély. Il n'y avait que deux auberges d'où on apercevait le porche du collège de Marmoutier. Il alla donc s'y renseigner, mais on ne connaissait pas le marquis. Il interrogea aussi, en vain, le quartenier et le commissaire de quartier. Ces échecs ne surprirent pas le gentilhomme, qui s'était persuadé de la mort du délateur.

Le 12 février, M. Baloufeau – toujours vivant ! – se rendit à nouveau au Petit Luxembourg.

Le matin de la nuit où il avait été réveillé par un bruit sourd dans la rue, il avait appris, dans la salle de l'auberge, que des gueux avaient forcé le portail du collège de Marmoutier. Il était aussitôt allé voir, écartant les gens qui jacassaient devant le porche brisé. La badaudaille commentait l'audace des truands, toujours plus grande, mais Baloufeau avait deviné que ce n'étaient pas des coquins qui avaient agi, plutôt des gens du cardinal.

À présent, Son Éminence devait être satisfaite, avait-il songé. Grâce à lui, monseigneur de Richelieu allait pouvoir mettre à bas une méchante conspiration et il ne pourrait que reconnaître sa bonne foi, et la récompenser. Il avait d'ailleurs envisagé d'aller réclamer son dû le jour même, mais il avait finalement décidé de respecter le délai imposé par le père Joseph. Ce dernier avait peut-être des raisons de vouloir disposer de temps, ne serait-ce que pour arrêter tous les séditieux.

Ayant pénétré dans la cour du palais et s'étant fait conduire par un sergent, Baloufeau s'adressa au concierge avec le même ton suffisant déjà utilisé :

— Je suis attendu par le père Le Clerc du Tremblay.

Comme la fois précédente, un valet et un garde le conduisirent chez l'intendant.

Après la visite du soi-disant M. d'Angély, Le Clerc du Tremblay avait demandé à son serviteur, qu'il savait physionomiste, de le prévenir s'il revoyait le visiteur. Ayant reconnu Baloufeau, l'intendant lui demanda donc de patienter dans une antichambre, prétextant que le père Joseph était occupé.

Le faux baron de Saint-Angel s'installa donc dans une banquette couverte de cuir où trois personnes attendaient déjà.

L'intendant gagna alors la chambre de Tenebroso Cavernoso par une autre porte. Le Clerc du Tremblay était effectivement occupé : il recevait Antoine Ruzé, le marquis d'Effiat.

M. Ruzé, la quarantaine bien sonnée, avait été compagnon d'Henri IV, puis avait combattu les huguenots avant de devenir premier écuyer de la Grande Écurie. Bon diplomate, il avait été chargé de missions de confiance par le duc de Luynes, favori de Louis XIII, tant à Bruxelles qu'à Londres. En 1624, il était entré au Conseil en même temps que le cardinal de Richelieu, dont il avait toute la confiance, et avait été nommé ambassadeur extraordinaire en Angleterre.

Le père Joseph voulait l'interroger sur les lords Holland et Carleton, qui venaient d'arriver à Paris afin de faciliter les négociations avec les députés de La Rochelle, et qui étaient logés à l'hôtel de Chevreuse.

Le marquis, toujours très élégant, cheveux frisés, et barbiche en pointe, portait un pourpoint crème avec un grand col de dentelle et d'amples chausses gris souris. Il prenait congé quand l'intendant entra. Le capucin fit signe à son serviteur qu'il pouvait parler. Il n'avait pas de secret pour Effiat, qui traitait des affaires les plus secrètes du royaume.

— Un gentilhomme vient d'arriver, mon père. C'est celui venu voici un mois, M. d'Angély. Il attend dans l'antichambre.

— Êtes-vous certain qu'il s'agit de lui ? interrogea le père Joseph, stupéfait.

Comme Cavoye, il était convaincu de la mort de son informateur.

— Certain, mon père.

— Faites fermer les portes du palais afin qu'il ne puisse partir. Ensuite, allez à la salle des gardes et voyez s'il s'y trouve M. de Cavoye. Sinon, faites-le chercher partout !

L'intendant s'inclina et quitta la pièce.

— Que de précautions ! Qui est donc ce visiteur mystérieux ? s'enquit Effiat d'un ton précieux.

— Une singulière affaire, monsieur le marquis. Voici un mois, cet individu est venu dénoncer un complot. Selon lui, le Grand Prieur entreposait des armes dans le collège de Marmoutier, qui est abandonné. Monseigneur a fait envoyer des hommes là-bas, mais ils n'ont rien trouvé. Cet individu, qui se nomme d'Angély, voulait une récompense de cinq mille pistoles. Évidemment, je ne pensais plus le revoir.

Effiat restait songeur, front plissé.

— D'Angély, m'avez-vous dit ?

— Vous le connaissez ?

— Je me le demande… Votre histoire m'a fait penser à une aventure similaire dont je me suis occupé voici une dizaine d'années.

— Expliquez-moi.

— Un baron de Saint-Angel était venu voir M. de Luynes. Il voulait dénoncer une conspiration contre la vie du roi de France fomentée par des seigneurs du roi d'Espagne et dirigée par un Génois. Luynes lui a versé deux cents écus pour qu'il conduise quelques exempts à ce Génois, mais Saint-Angel lui a expliqué qu'il se trouvait à Bruxelles. Luynes m'a alors demandé d'accompagner ce baron là-bas. Seulement, sur place, il m'a fait croire que le Génois allait s'embarquer pour l'Angleterre et il m'a échappé. Fort fâché, comme vous vous en doutez, j'ai fait faire une enquête sur cet individu : fils d'avocat, beau parleur, filou, il était au moins bigame et avait trompé quantité de gens par son effronterie incroyable ! Cependant, je n'en ai plus jamais entendu parler. C'était mon premier échec, déclara Effiat avec un sourire de circonstance.

— Angel… Angély… Effectivement cette ressemblance est troublante. Venez voir…

Il se rendit à la porte du vestibule, Effiat sur ses pas. À côté du dormant se trouvait un petit judas qui permettait d'observer les visiteurs.

Le capucin l'ouvrit.

— Regardez si vous le reconnaissez.

Effiat s'approcha et resta un instant rivé sur l'ouverture.

— C'est lui, nul doute, il n'a guère changé, dit-il en refermant le judas.

— Intéressant. Attendons le retour de mon intendant.

Ils poursuivirent leur discussion sur les ambassadeurs anglais. Quelques instants plus tard, on gratta à l'autre porte et l'intendant entra, accompagné de Cavoye, sanglé dans une casaque de garde et chaussé de hautes bottes à revers. Ôtant son chapeau de feutre, ce dernier s'abîma dans une révérence.

— Je vais vous mettre à la besogne, monsieur de Cavoye. J'ai retrouvé mon marquis.

— Le délateur ?

— Oui, il se trouve dans l'antichambre (l'intendant, la discrétion faite homme, n'avait rien dit). M. Lenain va le faire entrer. Vous lui ferez rendre son épée et nous allons le confesser. Voulez-vous rester, monsieur d'Effiat ?

— Volontiers.

— M. d'Effiat a eu affaire à notre coquin, voici dix ans. Déjà, il dénonçait un complot imaginaire, expliqua Tenebroso Cavernoso.

Cavoye hocha la tête en souriant. L'épilogue de l'histoire l'intéressait.

— À vous, monsieur Lenain.

L'intendant alla à la porte de l'antichambre, l'ouvrit et appela M. d'Angély. Celui-ci se leva et s'approcha avec la démarche satisfaite de celui qui va recevoir une fortune.

Il entra et plissa le front en découvrant M. d'Effiat. Soudain, il le reconnut et fit un pas en arrière, mais il sentit la pointe d'une dague.

— Débouclez votre baudrier, monsieur, ordonna une voix dans son dos.

Baloufeau devina qu'il était pris et qu'il était inutile de tenter quoi que ce soit. Au demeurant, il se dit que son bagout l'avait déjà sauvé à plusieurs reprises. Il n'y avait donc aucune raison pour qu'il ne parvienne pas à convaincre le père Joseph. D'ailleurs, il n'avait rien fait de mal !

— Que signifie ceci ? s'enquit-il d'un ton à la fois poli et surpris, en dénouant sa ceinture portant rapière.

Se retournant, il tendit ensuite fièrement lanière et fourreau à Cavoye.

— Vous nous devez quelques explications, monsieur, fit le père Joseph. M. d'Effiat aura aussi des questions à vous poser.

— Je devine celles de M. d'Effiat, mais je peux me justifier. Il a pu croire que je l'abandonnais, mais en vérité je n'avais pas eu le temps de lui dire ce qui se passait. Je suivais un homme, un des pires criminels qui puissent exister. Il recherchait un nouveau Ravaillac pour s'en prendre à notre roi bien-aimé. Quand j'ai su qu'il embarquait, j'ai fait de même grâce à un pêcheur qui a bien voulu suivre la barque de ce monstre. Cela m'a conduit en Angleterre. Là-bas, j'ai perdu ce scélérat, pourtant au bout de quelques semaines je l'ai retrouvé, et j'ai réussi à le mettre hors d'état de nuire après une passe d'armes dans laquelle je fus sérieusement blessé.

Il montra son épaule.

— Que n'êtes-vous rentré en France me raconter cela ? fit Effiat dans un sourire incrédule. Je vous aurais royalement récompensé.

— Hélas, les amis de cet homme me poursuivaient à leur tour. J'ai vécu caché durant des mois, puis je me suis rendu au Portugal. On était toujours dans mes pas. J'ai enfin réussi à échapper à ces démons et je suis venu à Paris, pour un procès, comme je l'ai dit à M. Le Clerc. Si j'avais su que vous y étiez aussi, je n'aurais pas manqué de venir m'excuser.

La voix de Baloufeau était tout à la fois persuasive, soumise et chaleureuse. Cavoye parut convaincu. Le père Joseph restait perplexe. Mais M. d'Effiat souriait, dans un état proche de l'hilarité.

— Parlez-moi des deux mille livres que vous a données le roi d'Angleterre en échange d'informations sur un complot imaginaire contre lui, plaisanta-t-il.

— Des deux mille livres… s'offusqua Baloufeau en fronçant le sourcil.

— Oui, et des trois mille livres du roi d'Espagne. Et aussi de vos deux ou trois épouses. Qui en connaît le nombre exact ? J'ai entendu parler d'Anne, de Françoise, qui d'autre encore ?

Baloufeau se raidit, visage fermé, comme si on l'avait insulté.

Effiat l'ignora pour s'adresser au père Joseph d'un tout autre ton :

— Mon père, je dois vous quitter, car le cardinal m'attend. Laissez-moi cependant vous affirmer que cet homme est un adroit fripon, un scélérat et un intrigant, qui à ces divers titres mérite amplement la corde.

Il s'inclina devant Le Clerc du Tremblay, moins longuement devant Cavoye, ignora Baloufeau, prit son chapeau et s'en alla.

— Je n'ai jamais trompé personne ! Que le Seigneur me foudroie si je mens ! déclara Baloufeau avec hauteur.

Cavoye remarqua alors la sueur qui coulait de son front.

— Venons-en au collège de Marmoutier. Contrairement à vos dires, il n'y avait rien, là-bas, fit Tenebroso Cavernoso.

— Rien ? Impossible ! affirma le faux baron.

— Je déteste perdre du temps, monsieur, aussi révélez-moi la vérité. Toute la vérité, ou je vous promets que vous serez roué la semaine prochaine !

Tout se bousculait dans l'esprit de Baloufeau. Impossible que l'écolier lui ait menti, d'ailleurs, il lui avait remis le pistolet…

— Ne vous ai-je pas donné une preuve ? fit-il avec hauteur. Pourquoi vous aurais-je laissé cette arme qui vaut facilement deux cents livres !

— Parlons-en. Où l'avez-vous eue ?

Baloufeau comprit qu'il risquait sa tête, alors autant jouer la franchise. En partie.

— Je reconnais ne jamais avoir vu ces équipements dans le collège de Marmoutier, mon père.

— Ah !

— Mais un écolier les a vus, c'est lui qui m'a tout révélé et m'a remis ce pistolet. Voici donc les faits, tels qu'ils se sont passés. Je dois aussi vous dire que je ne suis pas réellement marquis… Voyez-vous, j'ai fait entrer dans Paris quelques tonneaux de vin en utilisant ma noblesse… Très peu de fûts, en vérité, à peine plus que ma consommation… J'avais un valet qui m'aidait, un Sicilien de mauvais aloi, qui est responsable de tout. Nous entreposions ces futailles dans un cellier du collège du Mans, qui avait été loué par un marchand de vin, car le collège est vide…

Il s'arrêta un instant, cherchant comment présenter la suite.

— Voici un mois, je transportais un tonneau avec mon domestique quand nous avons vu surgir un écolier. Mon valet crut que c'était un espion et se jeta sur lui pour le meurtrir. J'ai bien sûr défendu le jeune garçon, et, pour ce faire, j'ai dû passer mon épée au travers de mon valet. Mais au moins l'écolier fut sauf. Il m'expliqua alors venir du collège de Marmoutier, qu'il était allé visiter avec un compagnon, par simple curiosité. Une lucarne permettait aux deux collèges de communiquer. Lui et son ami se trouvaient là-bas quand ils ont découvert des caisses et des ballots d'armement, des pistolets, des mousquets, des cuirasses. Mais ils avaient été surpris par deux gardiens qui s'apprêtaient à les faire taire. L'écolier a saisi un pistolet et, faisant croire qu'il était chargé, a tenu les gardiens en respect. Lui et son compère ont fui, mais le second garçon a été pris tandis que le premier passait la lucarne. Les gardiens, trop gros, ne purent le suivre.

« Il voulait prévenir le prévôt pour sauver son ami, mais le temps était compté, aussi je lui proposai d'aller frapper à la porte du collège, et pendant que je discuterais avec les gardiens il irait délivrer son compagnon. Il me laissa alors ce pistolet. J'allai comme convenu à la porte, je frappai mais personne ne répondit. Au bout d'un moment j'abandonnai. Je revins au collège, le garçon avait disparu. Je ne l'ai jamais revu. Mais ayant gardé ce pistolet, j'ai pensé pouvoir à la fois en tirer un profit et dénoncer une évidente conspiration contre mon roi. Voilà, vous savez tout, j'ai commis quelques erreurs et de petits délits, mais je suis un homme bon et honnête, et un fidèle sujet de Sa Majesté.

Qu'y avait-il de vrai dans cette histoire ? songeait le père Joseph. Cet homme était certainement le mensonge incarné.

— Qui était cet écolier ? Son nom ?

— Je l'ignore, mon père. Il ne me l'a pas dit.

— Et son compère ? Qu'est-il devenu ?

— Je l'ignore également. Je vous ai dit toute la vérité, je suis prêt à le jurer sur les Saints Évangiles.

— Et votre valet, où est son corps ?

— Je l'ai transporté dans une salle d'étage. J'envisageais de le porter aux Saints-Innocents pour qu'il soit inhumé chrétiennement.

— Monsieur de Cavoye, vous vérifierez tout cela.

Il tira un cordon et un valet entra.

— Allez chercher la garde, lui ordonna le père Joseph. (Puis, se tournant vers Baloufeau :) Monsieur d'Angély, ou je ne sais qui, M. de Cavoye va vous conduire à la Bastille, où vous serez interrogé par un magistrat.

La Bastille… Baloufeau se sentit soulagé. Il préférait mille fois cet endroit aux affreux cachots du Grand Châtelet, ou aux pailleux de la Conciergerie.

Il se faisait fort de convaincre les magistrats qui le questionneraient. Certes, il serait condamné au pilori, mais il l'avait déjà été et il savait cela supportable. On n'allait pas l'envoyer aux galères pour si peu.

29

Le mardi 24 février 1626

Les pensionnaires rentrèrent chez eux à l'occasion de Mardi gras et, alors qu'il ne s'y attendait point, Jacques La Chesnay reçut la visite de son frère. Robert venait le chercher pour passer la journée avec lui, lui expliquant avoir reçu une gratification de son maître, qui était satisfait de ses services. Il offrit même à son cadet un manteau en camelot à grand col et des gants de peau, ainsi que plusieurs plumes d'oie, un grattoir, des encriers et une rame de papier fin, ces derniers présents rendant Jacques encore plus heureux que la chape.

Les deux frères dînèrent dans un cabaret bien chauffé, et Jacques parla beaucoup du collège et de ses amis de la compagnie des Six, en particulier de Louis Fronsac, qui lui gardait toujours une portion de dessert et l'aidait à faire ses devoirs.

Il lui dit aussi la vérité. Que Louis avait aperçu dans la bibliothèque du collège le livre pour lequel il l'avait interrogé. Cela intéressa Robert, qui ignorait tout à ce moment-là de la querelle entre les jésuites et l'Université.

— Louis m'a dit qu'il brûlait de savoir pourquoi tu possédais ce livre, glissa humblement Jacques.

— Voilà qui ne m'étonne pas ! Ton ami est curieux comme un furet. C'est un défaut, ne le sait-il pas ? Il a pourtant déjà eu pas mal d'ennuis à cause de ça, non ?

Jacques opina tristement tandis que Robert restait silencieux, laissant tout de même flotter un sourire indulgent sur ses lèvres.

— Je ne te répondrai pas, Jacques, mais ce Fronsac a montré plusieurs fois qu'il avait l'esprit vif, alors dis-lui qu'il n'a qu'à deviner !

— Comment pourrait-il faire ?

Le Liron hésita à en dire plus, et finalement il lâcha :

— Il connaît mes talents.

— C'est un livre que tu as volé ? chuchota Jacques, peiné.

— Non, au contraire.

— Au contraire ?

— Je ne t'en dirai pas davantage.

— Me diras-tu au moins quel est ton maître ?

— Il s'agit de l'abbé Scaglia, l'ambassadeur de Savoie. C'est un très bon maître.

Le mercredi, le jeune boursier répéta sa conversation à Louis, qui devina que le Liron lui avait lancé un défi. Il en parla à Gaston, mais ce dernier ne s'intéressait guère à ce livre qu'il n'avait jamais vu. La gageure tourna alors à l'obsession. Plusieurs fois, Louis se fit répéter par Jacques la discussion avec son frère, sans pour autant y découvrir aucun indice : « Il connaît mes talents. — C'est un livre que tu as volé ? — Non, au contraire. — Au contraire ? — Je ne t'en dirai pas davantage. »

Dans le collège, parmi les élèves de rhétorique, beaucoup discutaient de l'ouvrage de Santarelli.

MM. Fronsac, Charreton et Boutier l'avaient aussi évoqué à table. Ce dernier avait même expliqué aux deux collégiens combien cette affaire pouvait devenir embarrassante pour les jésuites. Louis avait sagement écouté en baissant la tête. Il aurait bien aimé révéler qu'il avait consulté ce fameux livre, mais il ne pouvait le faire.

« Jusqu'où les choses pourraient-elles aller ? s'était inquiété M. Fronsac.

— Personne n'ayant eu le livre entre les mains au sein de l'Université, sauf maître La Motte et, paraît-il, maître Filefac, la Sorbonne ne peut le condamner formellement, avait expliqué M. Boutier. On sait peu de chose sur le contenu de cet ouvrage. Il y serait affirmé la toute-puissance du pape sur les princes, et surtout son droit à délivrer les sujets de leur serment de fidélité et à autoriser le tyrannicide.

— Cependant, si un tel livre était montré au Palais, les parlementaires pourraient voter un décret de bannissement des jésuites, avait sombrement déclaré M. Charreton. M. Servin, l'avocat général, déteste la Société presque autant que le recteur Tarin.

— Heureusement, les révérends pères bénéficient de la protection de monseigneur de Richelieu, avait conclu M. Boutier.

— Ce qui demeure incompréhensible, avait ajouté le grand-père de Louis, c'est comment ces livres sont arrivés chez maître Cramoisy et comment l'Université en a eu connaissance. On pourrait croire que quelque malfaisant les y avait envoyés puis avait prévenu la Sorbonne, uniquement pour nuire aux jésuites… »

C'est le jeudi soir, au fond de son lit, que la vérité se révéla brusquement à Louis. Il ne cessait de penser à ce qu'il savait et, soudain, tous les éléments en sa possession s'emboîtèrent mystérieusement en formant une intrigue cohérente.

Oui, il y avait bien eu manigance, comme le pensait son grand-père. La preuve en était que le Liron avait eu le livre un mois avant qu'il n'arrive chez Cramoisy.

Ces paroles, « Au contraire », venaient de prendre tout leur sens. Le Liron était certes un voleur, mais ce livre, il ne l'avait pas volé. Au contraire… il devait le déposer… chez un monseigneur. Et ce monseigneur, ce ne pouvait être que le cardinal de Richelieu.

Satisfait d'avoir compris comment se nouaient tous les fils de l'intrigue, il s'endormit paisiblement.

.

Au réveil, la cabale lui revint à l'esprit et, à peine assis sur son lit, tandis que Gaston se frottait les yeux, il lui dit :

— Il faut qu'on parle, c'est grave, j'ai tout compris sur le livre de Santarelli.

Gaston le considéra avec un air stupide, ne comprenant pas en quoi il y avait quelque chose de si particulier à ce sujet.

C'est dans la cour, tandis que les externes arrivaient, que Louis lui expliqua :

— Les jésuites ont des ennemis…

— Tout le monde le sait ! Tu as vu comme le recteur de l'Université les a attaqués pour qu'ils ne puissent acheter le collège du Mans !

— On veut les bannir de France.

— Bien possible.

— Comment pourraient-ils obtenir leur expulsion ?

— Je ne sais pas, répondit Gaston naïvement.

Mais aussitôt il se reprit car il venait de comprendre :

— Le livre de Santarelli ! s'exclama-t-il.

— Voilà, c'est un coup monté ! Quelqu'un a fait venir ces ouvrages et a prévenu l'Université.

— Mais ton parrain a dit que les jésuites ne risquent rien, ils sont protégés par monseigneur de Richelieu…

Louis ne répondit rien et regarda Gaston avec un air fripon.

— Qu'as-tu ? fit Tilly, vexé.

— Qu'y avait-il d'écrit sur le livre de Santarelli que m'a montré le Liron ?

Gaston plissa les yeux avant de dire :

— « Monseigneur »…

— La dédicace n'était pas pour un prince mais pour le cardinal !

— Je ne comprends plus…

— Le Liron a répondu « Au contraire » à Jacques, quand celui-ci lui a demandé s'il l'avait volé…

— Et alors ?

— Robert La Chesnay n'a pas volé le livre, on le lui avait remis pour qu'il aille le cacher chez Richelieu.

— Mais pourquoi ?

— Pour compromettre notre ministre.

Gaston écarquilla les yeux, bouche ouverte comme un poisson hors de l'eau.

— Richelieu défend les jésuites sans savoir que ce volume condamné se trouve chez lui ! Avec un hommage de Santarelli.

Cette fois, Gaston avait saisi :

— Qu'on révèle au roi que son ministre possède l'ouvrage et qu'on perquisitionne, et ce sera la fin du cardinal. Et donc, il ne pourra plus aider les jésuites.

— Voilà !

— Quel plan perfide ! Qui l'a mis en route ?

— Des ennemis des jésuites ! Peut-être des maîtres de l'Université.

— Comment as-tu fait pour démêler tout cela ? Je n'y ai jamais pensé.

— Je ne sais pas, répondit naïvement Louis. Je disposais de tous les faits sans comprendre. Puis subitement tout s'est mis en place, comme par magie !

— Cela ne m'arrive jamais, dit piteusement Gaston.

Louis pouffa avant de dire :

— Et moi, je suis incapable de manier l'épée aussi adroitement que toi ! C'est Dieu qui nous donne nos talents. Mais l'important, c'est maintenant de prévenir monseigneur de Richelieu.

— Quoi ?!

— Oui, il faut qu'il trouve et détruise ce livre qui est chez lui.

— Mais pourquoi veux-tu qu'on se mêle de ça ?

— On n'a pas le choix : si le cardinal est chassé, les jésuites seront bannis et nous n'aurons plus de collège !

Singulièrement, en livrant son explication, Louis ressentit la fugitive impression qu'il se trompait. Cependant, il écarta cette sensation.

— Admettons. Donc, nous allons aller voir le cardinal, nous demandons audience et nous dénonçons Robert La Chesnay ? persifla Gaston.

— Non, bien sûr. On va trouver un autre moyen.

Ce même vendredi 27 février, le Chevalier de Vendôme, le jésuite Mendoza, l'abbé Scaglia et M. de Lauzières, qui désormais savait tout du complot, s'étaient retrouvés au palais du prieur, dans l'enclos du Temple.

Le plan de Mendoza s'était parfaitement déroulé, mais les jésuites avaient réagi avec trop de promptitude et, en reprenant le livre de Santarelli à maître La Motte, ils avaient retiré à l'Université et aux adversaires de la Société de Jésus l'arme qui aurait dû provoquer le scandale.

Certes, la condamnation des pères avait gagné le Parlement, mais aucune poursuite ne serait intentée sans preuve. Et même si on découvrait maintenant le livre chez le cardinal de Richelieu, ce serait peut-être insuffisant pour qu'il soit chassé, car les esprits n'étaient pas encore suffisamment échauffés. Il fallait absolument que le livre soit condamné par l'Université et que les plus abominables de ses assertions soient montrées au roi afin que sa colère soit effroyable quand on trouverait l'ouvrage chez son ministre.

— Vous auriez dû m'envoyer deux exemplaires, reprocha Scaglia à Mendoza, après qu'ils eurent fait le point sur l'état de l'opinion.

— Non, à quoi cela aurait-il servi ? Vous auriez dû le faire passer à un docteur de l'Université, avec le risque que l'on apprenne que cela venait de vous. J'ai heureusement un autre recours : j'ai voyagé avec les commis d'Antonio Remondini et nous nous sommes arrêtés à Lyon, à la librairie À la Fleur de lys de Florence, où ils ont laissé un lot d'ouvrages, dont deux de Santarelli. Il suffit de prévenir un magistrat du Palais particulièrement animé contre la Compagnie que des exemplaires se trouvent là-bas.

— Habile, reconnut Scaglia. Mais qui avertir ?

— Je connais bien un président à mortier de la Grand'Chambre, proposa Lauzières, qui voulait se montrer utile car il avait une requête à présenter.

— Entendu ! approuva le Grand Prieur. À vous de vous occuper de tout cela.

— Monseigneur, il y a un autre problème que je voudrais aborder, fit l'intendant.

— Les écoliers du collège de Marmoutier ! le devança Alexandre en fronçant les sourcils.

— Oui, monseigneur.

— Ces coquins ont fait passer un papier au fils de M. de Lauzières, expliqua le Grand Prieur à l'abbé et à l'Espagnol.

— Quel genre de papier ? s'inquiéta Scaglia.

— Je dois vous dire que mon fils s'était disputé avec eux. Je l'ai réprimandé et lui ai ordonné de ne plus les approcher !

Le Grand Prieur, apparemment au courant, hocha la tête.

— Bref, alors que leur querelle allait dégénérer, l'un des garçons, le nommé Fronsac, a donné un papier à mon fils sur lequel était écrit « Sauer – Nürnberg ». Il lui a dit de me le remettre et qu'il ne doutait pas qu'ensuite mon fils les laisserait tranquilles. Ce qui est advenu.

— Mauvais, ça ! observa Mendoza.

— Il a lu cette inscription sur les armes qui se trouvaient dans le collège, conclut le Grand Prieur avec une certaine insouciance. Cela ne nous apprend rien ! Et comme tous les équipements ont été déplacés, inutile de s'inquiéter davantage.

— Oui, monsieur, fit Lauzières, malgré tout insatisfait.

Si le complot échouait, Alexandre, frère du roi, risquait tout au plus un emprisonnement, mais on sort de prison. L'abbé Scaglia, ambassadeur, était intouchable, et Mendoza demeurerait protégé par le Saint-Père et le roi d'Espagne. Mais lui, simple intendant, serait jeté en pâture. Comme il faudrait une victime expiatoire, il pourrait bien finir tiré par quatre chevaux. Les deux collégiens de Clermont étaient des témoins à charge contre lui et il aurait donné cher pour que le Grand Prieur les fasse disparaître. Mais il ne pouvait insister. Pas maintenant, chez l'abbé Scaglia.

Le lendemain, le président de la Grand'Chambre, à qui Lauzières avait fait parvenir un mot anonyme, dépêcha un homme à Lyon. Le voyage ne fut pas vain car, huit jours plus tard, il lui rapporta le livre, lequel fut confié au docteur Filefac, l'un des plus ardents ennemis de la Société de Jésus, qui prépara un mémoire avec les extraits les plus condamnables.

Ces éléments furent communiqués aux gens du roi[1], et le 4 mars, alors que Louis XIII siégeait au Palais pour la vérification de plusieurs édits, l'avocat général M. Servin prononça un violent réquisitoire contre l'ouvrage de Santarelli et la Société de Jésus.

Cependant, au bout d'une demi-heure, alors qu'il attaquait les détestables doctrines des jésuites, il se mit à bégayer, puis s'écroula, atteint d'apoplexie, aux pieds du Procureur général. Il expira peu après, dans le Palais.

Cette mort subite fut présentée par beaucoup comme un châtiment divin et refroidit un peu les ardeurs des ennemis des disciples d'Ignace de Loyola. Mais, contre attente, le successeur de Servin, Omer Talon, reprit à son compte le violent réquisitoire.

1. On appelait ainsi l'avocat et le Procureur, ainsi que les substituts.

30

Le samedi 7 mars, devant le collège, Louis et Gaston attendaient Guillaume Bouvier dans un mélange d'impatience et d'inquiétude. D'impatience car, pour la première fois, Guillaume viendrait avec le nouveau carrosse de l'étude. D'inquiétude, car le gardien de l'étude pouvait fort bien refuser ce qu'ils allaient lui demander.

Le carrosse était arrivé à la fin du mois de janvier et M. Charreton avait déjà promené les deux garçons dans Paris. C'était un petit coche tiré par un seul cheval et limité à deux passagers, même si on pouvait s'y serrer à quatre. Il ne ressemblait en rien au majestueux véhicule qui venait chercher Gondi, ni même à celui d'Adrien de Houdetot ou de Thémines de Lauzières. Mais ce n'était pas un chariot attelé à une mule et, pour Louis et Gaston, il s'agissait d'un important changement social.

Cependant, la vanité n'avait pas de place dans la demande que Louis avait formulée à son père afin qu'on vienne les chercher en carrosse. Le véhicule devait jouer un rôle dans le plan qu'il avait conçu. Il avait d'ailleurs passé une partie du dimanche précédent à préparer un document nécessaire pour cette entreprise.

Enfin l'ancien piquier arriva, fier comme Artaban sur le siège du petit véhicule. La voiture était peinte en vert olive, avec un toit cramoisi, et possédait des portières.

Les écoliers se précipitèrent en faisant de grands signes mais, avant de s'asseoir sur les sièges tapissés, Louis demanda :

— Guillaume, pourriez-vous faire un détour avant de revenir à l'étude ?

— Pour aller où, monsieur ? s'inquiéta le serviteur, qui se tenait sur ses gardes chaque fois que le fils de son maître lui demandait une faveur, celles-ci l'ayant à plusieurs reprises entraîné dans des situations inextricables.

— Seulement à l'endroit où monseigneur le cardinal de Richelieu se fait bâtir un hôtel, c'est dans la rue Saint-Honoré. Si vous franchissez le Pont-Neuf, cela ne nous retardera pas. C'est mon grand-père qui nous en a parlé, il dit que c'est un immense chantier qui mérite d'être vu.

— Mais pourquoi voulez-vous aller là-bas, monsieur ?

— Avec Gaston, on voudrait découvrir cet hôtel en construction et ses jardins.

Guillaume se montra hésitant, mais il savait déjà qu'il capitulerait, tant il admirait Louis, qui, en plus, passait beaucoup de temps à aider Nicolas, son neveu, à faire les devoirs que lui demandait la petite école de Saint-Merry. Et puis, il y aurait la fierté de conduire ce carrosse près du Louvre, là où on croisait beaucoup de voitures de grands seigneurs. La rue Saint-Honoré était souvent encombrée par ces véhicules, il ne déparerait pas parmi eux, même s'il ne conduisait qu'un cheval. De surcroît, il connaissait le chemin, M. Charreton lui ayant demandé la semaine précédente de le conduire dans la rue Saint-Thomas du Louvre, juste en face du chantier de l'hôtel du ministre.

— Entendu, montez !

Il poursuivit dans la rue Saint-Jacques jusqu'à la porte afin de faire demi-tour, puis descendit au Petit-Pont et suivit la Seine jusqu'au Pont-Neuf. Aux potences dressées au bord de la rive se balançaient trois pendus que des badauds contemplaient. Louis et Gaston se demandèrent ce qu'ils avaient fait ; sans doute s'agissait-il de voleurs pris en flagrant délit.

Ayant franchi le pont, le carrosse monta la rue de la Monnaie avant de tourner à main gauche, dans la rue Saint-Honoré. Il aurait été plus rapide de suivre les quais et de passer un guichet du Louvre pour rejoindre la rue Saint-Thomas, mais, quand il avait conduit M. Charreton, Guillaume avait appris que les guichets étaient fermés et surveillés par des mousquetaires. Sur ordre du cardinal de Richelieu.

Dans la rue Saint-Honoré, la voiture passa devant la Croix du Trahoir, où un corps était pendu au gibet attenant à la croix. Les deux garçons le regardaient quand, soudain, Louis mit la tête à la fenêtre, qui n'avait qu'un rideau comme fermeture, pour demander à Guillaume de s'arrêter.

Le serviteur s'exécuta en rangeant la voiture devant une porte cochère. Il s'apprêtait à demander une explication, tout comme Gaston, mais alors même que le carrosse n'était pas complètement immobilisé, Louis descendit et se précipita jusqu'au gibet.

— Qu'as-tu ? lui cria Gaston en le rejoignant.

Son ami était figé devant le corps, visage décomposé.

— Cet homme…

Il désigna le supplicié, suspendu certainement depuis deux jours tant il puait. Sa bouche ouverte était noire. L'exécuteur de justice avait coupé la langue au condamné.

Les deux garçons avaient habitude de voir des pendus. Il y en avait souvent place de Grève, place Maubert et à bien des carrefours. Certains sans mains et sans langue. Mais celui-là était différent pour Louis. C'était la première fois qu'il voyait la dépouille de quelqu'un qu'il avait rencontré, à qui il avait parlé.

— C'est lui qui m'a sauvé la vie dans le collège de Marmoutier, dit-il, la voix brisée par l'émotion.

— Celui qui a tué l'assassin de Sillery ?

— Oui.

Pourquoi était-il là ? Gaston s'approcha de la pancarte clouée au gibet et la lut.

Savoir faisons, après l'audience civile du Châtelet de Paris, que Jacques Baloufeau a été jugé coupable de crimes de bigamie, meurtre, fraude, faux titre de noblesse et conspiration, et condamné à être pendu et étranglé après avoir eu la langue tirée et coupée.

Louis Séguier de Saint-Brisson,
garde de la prévôté et vicomté de Paris

— Il s'appelait Baloufeau, dit-il.

Un sergent à verge, qui se tenait à la barrière des sergents, un peu plus loin dans la rue, s'approcha, intrigué par ces deux jeunes gens en robe noire et bonnet d'écolier qui venaient de descendre d'un carrosse.

— Le pendu vous intéresse ? les interpella-t-il d'un ton rigolard.

— Je l'avais rencontré rue Saint-Jacques, expliqua Louis. Qu'a-t-il fait pour qu'on l'ait pendu ?

— Il était bigame et cela mérite la corde. De plus, il fraudait les taxes sur le vin. Mais surtout, on m'a dit qu'il avait dénoncé de faux complots, et cela a fâché M. le cardinal.

De faux complots ? se demanda Louis. S'agissait-il des armes dans le collège de Marmoutier ? Bien possible, vraisemblable, même, mais quel rapport cela avait-il avec les truands qui avaient brisé la porte ? Connaîtrait-il jamais la vérité ?

Il murmura une prière pour l'âme de cet homme à qui il devait la vie, tandis que Gaston discutait avec le sergent. Puis ils revinrent au carrosse et Louis se justifia auprès de Guillaume :

— Ce malheureux qui a été pendu, je lui avais parlé rue Saint-Jacques. J'ai voulu savoir pourquoi il avait été condamné.

Mais cela n'intéressait pas le serviteur qui, craignant d'être en retard, fit repartir la voiture.

— Le sergent m'a dit qu'il a fait amende honorable avant qu'on ne lui tranche la langue, un organe qu'il utilisait pour tromper et mentir. Surtout, il m'a déclaré que plusieurs personnages de la Cour ont assisté à l'exécution, en particulier le père Joseph, un capucin proche du cardinal. On dit qu'il s'occupe des affaires secrètes de M. de Richelieu. Beaucoup se sont interrogés sur sa présence et sur celle des gentilshommes avec lui. Ces gens ne se déplacent jamais pour la pendaison d'un bigame.

— Il a dû révéler la présence des armes, mais elles n'y étaient plus… et ça l'a perdu. C'est ma faute s'il est mort.

— C'est pas à cause de toi qu'il fraudait les taxes et qu'il était bigame, répliqua Gaston, indifférent aux états d'âme de son ami.

La voiture s'arrêta dans un terrain vague où s'entassaient les débris d'une bâtisse qui venait d'être démolie. Les garçons descendirent et Louis demanda à Guillaume de les accompagner. Comme une armée d'ouvriers s'activait sur le chantier, l'ancien piquier promit un sol à un manœuvre pour qu'il surveille le véhicule.

Ils se frayèrent un chemin au milieu des gravats. Le chantier était immense. Depuis quelques années déjà, on avait démoli l'enceinte de Charles V et la vieille porte Saint-Honoré, mais maintenant les démolisseurs s'étaient attaqués au pâté de maisons et d'hôtels situé à gauche de l'église Saint-Honoré, entre la rue des Bons-Enfants et l'ancienne muraille, où l'on avait ouvert de nouvelles rues. Certaines constructions étaient entièrement mises à bas et des charrois attendaient leur tour pour être remplis de gravats par les portefaix. D'autres corps de logis n'étaient que partiellement démolis, sans doute le cardinal voulait-il les conserver pour les incorporer dans son nouvel hôtel.

Louis et Gaston avaient convenu de leur façon d'agir. Le second devait entraîner Guillaume vers des ruines éloignées tandis que le premier resterait en arrière pour trouver des secrétaires ou des commis du maître maçon.

Le dimanche précédent, il avait interrogé son grand-père à ce sujet. Les travaux étaient conduits par M. Lemercier, lui avait dit M. Charreton. C'était un maître maçon réputé, qui avait séjourné plusieurs années à Rome. On disait de lui qu'il deviendrait bientôt aussi demandé que l'avait été Salomon de Brosse, celui qui avait construit le palais du Luxembourg et la Grand'salle du Palais.

Après avoir erré dans plusieurs directions, Louis aperçut un homme en pourpoint et haut-de-chausses noirs. Il tenait une écritoire en bois à la main et donnait des ordres à des contremaîtres et à de jeunes commis. Fronsac s'approcha.

— Monsieur, fit-il timidement.

— Que voulez-vous ? s'enquit hargneusement l'homme en noir, visiblement mécontent d'être interrompu.

— Je suis employé aux écritures chez maître Toussaint, notaire au Châtelet, dit-il. Il m'a remis un pli pour M. Lemercier. Savez-vous s'il est ici ?

— Pas là ! Donnez-moi votre pli, je le lui remettrai ce soir.

Louis retint un sourire de satisfaction et il tendit le paquet plat, plié et scellé, qu'il avait longuement préparé le dimanche. Sur un côté était écrit le nom de Lemercier et sur l'autre celui du notaire avec son adresse.

Le secrétaire prit le courrier et le posa sur son écritoire, puis poursuivit sa conversation. Louis le remercia et, apercevant Guillaume qui revenait avec Gaston, il les rejoignit.

— Je vous avais perdu de vue, monsieur, lui reprocha Bouvier.

— Je n’étais pas loin, s’excusa Louis, j’écoutais ce que disait ce maître des ouvriers.

Il fit un clin d’œil à Gaston. Maintenant, il fallait espérer que Lemercier fasse le nécessaire quand il ouvrirait le paquet.

Le maître maçon eut effectivement le pli le soir. Un notaire ? s’interrogea-t-il en examinant le paquet. Sans doute quelque acte sur une des maisons qu’il faisait détruire. Pourvu que ce ne soit pas de nouveaux problèmes ! Le cardinal avait déjà deux procès avec des propriétaires plaideurs.

Il trancha les cordons, brisa le sceau qui ne portait pas de marque, ce qui l’intrigua, et défit l’emballage.

À l’intérieur se trouvait une autre lettre avec cette inscription : *À remettre à monseigneur le cardinal de Richelieu.*

Intrigué, Lemercier fit tourner le pli entre ses doigts. Une plaisanterie ? Il fit chercher son secrétaire, qui logeait sous son toit, et lui demanda comment il avait obtenu le paquet, ce dernier l’ayant juste déposé sur sa table de travail.

— Un jeune garçon, employé de maître Toussaint, monsieur.

— Vous l’aviez déjà vu ?

— Jamais, monsieur.

— Comment était-il ?

— Il portait une robe, comme celle des collégiens et des clercs.

— Quel âge ?

— Treize ou quatorze ans.

— Était-il seul ?

— Je l'ai vu partir avec un autre garçon et un serviteur. Ils sont montés dans un petit carrosse.

— Rien d'autre ?

— Non, monsieur. N'aurais-je pas dû prendre ce paquet ?

— Si, si…

Maître Lemercier resta un moment seul à méditer. Tout cela puait l'intrigue. On l'avait utilisé pour transmettre un message. Quel message ?

Finalement, il rangea la lettre, décidant de la remettre au ministre la prochaine fois qu'il le verrait, c'est-à-dire le mardi suivant. Pour l'heure, le cardinal se trouvait dans sa maison de campagne de Fleury[1].

1. Fleury-en-Bière, près de Fontainebleau.

31

Le vendredi 13 mars, M. de Lamoignon, président d'une chambre au Palais et l'un des plus insignes amis des jésuites, se présenta à la maison professe de la rue Saint-Antoine pour y rencontrer le père Coton, lequel le reçut immédiatement, craignant quelque mauvaise nouvelle.

C'était le cas.

— Mon père, tout est perdu à l'heure où je vous parle. On s'apprête à faire brûler le livre de Santarelli au Palais et, demain, on doit donner l'arrêt de votre bannissement du royaume, annonça-t-il d'une voix tremblante.

Le père Coton défaillit à ces mots et perdit connaissance. Quand il reprit ses sens, il décida de se rendre au Louvre. Mais le roi ne s'y trouvait pas et on lui affirma que les ennemis des jésuites étaient parvenus à l'éloigner de la capitale pendant que les parlementaires préparaient la condamnation de la Société de Jésus. Le père Coton parvint toutefois à rencontrer la reine mère, mais celle-ci avait été mise en garde contre les pères et il n'obtint d'elle aucune réponse, si ce n'est que le Parlement avait fait son devoir et qu'il fallait attendre le retour du roi, lequel serait dans Paris le dimanche au matin.

Le père Coton lui répondit qu'il serait trop tard pour les secourir puisque le lendemain le Parlement voterait un arrêt de bannissement.

En revenant à la maison professe, le Provincial de France prit connaissance d'un arrêt décidé par les Chambres qui ordonnait que « le livre de Santarelli, jésuite, soit lacéré et brûlé par l'exécuteur de la Haute Justice comme contenant des propositions et des maximes fausses, scandaleuses, séditieuses et tendant à la subversion et à induire les sujets à attenter à la vie des rois ».

On ne pouvait voter un texte plus gravissime.

Arrivé à la maison professe, le père Coton entendit d'autres nouvelles, toutes terribles pour la confrérie : les parlementaires étaient maintenant réunis pour décider de l'avenir de la Société de Jésus dans le royaume. Ils avaient mis en délibération trois arrêts : interdire aux jésuites de prêcher pendant le Carême ; fermer le collège de Clermont, ou à tout le moins les hautes classes ; interdire d'entendre les confessions d'hommes et de femmes, de quelques état et qualité qu'ils fussent. Cela revenait de fait à exclure la Compagnie de la charge de confesseur du roi.

On rapporta aux pères que le recteur de la Sorbonne avait fait imprimer la condamnation du livre de Santarelli à six mille exemplaires afin de l'afficher partout dans la capitale. Des forcenés et des crieurs, à la solde de l'Université, la lisaient aux carrefours à grand renfort de tambours. La populace s'échauffait, ne comprenant rien à ce qui était déclaré par Santarelli mais quasiment persuadée que les jésuites venaient de tenter d'assassiner le roi.

Le Grand Prieur, qui avait regagné l'enclos du Temple pour se trouver au plus près de la quasi-émeute, se réjouissait. La brigue fonctionnait sans accroc. La vague de haine envers les jésuites emporterait sous peu le cardinal.

À la maison professe de la rue Saint-Antoine, le père Coton décida d'interdire à tous les pères de sortir des maisons de l'ordre, excepté les prédicateurs et ceux qui devaient acheter des vivres. Pourtant, malgré ces précautions, des incidents éclatèrent et un intendant de la Société de Jésus fut agressé et quasiment assommé par des personnes du néant qui le frappèrent à coups de bâton et lui crachèrent à la face que, si les jésuites étaient encore dans Paris le lundi suivant, ils seraient tous jetés dans la rivière depuis le Pont-Neuf.

Les élèves de Clermont apprirent ces inquiétantes nouvelles par les externes. Toutes sortes de rumeurs circulaient, dont la plus grave était que le collège serait bientôt fermé. Les collégiens étaient catastrophés. Quant aux régents et aux préfets, ils affichaient tous des visages sinistres.

Louis n'était pas surpris de cette agitation. Cela faisait maintenant plus de deux semaines qu'on ne parlait plus que du livre de Santarelli. Leur maître de grammaire latine et de grec avait même abordé le sujet avec eux, expliquant qu'il s'agissait d'un ouvrage contenant des propositions condamnables, mais sans les détailler, et que des ennemis des jésuites, surtout à la Sorbonne, essayaient d'en profiter pour causer du tort à la confrérie. Au demeurant, les rares exemplaires que la Société possédait avaient été détruits, ce qui prouvait bien que les pères n'étaient pas responsables de ce désordre.

Les collégiens apprirent aussi que le samedi les chambres du Palais, réunies ensemble, prendraient une décision après avoir entendu le père Coton.

À la sortie du collège, personne ne traîna dans les rues. Chacun avait hâte d'être chez lui pour savoir ce qui avait été décidé par le Parlement. Mais Louis et Gaston durent attendre le retour de M. Charreton du Palais pour apprendre ce qui s'était dit. Ce dernier raconta au souper ce à quoi il avait assisté :

— Les chambres assemblées avaient, par un arrêt, convoqué les supérieurs jésuites pour leur faire des remontrances, les interroger et prononcer l'arrêt. Les pères Coton, Filleau et quelques autres sont donc arrivés vers les neuf heures. Ce fut, je dois le dire, un funeste et triste spectacle de voir ces vénérables vieillards conduits comme des criminels par six huissiers à la porte de la Grand'salle.

— Je suppose qu'il y avait du monde, s'enquit M. Fronsac.

— Une foule incroyable, mais partagée. Si certains insultèrent les pères en les accusant d'être des « Ravaillac », une ignominie à mes yeux, beaucoup les plaignaient car on savait qu'ils n'étaient pour rien dans l'arrivée des livres séditieux à Paris. Cependant ces derniers ne s'exprimaient qu'à voix basse. Vous savez ce à quoi cette attitude m'a fait penser, mon fils ? demanda M. Charreton.

— Non.

— Au temps de la Ligue. Quand une minorité, les Seize, manipulait le Parlement et obtenait de ses membres des décisions iniques en les terrorisant sous la pression d'une populace qui menait à la hart ceux qui se montraient trop frileux.

— Mais les Seize se trouvaient du côté des jésuites, mon père, intervint Mme Fronsac, qui savait se montrer fine mouche.

— Je veux seulement dire qu'il s'agissait des mêmes procédés. Une minorité utilise le livre de Santarelli pour faire du tort aux jésuites. Mais je m'égare, je poursuis donc : dans un silence de mort, le premier président a commencé l'interrogatoire, demandant de façon humiliante au père Coton comment il s'appelait et qui il était ! Le Provincial a répondu avec beaucoup d'humilité qu'il était supérieur des jésuites, ce qui a provoqué un mouvement de sympathie en sa faveur. Ensuite on a interrogé le père Filleau, qui a fait état de sa charge de recteur du collège de Clermont.

« Après cela, le premier président a parlé de plusieurs méchants livres rédigés par les jésuites contre l'autorité du roi, et dont le dernier était celui de Santarelli. Le père Cotton a pris la parole pour exprimer son désaccord total avec le livre de Santarelli et a rappelé que les jésuites de France n'avaient jamais fait paraître d'ouvrage sur ces épineuses questions depuis des années. Qu'ils étaient de fidèles sujets et qu'ils le resteraient.

« Comme de nombreux parlementaires approuvaient ces paroles, le premier président a déclaré souhaiter connaître, par écrit, le sentiment des pères, ou plus exactement leur approbation, sur quatre propositions que la Cour avait préparées.

M. Charreton se tut un instant, en premier lieu parce que Phélice, la vieille cuisinière, lui servait une portion de tourte au poisson, et ensuite pour qu'on écoute bien ce qu'il allait dire.

— La première proposition était que le roi ne tient son État que de Dieu et de son épée. La deuxième, que le pape n'a aucune puissance sur les rois, ni corrective ni directive. La troisième, que le roi ne peut être excommunié personnellement par une quelconque autorité. La quatrième, que le pape ne peut délivrer les sujets du serment de fidélité, ni mettre le royaume en interdit pour quelque cas que ce puisse être.

Louis écoutait avec attention. Il avait fait un devoir l'année précédente sur la première proposition.

— Le père Coton a demandé quelque temps pour délibérer sur chacun des préceptes. On leur a accordé une demi-heure…

« La séance a été levée et, quand elle a repris, le Provincial de France a déclaré qu'il était prêt à tout signer. Simplement, il jugeait qu'il n'était pas normal que les jésuites soient les seuls à parapher un tel manifeste et il demandait donc une signature solennelle avec tous les docteurs de la Sorbonne et les députés de l'assemblée du clergé, qui était en ce moment convoquée à Paris[1].

« Bien sûr, vous le savez, les prélats de l'assemblée du clergé et les gens de la Sorbonne sont à couteaux tirés. C'est encore pire entre eux et le Parlement, ils se provoquent sans cesse par des excommunications et des arrêts. Ce sera donc long et difficile de leur faire accepter le même texte et, avec cette condition, Coton voulait gagner du temps. Sa réponse a donc été mise en délibéré car elle provoquait trop de divisions chez les parlementaires. La séance a été levée et reportée à lundi.

Le collège de Clermont ne devait donc pas être fermé dans l'immédiat et les cours reprirent normalement le 16 mars, cependant dans un climat d'inquiétude. Peu de jeux dans la cour de récréation, qui restait

1. L'assemblée du clergé était une institution qui se réunissait tous les cinq ans pour décider d'un don gratuit à offrir au roi.

le plus souvent silencieuse. Préfets et profès demeuraient sombres et échangeaient leurs inquiétudes à voix basse. Les écoliers des grandes classes se montraient taciturnes, s'interrogeant sur la fin de leurs études.

Le mercredi, après le dîner, Paul de Gondi attira à lui ses compagnons pour leur dire que les quelques externes qui le renseignaient sur ce qui se passait en ville lui avaient donné des nouvelles.

Ils se rassemblèrent près de la chapelle.

— Les docteurs de la Sorbonne se sont réunis lundi. Le sous-doyen, M. Filefac, et le recteur ont demandé l'examen du livre de Santarelli, un ouvrage que j'aurais bien aimé lire ! Dommage qu'il n'ait pas été à la bibliothèque, ajouta Paul avec un sourire espiègle.

Louis resta impassible.

— Les maîtres de la Sorbonne ont conclu eux aussi que les propositions du livre étaient dignes de censure car elles induisaient les sujets à rébellion et autorisaient les attentats contre les personnes sacrées des princes souverains. De surcroît, elles étaient formellement contraires à l'Évangile de Jésus-Christ. Le recteur a envoyé au Parlement le décret qu'ils avaient pris, afin de le faire homologuer, mais il a alors reçu une lettre du roi qui leur a défendu de poursuivre.

— Pourquoi ? demanda le petit La Chesnay.

— C'est pourtant simple, expliqua Gondi d'un ton suffisant, tout en haussant les épaules devant la candeur du boursier. Monseigneur de Richelieu ne veut pas que la guerre se rallume entre l'Université et les jésuites. Il a bien trop à faire avec La Rochelle.

Comme personne ne pipait mot, Paul poursuivit :

— D'ailleurs, le cardinal a convoqué les pères lundi. Le père Coton, qui serait au plus mal, n'a pu se joindre aux autres membres de la Société. Maintenant, devinez ce qui s'est dit et ce qui a été décidé ?

Les écoliers s'entre-regardèrent, ne sachant que répondre. En fin de compte, seul Jehan s'exprima en se moquant :

— Les pères sont bannis et on est en vacances !

— Pas du tout ! Le cardinal leur a proposé un marché décidé par le roi : soit ils signaient un décret désavouant le livre abominable, soit Sa Majesté se désintéressait d'eux et laissait faire le Parlement, qui votera certainement leur bannissement.

— Ont-ils signé ? s'enquit Gaston, qui commençait à se passionner pour cette épreuve de force.

— Ils ont demandé à pouvoir en débattre, mais ont finalement capitulé complètement !

— Tout est donc terminé, conclut alors La Chesnay, soulagé de rester au collège.

— Oui, fit Gondi sans cacher sa déception, mais c'est une immense défaite pour la Société de Jésus, qui a dû plier devant la Sorbonne et le Parlement.

Sauf que ce n'est qu'un début, songea Louis. Richelieu a dû se compromettre et a provisoirement sauvé la Compagnie de Jésus sans imaginer qu'on a manipulé le Parlement et la Sorbonne afin d'en arriver là. Maintenant, on allait l'accuser d'approuver les dires de Santarelli. Trouverait-on le livre dédicacé chez lui ? Le cardinal avait-il reçu son avertissement et en avait-il tenu compte ? Sinon, il serait certainement arrêté et la Société serait forcément bannie de France.

Mais ce ne fut pas de ces événements qu'on parla dans les jours suivants, ce fut de la fin du père Coton. En effet, le vendredi, les pensionnaires apprirent la mort du Provincial de France, miné par les attaques dont il avait fait l'objet.

32

Le lendemain de la mort du père Coton, la reine, accompagnée de sa dame d'atours Charlotte de Villiers Saint-Pol, se présenta chez son époux le roi.

Louis XIII s'apprêtait à se rendre dans la chapelle pour écouter la messe. Il se trouvait avec ses valets, qui nouaient son pourpoint. Plusieurs gentilshommes de la chambre attendaient ses ordres. À l'écart, le duc de Liancourt, premier gentilhomme, veillait au respect du protocole.

Depuis qu'elle était reine, Anne d'Autriche n'était venue trouver Louis XIII ainsi, à l'improviste, que trois fois. De surcroît, elle se tenait habituellement éloignée de la Cour, vivant au château de Saint-Germain, tout entière occupée à la culture des fleurs. Pour ces raisons, le roi resta ébahi de cette visite.

— Sire, lui dit-elle après une profonde révérence, je dois vous entretenir d'un grave sujet.

Les deux époux n'avaient jamais fait preuve de chaleur l'un envers l'autre. Le roi considérait l'Espagne comme son ennemie, et la reine était espagnole. D'ailleurs, Anne d'Autriche déclarait sans déguisement qu'elle prenait à cœur les intérêts de l'Espagne à l'égal de ceux de la France.

Les caractères des conjoints ne pouvaient être plus différents. Si Anne d'Autriche se montrait parfois coquette, elle était toujours aimable. Les plus grands du royaume l'aimaient, les ducs de Montmorency, de Bellegarde et d'Anjou louaient sa bonté et son esprit d'une rare finesse. En face, Louis XIII, atrabilaire, méfiant, dissimulateur et porté sur la piété, ne paraissait avoir rien en commun avec elle. Pourtant, il l'aimait sincèrement, seulement il refusait de montrer de la tendresse envers celle qu'il considérait souvent comme une ennemie. Au fil des années, un fossé infranchissable s'était creusé entre eux et, désormais, la reine n'éprouvait plus rien pour son mari. Chacun à la Cour s'en apercevait.

— Sor... sortez... mes amis ! fit-il à ses valets et à ses gentilshommes, en bégayant d'émotion.

— Charlotte, attends-moi dans l'antichambre avec M. le duc, dit la reine d'un ton égal.

Tout le monde quitta la pièce et les époux demeurèrent seuls.

— J'ai appris la mort de votre confesseur, poursuivit-elle avec une sorte d'indifférence.

— Elle m'a fort peiné, murmura Louis.

— J'y ai vu une juste punition divine, répliqua-t-elle.

Il haussa les sourcils.

— Comment cela, madame ?

— Ce livre des jésuites, que le père Coton a fait venir de Rome, contenait des affirmations abominables.

— Le père Coton s'est justifié auprès de M. le cardinal, et je le crois de bonne foi.

— Vous attendiez-vous à autre chose, sire ? persifla Anne. M. le cardinal ne peut que les absoudre ! Ce sont ses protégés.

— Je sais que vous ne l'aimez pas, mais vous avez tort, répliqua Louis sèchement.

Il sentait venir la querelle et s'efforçait de se contrôler.

— Croyez-vous, sire ? Et si je vous disais que monseigneur de Richelieu et ce damnable Santarelli se connaissent et correspondent dans votre dos ?

— Faribole ! Encore un de vos amis qui aura fait ce conte !

— Prenez la chose à votre convenance, sire, mais je sais de source sûre que M. de Richelieu possède dans sa bibliothèque le livre de Santarelli avec un hommage de ce maudit jésuite. Vous ne pourrez m'accuser de ne pas vous avoir prévenu.

Comme le roi restait mutique, Anne d'Autriche gratifia son époux d'un aigre sourire, s'abîma dans une profonde révérence et se retira.

Louis XIII resta seul. Le cœur rongé par la méfiance et l'esprit égaré par la souffrance. La dernière fois qu'il avait douté de sa femme, c'était à propos de Buckingham et des ferrets de diamants. Des rumeurs circulaient à la Cour, assurant que la reine aurait offert à l'Anglais les ferrets que lui-même lui avait donnés. Elle s'était expliquée. C'était un complot dont elle avait eu connaissance et il avait piteusement reconnu ses torts. D'ailleurs, le cardinal de Richelieu avait vérifié qu'elle avait raison en se procurant un des ferrets grâce à une de ses espionnes. Louis avait alors pris conscience que son épouse était une femme sagace et bonne politique, qu'il s'était trompé sur son compte.

La reine pouvait-elle une nouvelle fois être dans le vrai ? Pouvait-il être trahi par son ministre ?

Trahi ! Il avait toujours été entouré de félons. Seul Luynes lui avait donné une sincère amitié et une fidélité sans faille. Pourtant, il avait tant cru à la sincérité du cardinal. Pourquoi se laissait-il toujours abuser ? Mais s'était-il réellement trompé ? Et si c'était son épouse qui avait été bernée, voire qui le trahissait ? Qui devait-il croire ?

Louis XIII resta dans cet état d'incertitude et de défiance durant toute la journée, incapable de se décider ou de prendre conseil. Qu'il est difficile de chercher à connaître la trahison de ceux qu'on aime, songeait-il avec amertume. Cependant, n'en pouvant plus, il prit sa décision le lendemain.

Le samedi matin à la pique du jour, dans son cabinet de travail, Richelieu et son secrétaire, M. Charpentier, rassemblaient des mémoires et des documents. Le ministre s'apprêtait à partir pour sa maison de Fleury afin de s'y reposer après une semaine difficile, mais il comptait pourtant lire plusieurs dossiers préparés par le père Joseph.

Soudain retentit un grand fracas : martèlement de sabots, hennissements, cliquetis de métal, grincements de harnachement et ordres vociférés par des officiers habitués à se comporter en maîtres. Une importante troupe de cavaliers pénétrait dans la cour. Puis ce fut le roulement d'un carrosse.

Qui cela pouvait-il être, à cette heure ? Intrigué, le cardinal se rendit à la fenêtre et découvrit une compagnie de mousquetaires du roi qui mettait pied à terre. Le carrosse était celui de Sa Majesté. Un officier ouvrit la porte du véhicule, un laquais plaça un escabeau et le ministre vit descendre le roi, suivi de M. Omer Talon, l'avocat général du parlement de Paris.

Une visite qui n'annonce rien de bon ! jugea Armand du Plessis.

— Charpentier, c'est le roi, dit-il. Laissez-moi et prévenez l'officier de service.

Un moment plus tard, Louis XIII faisait son entrée, accompagné seulement de l'avocat général. Le roi affichait un visage fermé que le cardinal connaissait bien : celui de ses mauvais jours. L'inquiétude de Richelieu grimpa d'un cran tandis qu'il s'inclinait profondément.

— Monseigneur, commença Louis XIII d'un ton glacial et sans préliminaire, j'ai appris avec contrariété que vous connaissez personnellement le père Santarelli.

Le cardinal écarquilla les yeux et resta sans voix, scruté au plus profond de lui-même par le roi et l'avocat général.

— J'ignore qui a pu vous dire cela, sire, mais il s'agit d'un mensonge, déclara enfin le ministre. Avant les fâcheux événements de ces dernières semaines, je n'avais jamais entendu parler de ce jésuite.

— On m'a assuré que vous correspondez régulièrement avec lui, poursuivit Louis en ignorant la réponse d'Armand du Plessis.

— C'est faux, sire, se défendit mollement le cardinal.

— Il vous estimerait, et vous tout autant. Comme marque de son amitié, il vous a envoyé un exemplaire de son livre.

Richelieu secoua la tête en signe de dénégation.

— Baliverne et calomnie ! Je n'ai jamais vu son livre et j'ignore même à quoi il ressemble.

— Il vous a envoyé son ouvrage avec un hommage personnel, insista Louis XIII.

— Je ne sais qui vous a rapporté ceci, sire, mais ce sont des mensonges et des inventions.

— Monsieur Talon, avez-vous bien entendu les dénégations de mon ministre ?

— Oui, sire.

— Qu'en pensez-vous ?

— Connaissant monseigneur, je le crois.

Le cardinal le gratifia d'un sourire factice.

Un pénible silence s'installa. Le roi s'attendait-il à une autre réaction ? On ne sait. Mais il était temps de sortir de cette fâcheuse situation, jugea Armand du Plessis.

Il se dirigea dignement vers sa table de travail, son ample robe écarlate flottant autour de lui. Là, il ouvrit un coffret émaillé et ciselé mais n'en sortit rien.

— Majesté, cette boîte contient toutes les clefs de mon hôtel. J'allais partir pour ma maison de Fleury, si vous m'y autorisez. Que M. Talon perquisitionne les lieux, rien ne lui sera caché. Qu'il interroge mes serviteurs et M. Charpentier, qui sait tout de ma correspondance. Que l'on fouille ma bibliothèque, mes armoires et mes coffres. Pour ma part j'attendrai sereinement votre décision à Fleury. Si l'on trouve une lettre, un mot, un livre, un document du père Santarelli, je me rendrai moi-même à la Bastille, où j'attendrai le bourreau.

Ces dignes paroles furent faites sur un ton si fier et dédaigneux que le roi se sentit profondément mal à l'aise. La reine se serait-elle trompée ?

Pour se donner une contenance, il se tourna vers l'avocat général.

— Qu'en dites-vous, monsieur Talon ?

— Puisque monseigneur m'y autorise, je peux faire faire une perquisition que je dirigerai en personne.

— Entendu. Monsieur le cardinal, vous pouvez vous retirer, ordonna le roi avec hauteur.

Richelieu s'inclina et quitta la pièce sans rien emporter et sans prononcer une parole. Il se doutait bien que c'était la fin de sa carrière de ministre. Ses ennemis avaient gagné.

33

Cela faisait deux jours que Richelieu se morfondait dans sa maison de Fleury, sans nouvelles de Paris. Rongé d'inquiétude, il ne mangeait plus, ne dormait plus. Ses serviteurs s'alarmaient en le voyant errer de pièce en pièce, le teint cireux et le regard distrait.

Escorté par une poignée de gardes du corps à cheval, c'est dans l'après-midi que le coche arriva. Installé dans un fauteuil, le cardinal lisait sans s'intéresser à sa lecture. Au bruit, il se dressa et se précipita à la fenêtre pour regarder dans la cour. Soulagé, il vit descendre Omer Talon du véhicule. L'avocat général était seul. La présence du lieutenant civil, ou même d'un simple exempt, aurait sonné le glas de ses ambitions.

Il décida d'attendre et non d'accueillir en personne le magistrat. Jusqu'à présent, il était toujours président du Conseil et c'était lui qui choisissait les avocats généraux. Talon tenait sa charge de lui seul.

Peu après, on gratta à l'huis et il donna l'ordre d'entrer. Comme chaque jour, il avait revêtu sa robe écarlate et portait le bonnet carré. Si on venait l'arrêter, ce serait le cardinal que l'on saisirait.

Omer Talon pénétra et s'inclina profondément, son chapeau de feutre à la main. Il était revêtu d'un élégant pourpoint de soie noire avec une petite fraise et des chausses amples, en velours foncé. Un costume de Cour.

Bon signe que cette politesse, se dit Richelieu, qui lui sourit aimablement, lui tendant sa main à baiser, ce que fit le magistrat avec déférence. Le valet referma la porte.

— Monseigneur, je suis profondément désolé de ce qui s'est passé… commença Talon.

— Moi aussi, monsieur.

Armand du Plessis soupira théâtralement.

— Quels sont les résultats de vos investigations, monsieur ? s'enquit-il en forçant sur l'indifférence.

— Le néant, évidemment. Mais j'en étais persuadé dès le début.

— Avez-vous bien tout perquisitionné ? persifla le ministre. Les chambres, les garde-robes, les cabinets, les bahuts, les coffres ? Sondé les murs et les planchers, visité les combles et les celliers ?

— Rien de tel, monseigneur. Comme me l'avait demandé Sa Majesté, j'ai uniquement recherché le livre de Santarelli dans votre bibliothèque. Je l'avais eu dans les mains avant qu'il ne soit lacéré et brûlé, donc il m'était facile de l'identifier. Il n'y était pas et j'en ai fait part au roi.

Richelieu hocha du chef, dissimulant tout de même sa satisfaction.

— Qu'a dit Sa Majesté ?

— Il s'est montré fort fâché. Il m'a ordonné deux choses : la première était d'interroger la reine au sujet de cette dénonciation calomnieuse, et la seconde de venir vous trouver ici pour vous dire qu'il vous attendait en toute hâte pour mettre fin à ce malentendu.

— Je rentrerai donc à Paris avec vous.

Le cardinal fit alors une grimace avant d'ajouter :

— Ce serait la reine qui m'a calomnié ?

— Oui, monseigneur. Je suis allé l'interroger à Saint-Germain.

— S'est-elle expliquée ?

— Elle m'est apparue accablée. Elle m'a assuré qu'elle avait cru de son devoir de prévenir son époux après qu'on lui eut révélé que vous possédiez ce livre.

— Vous a-t-elle dit de qui elle tenait cela ?

— Je l'ai interrogée et, de prime abord, elle a refusé de me communiquer son nom. Mais j'avais des ordres du roi et j'ai dû insister. Sa Majesté m'avait autorisé à menacer la reine, aussi, que Dieu me pardonne, je lui ai affirmé qu'elle ne pouvait se murer dans le silence, car son époux envisageait de graves punitions pour sanctionner cette calomnie. Elle a fondu en larmes et m'a avoué qu'il s'agissait de Mme de Chevreuse.

Richelieu hocha à nouveau la tête. Cela ne l'étonnait pas le moins du monde.

— Avez-vous questionné la duchesse ?

— Ce matin, avant de quitter Paris. Je l'ai surprise au pied du lit. Elle a menacé de me chasser et je lui ai répliqué que j'étais accompagné d'exempts et que je pouvais la faire enfermer à la Bastille. Elle est devenue plus conciliante et a accepté de m'entendre. Je l'ai donc interrogée sur le livre de Santarelli, et sur celui ou celle qui lui avait affirmé, mensongèrement, que vous le possédiez. De nouveau, elle est montée sur ses grands chevaux, mais je lui ai froidement déclaré que le roi m'avait autorisé à faire appliquer la question préliminaire à tous ceux qui auraient joué un rôle dans cette répugnante cabale…

« Elle a fait un malaise et j'ai repris l'interrogatoire dès qu'elle a eu retrouvé ses sens. Elle a alors lâché le nom.

Le magistrat, assez fier de lui, fit une pause, attendant la question du ministre.

Celui-ci, ravi de la façon dont l'enquête avait été conduite, lui donna satisfaction :

— Qui donc ?

— Le Chevalier de Vendôme. Le frère du roi.

Le soir même, le tout-puissant cardinal de Richelieu fut reçu au Louvre par son maître, le roi de France.

Les deux hommes se saluèrent avec une certaine gêne, puis, comme toutes les personnes habiles qui veulent affermir leur position quand ils se sentent indispensables, Armand du Plessis offrit sa démission en ces termes :

— Sire, j'ai entendu M. Talon et je sais d'où sont venues ces ignobles accusations. Je n'ai ni la volonté, ni la force de soutenir une lutte contre la femme et le frère de mon roi. Je viens donc vous demander avec insistance de me laisser me retirer des affaires publiques.

Le roi s'accoisa un long moment, ce qui inquiéta Richelieu, qui n'envisageait pas de quitter les affaires et comptait, au contraire, châtier sévèrement ses ennemis.

— C'est moi, et moi seul qui choisis le ministre qui dirige mon Conseil, monseigneur. Et je refuse de vous voir partir. C'est en vous que j'ai confiance.

Se sentant fort, Richelieu insista et reçut cette sèche réponse :

— C'est assez que c'est moi qui le veux !

Mais, pour tempérer ces paroles, Louis XIII ajouta :

— Vous m'aviez dit que vous souhaitiez remanier le Conseil, et je vous avais fait part de mon indécision. J'ai changé d'avis. Je vous laisse libre de changer les ministres à votre convenance et quand vous le jugerez utile. J'entends que vous gouverniez désormais avec unité et fermeté, sans céder à l'influence espagnole de la reine et de ses amis.

Richelieu s'inclina avec satisfaction. Sa victoire était totale, grâce à deux garçons inconnus.

Revenons deux semaines en arrière, dans le cabinet de travail de Richelieu…

Le cardinal prit le document que lui tendit Lemercier en écoutant ce que lui disait son architecte. Ce dernier avait également apporté l'emballage du paquet, avec l'adresse de maître Toussaint écrite dessus.

— Hier, monseigneur, j'étais toujours tourneboulé par cette singulière affaire, aussi ai-je envoyé mon secrétaire chez maître Toussaint. Ce notaire a répondu qu'il ne m'avait jamais fait porter de pli et qu'il n'avait aucun commis ou clerc ressemblant à celui qui a donné le paquet.

Richelieu resta mutique. Depuis quelque temps, il était persuadé que ses ennemis préparaient une grande offensive contre lui, et peut-être contre le roi. À coup sûr ce document, remis de façon mystérieuse, avait un rapport avec cette entreprise.

La lettre était soigneusement scellée à trois endroits. Utilisant un canif, il fit sauter la cire et déplia la missive.

Monseigneur, quelqu'un a pénétré chez vous et a déposé le livre de Santarelli. Retrouvez-le avant qu'on ne vous accuse de protéger les jésuites.

C'était tout, pas de signature bien sûr. Une belle écriture. D'homme ? De femme ? Impossible à dire. Impavide, il replia le feuillet et leva la tête. Lemercier le regardait, tout aussi impassible. Si l'architecte brûlait de poser une question, il ne le fit pas, sachant quelle était sa place et qu'il n'avait été qu'un porteur de message.

— Merci, monsieur Lemercier. Ce sera tout. En ce qui concerne les travaux, revenez demain. Je n'aurai pas le temps d'en parler aujourd'hui.

L'architecte s'abîma dans une révérence et sortit, son grand chapeau noir à la main.

Le cardinal resta à méditer, puis déplia à nouveau la lettre et la relut. Il avait deux choses à savoir : si c'était vrai, et qui était celui qui lui offrait ainsi son aide.

« Quelqu'un a pénétré chez vous »… Si cet informateur disait la vérité, il ne s'agissait pas d'un serviteur félon. Qui alors ?

Soudain, il se souvint du carreau brisé.

Il se leva et alla à la fenêtre, puis ouvrit la croisée. Un air froid pénétra. Il se pencha et examina la façade. Quelqu'un pouvait-il être monté par là ? Difficile, mais pas impossible, ce n'était pas très haut. Il se souvint de ce fameux Liron qui défiait la police voici quelques mois, pénétrant de façon inexplicable chez les gens pour les voler et y laisser sa marque : le dessin d'un loir. On n'entendait plus parler de lui. S'était-il rangé ?

Admettons que ce soit lui, se dit-il. Comment a-t-il pu pénétrer dans le château ? La garde étant vigilante aux portes, ce ne pouvait donc être que par le mur du jardin. L'enceinte était haute mais franchissable. Il regretta de ne pas avoir envoyé des gens vérifier la présence de traces le jour où il avait découvert ce qui se révélait être une effraction. Tout en songeant qu'il devrait désormais faire tripler les rondes dans le jardin, il referma la fenêtre et essaya de se mettre à la place de l'intrus. L'homme avait ordre de déposer le livre de Santarelli quelque part… Où ? Un endroit bien caché, puisque lui-même ne l'avait pas découvert…

La bibliothèque ! Ce ne pouvait être que là !

Le cardinal s'y précipita et s'arrêta devant le premier mur, embrassant les volumes du regard. Il n'avait jamais vu le livre de Santarelli et ignorait donc sa forme et sa taille. Mais l'ouvrage avait forcément été caché de telle sorte qu'il ne puisse le repérer aisément.

Il tira l'échelle, grimpa quelques barreaux, examina tous les volumes devant lui.

Assez rapidement il distingua une reliure dont il n'avait pas souvenir. Avec fébrilité, il tira le livre, l'ouvrit et lut le titre : *Tractatus de haeresi, schismate, apostasia, sollicitatione in sacramento poenitentiae, et de potestate Romani Pontificis in his delictis puniendis…*

C'était lui.

Il descendit les barreaux, commença à feuilleter le volume. La dédicace lui sauta aux yeux :

La bienveillance et le soutien que vous avez accordés aux principes que je défends, en dépit de votre position auprès du roi, font de vous le véritable auteur de ce livre. Puisse cette édition consacrer les preuves de mon zèle envers vous et le profond respect de notre ordre.

Votre très humble et obéissant Santarelli

Décidément, ses ennemis avaient tout prévu ! Découvert, cet hommage l'aurait perdu définitivement.

Il resta un moment à méditer, puis songea que ses adversaires avaient peut-être placé plusieurs exemplaires du livre. Il le glissa dans un tiroir et remonta sur l'échelle, fouillant les étagères ainsi pendant une heure. Après quoi il s'attacha au second mur et, finalement, ne dénicha rien d'autre.

Il récupéra alors l'ouvrage de Santarelli et revint dans son cabinet de travail. Un feu pétillait dans la cheminée. Il s'en approcha et commença à arracher les feuillets du livre un à un, les jetant dans les flammes au fur et à mesure. Quand tout fut consumé, il mit aussi la couverture dans le brasier, puis revint à sa table.

Celui qui avait envoyé le message était donc bien informé. Qui cela pouvait-il être ? Un jeune clerc, en compagnie d'un serviteur et d'un autre garçon… un carrosse, avait affirmé le secrétaire de son architecte.

Il se frotta la barbiche. Sans doute ne s'agissait-il que d'un intermédiaire. Même si on le retrouvait, ce qui paraissait impossible, il n'en apprendrait pas plus.

Peut-être valait-il mieux identifier celui qui avait fait placer le livre dans sa bibliothèque. Brusquement lui revint à l'esprit la visite de l'abbé Scaglia. L'ambassadeur était venu justement lui offrir un livre et avait été intéressé par sa bibliothèque. Richelieu ferma les yeux et essaya de se souvenir où se tenait l'abbé dans la pièce et dans quelle direction il avait porté ses regards. Oui, il était bien resté un moment à considérer l'endroit où se trouvait l'ouvrage de Santarelli. Le voile se déchira : l'abbé venait vérifier que le Liron – qui d'autre que cet adroit voleur ? – avait fait sa sale besogne ! Évidemment, les factieux ne pouvaient passer à l'étape suivante tant qu'ils n'étaient pas certains que le livre était là.

Scaglia était l'un d'eux.

Le prochain échelon serait maintenant sa mise en accusation. On allait venir perquisitionner chez lui. Qui ? Forcément le roi, personne d'autre n'oserait. Quand ? Rien ne se ferait tant que le livre de Santarelli ne serait pas condamné par le Parlement.

Mais il était prêt. Il n'avait qu'à attendre. Ensuite, il demanderait au roi qui l'avait dénoncé. Alors, il les tiendrait tous et les enverrait à l'échafaud.

Restait l'affaire des armes dans le collège de Marmoutier. Les explications du nommé Baloufeau avaient été confuses et changeantes sous la question. Il avait cependant confirmé que c'était un écolier qui lui avait remis l'arme et accusé le Chevalier de Vendôme…

Un écolier ! Baloufeau avait dit que ce collégien avait un ami prisonnier des gens du Chevalier de Vendôme ! Qu'était devenu celui-là ? Le garçon qui avait donné le message au secrétaire de Lemercier avait également un compagnon de son âge. Tous deux portaient des robes d'écoliers.

Confusément, Richelieu était persuadé qu'il s'agissait des mêmes. Auquel cas l'affaire Santarelli et le dépôt de Marmoutier étaient les deux versants de la conspiration conduite par le Grand Prieur : des armes pour une sédition contre le roi après que lui, Richelieu, aurait été chassé pour avoir possédé un livre condamné. Heureusement, ces jeunes gens avaient tout découvert et l'avaient sauvé, mais comment les retrouver pour les remercier ? Quel dommage que Baloufeau ait été pendu ! Lui seul aurait pu les identifier.

La fin du mois de mars approchait et le cardinal de Richelieu était toujours chef du Conseil royal. Les conjurés ne savaient que penser. L'abbé Scaglia avait affirmé au père Mendoza, toujours présent à Paris, et au Grand Prieur, avoir bien vu l'ouvrage de Santarelli dans la bibliothèque du cardinal. Et Alexandre de Vendôme avait eu confirmation par la duchesse de Chevreuse qu'elle avait révélé à la reine que monseigneur de Richelieu possédait le livre avec une dédicace de l'auteur.

Ce fut le 28 mars que la duchesse informa le Grand Prieur qu'Anne d'Autriche était fort fâchée contre elle. En effet, après qu'elle avait dit à son époux que Richelieu menait un double jeu, qu'il assurait vouloir la grandeur de roi de France mais qu'il défendait en réalité la prééminence de Rome sur les princes, la preuve en étant qu'il possédait dans sa bibliothèque le livre de Santarelli, Louis XIII avait chargé l'avocat général Talon de perquisitionner son ministre. Seulement, le magistrat n'avait rien découvert et le roi avait été contraint de s'excuser. Il en voulait désormais à la reine, la soupçonnant de mener cabale contre lui et l'accusant de répandre d'infâmes rumeurs.

Heureusement, mentit la duchesse, tant elle avait honte d'avoir livré le nom d'Alexandre de Vendôme, la reine n'avait pas révélé l'origine de la délation.

Le Grand Prieur la crut et en fut soulagé. Cependant, l'absence du livre de Santarelli chez le cardinal signifiait que ce dernier l'avait découvert et détruit. Ceci expliquait pourquoi la garde avait été triplée au Louvre, avec trois compagnies supplémentaires de mousquetaires, et que le ministre ait ordonné que les entrées dans le Palais soient désormais étroitement surveillées.

L'échec de la machiavélique conspiration du père Mendoza s'avérait dramatiquement coûteux. Non seulement la résidence royale était devenue imprenable, mais l'accusation infondée allait renforcer la confiance du roi envers Armand du Plessis. Pire, Richelieu savait qu'on complotait contre lui et devait préparer sa revanche. Heureusement, le ministre ne pourrait identifier ses adversaires puisqu'il n'avait laissé aucun indice et que la duchesse de Chevreuse ne l'avait pas dénoncé. Tout au plus Richelieu aurait-il des soupçons, mais en aucun cas des faits significatifs.

Satisfait de la prudence dont il avait fait preuve, Alexandre de Vendôme songea soudain aux deux écoliers du collège de Clermont. Et s'ils avaient identifié ceux qui avaient tenté de les enlever ? Il avait eu tort de juger ces collégiens pour négligeables. Ils pouvaient devenir de terribles témoins à charge. Son intendant avait raison, il fallait mettre ces deux-là hors d'état de nuire. Ensuite, il faudrait plus que jamais se débarrasser du cardinal.

Sur ce point, le Grand Prieur avait trouvé une solution. Certes, ce serait un moyen radical, plus sanglant que la méthode de Mendoza, mais le temps n'était plus à l'habileté. Il fallait utiliser la force. Il en avait parlé à son demi-frère Gaston, et ce dernier n'avait pas émis d'objection, pas plus que son frère César.

Restait à savoir ce qu'en penserait l'abbé Scaglia.

34

Le jeudi 26 mars, l'abbé Scaglia fit venir le Liron dans ses appartements. Le voleur disposait désormais d'une chambre au deuxième étage de l'hôtel de l'abbé quand il était de service, c'est-à-dire trois jours par semaine.

L'ambassadeur le reçut dans sa chambre tandis qu'on venait de lui faire la barbe. Il s'adressa à lui après avoir congédié barbier et valets de chambre :

— Monsieur Duchêne (c'est le nom sous lequel s'était fait connaître Robert La Chesnay), à la relevée je vais recevoir quatre gentilshommes. Vous les accueillerez et les ferez passer par le petit escalier. Ils ne tiennent pas à être vus.

Comme beaucoup d'hôtels de cette époque, on accédait aux étages par un escalier monumental, mais il existait un escalier de service réservé aux serviteurs, ou utilisé pour les visites discrètes.

Robert La Chesnay ne se montra point surpris. L'ambassadeur recevait souvent ainsi et ce n'était pas la première fois qu'il lui demandait de remplacer le maître d'hôtel. Certainement l'abbé commençait-il à apprécier sa réserve et sa discrétion.

Dès hautes nones, le Liron attendit donc devant l'entrée de l'hôtel. Il s'y tenait depuis moins d'une heure quand il vit pénétrer dans la cour un carrosse sans aucune marque ou devise peinte sur les portières. Le valet qui se tenait avec le cocher fit descendre trois personnes. Le quatrième invité arriverait donc après eux, conclut La Chesnay.

Le plus jeune des passagers du carrosse arborait une épaisse chevelure bouclée et une barbichette en pointe. Il était habillé d'un pourpoint en drap du Berry de couleur jaune-gris, avec un large col de dentelle, des chausses bouffantes et des bottes à revers. Sous sa cape verte, il arborait une rapière de duel et il attendit ses compagnons, la main posée sur la garde de l'arme.

Le deuxième, la trentaine, les cheveux courts, était revêtu d'un pourpoint de soie blanche brodé de perles, avec des manches découpées en petites bandes laissant paraître une chemise rose sèche. Sa cape était doublée en serge d'Aumale avec parement et haut col. Aucune épée ni dague, mais à l'une de ses mains une bague décorée de la croix hospitalière. Ses compagnons et le valet s'écartèrent respectueusement devant lui quand il avança vers le perron.

Quant au dernier, la cinquantaine, il était revêtu d'un simple habit de velours gris-brun avec haut-de-chausses assorti et d'un manteau en camelot de Hollande. S'il avait une épée, elle était de parade.

Ayant deviné que celui à la bague était le plus important, le Liron s'avança et s'abîma dans une révérence, laissant traîner la plume de son feutre jusqu'au sol.

— Monseigneur, M. le comte de Verrua vous attend, dit-il. Si vous voulez me suivre…

Dans l'entrée, il les guida jusqu'à l'escalier de service et, au premier étage, les laissa pénétrer dans le salon où se tenait l'abbé. Ce dernier, en soutane noire, les avait guettés depuis la fenêtre. Il fit quelques pas avant de s'incliner profondément devant l'homme à la bague.

— Monseigneur, quel honneur pour moi de vous recevoir ici, dit-il avec son accent italien.

Il se tourna ensuite vers celui à l'épée de duel et fit seulement un signe de tête.

— Monsieur le comte, dit-il.

Comme il ne connaissait pas le troisième, il demeura dans l'attente et ce fut le « monseigneur » qui le présenta :

— M. de Lauzières, mon intendant.

Entendant ces mots, le Liron, qui se retirait, frémit. Lauzières ! L'intendant du Grand Prieur. L'homme dont le fils avait martyrisé son frère à Clermont ! Quant au « monseigneur », c'était donc Alexandre de Vendôme, le demi-frère du roi.

Troublé et mal à l'aise, l'ancien voleur redescendit pour attendre le dernier invité.

Celui-ci arriva peu après dans un coche escorté d'une dizaine de chevau-légers. Quand le passager descendit, le Liron le reconnut immédiatement à la longue chevelure bouclée qui retombait sur le col d'une casaque de cuir gaufré et passementé. Il s'agissait de M. d'Ornano, premier gentilhomme de la chambre du duc d'Anjou et surintendant général de sa maison.

Jean-Baptiste d'Ornano, colonel général des Corses, avait été l'un des conseillers de Luynes lors de l'assassinat de Concino Concini et y avait gagné la charge de gouverneur du frère du roi. Mais, d'une ambition forcenée, il avait intrigué pour obtenir une place au Conseil et le roi l'avait fait arrêter. Cependant, Gaston avait tant insisté pour sa libération que Louis avait cédé et le duc d'Anjou l'avait nommé à la plus haute charge de sa maison.

Mais, même devenu l'un des plus importants personnages de la Cour, le Corse d'Ornano tenait à se faire passer pour un homme d'armes bien trempé. Sa casaque, ses hautes bottes et le large baudrier en travers de son torse, qui retenait une schiavone de belle taille, affirmaient cette allure.

Il salua à peine La Chesnay et lui demanda de s'occuper de son escorte. Le Liron s'y engagea et le conduisit dans la chambre de monseigneur l'ambassadeur.

Après les salutations, l'abbé Scaglia ayant vérifié que les portes étaient bien fermées et qu'il n'y avait personne dans son antichambre, le Grand Prieur résuma la situation à l'intention du comte et de M. d'Ornano :

— Avec l'aide de M. l'ambassadeur et de quelques amis, j'avais le dessein de faire tomber le cardinal en disgrâce. Nous avons élaboré une manœuvre élégante et non violente, mais elle a échoué…

Le comte n'était autre qu'Henri de Chalais. Bien qu'ayant reçu une lettre de rémission pour le duel au cours duquel il avait tué M. de Daillon, Henri de Talleyrand était toujours sous le coup de plusieurs poursuites intentées par le Parlement, et seules les protections du Grand Prieur et de Monsieur l'avaient préservé de la Bastille. En revanche, il avait perdu tout espoir de devenir maître de camp. En tout cas, tant que le cardinal de Richelieu serait chef du Conseil royal. En en faisant son affidé, Alexandre de Vendôme lui avait déjà rapporté les grandes lignes de la cabale qui venait d'échouer.

Lèvres serrées, Chalais opina donc à ses paroles tout en songeant à sa fortune et à sa position perdues à cause de M. du Plessis, qui ignorait ce qu'était l'honneur.

M. d'Ornano, lui, ne prêtait que vaguement l'oreille. Pendant des années, il avait intrigué pour entrer au Conseil afin d'être la voix du duc d'Anjou. Louis XIII l'avait fait arrêter pour son insistance, alors que Sa Majesté lui devait tant ! Il n'avait toujours pas digéré cette ingratitude. Sans l'attachement de Monsieur, qui avait exigé sa libération, il moisirait toujours dans la prison de Caen. Cette avanie avait cependant renforcé sa détermination. Le frère du roi devait maintenant entrer au Conseil et, surtout, épouser une princesse étrangère et non cette Montpensier. Louis XIII était d'une santé délicate et incapable d'avoir des enfants, Monsieur serait donc certainement le prochain roi de France et lui, le Corse d'Ornano, prendrait la place de Richelieu.

— … donc, le maudit cardinal est toujours là. Vous le savez, j'avais même envisagé d'utiliser la force, mais ce recours m'est désormais refusé depuis que la défense du Louvre a été renforcée, poursuivait le Grand Prieur. Cependant, M. le comte, qui brûle de venger les avanies que lui a fait subir le cardinal, m'a annoncé qu'il était prêt à défier M. du Plessis une épée à la main, comme deux gentilshommes doivent le faire quand ils ont une querelle d'honneur…

— Un duel ? Diantre ! observa l'abbé, qui considéra le comte de Chalais avec une expression dubitative.

— Un duel, oui ! affirma le gentilhomme avec fougue. Et si le cardinal refuse, je lui passerai mon épée à travers le corps.

L'idée n'était pas de lui, elle lui avait été glissée par la duchesse de Chevreuse, sa maîtresse.

— Mais comment comptez-vous vous y prendre ? s'enquit suavement l'ambassadeur de Savoie. Allez-vous le souffleter dans une galerie du Louvre ? Auquel cas, je crains qu'il ne vous fasse tout bonnement saisir par ses gens…

— Non ! intervint le Grand Prieur avec un sourire prétentieux. Il suffit que M. du Plessis se trouve dans une position où il n'ait pas ses gardes du corps près de lui, et donc qu'il ne puisse refuser. C'est là que M. le maréchal interviendra.

Il fit signe qu'il donnait la parole à M. d'Ornano.

— Le cardinal est persuadé que tout s'achète, laissa tomber le Corse. Il m'a approché hier pour me faire savoir que si je conseillais à mon maître d'agréer son mariage avec la Montpensier je recevrais la charge de maréchal de France.

Scaglia plissa le front tandis que le Grand Prieur demeurait sans réaction.

— J'en ai parlé à mon maître, qui m'a demandé d'accepter. Mais ce ne sera que comédie, poursuivit d'Ornano, un fin sourire aux lèvres.

— Il est important que le cardinal se croie vainqueur afin que sa défiance s'évapore, intervint le Grand Prieur. Voici ce que j'ai décidé avec mon frère Gaston : la Cour partira en mai pour Fontainebleau. Un soir, Monsieur s'invitera à souper chez le cardinal, à Fleury. M. le comte de Chalais l'accompagnera et, durant le repas, une querelle éclatera entre lui et Richelieu… M. le comte demandera à régler le différend à l'épée, sur place, et le cardinal, que l'on dit bonne lame comme l'était son frère, ne pourra s'y soustraire.

— Adroit ! reconnut l'abbé en balançant la tête.

En même temps, il songeait que, malgré les témoins qui seraient là, il ne donnerait pas cher de la tête de M. de Chalais après un tel exploit. Mais l'important était que ce jeune fol les ait débarrassés du cardinal.

Le Liron avait conduit les mousquetaires à la cuisine et leur avait fait servir à boire, il remontait maintenant dans sa chambre en songeant à M. de Lauzières et au jeune Fronsac. D'après son frère, ce dernier avait vaincu le fils de Lauzières en menaçant son père de la Bastille. C'est ce que le jeune Paul de Gondi avait rapporté à Jacques. Jacques, qui avait aussi entendu dire que Gaston de Tilly avait été pris à partie par des truands ayant tenté de l'enlever à la sortie du collège.

Robert La Chesnay possédait un caractère clairvoyant et un fin jugement ; des qualités qui l'avaient maintenu en vie jusqu'à présent. Il pressentait que Fronsac et Tilly s'étaient mis dans une mauvaise affaire, et que celle-ci avait un rapport avec M. de Lauzières et le livre des jésuites.

Même s'il était un voleur, le Liron se refusait à la moindre déloyauté envers son maître, l'abbé Scaglia. Il regrettait d'ailleurs d'avoir donné un indice à son frère en lui disant « Au contraire » quand celui-ci lui avait demandé s'il avait volé le livre de Santarelli. Ce jeune Fronsac avait-il deviné la vérité ? Il en était capable, bien que ça n'ait plus aucune importance maintenant.

Toutes ces interrogations se bousculaient dans l'esprit de l'ancien membre des Rougets et des Grisons. Il aimait et estimait le jeune Fronsac, qui s'occupait de son frère, et il ne voulait pas qu'il lui arrive malheur. Après réflexion, il jugea qu'il n'y aurait aucune déloyauté s'il se tenait au courant de ce que disaient les visiteurs de l'abbé.

Comme il se trouvait encore dans l'escalier de service, il gagna la porte de la chambre de son maître et colla son oreille à la serrure.

— Nous avons cependant un second problème, poursuivit le Grand Prieur, à savoir les deux écoliers des jésuites de Clermont qui ont vu les armes que j'entreposais dans le collège Marmoutier.

Comme M. d'Ornano haussait un sourcil de curiosité, le Grand Prieur raconta ce qui s'était passé avant de poursuivre :

— Ils ont peut-être surpris des conversations compromettantes. J'ignore ce qu'ils savent exactement, mais c'est certainement trop. Mes hommes ont essayé de les saisir pour les interroger, mais ces écoliers se sont montrés redoutables. Finalement, je les avais jugés sans danger, persuadé de la chute prochaine de Richelieu. Seulement la situation actuelle change tout. De surcroît, M. de Lauzières, dont le fils est aussi au collège de Clermont, s'est renseigné sur l'un d'eux. Son père est notaire, a été échevin, et son grand-père était conseiller à la Chambre des comptes. Donc ces écoliers ne sont pas n'importe qui. S'ils parlaient de moi et des armes qu'ils ont vues avant notre affaire de Fontainebleau, on les écouterait. M. de Lauzières m'a convaincu : ils constituent une épée de Damoclès insupportable.

— Que faisaient-ils dans le collège de Marmoutier ? demanda l'abbé.

— Je l'ignore, l'un d'eux a dit à l'homme de Colas de Béthune qui l'avait capturé que lui et son ami étaient seulement curieux.

— Ont-ils répété à quiconque ce qu'ils ont appris ? s'enquit encore Scaglia.

— Apparemment, non. Ils doivent avoir des choses à se reprocher, et révéler ce qu'ils ont découvert leur procurerait certainement des ennuis.

— Alors, peu importe ! répliqua Scaglia avec un geste négligent de la main. Et même s'ils parlaient, ce ne serait que des témoignages d'écoliers, sans faits justificatifs. Qui les croirait ?

— C'est un risque que je refuse. Regardez ce qui s'est passé pour le livre de Santarelli. Alors même que personne ne l'avait vu, les jésuites étaient crucifiés ! Une simple rumeur contre moi multipliera la défiance du cardinal et interdira l'entreprise de Fleury.

— Votre capitaine des gardes n'a qu'à recommencer. Il les enlève et les fait disparaître, proposa d'Ornano.

— Ils le connaissent. Dès qu'ils le verront, ils s'enfuiront, hurleront, alerteront, et ce sera un désastre.

Le Grand Prieur lança un regard interrogatif au comte de Chalais.

— Adultes, je les défierais en duel, mais c'est chose impossible avec des écoliers, répliqua ce dernier.

— L'un d'eux manie adroitement l'épée, il a même égratigné M. de Béthune quand celui-ci s'en est pris à lui.

— Ah ! Intéressant. Quel âge a-t-il ?

— Treize ans, répondit Lauzières.

— Je suis désolé, je ne tire pas l'épée contre des enfants, répliqua Chalais, mains en avant pour insister sur son refus.

Les conspirateurs s'abîmèrent dans le silence. D'Ornano ne paraissait plus concerné par cette affaire.

— Je n'ai pas de solution à vous proposer, monseigneur, intervint Scaglia, mais je connais quelqu'un qui fréquente des truands. Je peux lui en parler.

— Je vous en serais obligé. M. de Lauzières va vous dire tout ce qu'il sait sur eux.

Le Liron n'avait rien perdu de la conversation. Il comprenait mieux maintenant dans quelle fâcheuse situation s'étaient mis les jeunes Fronsac et Tilly et il se demandait si son maître avait fait allusion à lui en déclarant connaître quelqu'un ayant quelque accointance avec des truands.

Quand M. de Lauzières eut terminé, Robert entendit des bruits divers indiquant que les invités se levaient. Il remonta dans sa chambre pour attendre qu'on l'appelle.

L'hôtel de l'abbé Scaglia possédait une vingtaine de serviteurs : maître d'hôtel, laquais, valets de chambre, valets de pied, palefreniers, cochers, cuisiniers, concierge, confesseur, secrétaires, tous dînaient dans la grande cuisine au rez-de-chaussée, et le Liron avec eux quand il était de service. Il se trouvait justement à table et songeait à la fois à ce confort qu'il n'avait jamais connu auparavant et à ce qu'il avait entendu. Il n'avait pas envie de perdre son logis chauffé, cette demeure où les repas étaient simples mais copieux avec du vin à volonté, et quinze livres par mois. De plus, il éprouvait une vraie allégeance envers l'abbé, qui ne l'avait pas abandonné aux gens du prévôt. Il avait également appris à le connaître : il le savait tortueux, cynique, violent, mais en même temps véritable gentilhomme, d'une loyauté sans faille envers le duc de Savoie et incapable de causer du mal par plaisir.

Il serait difficile de quitter un tel maître. Mais, en face, il y avait son frère, qui comptait plus que tout, et les jeunes Fronsac et Tilly, ses amis. Il ne pouvait accepter qu'on leur fasse du mal. Comment concilier tout cela ?

Le valet de chambre de l'abbé apparut et s'adressa à lui :

— Monsieur notre maître souhaite vous parler, dit-il.

L'heure de vérité, devina Robert La Chesnay.

Il suivit le domestique au premier étage. L'abbé soupait seul dans son salon, à côté de sa chambre, cette pièce qui contenait l'armoire de fer recouverte de boiserie qu'il avait tenté de forcer.

— Ah, vous voilà ! Pierre, François (les valets), laissez-nous.

Ils sortirent.

— Prenez donc un verre de vin, monsieur Duchêne.

— Merci, monsieur l'abbé.

Choisissant un gobelet posé sur la desserte, le Liron se servit à la carafe et porta le récipient à ses lèvres.

— Je songeais que je ne savais rien de vous, monsieur Duchêne. De votre famille, de vos amis, d'où vous venez, fit l'abbé de ce ton léger qu'il prenait pour donner confiance à ses interlocuteurs.

— Je n'ai pas de famille, monsieur.

— On a toujours une famille, un père, une mère…

— Ils sont trépassés.

— Et des amis, vous avez forcément des amis…

— J'en ai eu.

— Dans votre métier, je suppose que vous connaissez quelques coquins pas trop scrupuleux…

On en venait donc à ce qu'il avait entendu, songea Robert, un peu désappointé que l'abbé Scaglia se plie à la demande du Grand Prieur.

— En effet, monsieur, mais je ne les fréquente plus.

— J'ai un ami qui est importuné par deux écoliers et qui voudrait les réduire au silence.

— Les… tuer, monsieur ? s'enquit le Liron d'un ton désapprobateur.

— Non ! Certainement pas ! Vous le savez, j'abhorre le sang. Mais quelques gueux pourraient les menacer, leur faire peur, cela devrait suffire.

— Possible.

Une idée venait de surgir dans son esprit.

— Je peux me renseigner, qui sont ces écoliers ?

— Ils sont pensionnaires au collège de Clermont. Ils se nomment Louis Fronsac et Gaston de Tilly.

— Je connais un externe de ce collège, je lui demanderai de s'informer sur leurs habitudes.

— Vous risquez d'attirer leur attention.

— Me croyez-vous imprudent, monsieur ?

— Non, sourit l'abbé.

— Il convient toujours de connaître ceux que l'on veut menacer, fit Robert avec un sourire carnassier. L'idéal est de leur parler dans un endroit où ils se trouveront seuls.

— Vous semblez posséder la question et sa réponse, je vous laisse juge, lâcha l'abbé d'un ton indifférent.

D'un geste, il lui fit comprendre que l'entretien était terminé.

35

Le 29 mars 1626

Ce dimanche, jour de la Passion, M. Boutier vint dîner chez les Fronsac. Comme toujours, ce fut un repas plein d'anecdotes concernant la Cour et le Parlement. On y parla peu des protestants, puisqu'un édit de paix avait été signé entre le roi et les notables rochelais, accord qui laissait la liberté religieuse aux réformés.

Alors que M. Charreton découpait le chapon, car la viande était autorisée les dimanches de Carême, monsieur Fronsac interrogea M. Boutier :

— Hier, j'ai entendu dire à l'Hôtel de Ville que monseigneur de Richelieu aurait donné sa démission à Sa Majesté, qui l'a refusé.

— À cause de l'affaire Santarelli ? s'enquit M. Charreton en s'interrompant, au grand déplaisir de Gaston.

Depuis des jours, M. de Tilly était affamé puisqu'on faisait maigre au collège avec des repas composés d'épinards, de lentilles, de pois et d'œufs, et ce n'était pas le bouillon de poule et de bœuf que lui avait servi Mme Mallet qui l'avait rassasié, même si elle lui avait donné une double portion sur son tranchoir.

Depuis un moment, il salivait devant ce chapon particulièrement dodu et voir M. Charreton s'arrêter de le découper menaçait de le rendre malade.

— Il est vrai que le cardinal a vivement défendu la Société de Jésus, dit M. Fronsac.

— Il ne s'agit pas de cela, expliqua Boutier. D'ailleurs les jésuites ont fait amende honorable et ont reconnu la fausseté et la méchanceté des affirmations de ce livre méprisable. Ils les ont condamnés réellement, sans arrière-pensée. En vérité, il s'agit d'autres choses, mais ne circulent que des rumeurs…

— Lesquelles ? demanda Charreton en plissant le front.

— Vous le savez, on parle de complots depuis le début de l'année. Le parti de l'aversion serait plus fort qu'on ne le dit. Il se murmure que des Grands auraient entreposé des armes en vue d'un coup de force, ce qui explique que la garde du Louvre soit en alerte. La protection que Monsieur accorde au comte de Chalais, tout comme Alexandre de Vendôme, en surprend plus d'un et inquiète le roi. Il semble que certains princes, appuyés par la duchesse de Chevreuse, toujours au plus proche des Anglais, auraient tenté de faire fâcher Sa Majesté et le ministre. Mais ils n'y sont pas parvenus. Même l'abbé Scaglia serait soupçonné.

Louis écoutait avec attention, et, brusquement, le voile se déchira. Il s'était trompé ! L'affaire du livre de Santarelli ne visait pas les jésuites, mais le cardinal lui-même. Ceux qui avaient préparé cette cabale avaient d'abord voulu que le livre soit condamné, et ils y étaient parvenus. Puis ils avaient prévu qu'on découvre l'ouvrage chez Richelieu, ce qui aurait entraîné une rupture entre le roi et son ministre, lequel aurait été chassé, laissant le champ libre aux factieux. Mais cette intrigue avait échoué. Grâce à lui, Louis, même s'il avait fait fausse route dans l'interprétation de ce complot.

Seulement, s'il avait raison – et il en était persuadé –, cela signifiait que les armes que lui et Gaston avaient découvertes faisaient partie de la même intrigue que le livre de Santarelli. Tout s'emboîtait parfaitement : l'affaire était conduite par le Grand Prieur et l'abbé Scaglia était son complice puisque ce dernier avait pris le Liron à son service afin qu'il dépose le livre chez Richelieu.

M. Charreton s'était remis à la découpe du chapon, à la grande satisfaction de Gaston. En revanche, Louis avait hâte que le repas se termine pour raconter à son ami ce qu'il avait compris.

Comme il pleuvait, ils se réfugièrent dans le bouge qui servait de chambre à Gaston. Repu, celui-ci écouta avec attention les déductions de Louis, en reconnaissant que le raisonnement de son ami était sans faille.

— L'affaire Santarelli avait pour seul dessein de faire chasser le cardinal. En le prévenant de la présence du livre chez lui, nous avons fait échouer toute la conspiration. Les factieux sont maintenant aux abois et doivent avoir d'autres préoccupations que de s'intéresser à nous.

— Tu as certainement raison, approuva Gaston.

Mais, une fois de plus, Louis se trompait.

Le samedi 4 avril 1626

Robert La Chesnay attendait la sortie des pensionnaires de Clermont. Les classes devaient vaquer deux semaines, des Rameaux[1] jusqu'à Quasimodo[2] – le dimanche *in Albis* –, cette période qui se terminait par l'octave de Pâques, et le Liron avait minutieusement préparé son plan.

Enfin il aperçut les amis de son frère et leur fit signe. Louis et Gaston s'approchèrent, un peu surpris, car ils n'avaient pas souvent vu le voleur venir au collège.

— Dieu vous garde, messieurs, leur dit-il d'un ton léger.

— Vous aussi, monsieur, répondit Fronsac. Venez-vous chercher votre frère ?

— Non point, c'est vous que j'attendais. Avez-vous le temps de parler avec moi ? Ce ne sera pas long.

Louis échangea un regard interrogatif avec Gaston, qui accepta d'un signe de tête.

— On doit venir nous chercher, mais la voiture de mon père n'est pas encore là, dit le jeune Fronsac.

— Entrons à l'Écu de Bourgogne, alors, décida La Chesnay.

Ils le suivirent, intrigués, n'ayant jamais pénétré dans l'hôtellerie. La salle, noircie par les fumées, était

1. Le 5 avril.
2. Le 19 avril.

à moitié pleine mais le Liron indiqua un banc vide à l'écart.

— Allons là-bas ! dit-il.

Une fois assis, Robert, après avoir demandé un pot de vin clairet qu'on déposa sur le tonneau faisant office de table, commença ainsi :

— Vous devez vous demander pourquoi tant de mystère ?

Louis opina.

— Je sais que mon frère vous aime, et je vous sais gré de ce que vous faites pour lui, avec vos amis qu'il nomme la compagnie des Six.

Rassurés par ces paroles, les deux pensionnaires sourirent.

— Il m'a dit comment M. de Gondi l'a protégé d'un nommé Thémines de Lauzières, et ce même Gondi lui a raconté de quelle façon vous avez convaincu ce garçon de ne plus porter atteinte à votre confrérie. J'ignore exactement ce que vous avez fait, mais vous semblez avoir limé les griffes de ce nuisible uniquement par vos paroles.

Il vida son pot avant de poursuivre :

— Cependant, je crains que ce ne soit pas suffisant. Mon maître est l'abbé Scaglia, j'ignore si vous le savez et si vous le connaissez.

— Jacques nous l'a dit et mon grand-père m'a appris qu'il était l'ambassadeur du duc de Savoie.

— C'est exact. Sachez que j'ai beaucoup d'estime pour lui. Comme diplomate, mon maître est aussi un peu espion, vous le devinez. Il recherche sans cesse de l'information, et vous avez peut-être compris pour quelles raisons il m'a engagé.

Le Liron les gratifia d'un sourire complice auquel les écoliers répondirent par une approbation muette mais interrogative.

— Je ne cherche pas à connaître les secrets de mon maître. Cependant, il partage des intérêts avec monseigneur de Vendôme, lequel a pour intendant M. de Lauzières. Le savez-vous ?

— Oui, monsieur.

— Ces gens vous connaissent et ne vous aiment pas, messieurs. En surprenant une conversation, j'ai cru comprendre qu'en vous rendant dans le collège de Marmoutier vous avez percé certains de leurs secrets…

Louis et Gaston se regardèrent avec inquiétude.

— M. de Vendôme a tenté de vous enlever afin de vous faire taire. Je l'ai entendu le reconnaître, et il a ajouté qu'il n'en avait pas fini avec vous.

Maintenant, Gaston ressemblait à un cierge tant il était devenu livide sous sa tonsure rouge.

— Je ne vais pas les laisser faire, mais je tenais d'abord à vous prévenir et à vous demander votre accord.

Il n'attendit pas de réponse pour poursuivre :

— Mon frère m'a dit que vous alliez parfois tirer au pistolet sur la Butte aux Moulins, près de la porte du Temple.

— Oui, monsieur, avec mon père, mon grand-père et nos domestiques.

— Je souhaiterais que vous vous y rendiez entre Pâques et Quasimodo, durant l'octave de Pâques. Mais uniquement vous seuls.

— Pourquoi, monsieur ? demanda Gaston d'une voix qu'il voulait ferme mais qui ne l'était pas.

— Vos ennemis sont des nuisibles. Comment agit-on avec des nuisibles ? On les attire dans un piège.

Louis regarda Gaston d'un air horrifié, mais maintenant que le Liron s'était dévoilé, son ami paraissait plus sûr de lui et laissa même filtrer une évidente approbation.

— Comprenez, monsieur Fronsac, que si vous refusez, M. de Lauzières et son maître vous feront assassiner. C'est aussi simple que cela.

— Que ferez-vous ? interrogea Gaston.

— Si vous me donnez votre accord, je dirai à l'abbé Scaglia avoir appris que vous vous rendrez, l'après-midi d'un certain jour, sur la Butte aux Moulins pour jouer à la canne. Mon maître donnera cette information à vos ennemis, qui enverront leurs séides.

Louis avait maintenant les yeux exorbités d'horreur.

— Rassurez-vous, je serai là avec des amis, et ces séides rendront des comptes.

— Et s'ils l'emportent ? demanda froidement Gaston.

— Ils ne l'emporteront pas.

Les deux écoliers restant muets, le Liron ajouta avec cynisme :

— C'est comme avec la vermine. Vous pouvez la laisser vous dévorer, ou vous pouvez l'écraser. Dans ce dernier cas, elle ne recommence pas.

— Mais d'autres vermines reviennent, observa Gaston.

— Le Grand Prieur ne dispose pas de suffisamment de gens pour faire cette sale besogne. Vous avez déjà échappé à ses nervis et, s'ils disparaissent, il aura de grandes difficultés à retrouver des hommes de confiance. Surtout, il comprendra que vous êtes protégés. Sachez que je préférerais de tout cœur une autre solution, mais j'ai bien réfléchi. Il n'en existe aucune.

Louis n'avait jamais été autant perturbé. Somme toute, il devait choisir entre leurs vies et celles de leurs ennemis. Il prit conscience qu'il refusait ce dilemme, mais son esprit était incapable de proposer une autre solution. Il entendit alors Gaston :

— D'accord ! Quel jour devrons-nous aller sur la butte ?

— Pas durant la semaine précédant Pâques, je vous propose le mercredi 15 avril. Rendez-vous-y à la relevée. Dès que vous me verrez, détalez et rentrez chez vous.

— Nous les attirerons pour qu'ils soient assassinés ? s'offusqua Louis en secouant la tête.

— Non, répliqua durement le Liron. Je dirai à l'abbé Scaglia que le 15 avril vous irez jouer sur la butte. Il le répétera au Grand Prieur, et se lavera les mains de la suite. Si ce jour-là personne ne se rend sur ce terrain vague, c'est que le Chevalier de Vendôme aura décidé de vous laisser tranquilles, et vous serez libérés de cette menace. Sinon, c'est lui, et lui seul, qui aura pris la décision et qui en assurera les fâcheuses conséquences.

Comme Louis ne paraissait pas convaincu, Gaston intervint :

— Souviens-toi du devoir que nous ont donné les pères : « En certains cas, l'occasion du péché ne peut pas être évitée. »

Le Liron approuva et se leva.

— Soyez assurés que je serai là pour vous protéger.

Louis ne se sentait toujours pas résolu, mais il savait qu'il ne pouvait lutter.

Les écoliers revinrent devant le collège, songeurs. Guillaume arriva peu après et ils rentrèrent à l'étude sans échanger un mot, ce qui surprit le domestique tant les deux garçons étaient habituellement babillards.

36

Le soir, Robert La Chesnay demanda un entretien avec l'abbé, qui le reçut après son souper. Le Liron lui débita la fable qu'il avait préparée. L'externe du collège de Clermont qu'il connaissait s'était renseigné et avait appris ceci : quand ils étaient en congé, les nommés Fronsac et Tilly allaient souvent s'entraîner à la canne sur la Butte aux Moulins, près du Temple. Parfois même, ils s'y rendaient pour tirer au pistolet, avec le père et le grand-père du jeune Fronsac. Ils avaient même suggéré à leurs amis de les retrouver là-bas durant les vacances.

— Voilà une information d'un intérêt certain, mais avez-vous trouvé des gens susceptibles d'intimider ces têtes brûlées ?

— Pour cela non, monsieur. Cependant, je sais autre chose : ils auraient proposé à un de leurs compagnons de les rejoindre le mercredi après-midi suivant Pâques, mais celui-ci a refusé car son frère lui a interdit de s'y rendre.

Il inventait, bien sûr, cette allusion à Jacques.

— Je répéterai tout cela à M. de Lauzières, et il fera ce qu'il veut, décida énigmatiquement Scaglia.

Toute cette histoire lui répugnait et il n'avait agréé à la demande du Grand Prieur qu'à cause des dangers que ces deux garçons faisaient courir à leur entreprise. Mais il jugeait en avoir assez fait, et ne voulait plus en entendre parler.

Durant la semaine sainte, les commis de l'étude ne travaillaient pas et, comme pendant la période de Noël, Louis et Gaston furent mis à contribution tous les jours pour copier des actes. Aussi, Pâques passé, quand ils demandèrent à pouvoir se promener dans le quartier le mercredi après-midi, M. Fronsac leur accorda ce congé bien volontiers.

Le temps était glacial et ils s'étaient couverts de leurs manteaux. Par prudence, Gaston aurait voulu dissimuler une épée dessous, mais, après être allés dans la chambre de M. Charreton – qui n'était pas là – afin de lui emprunter celle qu'il gardait dans un coffre avec ses autres armes, ils constatèrent qu'il était impossible de la cacher complètement. Louis lui confia quand même une dague, qu'il attacha à la ceinture de son pourpoint de toile.

En remontant la rue du Temple, les collégiens n'en menaient pas large. Cependant, tant qu'ils demeuraient dans la voie encombrée de voitures et de chariots, ils savaient ne rien risquer. Ils longèrent ensuite la muraille de la Villeneuve. Devant le pont-levis, quelques personnes attendaient pour pénétrer dans la seigneurie. Chacune d'elles était interrogée par un chevalier hospitalier afin de connaître les raisons de sa visite, car beaucoup de gens sans aveu et de drôlesses se réfugiaient là en sachant que la justice du Prieur était plutôt indulgente.

Les deux amis arrivèrent enfin à la porte du Temple, vieil édifice encadré de tours où se tenaient une poignée de commis et quelques sergents. Un chemin à main droite grimpait vers le talus bastionné. Ils regardèrent autour d'eux : personne. Louis hésitait, maintenant, mais Gaston le prit par l'épaule en lançant :

— Haut les cœurs !

Étant si souvent venus avec M. Charreton et Guillaume, ils connaissaient parfaitement le chemin, qui grimpait doucement. En haut, ils débouchèrent sur la butte et ne virent âme qui vive. Le vacarme de la rue n'était plus qu'une sourde rumeur. Les moulins en ruine paraissaient déserts, alors que s'y réfugiaient toujours quelques gueux ou des drôlesses. Même les oiseaux qui voletaient habituellement dans les buissons avaient disparu.

Louis s'apprêtait à interroger Gaston pour décider ce qu'ils devaient faire et où aller quand retentit un martèlement de bottes dans leurs dos.

Le cœur battant, ils se retournèrent et reconnurent les trois qui avaient tenté de les saisir devant le collège. Les gens du Grand Prieur arrivaient à vive allure, la main sur la garde de leur rapière.

Effrayés, les deux amis détalèrent en devinant, au cliquetis des harnachements, que leurs ennemis se lançaient à leur poursuite. Ils étaient tombés dans un piège ! devina Louis. Le Liron les avait trahis. Il était également à la solde du Grand Prieur !

Ils couraient aussi vite qu'ils le pouvaient sur le sol rocailleux, butant souvent dans des rochers affleurant du sol. Louis sentait son cœur battre tellement fort dans sa poitrine qu'il avait l'impression que celle-ci allait éclater. Sa respiration le brûlait. Il cherchait désespérément un refuge, un endroit propice pour se défendre ou se cacher. Mais, passé le premier moulin en ruine, ne s'étendait que la vieille enceinte de fortification avec des bastions pour les canons. Le prochain moulin se situait bien plus loin, ses ailes tournaient et Louis savait qu'il avait encore un meunier, mais c'était un vieil homme qui ne pourrait les aider. Son seul espoir était d'atteindre l'escalier qui descendait vers la vieille rue du Temple, mais il était à trois cents toises et, en bas, ne se trouvaient que des cultures et des jardins. Ils n'étaient aucunement certains d'y obtenir du secours.

Se retournant, il découvrit avec effroi que leurs poursuivants s'étaient rapprochés. Ils n'arriveraient jamais aux escaliers. Cette fois, c'était la fin et il eut une pensée désespérée pour ses parents, son grand-père et son petit frère.

— Défendons-nous ! cria Gaston, tellement essoufflé qu'il se sentait incapable de poursuivre cette course infernale.

Il s'arrêta afin de faire front, tira sa dague et fléchit les jambes, prêt à vendre chèrement sa peau comme son oncle le lui avait appris. Voyant cela, leurs poursuivants dégainèrent leurs colichemardes lentement afin de savourer cet instant, puis s'avancèrent avec chacun un sourire méchant aux lèvres. Enfin, ils allaient venger leur humiliation !

— Prenez-vous-en plutôt à nous, messieurs les assassins d'enfants ! lança une voix lointaine.

Avec soulagement, Louis reconnut le timbre du Liron et vit surgir des silhouettes. Trois.

Les gens du Grand Prieur se retournèrent, parurent hésiter. Devaient-ils d'abord meurtrir les écoliers ou attendre les nouveaux venus, qui ne leur paraissaient pas des plus redoutables ?

— Le Breton, garde l'œil sur ces deux-là ! S'ils fuient, rattrape-les. Avec Perregaux, on s'occupe des gueux ! ordonna Colas de Béthune.

Mais Louis et Gaston n'envisageaient plus de fuir. L'espoir était revenu. Ils essayaient de distinguer les deux compagnons du Liron, qui brandissait une rapière. Louis reconnut alors les silhouettes : un grand bedonnant avec d'énormes moustaches lui tombant jusqu'aux épaules et un maigre quasiment chauve à la longue couronne de cheveux gris flottant dans la brise. Les tenanciers du Trou punais ! L'espoir s'évanouit aussi vite qu'il était venu. Comment les deux cabaretiers pourraient-ils combattre des bretteurs aguerris ?

Brandissant son épée, le Liron déboula le premier sur les gens du prieur. Sa lame se lia avec celle de l'homme que Gaston avait égratigné devant le collège : le capitaine de Béthune. Mais ce dernier se dégagea sans peine, tandis que son compère battait à son tour le fer du Liron, qui rompit prudemment.

Essoufflés, les deux cabaretiers arrivaient. Gaston remarqua qu'ils s'apprêtaient à ferrailler à l'ancienne, tenant chacun une dague dans la main gauche et une épée dans la droite. Le plus grand engagea vigoureusement le second adversaire du Liron tandis que l'autre portait secours à La Chesnay. Le capitaine de Béthune rompit à son tour et recula devant ce double assaut.

Battements et dégagements se poursuivirent un moment. Personne ne disait mot. De prime abord, Béthune avait menacé les nouveaux venus, les traitant de maudites canailles et leur ordonnant de filer, mais il avait vite compris que ces trois étaient venus pour eux, qu'il s'agissait d'un guet-apens.

Gaston brûlait de rejoindre le Liron et de se battre près de lui, mais qu'aurait-il fait avec sa dague ? De temps en temps, celui qui surveillait les enfants, le nommé Le Breton, tournait la tête vers les combattants et Louis lisait l'inquiétude sur son visage.

Le plus grand des cabaretiers se montrait particulièrement agile et agressif, bloquant souvent la lame du lieutenant de Béthune avec les siennes. À un moment, ce dernier n'arrivant pas à se dégager, le cabaretier lui envoya un coup de genou dans l'entrecuisse et, comme l'autre se pliait de douleur, d'un revers de sa dague il lui estafila le ventre, faisant surgir une ligne rougeâtre.

— Le Breton, à la rescousse ! cria Perregaux en reculant.

L'homme abandonna sa garde et se jeta dans la mêlée, mais il rencontra l'autre cabaretier, tandis que le Liron ferraillait seul avec Béthune. Les deux escrimeurs étaient à peu près de la même force, mais le capitaine fatiguait après avoir lutté contre deux adversaires. Gaston observait qu'il se contentait de parer, n'arrivant plus à porter des attaques tandis que Robert La Chesnay gardait son corps bien d'aplomb, ferme sur ses jambes.

Peu à peu, le combat devint plus âpre. Les gens du Grand Prieur avaient compris qu'ils se battaient pour sauver leur peau. Plusieurs fois égratignés, au bras, à la cuisse et même à une joue pour Le Breton, ils commencèrent à injurier leurs adversaires, comme pour conjurer un sort qu'ils sentaient imminent. Les « Prends ça, coquin ! », « Tiens, maraud ! », « Va donc au diable, serpent maudit ! » et autre « Merde de chien ! » se succédaient, mais sans faire le moindre effet sur le Liron et les cabaretiers, qui ne répondaient mot.

Les épées étaient maintenant sans cesse engagées, les duellistes se repoussaient, ripostaient et souvent se bousculaient. Le cliquetis des lames résonnait continuellement.

Robert La Chesnay sautait et se déplaçait avec une agilité démoniaque, était partout à la fois. Quant aux cabaretiers, ils ferraillaient pesamment et bloquaient toutes les attaques. Gaston ne perdait rien du combat, le premier duel auquel il assistait qui finirait par la mort de duellistes.

Soudain, Le Breton tenta une feinte mais son adversaire se dégagea et se fendit avec une incroyable rapidité, lui perçant le poumon. L'homme du Grand Prieur vomit un flot de sang et s'effondra dans l'herbe.

Perregaux, de nouveau en difficulté, parut terrorisé en voyant son compagnon en train d'agoniser. Quand le second cabaretier vint aider son compère, le lieutenant du capitaine des gardes se sut perdu, d'autant que sa blessure au ventre devenait de plus en plus douloureuse. Il rompit, recula, fut touché à l'épaule. Sous la douleur, il lâcha son épée et les deux autres le percèrent avec sauvagerie, un au torse et le second à la gorge.

Voyant cela, Béthune rompit aussi. Il voulait s'enfuir, maintenant, mais les deux cabaretiers lui barraient le passage. Désespéré, il tira un pistolet glissé dans son dos, une des armes de Sauer avec deux canons. Elle était chargée mais, par sécurité, il n'avait pas rabattu le chien sur la roue.

Il s'apprêtait à le faire d'un mouvement du poing qui tenait son épée quand un coup partit. Sa main ensanglantée lâcha le pistolet et, presque aussitôt, les trois épées du Liron et des cabaretiers le percèrent. Il tomba en hurlant.

Stupéfait et étourdi par le bruit du coup de feu, Gaston s'était tourné vers Louis et le vit entouré de fumerolles. C'est lui qui avait tiré, avec le puffer de la duchesse de Chevreuse, qu'il avait emprunté à son grand-père !

Ayant baissé leurs lames, le Liron et ses amis le regardèrent, pantelants. Quand ils avaient vu le capitaine du Grand Prieur brandir son arme à feu, ils avaient compris que la partie leur échappait. Cet écolier venait de leur sauver la vie !

Reprenant ses sens, le Liron s'approcha, le visage grave :

— Merci, monsieur Fronsac.

— C'est moi qui vous remercie, monsieur. Sans vous trois, nous étions morts, balbutia Louis, qui était blanc comme plâtre.

— C'est un puffer ! s'exclama le grand maigre en désignant l'arme de Louis.

— Oui, je l'ai pris à mon grand-père… Que Dieu me pardonne.

— Vous êtes sacrément adroit pour avoir touché juste sa main ! plaisanta le cabaretier.

— Louis est fin tireur, approuva Gaston en se rengorgeant.

Le jeune Tilly éprouvait un singulier sentiment de fierté et d'invulnérabilité maintenant que le danger était passé.

— Peut-on les soigner ? demanda Fronsac en désignant les corps.

— Non ! répliqua l'autre cabaretier. D'ailleurs, il faut filer d'ici. On ne doit pas nous trouver avec eux.

— Les laisser agoniser ici, sans le secours de la religion ? murmura Louis, horrifié à cette idée.

— Ils n'iront pas plus loin, sinon en enfer, et là-bas ils n'auront pas besoin d'un prêtre, ricana le Liron. Ils sont venus par le chemin de l'enclos, filons par les escaliers de la rue Vieille-du-Temple !

Encore sous le coup de l'émotion, les garçons suivirent les trois hommes sans dire un mot. C'est en descendant les marches, simples degrés creusés dans la terre et retenus par des pièces de bois, que Louis s'adressa au Liron :

— Ce sont ces gens qui s'en étaient pris à Gaston, devant le collège.

— J'ai déjà rencontré celui que vous avez touché. Il s'agit du capitaine des gardes du Chevalier de Vendôme. Je ne connais pas les deux autres, à coup sûr des hommes à lui. Mais, dites-moi, pourquoi vous n'avez pas fait usage du puffer plus tôt ?

— Je ne voulais pas… Je ne voulais blesser ou tuer personne. Je ne l'avais pris que pour défendre ma vie, mais quand j'ai vu qu'il allait tirer, je l'ai sorti et j'ai fait feu…

— Quasiment sans viser ! Bravissimo !

Ils suivaient la rue Vieille-du-Temple.

Gaston s'adressa alors timidement au maigre à la longue couronne de cheveux gris :

— Vous êtes d'une incroyable force à l'escrime, monsieur ! Comme votre ami et M. La Chesnay.

Ce fut ce dernier qui expliqua :

— Tristan et Maximilien ont connu mon frère au régiment de Picardie, où ils étaient sergents d'armes. C'étaient de redoutables duellistes et ils m'ont tout appris à l'épée. Ils déploraient que mon frère dirige les Rougets et les Grisons. S'il les avait écoutés, il serait avec nous, ici. C'est Tristan qui s'est occupé de notre mère quand elle a été veuve, puis qui a élevé Jacques en mon absence.

C’est au carrefour avec la rue des Quatre-Fils, comme ils allaient se séparer, que Robert justifia leur retard :

— On pensait trouver nos gaillards quand on est arrivés, bien avant vous. Donc, on les a cherchés et on s’est éloignés de l’autre côté de la butte jusqu’à ce que Maximilien, qui s’était caché dans un moulin, vienne nous chercher. J’ai eu une des plus grandes frayeurs de ma vie quand j’ai vu qu’ils vous poursuivaient.

— Vous êtes arrivés à temps, c’est l’essentiel. Croyez-vous qu’on soit débarrassés du Grand Prieur ?

— Je le pense, mais si j’apprends qu’il veut encore vous poursuivre, j’aviserai.

Ils se séparèrent après force accolades et brassées. Louis ignorait s’il reverrait les cabaretiers.

37

La reprise des cours parut bien fade aux deux amis mais, accablés de devoirs et de leçons chaque jour, ils n'avaient plus le temps de laisser la crainte leur torturer l'esprit. De plus, les récréations avaient été réduites à cause d'un nouveau cours de logique et de morale qui se tenait après le dîner, un jour sur deux, un enseignement qui enchanta Louis mais pas Gaston.

Ce cours commençait toujours par la lecture d'un texte d'Aristote en latin, puis suivait un commentaire, durant lequel les élèves étaient interrogés, chaque point de la lecture étant discuté, ordonné ou réfuté.

Le jeune Fronsac adorait cette procédure et se montrait parmi les plus brillants élèves dans le commentaire de syllogismes et les explications qui conduisaient le raisonnement d'étape en étape jusqu'à la solution attendue.

Leur maître organisait aussi des disputes orales durant le cours et, à la fin du mois, ces disputes devinrent publiques et solennelles. Chacune mettait aux prises un ou deux argumentants avec un ou deux répondants. Louis eut ainsi plusieurs fois à lutter contre Paul de Gondi, qui lui mena la vie dure.

Gaston retrouvait désormais souvent Adrien de Houdetot, qui lui parlait de son projet de rejoindre son père. Celui-ci lui avait écrit de La Rochelle et ne croyait pas à la paix avec le roi. Tout le monde s'armait là-bas et Gaston l'écoutait, les yeux brillants. Non qu'il eût envie de rejoindre des rebelles, jamais sa famille ne l'avait fait, mais il souhaitait tant combattre. Il se rendait compte que, même s'il avait eu peur durant les épisodes d'affrontement avec les gens du Grand Prieur, il avait savouré les moments d'angoisse qui précédaient l'action. Il avait hâte d'être en âge de se battre sur un champ de bataille.

Dans l'hôtel du Prieur, Alexandre de Vendôme avait attendu sereinement le retour de ses hommes. Quand l'abbé Scaglia était venu lui annoncer que les deux collégiens seraient sur la Butte aux Moulins après Pâques, il avait fait venir M. de Béthune. L'abbé leur avait répété l'information en insistant sur le fait qu'il suffisait de faire peur aux garçons, éventuellement avec une correction, mais rien de plus.

Vendôme avait échangé un regard avec son capitaine, qui avait approuvé d'un signe de tête assorti d'un sourire glacial. À ses yeux, nul doute que Béthune chercherait à venger rudement l'humiliation dont il avait été l'objet.

Mais, le soir du mercredi, les trois hommes n'étant pas revenus, Vendôme était rentré à Vincennes fort contrarié. Il craignait que Béthune et ses compagnons n'aient été surpris, peut-être arrêtés par des archers du guet. Le Grand Prieur passa une nuit dans l'angoisse, réveillé au moindre bruit de cavalcade tant il redoutait d'être mis en cause et interrogé si ses hommes avaient parlé.

Ce fut le lendemain, un peu avant son dîner, que se présenta M. de Lauzières. Affolé, l'intendant lui apprit qu'on avait retrouvé les corps de Béthune, Perregaux et Le Breton percés de coups d'épée. D'après l'exempt appelé sur les lieux, ils avaient dû rencontrer des duellistes et s'étaient querellés. Quant aux jeunes Fronsac et Tilly, Lauzières ignorait leur sort et n'avait pas cherché à se renseigner.

Ce ne fut que la semaine suivante qu'il sut, par son fils, que les deux fureteurs se trouvaient présents au collège. Informé, le Grand Prieur décida de se tenir coi. Il avait eu trop peur et seule comptait maintenant la venue de Monsieur et du comte de Chalais à Fleury.

Le comte de Chalais, justement, n'affichait plus la même certitude. Quand la duchesse de Chevreuse lui avait promis de fabuleux contentements s'il défiait le cardinal de Richelieu, il avait accepté sans réfléchir. Mais, maintenant que le jour de la rencontre approchait, il s'interrogeait. Pouvait-il se battre contre un prélat ? Ne risquait-il pas la damnation en tuant un homme de Dieu ? Et surtout, quelle serait la réaction du roi ?

Comme il logeait dans l'enclos du Temple, il rencontrait souvent son oncle Achille de Valençay, commandeur de Malte et frère de l'évêque de Chartres, qui lui avait souvent servi de témoin lors de duels. Sans nommer le cardinal, il lui fit part de ses scrupules à se battre avec un prêtre. Bien que flamboyant bretteur, Valençay le lui interdit et se mit à lui poser mille questions.

Pendant ce temps, le cardinal de Richelieu préparait sa revanche. Bien que pressant sans cesse le roi, les tenants du parti de l'aversion n'avaient pas réussi à convaincre Louis XIII d'abandonner le projet de mariage de son frère avec Mme de Montpensier. La reine, une des plus farouches opposantes à cette union, était désormais incapable de faire valoir sa position auprès de son époux, aussi Armand du Plessis n'excluait-il plus un coup de force désespéré de la part des plus audacieux des factieux. Il avait d'ailleurs entendu dire que le comte de Soissons était prêt à donner quatre cent mille écus à Monsieur pour qu'il déclare la guerre à son frère.

En ce dernier jour d'avril 1626, le cardinal tenait conseil dans son cabinet avec le père Joseph et le maréchal de Schomberg. Richelieu voulait connaître leur opinion sur les actions que pourraient envisager ceux qui avaient tenté de le discréditer.

— Il faudrait connaître les autres factieux, intervint Schomberg. Je ne peux croire qu'il n'y ait que Mme de Chevreuse, M. le Chevalier de Vendôme et l'abbé Scaglia qui aient monté une entreprise qui trouve son origine à Rome.

— César de Vendôme est forcément compromis, assura le père Joseph. Son frère ne fait rien sans son accord.

Le cardinal hocha la tête.

— Je crains que le duc d'Anjou n'en soit également, dit-il en soupirant. J'ai accédé à sa demande en offrant à son ancien gouverneur, M. d'Ornano, la charge de maréchal de France afin de vérifier s'il allait rentrer dans la fidélité, mais il n'en a pas montré l'appétence.

Il lança un regard à Tenebroso Cavernoso, qui expliqua à Schomberg :

— Un homme à moi, chez les chevau-légers du duc, m'a dit avoir escorté M. d'Ornano chez l'abbé Scaglia. Bien que la rencontre ait été discrète, mon espion a appris qu'un autre carrosse était arrivé. Il s'est rendu à l'écurie et a reconnu le cocher : il appartenait au Grand Prieur.

— Si on en croit les déclarations de Baloufeau, il semble que ces factieux ont rassemblé de quoi équiper cinq ou six compagnies, ajouta Richelieu.

Il désigna le pistolet de Sauer qui se trouvait sur sa table et qu'il avait déjà montré à Schomberg.

— La question que l'on doit maintenant se poser est : se sentent-ils assez puissants pour tenter une épreuve de force ?

— S'en prendre à vous ? s'enquit Schomberg.

— À moi, certainement, mais peut-être au roi, ensuite.

Le maréchal fit la moue.

— César de Vendôme est un poltron et Alexandre un médiocre, vous le savez, monseigneur. Quant à Monsieur, il était bien trop lâche et irrésolu.

Le cardinal hocha la tête avant de laisser tomber :

— Et M. d'Ornano ?

Seul le silence répondit à cette interrogation. Le père Joseph paraissait méditer et M. de Schomberg se mordillait les lèvres, s'efforçant de ne pas faire preuve de ressentiment. Ornano était désormais maréchal de France, comme lui, bien que l'ancien colonel des Corses n'ait pas fait ses preuves au combat. Mais, surtout, Ornano était à Monsieur, qui protégeait Chalais. Ce fat qui avait tué son neveu, Roger de Daillon.

— Avec quelques centaines d'hommes bien équipés (il désigna le pistolet de Sauer), M. d'Ornano pourrait s'en prendre aux compagnies de mousquetaires et de gardes suisses du Louvre. Mais quant à l'emporter, j'en doute.

De nouveau, le cardinal opina. Ornano avait laissé passer sa chance en refusant de le rejoindre. Il allait donc servir d'épouvantail.

— Ne dit-on pas qu'il faut battre le chien devant le loup ? fit-il avec un sourire effrayant.

Le lundi 4 mai, la Cour se trouvait donc à Fontainebleau. Monsieur était présent, avec ses fidèles Ornano et Chalais. Le Grand Prieur avait annoncé qu'il arriverait sous quelques jours.

Dans l'après-midi, le roi avait fait venir un régiment de gardes de deux mille hommes pour, avait-il expliqué, les faire manœuvrer devant les reines. Le temps était magnifique et la montre fut un succès.

La nuit tombée, Louis XIII envoya chercher sa mère, le cardinal, le chancelier et le maréchal de Schomberg, à qui il fit part de sa décision, une résolution que connaissait déjà Richelieu. À dix heures du soir, M. du Hallier, capitaine des gardes, alla quérir le maréchal d'Ornano pour le conduire auprès du roi, qui le demandait. Le Corse ne se doutait de rien. Mais, dans la pièce où on le conduisit, il trouva des gardes, qui le saisirent.

Aussitôt après, le roi fit quérir le duc d'Anjou pour lui annoncer son arrêt, ayant jugé que le maréchal d'Ornano lui donnait de mauvais conseils et le servait mal. Gaston prit fort mal la chose et se retira.

Quelques jours plus tard, le 10 mai exactement, toujours à Fontainebleau, le cardinal reçut la visite du commandeur de Valençay, accompagné du comte de Chalais.

À force de harceler son neveu au sujet des singulières questions qu'il lui avait posées, Valençay avait obtenu sa confession. Chalais lui avait avoué avoir d'abord accepté, puis finalement refusé de se battre avec le cardinal. Et que le Grand Prieur, qui avait ourdi cette intrigue, avait élaboré une brigue de remplacement : Monsieur s'inviterait chez le cardinal avant de partir à la chasse, mais, pendant le repas, les veneurs se prendraient de querelle – une feinte dispute – au cours de laquelle, épées et poignards étant tirés des fourreaux, le cardinal serait égorgé. Le commandeur lui avait ordonné d'aller tout révéler au ministre et Chalais, pour calmer sa conscience, y avait consenti.

Il raconta donc à Richelieu l'intégralité du complot. Armand du Plessis, qui croyait tenir tous les fils de la cabale du Grand Prieur, découvrit ainsi un projet qu'il ignorait, et qui avait sa mort comme dénouement. Il en fut un moment épouvanté, mais il avait trop d'empire sur lui-même pour ne pas retrouver très vite son assurance. Il remercia ses visiteurs et les pria d'aller répéter au roi ce qu'ils venaient de lui révéler.

Valençay et son neveu s'acquittèrent de cette demande et, vers minuit, trente gendarmes et autant de chevau-légers du roi arrivèrent à Fleury, où s'était rendu le cardinal, et saisirent les officiers de Monsieur présents. Richelieu partit ensuite pour Fontainebleau et monta droit chez le duc d'Anjou.

Le jeune frère du roi avait alors dix-huit ans. Influençable et toujours de bonne humeur, il prêtait facilement une oreille complaisante à ses proches qui lui affirmaient qu'il serait un meilleur roi que son frère. Il approuvait toujours leurs propositions, mais on le savait incapable d'aller jusqu'au bout d'une résolution.

Gaston était couché, mais il reçut quand même le cardinal, qui le remercia pour l'honneur qu'il lui faisait en voulant venir dîner chez lui. Le jeune duc, interloqué et inquiet de cette visite la veille du jour où le ministre devait être assassiné, ne sut que répondre. Richelieu, tout sourire, lui annonça alors qu'il lui laissait bien volontiers sa maison, mais que Sa Majesté son frère, ayant ouï des rumeurs d'attentat, avait fait occuper les lieux par ses chevau-légers et arrêter les gens qui se trouvaient là-bas.

Le duc d'Anjou en resta muet d'effroi, le cardinal lui souhaita alors bonne nuit et se retira.

Ce fut le samedi 16 mai, lors du souper, que Louis et Gaston apprirent que le cardinal de Richelieu avait déjoué un complot visant à son assassinat. M. Fronsac expliqua aux deux garçons qu'on ne parlait que de ça dans Paris, mais avec bien peu d'informations.

— Ce serait le comte de Chalais, dont je vous ai déjà parlé, qui aurait tout révélé au cardinal, expliqua M. Charreton. L'affaire a sans doute un rapport avec l'arrestation de M. d'Ornano la semaine précédente, mais on ne sait rien de plus.

— Qui d'autre a été arrêté, monsieur ? interrogea Gaston.

— On parle d'officiers de Monsieur, mais rien ne perce. Cependant à la suite de cette affaire, le cardinal aurait supplié le roi de le laisser quitter sa charge. Et par un courrier qui a circulé, Sa Majesté l'a refusé et lui a même donné une garde personnelle pour sa sûreté. « J'ai toute confiance en vous et je n'ai jamais trouvé personne qui me servît à mon gré comme vous. Assurez-vous que je ne changerai jamais et que, quiconque vous attaquera, vous m'aurez pour second », a-t-il écrit. Sans doute le cardinal poursuit-il son enquête. Cela m'étonnerait qu'on n'en apprenne pas plus dans les semaines qui viennent, conclut M. Fronsac.

Gaston et Louis échangèrent des regards de biais. Tous deux s'interrogeaient. Ce complot semblait n'avoir aucun rapport avec ce qu'ils avaient découvert. Mais sauraient-ils jamais la vérité ?

Gaston se risqua quand même à une autre question :

— Monsieur Charreton, vous vous souvenez de nous avoir parlé de ces trois duellistes qu'on avait retrouvés morts sur la Butte aux Moulins ? Sait-on ce qui s'est passé ?

— Tout ce que j'ai appris, c'est qu'il s'agissait d'officiers de monseigneur le Chevalier de Vendôme. En particulier son capitaine des gardes et son lieutenant. Mais on n'a pas découvert avec qui ils s'étaient battus. Cependant, un des amis que je rencontre en salle d'armes m'a révélé que ce capitaine avait eu plusieurs doigts de la main gauche arrachés par un tir de pistolet et qu'on avait retrouvé son arme à ses pieds. Sans doute a-t-il voulu tricher en utilisant celle-ci et un témoin ou un héraut d'armes sera-t-il intervenu…

Nouvel échange de regards, et le trouble que M. Charreton lut sur le visage des deux garçons n'était pas feint.

À la fin du mois de mai, le roi et Richelieu reçurent le duc d'Anjou. Ils lui annoncèrent tout connaître de la cabale conduite par ses proches. Monsieur reconnut tout et livra le nom de son frère, Alexandre de Vendôme, jurant ensuite au roi qu'il lui serait désormais fidèle. Quelques jours plus tard, le 9 juin, le cardinal de Richelieu changea tous les ministres du Conseil, n'y faisant entrer que des hommes dévoués : Michel de Marillac comme garde des Sceaux ; le marquis d'Effiat comme surintendant des Finances ; le maréchal Henri de Schomberg et Claude Bouthillier.

38

La fin de l'année approchait au collège de Clermont, et des joutes oratoires publiques devaient s'y dérouler après la Pentecôte. Y assisteraient maîtres des collèges voisins, professeurs, docteurs et prélats, importants personnages du Parlement et notables de la ville.

Pour les préparer, les collégiens participaient continuellement à des discussions autour d'énigmes ou de disputes qu'ils devaient s'efforcer de défendre en vers, et bien sûr en latin. Chez les cinquièmes, c'était le maître de grammaire latine qui distribuait les sujets et qui choisissait les élèves les plus agiles pour les soutenir.

Ces collégiens retenus étaient alors soumis aux questions et aux reparties de leurs compagnons. Ensuite, les meilleurs d'entre eux étaient inscrits sur le programme des joutes publiques, lequel serait imprimé et affiché dans tout le quartier et au Palais.

Les joutes commenceraient le samedi, veille de la Trinité, puis suivraient un hommage au père Coton et la distribution des prix, avec le classement du trimestre. Les déclamations se poursuivraient le dimanche.

Le public commença à arriver à basse none. Surtout constitué de parents d'élèves et de la bourgeoisie du quartier, il resta particulièrement clairsemé et ne dépassa jamais six cents ou sept cents personnes, alors que pour les cérémonies de fin d'année il venait parfois jusqu'à deux mille spectateurs.

Gaston demanda donc à un père pourquoi il y avait si peu de gentilshommes de la Cour et de parlementaires, puisque les anciens élèves étaient habituellement friands de ce genre de divertissement.

— Le roi est à Blois, avec toute la Cour, mon garçon, répondit le jésuite d'un ton désolé, et les violentes attaques contre notre Compagnie, ce printemps, ont laissé des traces qui ne vont pas rapidement disparaître.

Cependant, ceux qui étaient venus avaient tout fait pour honorer le collège et la Société de Jésus. Les femmes avaient revêtu leurs plus beaux atours et fait friser leurs cheveux, et les hommes étaient tous rasés de près, barbes et moustaches bien taillées. Beaucoup portaient de courtes fraises, comme M. Fronsac, et quelques-uns de grands cols brodés qui s'étalaient sur le pourpoint, la nouvelle mode à la Cour. C'était le cas de M. Charreton.

Après quelques joutes réservées aux secondes et aux troisièmes commença la déclamation des récompenses. Louis et Gaston obtinrent un prix d'honneur pour leur travail assidu et furent félicités par le préfet des études.

Un peu plus tard, le père Filleau exprima sa satisfaction à M. Fronsac car leur fils et son ami, leur dit-il, n'avaient pas été punis de l'année et ne s'étaient pas laissé entraîner dans des querelles comme par le passé. Ces compliments firent rougir de fierté Mme Fronsac mais provoquèrent une certaine gêne chez les deux garçons.

Ensuite, M. Charreton présenta son petit-fils à des conseillers de la Chambre des comptes et M. Fronsac à des échevins. Gaston fut également mis en avant comme un ami de la famille et le notaire insista sur sa noble origine, le lignage de Tilly étant l'un des plus vieux du royaume.

Les deux parvinrent à se libérer quand ils aperçurent le Liron, avec son frère Jacques. L'ancien voleur était vêtu comme un gentilhomme, avec également une fraise à sa chemise, mais sans épée. Jacques avait obtenu un prix de grammaire et Robert se montrait fier de lui. Il échangea quelques banalités avec Gaston et Louis, qui lui déclarèrent, sur un ton d'indifférence, avoir appris que des gens du Grand Prieur avaient été tués en duel derrière le Temple. Le Liron leur confirma l'avoir aussi entendu dire et Jacques ne se douta de rien.

Le lendemain dimanche, Gaston obtint un franc succès dans une joute verbale contre un autre cinquième sur le sujet de la puissance spirituelle face à celle des armes. Il en montra les limites et fut applaudi quand il insista sur la force spirituelle du roi, qui tenait son pouvoir de Dieu, même si quelques pères jésuites gardèrent un visage fermé.

C'est après cette *declamatio* qu'Adrien de Houdetot vint le voir, accompagné de sa sœur Mathilde. Gaston devint aussi rouge que sa chevelure en s'inclinant, laissant traîner son bonnet presque jusqu'au sol.

— Monsieur de Tilly, lui dit le troisième, en maîtrisant visiblement son émotion, vous êtes un des rares gentilshommes que j'estime ici, aussi c'est vers vous que je me tourne. Durant toute cette année avec les pères jésuites, j'ai vu clair en moi.

Un silence.

— Je suis protestant, j'en ai la certitude, et je ne reviendrai jamais au collège.

Gaston le considéra avec un mélange d'inquiétude et de surprise. Puis il regarda Mathilde et vit des larmes poindre à ses yeux.

— Je vais rejoindre mon père à La Rochelle, poursuivit Adrien.

— Mais… votre mère ?

— Elle sait quel est mon devoir. Je suis venu pour vous parler de ma sœur.

Gaston se transforma dans l'instant en statue.

— En mon absence, j'aimerais que vous acceptiez d'être comme un frère pour elle. Vous et votre ami Louis, à qui je n'ai pu m'adresser car il est en grande conversation.

Louis se trouvait en effet avec son père et son grand-père, qui le présentaient à un procureur au Châtelet.

— J'espère que Mathilde n'aura jamais à faire appel à vous, mais je lui ai dit que vous logiez chez M. Fronsac, et Louis sait comment vous retrouver. S'il m'arrivait malheur, je voudrais pouvoir compter sur vous.

Ému aux larmes, Gaston lui jura son amitié éternelle et lui promit que Mathilde serait désormais sa sœur.

À la façon dont elle le regarda, il lui parut qu'elle n'était pas enchantée de sa réponse.

En ce début du mois de juin, le roi se trouvait donc à Blois, mais Richelieu ne l'avait pas accompagné, étant resté à Paris pour s'occuper des affaires du royaume. C'est donc au Petit Luxembourg qu'il eut la visite d'Alexandre de Vendôme.

Après quelques politesses d'usage, le demi-frère du roi expliqua les raisons de sa visite :

— Beaucoup de méchantes rumeurs ont couru sur mon compte et sur celui de mon frère, monseigneur, et je tenais à m'en expliquer avec vous.

— Vous n'avez pas à le faire, monseigneur. Vous savez combien je vous estime et quelle affection j'éprouve pour vous, répliqua le prélat, une main théâtralement posée sur le cœur.

— Il est vrai que vous avez toujours été bon pour notre famille, monseigneur, le remercia Alexandre avec tout autant de fausseté, mais je crains que mon frère Louis, qui écoute trop de gens malintentionnés, ne soit pas dans les mêmes dispositions envers moi. Sachez que j'ignorais tout des intentions de M. d'Ornano et des lubies de M. de Chalais. Sinon, évidemment, je vous aurais prévenu et j'aurais rompu avec eux.

— Évidemment ! approuva chaleureusement le cardinal.

— J'ai appris que monsieur le duc de Montmorency veut se démettre de sa charge de l'amirauté de France…

— Nous en avons parlé, en effet.

— Je crois avoir fait mes preuves à Messine, en chassant les Turcs.

— C'est exact, opina Richelieu en se gardant de sourire.

À dix-sept ans, Alexandre, lieutenant-général des hospitaliers, avait commandé quatre galères pour combattre les Turcs. Mais ceux-ci avaient disparu avant qu'il n'atteigne Messine, et son séjour en Italie s'était résumé à trois semaines de fêtes et de banquets.

— Vous souhaiteriez cette charge ?

— Je la mérite, et je vous serais éternellement reconnaissant si vous pouviez en parler au roi.

Richelieu se tut un moment, secrètement satisfait. Le plan qu'il avait élaboré se déroulait à la perfection car c'était lui qui avait fait courir à la fois le bruit que Montmorency voulait se démettre (ceci avec son accord) et qu'Alexandre de Vendôme pourrait devenir amiral de France.

— Pourquoi n'en parlez-vous pas à votre frère le roi ?

— Je crains qu'il ne me refuse une telle grâce, justement à cause de ces dénonciations calomnieuses.

— Possible, en effet, mais je sais aussi qu'il vous aime. Voici ce que je vous conseille : allez en Bretagne chercher votre frère le duc, puis rendez-vous ensemble à Blois. Sa Majesté appréciera votre visite et vous écoutera, si vous savez vous justifier.

Comme Alexandre restait indécis, Richelieu ajouta avec bonhomie :

— Soyez assuré, monseigneur, qu'il ne vous fera pas plus de mal qu'à lui-même.

Le 11 juin 1626, tandis que Louis XIII se promenait dans les jardins du château, les deux frères Vendôme se présentèrent devant lui.

— Sire, commença humblement le duc, je suis venu au premier commandement de Votre Majesté, pour lui obéir et l'assurer que je n'aurai jamais autre dessein ni volonté que de lui rendre très humble service.

Le roi sourit à César et lui mit affectueusement la main sur l'épaule en lui répondant du ton le plus aimable :

— Mes frères, j'étais en impatience de vous voir. Vous serez à ma table ce soir et me raconterez ce que vous fîtes ces temps-ci.

Plus tard, pendant le souper, les deux Vendôme s'étant répandus en politesses et compliments, Louis XIII leur proposa de venir chasser avec lui le lendemain.

Le duc s'excusa à cause de la fatigue du long voyage en poste qu'il avait fait. Mais le lendemain, César et Alexandre profitèrent de l'absence du roi pour rencontrer Monsieur et quelques-uns de leurs amis afin de connaître ce que l'on savait de leurs projets. Ils furent rassurés quand le duc d'Anjou leur révéla que leur seul accusateur était le comte de Chalais, mais qu'il était revenu sur ses déclarations. Quant à M. d'Ornano, il s'était muré dans le silence et les autres officiers arrêtés ne savaient rien.

Le surlendemain, soit le 13 juin, à trois heures du matin, César et Alexandre, logés au château dans la même chambre, furent réveillés en sursaut et se trouvèrent devant des pointes de hallebardes. M. du Hallier, capitaine à la tête de seize gardes du corps, leur fit connaître les ordres du roi. Les Vendôme ne dirent mot durant la lecture de leur arrêt.

— Eh bien, mon frère, ne vous avais-je pas bien dit en Bretagne qu'on nous arrêterait ? grinça alors César.

À Clermont, les pensionnaires préparaient le concours des prix de fin d'année, une longue épreuve écrite qui se tiendrait en juillet et déterminerait le classement final des élèves. C'est durant ces révisions que Paul de Gondi se précipita un matin vers Louis et Gaston, alors que les externes arrivaient.

— Je viens d'entendre la plus incroyable, la plus imprévue, la plus extraordinaire des nouvelles ! leur lança-t-il, le regard brillant.

Les deux amis interrompirent la récitation des déclinaisons qu'ils faisaient faire à Jehan Le Pontonnier et à Jacques Hérisson, les deux pensionnaires ayant décidé de tout faire pour obtenir un prix.

— Quoi donc ? demanda Gaston.

— Samedi, le roi a fait arrêter à Blois le duc de Vendôme et son frère le Grand Prieur !

Gaston et Louis en demeurèrent pantois, tandis que la nouvelle n'avait aucun effet sur Jehan et Jacques.

— Pour quelle raison ? demanda enfin Louis, d'une voix blanche.

Gondi mit un doigt sur sa bouche.

— Chalais et Monsieur les auraient accusés d'avoir fomenté une cabale contre M. de Richelieu.

Les questions suivantes restèrent sans réponse, car Paul ne savait rien de plus. Cependant, un peu plus tard, Louis fit remarquer à Gaston qu'il n'avait pas vu Thémines de Lauzières. Ils le cherchèrent discrètement, ne le découvrirent nulle part. Pourtant le troisième était présent, la semaine précédente. Bien qu'il n'ait plus jamais rien tenté contre la compagnie des Six, Louis le gardait toujours un peu à l'œil.

C'est le samedi suivant que M. Charreton apprit aux deux amis que César avait été déchu de ses fonctions de gouverneur de Bretagne et incarcéré à Amboise, tandis qu'Alexandre de Vendôme était enfermé à Vincennes. Il se racontait au Palais qu'ils avaient promis de tout révéler sur la conspiration qu'ils avaient préparée.

— Grand-père, interrogea Louis, sait-on ce qu'il est advenu de M. de Lauzières, dont le fils est à Clermont ? Il était l'intendant du Grand Prieur et Thémines n'était pas au collège cette semaine.

— Je l'ignore, mais si tu veux je me renseignerai.

Ni Gaston ni Louis ne posèrent d'autres questions, contrairement à leur habitude, ce qui surprit un peu M. Charreton. Puis il se dit que son petit-fils et son ami n'avaient aucune raison de s'intéresser aux Vendôme, qu'ils ne connaissaient pas et n'avaient jamais vus.

Pourtant, pour la première fois depuis des mois, Louis trouva le sommeil sereinement après une longue discussion avec Gaston. Pour lui, le cauchemar était terminé, même si son ami paraissait regretter la fin de l'aventure.

Thémines ne fut pas plus présent la semaine suivante, et même Gondi ignorait les raisons de son absence. Ce fut M. Charreton qui les leur apprit dès le samedi suivant :

— Sitôt le Grand Prieur arrêté, ses gens ont été interrogés. M. de Lauzières, qui connaissait tout des affaires de son maître, a été conduit à la Bastille et, sous la menace de la question, il a révélé tout ce qu'il savait.

Louis s'inquiéta. Avait-il parlé de Gaston et de lui ? Puis il se rassura : pourquoi l'aurait-il fait ? Révéler qu'il avait tenté d'assassiner deux collégiens le conduirait à coup sûr à la roue.

— Il aurait mené les juges à un dépôt d'armes que le Grand Prieur avait rassemblées, mais rien n'a filtré là-dessus, poursuivit M. Charreton. En revanche, on sait qu'il a mis en cause l'abbé Scaglia et M. d'Ornano.

— Que va-t-il lui arriver ? demanda Gaston.

— Je ne crois pas qu'il y aura un procès, expliqua Charreton. Le cardinal ne tient pas à ce qu'on sache ce qui a été préparé contre lui ou contre le roi. M. de Lauzières finira ses jours dans un cachot.

— Et sa famille ? interrogea Louis.

— Sa femme et son fils ont quitté Paris. Je ne sais rien d'autre.

Ainsi, ils ne reverraient sans doute jamais Thémines, conclurent les deux garçons.

En juillet, l'absentéisme devint important au collège car beaucoup de pensionnaires qui habitaient loin de Paris étaient déjà partis. Les cours devinrent plus ludiques et les exercices d'agilité d'esprit remplacèrent les devoirs. Mais beaucoup d'écoliers travaillaient quand même d'arrache-pied pour obtenir un prix au concours de fin d'année. C'était le cas des membres de la compagnie des Six, tous espérant être distingués. L'émulation gagna d'ailleurs la cubicula car on n'avait jamais vu Chazelles plongé si longtemps dans son livre de grammaire latine.

Comme l'année précédente, des ouvriers commencèrent à construire dans la cour un théâtre de planches et des estrades pour le spectacle qui serait donné au début du mois d'août.

Ce fut le dimanche 12 juillet, alors que la mesnie revenait de la messe à Saint-Merry sous un soleil écrasant, que M. Charreton parla à Gaston du comte de Chalais :

— Je suis désolé de vous avoir fait attendre sur le parvis tout à l'heure, dit-il. Mais j'ai rencontré un vieil ami connu le jour où j'ai aidé M. de Bellegarde à ouvrir la porte Neuve afin que le roi Henri puisse entrer dans Paris. Il vient de prendre un logement rue des Francs-Bourgeois. Son fils est sergent d'armes à la garde de la Porte et est arrivé de Blois hier pour préparer le retour du roi au Louvre. Il lui a appris que M. le comte de Chalais a été arrêté mercredi à Nantes sur ordre du cardinal[1].

— Mais n'avait-il pas été pardonné après avoir dénoncé le duc d'Anjou ?!

— Sans doute, à moins que monseigneur de Richelieu ne le lui ait fait croire. Il semble que le comte aurait menacé de s'en prendre au cardinal tant il était furieux de l'arrestation du Chevalier de Vendôme. Il aurait tenté de convaincre le duc d'Anjou de s'enfuir avec lui en Lorraine afin de prendre la tête d'une armée !

— Comment sait-on tout cela ? demanda Louis, qui s'était joint à la conversation.

— Le cardinal a des espions partout, répondit M. Fronsac.

— Pas ici ! plaisanta Gaston.

— Qui sait ? fit M. Charreton en regardant autour de lui.

En vérité, Richelieu n'avait jamais cessé de faire surveiller Chalais par Cavoye. Ce dernier avait retrouvé le quarteron de gentilshommes de la Cour amateurs de duels. Il y avait là, outre le comte, Montmorency, Bouteville et Roger de Grammont, sieur de Louvigny, un ami d'Henri de Chalais qui était comme lui amoureux de la duchesse de Chevreuse.

Chalais, plein d'aigreur après l'arrestation de son protecteur, le Chevalier de Vendôme, avait repris

1. Chalais fut arrêté le 8 juillet par le capitaine des gardes du corps.

langue avec Monsieur, qui envisageait de quitter la Cour pour se réfugier à Metz. C'était le seul moyen pour éviter des noces qui devenaient quasiment certaines, lui assuraient ses amis.

Le comte, véritable tête de linotte, avait parlé de cette fuite à ses compagnons, leur proposant d'escorter le duc d'Anjou avec lui. La Cour se rendait alors à Nantes et le cardinal, qui l'avait retrouvée, était donc informé de ces manigances par Cavoye. Richelieu avait d'ailleurs donné instruction au garde des Sceaux de mener une information judiciaire à partir de son témoignage. De plus, une dispute avait fâché Louvigny et Henri de Chalais. Par dépit, Louvigny avait donc dénoncé à son tour le plan de fugue à Richelieu, qui avait déclaré, au sujet du comte : « Ce pauvre gentilhomme persiste dans son obstination. » C'est ainsi que l'arrestation avait été décidée.

Le concours eut lieu la dernière semaine de juillet et la remise des prix quelques jours plus tard, en présence des parents. La compagnie des Six fut à l'honneur. Si seuls Louis et Gaston obtinrent un livre in-quarto en maroquin fleurdelisé, une *Vie d'Henry IV* pour le premier et une *Figures de la Bible* pour le second, leurs amis obtinrent tous des accessits, in-octavo, avec le cachet du collège.

Cependant, le plus important pour les lauréats n'était pas le livre reçu. Ce qui comptait, c'était l'appel de leur nom dans la cour emplie de plus de mille spectateurs, leur déplacement jusqu'à l'estrade au bruit des fanfares et sous le vacarme des applaudissements, la remise de l'ouvrage par un jeune boursier qui prononçait en latin des petits compliments et, surtout, le certificat signé par le préfet des études.

Les jours suivants furent consacrés à la préparation du spectacle et aux répétitions. Pour Gaston et Louis, l'année se terminait dans la sérénité, même si, chaque fois qu'ils passaient devant le corridor de bois conduisant à la porte fermée vers le Grand Mans, ils pensaient à ces collèges fantômes dans lesquels ils avaient failli perdre la vie.

Ce fut le lendemain de la représentation qu'un serviteur envoyé par l'oncle Hercule vint chercher Gaston, qui rentra à Tilly.

LA FIN DE L'HISTOIRE…

Le procès d'Henri de Talleyrand, comte de Chalais, s'ouvrit à Nantes le jour de son arrestation, suivant une procédure judiciaire extraordinaire et secrète, le roi se réservant la nomination des juges. L'accusé avoua tout et chargea le duc d'Anjou, le comte de Soissons et le Grand Prieur. En vérité, il dénonça presque tous les Grands pour sauver sa vie. Le 19 août, lecture lui fut faite de l'arrêt de mort prononcé contre lui.

L'arrêt le condamna à la décapitation suivie de l'écartèlement, l'exposition des pièces de son cadavre aux portes de la ville, la déchéance de noblesse pour sa postérité et la confiscation de tous ses biens, marqués du sceau de l'infamie.

Voulant le sauver, ses amis payèrent le bourreau afin qu'il quitte la ville. Mais Richelieu fit remplacer l'exécuteur par un criminel, savetier de son état, qui infligea au condamné vingt-neuf coups de doloire de tonnelier avant de parvenir à le tuer.

Le mariage de Monsieur eut également lieu à Nantes, en août. Le roi donna à son frère le duché d'Orléans. Gaston avait déjà oublié ses amis, morts, torturés ou emprisonnés.

Jean-Baptiste d'Ornano trépassa peu après dans son cachot, en septembre 1626, sans avoir été jugé. Alexandre de Vendôme le suivit en janvier 1629, mais son frère fut libéré un an plus tard. Il croiserait la route de Louis Fronsac en 1642[1].

L'abbé Scaglia fut convoqué par Richelieu, qui lui demanda de quitter la France, l'accusant d'avoir été de la cabale de Chalais et d'avoir traité avec le Grand Prieur. Scaglia devint ambassadeur en Flandre, puis gagna l'Angleterre.

Rien n'indique que François Ogier de Cavoye, que nous avons fait intervenir dans cette histoire, y ait joué un rôle. Mais, quelques années plus tard, il devint capitaine des gardes du cardinal de Richelieu. C'est ainsi qu'il rencontrera d'Artagnan, Athos, Porthos et Aramis dans un duel célèbre. Son fils sera un adversaire de Louis Fronsac en 1669[2].

Jean Tarin, recteur de l'Université de Paris, obtint en 1629 un brevet de conseiller du roi et la chaire d'éloquence grecque et latine au Collège de France.

Les jésuites poursuivirent leurs tentatives pour acheter le collège du Mans et celui de Marmoutier. Richelieu, entre-temps devenu abbé de Marmoutier, y était favorable mais il rencontra la résistance des prélats de France, opposés aux jésuites, et celle de l'Université. Il ne parvint à imposer sa volonté qu'en 1641. C'est ainsi que devait naître le lycée Louis-le-Grand.

1. Voir *Le Mystère de la Chambre bleue*, 10/18, n° 5530.
2. Voir *Le Dernier Secret de Richelieu*, 10/18, n° 5378.

Le cardinal ne découvrit jamais les noms des garçons qui l'avaient prévenu de la présence du livre de Santarelli chez lui. Quinze ans plus tard, Richelieu devait s'opposer à Gaston de Tilly et Louis Fronsac, sans savoir qu'il s'agissait d'eux[1].

1. Voir *Le Mystère de la Chambre bleue*, *op. cit.*

VRAI ET FAUX

Nous avons mêlé dans ce roman plusieurs événements des années 1625 et 1626.

L'arrestation de Jacques Baloufeau, alias le baron de Saint-Angel, qui fut en réalité condamné à mort seulement le 5 janvier 1627 pour impostures, perfidies contre le service du roi et le repos de l'État. Bigame et ayant dénoncé de nombreux complots imaginaires, Baloufeau fut condamné à être pendu, après avoir subi la peine de la torture.

Sur l'affaire Santarelli, qui faillit aboutir au bannissement des jésuites, nous sommes restés aussi près que possible de la réalité. Comme pour la mort de l'avocat général en séance et celle du père Coton. En revanche, qui peut savoir si le Liron avait déposé l'ouvrage dans sa bibliothèque ?

Quant à la conspiration de Chalais, nous en avons conservé les événements essentiels. Si toutes les pièces du procès existent, bien des mystères demeurent, tant cette intrigue regorge de non-dits, de trahisons, d'incohérences et de coups de théâtre.

Richelieu devait l'utiliser pour asseoir son pouvoir et susciter les craintes de ses adversaires. Mais elle n'empêchera pas la révolte de La Rochelle, où nous retrouverons Adrien de Houdetot, Louis Fronsac et Gaston de Tilly.

BIBLIOGRAPHIE

BABEAU, Albert, *Le Louvre et son histoire*, Firmin-Didot & Cie, 1895.

BATIFOL, Louis, *La Duchesse de Chevreuse : une vie d'aventures et d'intrigues sous Louis XIII*, Hachette, 1924.

BÉTHUNE, Maximilien de, duc de Sully, *Économies royales*, tome IX.

BONNEFOY, Laetitia, GADY, Alexandre, GENUITE, Magali et THOMASSIN, Luc, *Les Enceintes de Paris*, Action artistique de la ville de Paris, 2001.

BOUYER, Christian, *Louis XIII*, Tallandier, 2001.

CHEVALLIER, Pierre, *Louis XIII*, Fayard, 1979.

CHOFFIN, David-Etienne, *Amusemens philologiques ; ou mélange agréable de diverses pièces, concernant l'histoire des personnes célèbres, les evènemens mémorables, les usages et les monumens des anciens, la morale, la mythologie, et l'histoire naturelle*, La Maison des Orphelins, 1774.

CHOTARD, Pierre, *Henri de Talleyrand, comte de Chalais*, mémoire de maîtrise d'histoire, université de Nantes, 1999.

COUSIN, Victor, « La Conspiration de Henri De Talleyrand, comte De Chalais en 1626 », d'après des documents inédits, *Journal des savants*, avril 1862, p. 197-221.

CURZON, Henri de, *La Maison du Temple de Paris*, Hachette, 1888.

DESPRAT, Jean-Paul, *Les Bâtards d'Henri IV : l'épopée des Vendômes*, Tallandier, 2015.

DULONG, Claude, *Anne d'Autriche*, Hachette, 1980.

DUPONT-FERRIER, Gustave, *Du collège de Clermont au lycée Louis-le-Grand*, éditions De Boccard, 1921.

EDOUARD, Hervé, « L'Éminence grise. Le père Joseph », *Revue des Deux Mondes*, 122, 1894.

EMOND, Gustave, *Histoire du collège de Louis-le-Grand*, Durand et Loisel, 1845.

ERLANGER, Philippe, *Richelieu*, Librairie académique Perrin, 1969.

FOURNEL, Victor, *Les Rues du vieux Paris*, Firmin-Didot & Cie, 1879.

FRANKLIN, Alfred, *Écoles et Collèges depuis les origines. Mœurs et usages dans les écoles et collèges d'autrefois*, Raymond Castells, 1998.

GARASSE, François, *Mémoires*, Amyot, 1860.

HANOTAUX, Gabriel, *Histoire du cardinal de Richelieu*, Firmin-Didot & Cie, 1853.

HOFFBAUER, Fedor, *Paris à travers les âges*, Inter-Livres, 1993.

JOUHAUD, Christian, « 1626 : les jésuites parisiens dans l'œil du cyclone », in *Pouvoirs, Contestations et Comportements dans l'Europe moderne*, Mélanges en l'honneur du professeur Yves-Marie Bercé, PUPS, 2005.

KLEINMAN, Ruth, *Anne d'Autriche*, Fayard, 1998.

LACROIX, Paul, XVIIe *siècle. Institutions, usages et costumes*, Firmin-Didot & Cie, 1880.

MARTIGNAC, Étienne Algay de, *Mémoires de Gaston, duc d'Orléans*, Foucault, 1824.
MOTTEVILLE, Françoise de, *Mémoires.*
NOUGARET, Pierre-Jean-Baptiste, *Histoire du donjon et du château de Vincennes*, Brunot-Labbe et Lerouge, 1807.
SURUN, Michel, *Marchands de vin en gros à Paris au XVIIe siècle*, L'Harmattan, 2007.

REMERCIEMENTS

Je souhaite exprimer ici toute ma reconnaissance à mon éditrice Clarisse Enaudeau, toujours si attentive avec ses auteurs.

Sans les pertinentes remarques et suggestions de François des Accords, ce livre aurait présenté bien des défauts. Mille mercis.

Enfin, je dois beaucoup à mon épouse et ma fille cadette, toujours premières lectrices, qui restent les plus sévères juges des premières versions de mes ouvrages.

Vous pouvez joindre l'auteur :
aillon@laposte.net
www.grand-chatelet.net

CHRONOLOGIE DES ŒUVRES DE JEAN D'AILLON CHEZ 10/18

LES AVENTURES DE GUILHEM D'USSEL

1187	1194	1214
De taille et d'estoc	*Félonies et malaventures*	*Bouvines, 1214*

LA FIN DU TEMPLE

1307	1314
La Quête du trésor du Temple	*La Vengeance du Baphomet*

LES RÉCITS DU TEMPS DE CHARLES V

1358	1360	1358
Les Assassins d'Étienne Marcel	*La Rançon du roi Jean*	*L'Archiprêtre et la Cité des Tours*

LES CHRONIQUES D'EDWARD HOLMES ET GOWER WATSON

1420	1421	1422	1423
Une étude en écarlate	*Les Exploits d'Edward Holmes*	*Le Chien des Basqueville*	*La Ville de la peur*

LES CHRONIQUES D'EDWARD HOLMES ET GOWER WATSON

1424	1425	1427
Le Pont de Montereau *La Maison de l'abbaye*	*La Danse macabre* *Le Signe des Trois* *Le Rat géant de l'hôtel Saint-Pol*	*La Prophétesse voilée*

HORS-SÉRIE	LES ENQUÊTES DE LOUIS FRONSAC	
1566	1626	1642
Nostradamus et le dragon de Raphaël	*Les Collèges fantômes*	*Le Mystère de la Chambre bleue*

LES ENQUÊTES DE LOUIS FRONSAC		
1645	1646	1659
L'Exécuteur de la haute justice	*L'Énigme du clos Mazarin*	*L'Enlèvement de Louis XIV*

LES ENQUÊTES DE LOUIS FRONSAC		
1663	1669	1670
L'Épouvantable Meurtre du marquis de Fors	*Le Dernier Secret de Richelieu*	*Menaces sur le roi*

HORS-SÉRIE	HORS-SÉRIE	HORS-SÉRIE
1788	1799	1944
Marius Granet et le trésor du Palais Comtal	*Le Duc d'Otrante et les Compagnons du Soleil*	*Juliette et les Cézanne*

#lisez! engagé
www.lisez.com
Imprimé sur du papier issu de forêts gérées durablement.
Pour plus d'information :

10/18 – 92 avenue de France, 75013 PARIS

Imprimé en France par
CPI Brodard & Taupin

N° d'impression : 3061758
X08576/01